DROEMER

ELISABETH
KABATEK

Schwäbisch für ENGEL

Roman

DROEMER

Besuchen Sie uns im Internet:
www.droemer-knaur.de

FSC
www.fsc.org
MIX
Papier | Fördert gute Waldnutzung
FSC® C014496

Originalausgabe Mai 2024

Covergestaltung: ZERO Werbeagentur, München
Coverabbildung: Collage unter Verwendung
von Motiven von Shutterstock.com
Satz und Layout: Adobe InDesign im Verlag
Druck und Bindung: GGP Media GmbH, Pößneck
ISBN 978-3-426-21790-0

2 4 5 3 1

Für Lene

1. KAPITEL

In dem wir die Heldin und den Helden dieser Geschichte kennenlernen und erfahren, warum der Roman »Schwäbisch für Engel« heißt

»Meine Damen und Herren, liebe Diverse …« Erst krächzt Anna wie ein Rabe, dann kippt ihr die Stimme einfach weg, als sei sie stockheiser. Sie ist wütend, enttäuscht, frustriert und verzweifelt, alles gleichzeitig. Die Verzweiflung ist am schlimmsten. Sie lauert unter den Sohlen ihrer nigelnagelneuen Sneakers, klettert blitzschnell auf ihre Füße und springt mit einem großen Satz mitten hinein in ihr aufgeregt klopfendes Herz. Verpiss dich, droht sie, aber die Verzweiflung macht es sich gemütlich. So schnell haut die nicht wieder ab.

Anna hat nichts dem Zufall überlassen. Sie ist die sorgfältig durchkomponierte Rede mit ihrem »Feministischen Arbeitskreis für werdende Bürgermeisterinnen« (FAWB) durchgegangen, hat sie auswendig gelernt und sich selbst vor dem Spiegel gehalten. Selbstverständlich ist sie mit dem Fahrrad gekommen und von Kopf bis Fuß politisch korrekt gekleidet, damit man ihr nicht vorwerfen kann, dass sie ihre Ideale nicht konsequent persönlich lebt: dunkelblauer Parka aus Biobaumwolle, nachhaltig produzierte Jeans, Socken, die ihr ihre Mutter aus der Wolle von ökologisch gehaltenen Deichschafen gestrickt hat, und an den Füßen vegane Turnschuhe aus Hanf. Alles sehr sportlich und ein bisschen schlabberig und bestimmt nicht sexy, aber sie will sich schließlich nicht nachsagen lassen, sie sei ein Püppchen. In ihrer Tasche aus recycelten PET-Flaschen warten die auf Altpapier gedruckten Flyer ebenso darauf, verteilt zu werden, wie die Schirmkappen aus Biobaumwolle. »Anna Freitag. Die frische Brise aus dem Norden!« hat sie in Schreibschrift auf die Kappen drucken lassen, Meeresblau auf weißem Grund, mit einer fliegenden

Möwe darüber. Natürlich trägt sie selbst eine solche Kappe über ihren kurzen blonden Locken. Leider muss die jetzt als Schutz gegen den Regen herhalten.

Sie hat die letzten drei Nächte vor Aufregung kaum geschlafen in der kleinen Wohnung im Mehrfamilienhaus im Neubaugebiet. Anna ist bereit. Bereit, alles zu geben, nicht nur an diesem Abend, bei der Auftaktveranstaltung zu ihrem Wahlkampf, hier auf dem Marktplatz von Schwäbingen, sondern auch in den kommenden Wochen und Monaten. Es gibt nur eine klitzekleine Komplikation.

Der Marktplatz mit seinen eigentlich hübschen Fachwerkhäusern ist leer. Es gibt nicht einmal Tauben, oder Blätter, die der Wind vor sich hertreiben könnte, oder eine streunende Katze. Es gibt einfach nichts. Gar nichts. Nur einen völlig menschenleeren Platz und trostlosen Nieselregen.

Ihr Gesicht brennt. Es fühlt sich an, als habe sie jemand geschlagen. Ihre Eltern werden später anrufen, um zu fragen, wie es gelaufen ist. Sie weiß genau, dass sie im Moment an nichts anderes denken können und über nichts anderes reden. Was soll sie ihnen sagen? Und den Mädels in ihrer Arbeitsgruppe? Natürlich hat sie nicht damit gerechnet, dass sich die Leute auf dem Marktplatz drängen. Es kennt sie ja keiner. Noch nicht. Aber dass nicht einmal ein paar Neugierige aufgetaucht sind! Es muss doch in einer Zwanzigtausend-Seelen-Stadt Leute geben, die sich nach vierundzwanzig Jahren mit demselben Bürgermeister nach einer Veränderung sehnen! Was hat der überhaupt vorzuweisen? Er hat eine Mehrzweckhalle bauen lassen und zwei Firmen angesiedelt, ein Taxiunternehmen (anstatt den öffentlichen Nahverkehr zu fördern) und einen Unterwäschehersteller (der sehr unökologische Wäsche produziert). Einmal im Jahr veranstaltet er im Namen der Stadt die Wahl zur Miss Schwäbingen. Dann wird die schönste Frau in Schwäbingen gewählt. Wie frauenfeindlich ist das denn? Außerdem hat er das »Schwäbinger Bierfest« ins Leben gerufen, einen Mini-Ableger des Cannstatter Volksfestes, offensichtlich vor allem deshalb, weil er so gerne

Bierfässer ansticht. Super. Natürlich unternimmt er auch nichts gegen den Landwirt mit der Hühnerzucht in Massentierhaltung, den es schon vor seiner Amtszeit gegeben hat und der von der Tierschutzorganisation PETA angeprangert worden ist, nachdem Mitglieder der Gruppe heimlich verendete Hühner im Stall gefilmt haben. Kultur, Umwelt, Infrastruktur, Frauenförderung, Digitalisierung? Fehlanzeige. Von Bürgerbeteiligung erst gar nicht zu reden. Und trotzdem steht sie hier mutterseelenallein auf einem leeren Platz?

Anna hat so viel Arbeit, Zeit und Geld in die Werbung gesteckt! Plakate, Facebook, Insta, nicht zu vergessen die Anzeige in der Lokalzeitung. Offensichtlich hat das alles nichts gebracht. Natürlich spielt das Wetter eine Rolle. Warum muss es ausgerechnet heute Abend regnen, am Ende eines bis dahin sonnigen Septembertages? Das allein kann jedoch nicht der Grund sein. Sie muss etwas übersehen haben. Eine größere Veranstaltung, hier oder im Nachbarort. Vielleicht liegt's auch an der Uhrzeit? Es wird schon langsam dunkel. Sie muss unbedingt herausfinden, ob man in Schwäbingen nicht so gerne spät aus dem Haus geht. Das hilft ihr jetzt aber nichts. Lohnt es sich überhaupt noch, zu warten? Ihr ist zum Heulen zumute.

Ein winziges bisschen Hoffnung schöpft sie, als sich eine groß gewachsene Gestalt aus dem Schatten löst und auf sie zustapft. Viel erkennen kann sie nicht. Der Figur nach ein Mann. Er trägt einen weiten Regenmantel, die Kapuze verdeckt das Gesicht. Ein Zuhörer ist besser als gar keiner!

»Herzlich willkommen!«, schmettert sie ihm entgegen und legt so viel Enthusiasmus in ihre Stimme, wie sie nur kann. »Oder, wie man bei uns sagt: Moinmoin!« Sie bekommt keine Antwort. Stattdessen positioniert sich die Person in ein paar Metern Abstand in gerader Linie vor ihr und reckt eine Hand nach oben. Eine Hand mit einem Smartphone.

»Ich darf doch?« Eine Männerstimme, sie hat richtig geraten. Reichlich unterkühlt, ohne den üblichen schwäbischen Einschlag.

»Aber natürlich!«, ruft sie und setzt ihr Fotografiergesicht auf. Sie weiß genau, wie sie rüberkommt: seriös und doch sympathisch, mit dem Anflug eines Lächelns in den Mundwinkeln. Sie hat dafür lange vor dem Spiegel geübt, noch länger als für ihre Rede. Ja, sie ist eine richtig gute Lächlerin geworden, dabei ist sie mehr so der ernsthafte Typ.

»Möchten Sie vielleicht ein Selfie mit mir machen? Dann würde ich es auf Facebook posten!«, schlägt sie eifrig vor. »Und darf ich Ihnen eine Kappe mitgeben?«

Sie streckt ihm eine Kappe hin. Der Mann schüttelt den Kopf und senkt langsam den Arm mit dem Handy. Noch immer kann sie sein Gesicht nicht erkennen.

»Nein, danke. Also weder noch. Das Bild erscheint morgen im *Schwäbinger Boten.*«

»Sie sind … von der Lokalzeitung?« Ihr Herz setzt für mindestens zwei Schläge aus. Er wird doch nicht etwa dieses Bild bringen? Anna Freitag, die Herausforderin des Amtsinhabers, bei der Auftaktveranstaltung zu ihrem Wahlkampf, mutterseelenallein auf dem Marktplatz? Das wäre eine Vollkatastrophe!

»Ja. Wir hatten telefoniert. Wegen der Anzeige für heute Abend. Ich bin Lukas.« Er schlägt die Kapuze zurück. Sie kann sein Gesicht in der Dämmerung nur undeutlich erkennen. Nur einen verstrubbelten Bart, eine Brille und ein Hipstermützchen. Sie mag keine Hipster.

»Lukas? Ach ja, stimmt. Verraten Sie mir noch mal Ihren Nachnamen?« Charmant-distanziert, heißt die Devise. Und souverän. Vor allem souverän.

»Wann warst du das letzte Mal bei IKEA? Kein Mensch spricht sich mehr mit Nachnamen an. Lukas reicht. Chefredakteur, Marketing und Anzeigenabteilung des *Schwäbinger Boten* in einer Person.« Er stellt einen Fuß vor den anderen, nimmt einen imaginären Hut vom Kopf und macht eine schwungvolle Verbeugung. Für wen hält er sich? Für Johnny Depp in »Fluch der Karibik?« Und dieser blasierte Tonfall!

»Diese aufgesetzte Duzerei ist nicht so meins«, zischt sie. Das ist glatt gelogen. Da, wo sie herkommt, sind alle per Du miteinander. Aber der Typ hat nicht nur ein Foto von ihr ohne klare Ansage gemacht, er ist auch noch unerträglich arrogant.

»Meinetwegen, dann siezen wir uns eben. Ich bin dann der Herr Allgöwer. Duzt man sich in Hamburg auf dem Fischmarkt nicht?«, fragt er zurück. Das hat er jetzt nicht wirklich gesagt, oder? Will er sie provozieren oder ist er einfach nur bescheuert?

»Ich stamme aus Hallig Hooge. Nicht aus Hamburg. Dazwischen liegen exakt hundertachtundvierzig Kilometer.«

»Ach ja. Jetzt erinner ich mich. Sie sind Insulaner.« Insulaner! Offensichtlich reicht ihm das saupeinliche Foto nicht, er will sie auch noch provozieren. Damit sie was Blödes sagt, was er dann in seiner kackpopeligen Zeitung zitieren kann. Den blöden Spruch kriegt er nicht, aber wehren wird sie sich.

»Wenn überhaupt, dann Insulanerin. Und eine Hallig ist keine Insel.« Sie hat sich erfolgreich bemüht, die Temperatur in ihrer Stimme um zehn Grad abzusenken, und ist mit dem Ergebnis mehr als zufrieden.

»Ich glaube nicht, dass sich in Schwäbingen irgendjemand für diese norddeutschen Feinheiten interessiert.« Er macht eine bedeutungsvolle Pause. »Offensichtlich interessiert sich überhaupt niemand für Sie.«

»Das wird sich ändern.«

»Niemand legt hier Wert auf Veränderung. Der alte Bürgermeister wird der neue sein. So wie bei jeder Wahl.« Er kramt in den Taschen seines Regenmantels. Wenn er jetzt direkt vor meiner Nase eine Zigarette anzündet und mir den Rauch ins Gesicht bläst, dann knalle ich ihm eine, denkt sie. Er holt aber nur ein Taschentuch heraus und trocknet damit das Smartphone ab.

»Helmut Bartholomä ist hier seit vierundzwanzig Jahren im Amt. Das ist ziemlich lange, oder? Und was hat er vorzuweisen?«, zischt sie.

»Das richtige Parteibuch.«

»Tatsächlich. Das allein reicht schon?«

»In einer konservativen schwäbischen Kleinstadt? Ja. Es hat ja sogar in Stuttgart gereicht. Sie sind parteilos. Gaaanz schlecht. Wenn Sie wenigstens von den Grünen oder der SPD wären und die Unterstützung des Ortsverbandes hätten!«

»Es sind zunehmend Außenseiter:innen und Quereinsteiger:innen, die Bürgermeister:innenwahlen gewinnen. Da geht es um die Persönlichkeit, nicht die Partei!«

»Und um das Geschlecht. Man hat hier lieber werdende Mütter als werdende Bürgermeisterinnen. Feministisch und dieser ganze Innen-Scheiß? Das ist so ziemlich dasselbe wie kommunistisch, also eher bäh. Wahrscheinlich sind Sie auch noch Vegetarierin.« So, wie er es sagt, klingt es wie Schwerverbrecherin.

»Nein. Veganerin!«

»Noch schlimmer ist eigentlich nur öko. Und dass Sie aus Norddeutschland kommen, hilft auch nicht gerade. Das macht die Leute misstrauisch. Die nehmen lieber das, was sie kennen. Was von hier. Was, was Schwäbisch kann.«

Maultasche statt Fischbrötchen? Auf diese bescheuerte Bemerkung wird sie erst gar nicht eingehen.

»In Zeiten von rasant fortschreitendem Klimawandel ist öko das neue sexy«, deklamiert sie stattdessen.

Er stöhnt theatralisch. »Nicht in einer Stadt, deren größter Arbeitgeber Billigunterhöschen produziert, mit der die Discounter in ganz Deutschland beliefert werden, und die das komplette Gegenteil von öko sind. Was jedem völlig klar ist, der dort arbeitet, und trotzdem stopft es die hungrigen Mäuler und zahlt den Kredit fürs Häusle ab. Wissen Sie, wie viel Leute in Schwäbingen bei Miss Nightingale arbeiten? Zweitausendvierhundert. Wenn Sie deren Familien dazurechnen, hängt halb Schwäbingen an einem einzigen Arbeitgeber. Und ein weiteres Viertel arbeitet bei der Stadt und will es sich mit dem aktuellen Bürgermeister nicht vermiesen. Niemand von denen wird Sie wählen. Niemand! Die sägen sich doch nicht den eigenen Ast ab, bloß, weil Sie da mit Ihrem Umweltgedöns kommen! Vielleicht können Sie ein paar aus den Siebzigern übrig gebliebene Ökodödel überzeugen, aber Sie kriegen niemals die Mehrheit der Stimmen. Ich kann Ihnen nur raten, Ihre Sachen zu packen und zu verschwinden, und zwar so schnell wie möglich. Hier gibt's noch Kannibalismus. Die werden Sie genüsslich durch die Spätzlespresse drücken und mit einer Bratensoße verspeisen, die ganz bestimmt nicht vegetarisch ist. Allein schon, wie Sie aussehen!«

»Wie sehe ich denn aus?«, platzt es aus ihr heraus. Anfängerfehler. Sie hätte niemals anbeißen und auf eine so offensichtlich unqualifizierte Bemerkung eingehen dürfen. Sie weiß ja genau, was als Nächstes kommt.

»Wie ein Weihnachtsengel!« Er klingt jetzt richtig vorwurfsvoll.

»Sie haben zu viel Fantasie«, knurrt sie und klingt wie ein großer, böser Hund. Das mit dem Engel verfolgt sie, seit sie denken kann. Rauschgoldengel, Weihnachtsengel. Oder einfach nur Engel. Und jetzt fängt dieser unerträgliche Typ auch noch damit an!

»Weihnachtsengel gewinnen keine Bürgermeisterwahlen!«

»Ich kann nichts für meine blöden blonden Locken!«, zischt sie. »Und überhaupt. Was hat mein Aussehen mit dem Wahlkampf zu tun? Zu einem männlichen Bewerber hätten Sie so etwas nie gesagt! Sollte die Presse nicht neutral sein?«

»Neutral.« Er lacht schallend. »Träum weiter, Engelchen.« Und damit dreht er sich um und stapft davon, ohne sich auch nur ein einziges Mal umzudrehen.

2. KAPITEL

In dem wir erfahren, warum sich Lukas selbst schrecklich peinlich ist, und den Opa, Helmut Bartholomä und Werner Schelkle kennenlernen

Duzt man sich in Hamburg auf dem Fischmarkt nicht? Weihnachtsengel gewinnen keine Bürgermeisterwahlen? Lukas steht vor seinem Waschbecken, starrt sein Spiegelbild an, fährt mit den Fingern durch seinen Bart und stöhnt. Peinlich. Er ist sich selbst unendlich peinlich. Nein, noch schlimmer, er fühlt sich elend. Wenn das so weitergeht, dann kann er sich nicht mehr in die Augen schauen. Er benimmt sich wie seine besten Kumpels aus Schwäbingen. Seine ehemals besten Kumpels, die von früher, mit denen er nicht mehr klarkommt. Wie so ein richtig fieses Macho-Arschloch.

Aber es hilft ja nichts. Er wäscht sich das Gesicht mit eiskaltem Wasser. Nicht, dass es überhaupt warmes Wasser gäbe. In dem Zimmer auf dem Dachboden, den der Opa vor Jahren ausgebaut hat und der auf Schwäbisch »Bühne« heißt, gibt es gar kein warmes Wasser. Nicht einmal ein richtiges Bad. Nur ein Klo, olivgrün, mit einem winzigen Handwaschbecken in derselben Farbe. Die Siebziger lassen grüßen. Lukas versucht, so oft wie nur möglich in das große Erlebnisbad im Nachbarort zu gehen. Nicht nur, weil ihn die Fahrt mit dem Rennrad dorthin und die tausendzweihundert Meter Kraulen im Sportbecken fit halten, sondern auch, weil er da vernünftig duschen kann. Den Opa stört es zwar nicht, wenn er bei ihm duscht, aber in seinem Bad gibt's nur eine Badewanne ohne Vorhang, sodass man sich beim Duschen entweder hinkauern muss, was total unbequem ist, oder alles nass macht. Das Wasser wird auch nie richtig heiß. Vor allem aber hängt das Bad voll mit müffelnden Waschlappen und ungewaschenen Handtüchern. Dem Opa fällt das nicht auf. Lukas ist zwar nicht besonders empfindlich, wirklich nicht, so als Mann, aber manchmal wird es ihm doch zu viel. Dann stopft er schnell die Wäsche in die klapprige Waschmaschine, auch wenn er damit riskiert, dass der Opa böse wird, weil er sich von ihm bevormundet fühlt. Früher ist der Opa nie böse geworden, er war eine Seele von Mensch. Irgendetwas verändert sich, langsam und schleichend, aber er will lieber nicht darüber nachdenken. Es gibt im Moment ziemlich viele Dinge, über die Lukas lieber nicht nachdenkt. Zum Beispiel, wer sein Gehalt bezahlt.

Er starrt schon seit Minuten auf den Bildschirm seines Laptops. Der ist noch immer gähnend leer und er hat nicht mehr viel Zeit. Natürlich hat der Opa kein Internet gehabt, als er vor ein paar Monaten wieder bei ihm eingezogen ist. Nur ein uraltes Festnetztelefon, immerhin mit Tasten. Die Telekom musste extra anrücken, um einen Anschluss zu legen, den er nicht selbst bezahlen musste. Werner Schelkle hat das übernommen. Jetzt hat Lukas High Speed und kann wenigstens vernünftig arbeiten. Zumindest theoretisch.

Lukas' Hände schweben über der Tastatur. Er schließt die Augen und lässt den kleinen Finger der linken Hand fallen, ohne hinzusehen. Er landet auf dem A. Das war ja zu erwarten, denkt er. A wie Anna. Wieso muss ihm dieses friesische Mädel sympathisch sein? Er hat so sehr gehofft, dass sie eine richtig blöde Zicke ist. Eine steife, wortkarge Norddeutsche, die kein bisschen in eine schwäbische Kleinstadt passt. Jemand, den er mit gutem Gewissen vergraulen kann. Er braucht ein vernünftiges Feindbild. Er kann ja jetzt schon nicht mehr richtig schlafen.

Steif ist sie ganz bestimmt nicht, auch wenn sie es abgelehnt hat, ihn zu duzen. Eher völlig verunsichert, und das ist ja wohl kein Wunder. Nicht einmal Lukas kann es fassen, dass kein Mensch auf dem Marktplatz von Schwäbingen aufgekreuzt ist. Es ist schon ziemlich beängstigend, dass der Bürgermeister mit seiner Drohkampagne derart erfolgreich gewesen ist. Obwohl, Drohkampagne ist vielleicht das falsche Wort. Er hat einfach mehr so beiläufig auf Facebook und Insta gepostet, dass er hofft, dass alle, die auch in Zukunft ihren sicheren Arbeitsplatz in Schwäbingen behalten wollen, am Sonntagabend brav zu Hause bleiben. Eigentlich ein Skandal. Aber Lukas spielt das Spielchen schon seit Monaten mit, worüber regt er sich also auf?

Natürlich weiß er, dass Anna Freitag nicht aus Hamburg kommt. Sondern von einer komischen Insel mitten im Wattenmeer, die keine ist. Eine Hallig. Wieso ist sie überhaupt auf die bescheuerte Idee gekommen, sich ausgerechnet in Schwäbingen auf den Bürgermeisterposten zu bewerben? Warum hat sie sich keinen anderen Ort ausgesucht, einen, der weniger kompliziert ist? In Norddeutschland, wo es keiner komisch findet, wenn man kein Schwäbisch kann? Nun muss er dieses Bild in der Montagsausgabe des *Schwäbinger Boten* bringen. Der besteht sowieso nur aus sechs Seiten: Ein Drittel sind städtische Ankündigungen, zum Beispiel die Termine der Müllabfuhr, Todes- und Geburtsanzeigen, dazu die Veranstaltungen der Kirchen und Vereine. Ein weiteres Drittel sind Anzeigen des Taxiunternehmens, der Hühnerfarm und vom Fabrikverkauf von Miss Nightingale. Nur zwei Seiten sind tatsächlich Berichterstattung, und auf denen muss Lukas das Foto von Anna als Aufmacher bringen und zusätzlich auf der Webseite des *Schwäbinger Boten* posten, www.schwaebinger-bote.de. Dieses Foto, auf dem Anna völlig allein auf dem Marktplatz von Schwäbingen steht, enttäuscht und verzweifelt, wie ein unschuldiges Engelchen, das vom Himmel gefallen ist und nicht weiß, wie es wieder hinaufkommt. Lukas findet, es ist einfach herzzerreißend. Dabei hat er es selbst geschossen. Sie darf natürlich auf keinen Fall merken, dass sie ihm leidtut und dass er sie nett findet. Deswegen die Macho-Nummer, klar. Aber selbst ohne die Kampagne, die gegen sie läuft, hätte sie an dem Abend keine Chance gehabt. Wie kann man nur so dämlich sein und seinen ersten öffentlichen Auftritt auf einen Sonntagabend 20 Uhr legen, wenn im Fernsehen der neue Stuttgart-»Tatort« läuft? Da geht doch kein Mensch aus dem Haus!

Aber der »Tatort« war bestimmt nicht der einzige Faktor.

Werner und Helmut haben schließlich nichts dem Zufall überlassen. Vor zwei Wochen haben sie ihn einbestellt, abends, in die Villa. Lukas hasst diese Zusammenkünfte. Zum einen, weil er nie gefragt wird, ob er Zeit hat, zum anderen, weil sich ihm immer dasselbe Bild bietet: Die beiden Männer rauchen Zigarren und trinken Whisky, neben Werner liegt ein knurrender Schäferhund. Unsäglich!

Fast kommt es Lukas so vor, als wollten sie sich selbst davon überzeugen, dass sie die Bösewichte in einem schlechten Film sind. Er selbst trinkt und raucht nie, um einen klaren Kopf zu behalten, obwohl sie ihn dafür regelmäßig mit beißendem Spott überziehen. Wie bei jedem Treffen deutete Werner auf den freischwingenden Bauhausstuhl, der vermutlich von Mies van der Rohe persönlich stammt und ein Vermögen wert, leider aber auch schrecklich unbequem ist und noch dazu in der Mitte der Bibliothek steht, sodass sich Lukas immer vorkommt wie bei einem Verhör. Das gehört zu der Mafiaboss-Inszenierung, genauso wie die Tatsache, dass Werner ihn von Anfang an geduzt hat, ohne zu fragen, ob das okay ist (Lukas hingegen siezt ihn natürlich).

»Setz dich, Lukas«, sagte Werner also vor zwei Wochen bei Lukas' letztem Besuch und schüttelte sein Whiskyglas, sodass die Eiswürfel klirrten. Dann nahm er einen Schluck und schaute das Glas wieder nachdenklich an. Lukas wusste, das gehörte alles zur Inszenierung. »Uns ist zu Ohren gekommen, dass es neben den üblichen Spaß- und Dauerdeppen, die bei jeder Bürgermeisterwahl mitmischen, einen Kandidaten gibt, der es ernst meint. Ernst genommen wird er vermutlich nicht, weil es nämlich eine Frau ist. Eine Frau! Will! In! Schwäbingen! Bürgermeisterin! Werden!«

Er lachte drei Minuten über seinen eigenen Witz, der keiner war. Drei Minuten, und Lukas saß bloß da und lächelte verkrampft. Helmut, der amtierende Bürgermeister, lachte auch nicht.

»Und dann noch aus Norddeutschland. Hat gerade in Ludwigsburg den Bachelor zum gehobenen Verwaltungsdienst gemacht. Eine Anna Freitag. Junger Hüpfer, Ende zwanzig. Beste ihres Jahrgangs. Wird ihr nichts nutzen gegen einen alten Hasen und vierundzwanzig Jahre erfolgreiche Arbeit.« Er prostete Helmut zu, der sich mit einem knappen Nicken bedankte. »Trotzdem. Wir wollen kein Risiko eingehen. Du weißt, was du zu tun hast?« Er machte eine Pause. »Und wofür du bezahlt wirst.« Lukas schwieg. Natürlich wusste er, was von ihm erwartet wurde.

»Ganz oifach. Du schreibsch die kabudd«, sagte Helmut und grinste.

Lukas starrt immer noch auf seinen Laptop. Kaputt schreiben. Das heißt im Klartext, er soll Annas Kampagne, ja, sogar ihre Karriere beenden, bevor sie überhaupt richtig angefangen hat. Er soll ihre Hoffnungen zerstören. Ist es das, was er vor ein paar Monaten unterschrieben hat? Aber er konnte doch nicht ahnen, dass Anna auftauchen würde! Normalerweise wäre die Wahl einfach durchgelaufen, Helmut Bartholomä hätte im ersten Wahlgang die absolute Mehrheit bekommen, zack, fertig. Und damals stand Lukas mit dem Rücken zur Wand. Es war schließlich nicht seine Schuld, dass das Ende seiner Ausbildung an der Journalistenschule in München, die renommierteste Einrichtung ihrer Art, mit dem Höhepunkt der Pandemie zusammenfiel! Sein Abschluss war damit praktisch wertlos geworden. Man bot ihm eine Stelle bei einem kommerziellen Radiosender an, aber Lukas wollte unbedingt zur Zeitung. Das war schließlich von Anfang an sein Ziel, und es ist das, was er am besten kann. Er bewarb sich bestimmt hundertmal. Es kamen nur Absagen, überall wurden Stellen abgebaut, wegen zurückgehender Werbeeinnahmen und weil immer weniger Menschen bereit waren, für eine Zeitung zu bezahlen, wenn man doch fast alles im Internet umsonst nachlesen konnte. Man bescheinigte ihm eine herausragende Ausbildung, Talent und eine gute Schreibe, aber es gab einfach keine Jobs. Er war fertig. Fertig und pleite. Er hatte sein ganzes Geld, seine ganzen Ersparnisse in die zehnmonatige Ausbildung gesteckt. München war teuer. Er hätte damals versuchen können, den Opa anzupumpen, aber der hat ja auch nicht viel. Glaubt Lukas wenigstens. Und selbst wenn, das wäre nicht okay gewesen, findet er. Seinen eigenen Opa anzupumpen!

Und dann bekam Lukas den Anruf von Werner. Werner Schelkle, Geschäftsführer von Miss Nightingale, dem größten Arbeitgeber in Schwäbingen, dem Ort, in dem Lukas aufgewachsen ist und der ihm vor ein paar Jahren zu eng geworden ist. Er produziert Unterwäsche, die man für ein paar Euro bei Lidl oder Aldi kaufen kann. Wegwerfware, die kaum eine zweite Wäsche übersteht, aber gekauft wird wie blöd, weil sie sexy ist, und auch in großen Größen erhältlich. Sexy Wäsche für die schwäbische Hausfrau, das ist Werner Schelkles Erfolgsrezept. Stringtanga unterm Kittelschurz, der radikale Gegenentwurf zu Trigema, aber auch vor Ort produziert und nicht in Bangladesch hergestellt. Sie hatten sich nie zuvor persönlich getroffen, Lukas und Werner Schelkle, und Lukas hatte nicht die geringste Ahnung, woher der Schelkle seine Nummer hatte, oder wieso er überhaupt wusste, dass es Lukas gab, und dass er dringend einen Job suchte. Aber nur einen Tag später fand sich Lukas das erste Mal auf dem Freischwinger wieder. Bei diesem ersten Treffen in der Bibliothek von Schelkles Villa war Helmut nicht dabei. Dass der Schelkle und der Bürgermeister dickste Kumpel waren, dass sie schon vor Jahren einen Pakt geschlossen hatten, dessen einziges Ziel es war, in Schwäbingen die Strippen zu ziehen und alle politischen und wirtschaftlichen Gegner auszuschalten, das war Lukas zu diesem Zeitpunkt noch nicht klar. Auch nicht, dass Helmut die Marionette von Werner war.

Helmut Bartholomä, der Bürgermeister, hatte Werner Schelkle, den Unterhosenfabrikanten, in den Ort geholt, nicht weil er Jobs schaffen, sondern weil er seine Position stärken wollte, nur war seither Werner der eigentliche Chef. Was der Helmut natürlich nicht kapierte, weil der Werner viel zu schlau für ihn war. Der ließ ihn im Glauben, dass er der große Macker war, und zog im Hintergrund die Strippen. Lukas hat manchmal den Eindruck, dass er der Einzige ist, dem das auffällt. Es ist unfassbar. Aber selbst wenn ihm das alles vorher klar gewesen wäre, hätte es etwas an seiner Entscheidung geändert? Werner bot ihm einen gut bezahlten Job auf dem Silbertablett an, und er war verzweifelt und brauchte dringend Geld. Er ließ sich einwickeln. Und so marschierte er mit einem unterschriebenen Vertrag in der Tasche und dem Knurren des Schäferhundes im Ohr aus der Villa.

Natürlich weiß er, dass es ein Pakt mit dem Teufel ist. Der Kanzler bestimmt die Richtlinien der Politik, und Werner Schelkle bestimmt die Richtlinien des *Schwäbinger Boten.* Und irgendwie auch die der Schwäbinger Politik. Lukas liefert ihm jeden Tag eine Zeitung, die vor Erscheinen von ihm zensiert wird. Toll ist das nicht, aber das ist schließlich alles nur vorübergehend. Ein Sprungbrett. In spätestens einem Jahr ist er weg.

»Schwäbingen zeigt Anna Freitag die kalte Schulter«, tippt Lukas als Überschrift. Ja, er weiß, was er zu tun hat. Und es wird noch viel schwieriger werden als gedacht. Weil Lukas Anna Freitag zwar nur wenige Minuten auf dem Marktplatz erlebt hat, aber das hat gereicht. Seine Menschenkenntnis trügt ihn nur selten. Sie mag vielleicht aussehen wie ein unschuldiges Engelchen mit ihren blonden Locken unter dem albernen Mützchen, diese Anna, aber das bedeutet bei Weitem nicht, dass sie nicht durchsetzungsfähig ist. Und nicht nur das. Anna Engel, nein, Anna Freitag würde, wenn man ihr nur eine faire Chance gäbe, eine ganz großartige Bürgermeisterin abgeben. Dann hätte es ein Ende mit Vetterleswirtschaft und Gemauschel. Lukas hat nur eine leise Ahnung davon, wie Schwäbingen dann aussehen würde, aber er ist sich ziemlich sicher, es wäre ein freundlicherer, glücklicherer Ort auf dieser durchgeknallten Erde, wenn es einen Engel als Bürgermeisterin hätte. Und seine Aufgabe ist es, genau dies zu verhindern.

Es wird nicht einfacher werden mit dem Schlafen.

3. KAPITEL

In dem Anna sich zuerst selbst bemitleidet, dann mit dem Straßen- und Häuserwahlkampf beginnt und einen kleinen Schock erleidet

Anna ist nicht stolz drauf, dass sie nach dem Fiasko auf dem Marktplatz geheult hat wie eine Dreijährige, der man im Sandkasten das Förmchen weggenommen hat. Erst am Telefon mit ihrer Mutter, dann im Zoom-Meeting mit den Mädels vom FAWB. Dabei ist Anna alles andere als eine Heulsuse. Das letzte Mal geheult hat sie, als sie Lennart und Marie in Hamburg ertappt hat. Vor Wut. Das ist jetzt immerhin schon vier Jahre her. Seither keine einzige Träne, nichts. Jetzt aber fließt die Enttäuschung aus ihr heraus wie aus einem Wasserhahn und lässt sich nicht stoppen. Leider haben weder ihre Mutter noch die Mädels Mitleid mit Anna. Im Gegenteil. Sie reden ihr unabhängig voneinander sehr streng ins Gewissen, dass sie sich gefälligst zusammenreißen soll.

»Anna! Du bist eine Freitag«, hat ihre Mutter sehr energisch gesagt. »Freitags flennen nicht, sie kämpfen. Hast du mich jemals heulen sehen?«

»Wetten, da hat der olle Bürgermeister seine Finger im Spiel«, hat Alina bissig gesagt, »oder der Unterhosenunternehmer. Vielleicht sogar beide? Die haben den Leuten bestimmt eingeflüstert, sie sollen daheim bleiben. Davon lässt du dich doch nicht beeindrucken! Wieso coachen wir dich eigentlich seit Wochen? Damit du beim ersten Rückschlag anfängst zu flennen?«

»Glaubst du etwa, ein Mann würde so rumjaulen?«, hat Miriam streng gesagt. »Der würde das schlechte Wetter verantwortlich machen. Aber weil du eine Frau bist, denkst du, es liegt an dir, und zerfleischst dich!«

Sie haben ja recht.

Sie hat ihnen auch von diesem schrecklichen Lukas von der Lokalzeitung erzählt, der so unerträglich arrogant ihr gegenüber aufgetreten ist und alles noch viel schlimmer gemacht hat. Natürlich fanden Alina und Miriam sein Macho-Gehabe unmöglich, was Anna extrem guttat. Alina hat ihr dann später noch eine WhatsApp geschickt.

»Ich habe ein bisschen recherchiert, und rat mal, was dabei rausgekommen ist. Stell dir vor, die Zeitung gehört dem Unterhosenfabrikanten! Damit ist doch alles klar!«

Ja, jetzt ist Anna alles klar. Lukas wird dafür bezahlt, sie fertigzumachen. Der Unterhosenfabrikant weiß ganz genau, dass sie ihn als Bürgermeisterin zwingen würde, Abwassertestergebnisse vorzulegen und seine Produktion umweltfreundlicher zu machen. Ihre Kandidatur ist erst seit wenigen Tagen öffentlich, er muss also schon vorher direkt aus dem Rathaus erfahren haben, dass sie sich bewirbt, und dann hat er seinen Zeitungsjungen entsprechend instruiert. Das wiederum bedeutet, dass der Bürgermeister und der Unterhosenkerl unter einer Decke stecken, was nicht besonders erstaunlich ist. Viel erstaunlicher ist, dass sich dieser Lukas auf so einen miesen Deal eingelassen hat. Der ist doch jung, ungefähr in ihrem Alter, und er passt nicht zu diesen korrupten weißen alten Männern. Wenn sie sich unter anderen Umständen kennengelernt hätten, hätte sie ihn vielleicht sogar ganz nett gefunden. Auch wenn sie es total albern findet, wenn jemand mit Bart, dick umrandeter Brille und Mützchen voll das Hipsterklischee bedient. Aber viel schlimmer ist ja, wie der sich aufgeführt hat! Der kommt wohl nicht damit klar, dass sich eine Frau als Bürgermeisterin bewirbt! Es macht sie unendlich wütend. Aber Miriam hat recht, ein Mann würde garantiert nicht heulen und sich über Lukas aufregen. Er würde einfach weitermachen, völlig unbeeindruckt.

Am meisten geärgert hat sie sich darüber, dass Lukas sie als Weihnachtsengel bezeichnet hat. Das ist so was von sexistisch und total nicht auf der Sachebene! Leider ist das auch nichts Neues. Seit Anna denken kann, wird sie mit einem Engel verglichen. Das hat sie schon als Kind wahnsinnig genervt. Weil es so wenige Kinder auf Hooge gab, musste jedes einzelne beim Krippenspiel in der Hooger Kirke antreten. Da wurde man erst gar nicht gefragt. Die meisten Kinder freuten sich darauf, Anna dagegen hasste es. Jedes Jahr bettelte sie, einmal, nur einmal einen Hirten oder den Esel spielen zu dürfen, aber keiner der Pfarrer, Organisten oder sonstigen Erwachsenen, die über die Jahre hinweg das Krippenspiel mit den Hooger Kindern einstudierten, ließen Anna etwas anderes spielen als einen Engel. Man musste ihr nur ein weißes Leintuch umhängen, ein Paar Flügelchen dranpappen und ein Sternchen aus Goldfolie an ihren blonden Löckchen befestigen, schon sah sie aus wie ein Engelchen. So putzig, dass die Feriengäste, die an Heiligabend zum Gottesdienst in die Halligkirche kamen, Entzückensschreie ausstießen. »Nein, was für ein süüüßes Kind! Wie ein echter Engel!« Und dann wurde sie fotografiert. An Heiligabend war Anna definitiv das gefragteste Foto- und Handymotiv auf ganz Hooge. Die Leute fragten nicht mal, ob das okay war, und ihre Eltern ließen es einfach zu, weil sie nicht unhöflich sein wollten. Eigentlich hätte Anna die Hand aufhalten müssen.

Anna legte nicht den geringsten Wert drauf, süüüß zu sein. Mit sechs klaute sie das Brotmesser aus der Küche und säbelte sich die Locken ab. Es sah grausam aus, und ihre Mutter war schrecklich böse, vor allem wegen des Messers. »Du hättest dir aus Versehen die Kehle durchschneiden können!« Sie hielt es für die beste Strafe, erst Wochen später mit Anna zum Friseur aufs Festland zu fahren. Anna konnte ihr Glück kaum fassen. Sie hatte zum ersten Mal in ihrem Leben himmlische Ruhe, weil sie aussah wie ein gerupftes Huhn. Endlich rasten mal keine Touristen und Tagesgäste auf sie zu, um ihr den Kopf und die Locken zu tätscheln, als sei sie ein Tier im Zoo.

»Peter, guck doch mal, wie süüüß! Ein echtes Halligkind! Es sieht aus wie ein Engelchen!«

Als junge Erwachsene hatte sie es dann mit einer Kurzhaarfrisur versucht, aber da standen ihre Haare in alle Richtungen ab.

Sie sah aus wie ein Igelball. Nun trägt sie einen kinnlangen Bob, um etwas weniger engelmäßig rüberzukommen. Es hilft nur bedingt, wie man an Lukas' Reaktion gesehen hat. Was soll sie machen, schließlich kann sie sich schlecht die Nase vergrößern und die Locken glätten lassen. Okay, sie sieht also süüüß aus und ist außerdem noch nett. Aber sie ist bestimmt kein Weibchen, das wegen seines Aussehens gewählt werden will, dafür trägt sie viel zu schlabbrige Klamotten. Sie weiß ganz genau, was sie will, und sie wird darum kämpfen. Hätte sie sich vielleicht sonst Schwäbingen ausgesucht, um Bürgermeisterin zu werden? Es gibt sicher einfachere Orte und leichtere Gegner als einen Amtsinhaber, der seit vierundzwanzig Jahren unangefochten wie ein König regiert. Genau diese Herausforderung hat Anna gereizt. Wenn man sie wegen ihres Aussehens für schwach und nicht durchsetzungsfähig hält, umso besser. Sollen die Leute sie ruhig unterschätzen. So wie dieser Lukas. Sie wird jedes Mal von Neuem wütend, wenn sie an die Begegnung mit ihm denkt.

Anna wird weitermachen, als hätte es den missglückten Auftakt nicht gegeben, und den Nachmittag mit Häuserwahlkampf verbringen. Wenn die Leute nicht zu ihr kommen, dann wird sie eben zu ihnen gehen. Aber erst muss sie noch ein paar Stunden arbeiten. Sie hat die Praxisphase ihres Studiums bei der Stadt Konstanz auf dem Hauptamt absolviert. Die haben sie gar nicht mehr gehen lassen wollen, und jetzt arbeitet Anna noch immer auf Stundenbasis online für das Personalamt. Sie verfasst Stellenausschreibungen und sichtet Bewerbungen. Sie ist ganz froh, dass auf diese Weise während ihres Wahlkampfes wenigstens ein bisschen Geld reinkommt. Anna arbeitet schnell und konzentriert. Zumindest die ersten Stunden. Dann wird sie immer langsamer. Ihr graut davor, von Haus zu Haus zu gehen! Man wird ihr die Tür vor der Nase zuschlagen. Davor werden sie einen schwäbischen Kommentar loslassen, den sie nicht versteht. Obwohl Anna schon seit fast vier Jahren in Süddeutschland ist, tut sie sich schwer mit dem Dialekt. In Konstanz war es nicht so schlimm, da kam sie ganz gut klar, denn es gab viele Leute, die wie sie aus anderen Ecken Deutschlands oder aus dem Ausland kamen und Hochdeutsch sprachen.

Aber in Schwäbingen ist der Dialekt ziemlich ausgeprägt. Nomen est omen! Viele Leute scheinen gar kein Hochdeutsch zu können. Die Verzweiflung, die immer noch gemütlich und selbstgerecht in Annas Herzen hockt, grinst breit, weil sie Oberwasser hat. Außerdem kann sie Schwäbisch. Des schaffsch du nie, Mädle, flüstert sie. Anna wird jetzt sauer auf sich selbst. Du bist eine Freitag, hat ihre Mutter gesagt. Freitags heulen nicht, sie kämpfen. Wenn sie sich nicht mal traut, Häuserwahlkampf zu machen, wie will sie dann hier als Bürgermeisterin bestehen? Sie sagt der Verzweiflung, sie solle gefälligst verschwinden (was die leider nicht besonders beeindruckt), und konzentriert sich auf die Arbeit. Nach einer weiteren Stunde klappt sie den Computer zu und holt tief Luft. Sie schlüpft in ihre Hanfschuhe, zieht eine dünne Baumwolljacke an und hängt sich die Umhängetasche mit ihren Flyern und den Schirmkappen um. Natürlich setzt sie auch selbst eine auf. Und ihr Lächeln. Das wird ihr vermutlich spätestens dann im Gesicht festfrieren, wenn sie sich die Zeitung von heute besorgt.

Jetzt ist sie erst einmal froh, dass sie dem dunklen Zimmer entkommt, das ihr die schwäbische Vermieterin nur deshalb für ein paar Wochen überlassen hat, weil sie niemanden gefunden hat, der längerfristig mieten will, was Anna überhaupt nicht wundert, weil das vollmöblierte Appartement offensichtlich als Abstellkammer für hässliche alte Schränke und Kommoden dient. Jedes Mal, wenn Anna aus dem Haus geht, geht im Parterre die Wohnungstür der Vermieterin ein kleines Stück auf.

Kurz nach zwei läuft sie durch die kleine Fußgängerzone von Schwäbingen, mit Cap, Tasche und dem festgetackerten Lächeln. Hier wird sie anfangen. Gestern Abend war hier alles wie ausgestorben, nun herrscht auf einmal reger Betrieb zwischen Bäcker Nr. 1, Metzger Nr. 1, Metzger Nr. 2, dm-Markt, Apotheke, Bäcker Nr. 2, Blumenladen, Bankfiliale, Dönerimbiss, Café und dem

Zeitungslädchen mit Paketshop und Schreibwaren. Heißt das etwa, die Leute fühlen sich abends nicht sicher? Oder liegt es an der mangelnden Aufenthaltsqualität im öffentlichen Raum außerhalb der Ladenöffnungszeiten? Das muss sie rausfinden.

Jetzt sind hier viele Mütter mit Kindern unterwegs, außerdem ältere Leute, dazwischen ein paar Halbwüchsige in schwarzen Klamotten und mit Punkfrisuren, die rauchend und mit Bierflaschen in der Hand an einem Mülleimer lehnen und offenbar nicht wissen, wohin mit sich. Da fehlt ein Freizeitangebot, ganz klar! Eine Frau mit Kinderwagen kommt Anna entgegen, sie streckt ihr einen Flyer und eine Kappe hin.

»Schönen guten Tag! Ich bin Anna Freitag, und ich möchte Bürgermeisterin von Schwäbingen werden! Haben Sie Lust, sich kurz mit mir zu unterhalten?« Ihre Stimme klingt gut, findet sie. Enthusiastisch, aber nicht aufdringlich. Die Frau starrt sie bloß an, als habe sie ein Alien getroffen, ihre Augen sind weit aufgerissen. Dann schüttelt sie den Kopf, murmelt etwas von »koi Zeit« und eilt weiter, ohne auch nur den Flyer mitzunehmen. Na toll, denkt Anna frustriert. Als Nächstes kommen ein paar Frauen im Rentenalter, sie laufen gemächlich nebeneinander und unterhalten sich im breitesten Schwäbisch. Für Anna klingt es wie Chinesisch, trotzdem sagt sie brav ihr Sprüchlein auf. Die Frauen bleiben stehen. Das ist doch wenigstens ein Anfang, denkt Anna.

»Wer send Sie?«, sagt die erste.

»Was wellad Sie?«, sagt die zweite.

»Mädle, lass bleiba!«, sagt die dritte.

»Dr Helmut isch dr Helmut isch dr Helmut!«, sagt die erste und läutet damit die zweite Runde ein. Sie schauen sich an, wackeln mit den Köpfen und sagen »Ha wa!« und »Gell!« und »Ha noi!«. Chinesisch, ganz klar. Das geht eine ganze Weile so. Offensichtlich haben sie Anna völlig vergessen. Sie will eigentlich schreiend davonrennen. Stattdessen räuspert sie sich laut und fragt: »Darf ich Ihnen mein Wahlprogramm vorstellen?«

Die Rentnerinnen seufzen schwer und setzen ihren Weg fort,

ohne Anna auch nur zu antworten. Immerhin haben sie die Flyer mitgenommen. So geht es weiter. Die Leute runzeln entweder die Stirn, oder ihre Augen weiten sich vor Schreck, oder sie drehen sich panisch in alle Richtungen um, als würde sie jemand bei etwas Verbotenem ertappen. Dann hasten sie an Anna vorbei. Niemand lässt sich auf ein Gespräch ein. Was herrscht denn hier für ein Klima, denkt Anna, das ist ja noch viel schlimmer als gedacht! Und wie soll sie Wahlkampf machen, wenn niemand auch nur mit ihr redet? Und dann taucht plötzlich Lukas auf. Ausgerechnet! Er biegt um die Ecke und läuft geradewegs auf sie zu, aber er unterhält sich dabei angeregt mit einem noch viel größer gewachsenen Mann und schaut nicht in ihre Richtung. Das muss jetzt wirklich nicht sein. Wenn er sie sieht, macht der Kerl gleich das nächste fiese Foto! Anna Freitag macht Wahlkampf mit sich selbst! Sie ist nur ein paar Meter weg vom Zeitungsladen, stürzt hinein und versteckt sich hinter dem Zeitungsständer. Vorsichtig späht sie hinaus und hofft, dass die Zeitungen sie verbergen. Lukas marschiert eine Sekunde später draußen vorbei, ins Gespräch vertieft, und Anna ist sich ziemlich sicher, dass er sie nicht gesehen hat. Sie seufzt tief auf vor Erleichterung. Die Erleichterung hält so lange an, bis ihr Blick auf die Zeitung fällt, die direkt vor ihrer Nase klemmt. Dann verwandelt sie sich in Entsetzen. Es ist, als ob Anna in einen Spiegel schaut, denn sie sieht sich selbst, in Großaufnahme, vorne, auf dem *Schwäbinger Boten*, und sehr allein.

4. KAPITEL

In dem wir Martin Sickinger kennenlernen, Lukas sich bei der feierlichen Ehrung des zwanzigtausendundersten Bürgers von Schwäbingen in Grund und Boden schämt und die drei Kerle von der Stadtkapelle einen großen Auftritt haben

Natürlich hat Lukas Anna gesehen, aber er hat sich nichts anmerken lassen. Sie hat es schließlich auch so schon schwer genug. Wahrscheinlich kauft sie gerade bei Davut die Zeitung und starrt genau in diesem Augenblick auf ihr Bild. Übelkeit steigt in Lukas hoch, als er sich vorstellt, was für einen Schock das bei ihr auslösen muss. Reflexartig hält er sich die Hand vor den Mund und hustet, um nicht zu würgen.

»Älles in Ordnung, Lukas?«, fragt Martin Sickinger, der neben ihm herstapft, leutselig. Wobei er mehr so über ihm schwebt. Lukas ist nun wirklich nicht klein, aber Sickinger ist 2,05 Meter groß und so stolz drauf, als sei es sein eigener Verdienst. Alle, die kleiner sind als er, sind irgendwie selbst dran schuld. Findet er jedenfalls.

»Alles gut«, antwortet Lukas und versucht, lässig zu wirken.

Sie haben sich zufällig getroffen auf dem Weg ins Rathaus zum Pressetermin. Sickinger geht mittags immer heim und lässt sich bekochen, was nicht ungewöhnlich ist in Schwäbingen, wo die schwäbische Hausfrau noch das tut, was man von ihr erwartet, zumindest im Umfeld von Helmut Bartholomä. Martin Sickinger ist sein Erster Beigeordneter. Dabei ist Sickingers Frau gar keine Schwäbin, sondern Thailänderin. Er hat sie aus dem Urlaub mitgebracht und sie geht ihm bis zur Hüfte. Drei alte Frauen stehen mitten in der Fußgängerzone und scheinen nicht zu merken, dass sie den Weg versperren. Sie halten Flyer in der Hand, die ganz offensichtlich von Anna stammen, und reden wild durcheinander.

»Sie hot doch nett ausgsäh.«

»Aber viel z'jong.«

»Die hot koi Chance.«

»Mr muss ihr halt oine gäba!«

»Die soll lieber Kendr kriega!«

»Außerdem isch se vo Norddeitschland!«

»Ond Schwäbisch kah se au net.«

»Des kah se lerna!«

So geht es weiter. Die Frau, die Anna eine Chance geben will, wird von den anderen beiden zugetextet. Martin Sickinger dreht sich noch mal um, als sie an den Frauen vorbei sind, und grinst.

»Keine Chance«, murmelt er. »Des Mädle hat keine Chance. Schon gar nicht mit unserem subbr Lokalreporter.« Als er das sagt, wird es Lukas schon wieder schlecht, und dann haut ihm Martin auch noch jovial auf die Schulter, so heftig, dass Lukas fast in die Knie geht. Er reibt sich die schmerzende Stelle. Martin Sickinger hat beim letzten Ironman auf Hawaii einen mehr als respektablen dreihundertvierundneunzigsten Platz von insgesamt knapp fünfhundert deutschen Teilnehmern geschafft und ist dafür selbstredend vom Bürgermeister im Rathaus geehrt worden. Lukas hat ausführlich darüber im *Schwäbinger Boten* berichtet.

Sickinger ist Ende vierzig, besteht nur aus Muskeln und trainiert fünf- bis sechsmal die Woche, was zusammen mit seinen ausgedehnten Mittagspausen ein kleines Licht darauf wirft, wie viel Zeit ihm dann noch fürs Rathaus bleibt. Natürlich kennen sie sich von früher (es gibt praktisch niemanden in Schwäbingen, den Lukas nicht von früher kennt). In seiner Schulzeit hat Lukas Handball im SV Schwäbingen gespielt, und Sickinger war der Trainer. Erst Jahre später, als die Missbrauchsskandale in den Kirchen ans Tageslicht kamen, ist Lukas ins Grübeln gekommen, warum der Martin nach dem Training eigentlich immer in der Umkleide aufgetaucht ist. Damals war es ihm normal vorgekommen, dass er lässig am Türrahmen lehnte, während sich die Mannschaft – alles Jungs zwischen vierzehn und siebzehn – duschte und umzog.

Sie sind jetzt am Marktplatz angekommen, Sickinger hält Lukas die Tür zum Rathaus auf, einem hübsch renovierten Fachwerkhaus. Die alte Holztreppe hinauf in den ersten Stock knarzt.

»Diese Ehrung heute …«, Lukas bemüht sich um einen lässigen Plauderton, »war die eigentlich schon länger geplant?« Sickinger lacht laut heraus. Es ist einfach unfassbar, wie naiv dieser Lukas ist. Das ist auch der Grund gewesen, warum er Werner Schelkle auf ihn aufmerksam gemacht hat, als der eine Marionette für die Lokalzeitung suchte. Lukas weiß nichts davon, er denkt vermutlich, Schelkle habe ihn wegen seiner tollen Schreibe engagiert. Super Lokalreporter? Der Kerl ist ein blutiger Anfänger und so wunderbar einfach zu manipulieren. Vor ein paar Monaten hat Martin zufällig von Jessica gehört, dass Lukas dringend einen Job braucht, und er wusste, dass Werner mit ihm leichtes Spiel haben würde. Deswegen hat er die beiden zusammengebracht. Noch immer ist er stolz auf seinen Coup. Von der kleinen Vermittlungsgebühr, die ihm der Werner diskret hat zukommen lassen, hat er sich eine neue Leder-Sofalandschaft gekauft.

»Länger geplant? Ha noi. Das haben wir uns letzte Woche beim Werner und beim Whisky ausgedacht, der Helmut und ich. Das ist bloß wegen dieser Anna.« Er lacht laut und hämisch. Es gibt wenige Dinge, die Martin Sickinger so viel Spaß machen, wie Lukas Allgöwers naives Weltbild zu erschüttern. Dem stehen seine Gefühle einfach immer ins Gesicht geschrieben. Das war früher beim Handballtraining schon so, und es hat sich nichts daran geändert, bis heute. Er ist zwar älter geworden – und sieht immer noch gut aus, sein Hipsterlook gefällt ihm –, aber offensichtlich kein bisschen erwachsen.

»Aber was hat denn die Einwohnerzahl mit der Wahl zu tun?«, fragt Lukas verwirrt.

»Wenn du dich mit Kommunalwahlrecht auskennen tätest, wüsstest du, dass man ab dem zwanzigtausendundersten Einwohner fünfzig Unterstützungsunterschriften sammeln muss, wenn man Bürgermeischder werden will. Der Amtsinhaber isch davon natürlich ausgenommen. Das wird dieses Mädle sicher nicht aufhalten, aber sie hat ein bissle mehr Arbeit. Ein Stein mehr im Weg.« Lukas scheint noch immer nicht zu begreifen, dass das Ganze ein Spiel ist, denkt Martin. Ein Spiel um die Macht. Eine Art Mensch-ärgere-dich-nicht, für das bei einem Glas altem Whisky in der Villa von Werner Schelkle die Regeln aufgestellt werden, während es nach außen hin so scheint, als gäbe es nur das Rathaus, und alles ginge mit rechten Dingen zu. Es geht gar nicht um diese Anna als Person. Die ist nur eine Schachfigur, die es hinauszukicken gilt. Auch Lukas ist nur eine Schachfigur, die hin- und hergeschoben wird, so, wie es Martin, Helmut und Werner passt.

»Ja, aber haben wir denn nun mehr als zwanzigtausend Einwohner in Schwäbingen oder nicht?«

»Ach, das muss man doch nicht so genau nehmen!«, ruft Sickinger vergnügt. »Einer hin oder her! Kann doch sowieso keiner beweisen! Das ischt halt der Trottel, der wo als Letzter zugezogen ist!« Bauernschläue. Man gibt sich ein bisschen dümmer, als man ist. Er hat gelernt, dass man damit weit kommt im Leben. Damit, und mit einer Körpergröße von 2,05 Metern, die alle Leute um einen herum wie mickrige Würstchen aussehen lässt. Selbst Lukas ist letztlich nicht viel mehr als ein mickriges Würstchen. Eine Marionette, die sie tanzen lassen, wie es ihnen passt. Natürlich ist Schwäbingen nicht die Bühne der großen, weltbewegenden Politik. Mit deren Ränkespielen hätte Martin Sickinger auch nicht mithalten können, da macht er sich gar keine Illusionen. Aber für Schwäbingen reicht es allemal. Es reicht auch für Helmut Bartholomä. Der ist nicht einmal bauernschlau, sondern schlicht und ergreifend strunzdumm. Was wiederum bedeutet, dass er ihn manipulieren kann. Der Schelkle denkt natürlich, er wäre der Strippenzieher, und Martin lässt ihn in dem Glauben. Aber er, der Martin, ist viel näher an seinem Chef dran, und der macht nichts, wirklich gar nichts, was er nicht will.

Lukas kann nicht fassen, dass sein alter Handballtrainer, den er eigentlich immer gern gemocht hat, im Bilde darüber ist, dass er Anna Freitag im *Schwäbinger Boten* fertigmachen soll. Und nicht nur das, offensichtlich nimmt er an den konspirativen Treffen in Werner Schelkles Villa teil, und dort ist man auf die tolle Idee gekommen, dass Schwäbingen einen Einwohner mehr hat, nur, damit die Herausforderin fünfzig Unterschriften von Wahlberechtigten sammeln muss? Das wird Anna zwar sicher hinkriegen, aber es bedeutet für sie natürlich eine zusätzliche Hürde. Geht es wirklich nur drum, Anna Freitag eins reinzuwürgen, oder ist sich Helmut Bartholomä vielleicht gar nicht so sicher, dass er wiedergewählt wird, und er spielt deshalb solche Kinderspielchen? Wenn Lukas bisher Zweifel daran gehabt hat, dass auch Martin Sickinger mit unter der dreckigen Decke steckt, dann sind die spätestens jetzt komplett ausgeräumt. Bei der Vorstellung, wie die drei das zusammen in der Villa ausgeheckt und sich dabei vermutlich prächtig auf Annas Kosten amüsiert haben, wird ihm zum dritten Mal schlecht.

Sie sind jetzt im ersten Stock, Sickinger klopft sehr bestimmt an das Vorzimmer des Bürgermeisters und marschiert hinein, ohne eine Antwort abzuwarten.

»Die sind schon im Trauzimmer!«, ruft Jessica, die Sekretärin von Helmut Bartholomä. Es gibt im Rathaus zwar einen Festsaal, aber der wird nur für offizielle Anlässe mit mindestens fünfzig Personen benutzt, darunter muss das Trauzimmer herhalten. Lukas bleibt auf der Türschwelle stehen und winkt Jessi zu. Normalerweise arbeitet sie nur vormittags, wegen ihrer beiden kleinen Kinder. Offensichtlich ist sie extra wegen dieses besonderen Anlasses nachmittags gekommen.

»Hi, Lukas!« Sie winkt fröhlich zurück. »Subbr Artikel!« Sie kennen sich schon ihr ganzes Leben, Jessi und er. Sie war eine Klasse über ihm und ist nach der Mittleren Reife vom Gymi abgegangen, um eine Ausbildung bei der Stadtverwaltung zu machen. Mitte zwanzig heiratete sie Marcel Bäcker, den Sohn des Metzgers. Es wird Lukas auf ewig ein Rätsel bleiben, warum sie ihn zur Hochzeit eingeladen hat. Natürlich ist er nicht hingegangen. Schließlich hatte er gut fünf Jahre vorher mit ihr Schluss gemacht.

»Wann kommst du endlich mal vorbei? Du hast das neue Haus immer noch nicht gesehen.«

»Ach, im Moment ist einfach zu viel los, mit dem Wahlkampf und dem Opa und so«, murmelt er ausweichend.

Seit er Jessi vor ein paar Monaten wieder im Rathaus von Schwäbingen über den Weg gelaufen ist, drängt sie ihn, dass er sie und den Metzgerssohn, der natürlich vom Vater den Betrieb übernehmen wird, besucht. Er erfindet ständig Ausreden. Das liegt nicht daran, dass Jessi seine erste große Liebe war. Er hasst Einfamilienhäuser in Neubaugebieten, mag Marcel nicht besonders, kann mit kleinen Kindern nichts anfangen, und worüber würden sie reden? Über ihre Schulzeit, Schweinehälften, ihre Hamster – Jessi liebt Hamster – und was Helmut Bartholomä für ein toller Chef ist? Jessi himmelt ihn an. Lukas hat dazu eine Theorie. Die besteht darin, dass Jessi Helmut als Ersatzvater betrachtet. Jessis leiblicher Vater war der Oberförster von Schwäbingen. 1999 ist er beim Sturm »Lothar« von einem Baum erschlagen worden, als er im Wald nach dem Rechten sehen wollte. Man muss schon ganz schön blöd sein, um als Forstwirt beim Sturm schnurstracks in den Wald zu marschieren, findet Lukas, aber das sagt er natürlich nicht laut zu Jessica. In der Grundschule war sie nach dem Unfall von allen Lehrern mit Samthandschuhen angefasst worden. Das arme, vaterlose Kind! Helmut und seine Frau Elfriede waren mit Jessicas Eltern befreundet, und Elfriede holte Jessica nach dem Tod des Vaters oft zu sich nach Hause. Später schwärmten alle Jungs für sie, mit ihren langen braunen Haaren und ihrer tollen Figur, auch Lukas machte da keine Ausnahme. Die Figur hat sie immer noch, die Haare ebenfalls. Lukas hat immer bedauert, dass sie kein Abi machen wollte und in Schwäbingen hängen geblieben ist. Er war gierig auf Neues und wollte nichts wie weg zum Journalistikstudium, während sie fand, dass sie in Schwäbingen alles hatte, was sie brauchte – Familie, Freunde, Arbeit. Nur eben Lukas nicht. Eine Zeit lang fuhr er noch mit halbem Herzen von München hin und her, dann kam es zur endgültigen Trennung. Jessica heulte, aber Lukas ist sich sicher, das lag vor allem daran, dass er ihren Stolz verletzt hatte und sie lieber mit ihm Schluss gemacht hätte, und nicht umgekehrt. Er hat schon immer den Verdacht, dass sie mehr an Schwäbingen hing als an ihm.

Sie quetschen sich ins Trauzimmer. Das ist eigentlich schon voll, mit dem Bürgermeister, drei Mitgliedern der Stadtkapelle in blauen Uniformen und dem zu ehrenden zwanzigtausendundersten Bürger. Der ist wohl Referendar an ihrem alten Gymi, wie Jessi Lukas berichtet hat. Er scheint irgendwie peinlich berührt, reagiert nur mit einem Murmeln auf Lukas' Gruß und wirkt kein bisschen so, als könne man mit ihm über ehemalige Lehrer tratschen. Einer der Musiker hat eine riesige Trommel vor dem üppigen Bauch hängen und füllt damit schon das halbe Zimmer. Die Traustühle sind zwar rausgeräumt worden, aber der große Tisch, hinter dem normalerweise der Standesbeamte sitzt, ist dringeblieben, und obendrauf liegt ein eingewickelter Blumenstrauß. Sie stehen so dicht an dicht, dass sie sich beinahe auf die Zehen treten. Martin Sickinger schüttelt Helmuts Hand, dann klopft er dem Referendar jovial und so kräftig auf die Schulter, dass der in die Knie geht, genau wie Lukas vorher. Er keucht kurz, sagt aber immer noch kein Wort und sieht ganz eindeutig so aus, als ob er jetzt lieber in der Wüste Gobi wäre als im Rathaus von Schwäbingen. Martin Sickinger zieht den Kopf ein und positioniert sich unter den Dachbalken. Er erinnert Lukas an einen Aasgeier.

»Der Größschte muss platzsparend unter die Schräge!«, poltert er.

»Subbr Artikel, Lukas«, raunt Helmut Bartholomä in Lukas' Ohr. »Sodele«, sagt er dann laut. »Jetzt, wo alle da sind, können mir mit unserem Festakt anfangen. Leider haben bloß drei Kerle von der Stadtkapelle kurzfrischdig Zeit gehabt. Schön, dass wenigstens ihr gekommen seid!« Er nickt den drei Musikern zu. Den zu ehrenden Neubürger hat er offensichtlich komplett vergessen.

Die drei Kerle von der Stadtkapelle formieren sich mit ihren Instrumenten zu einem Halbkreis, was dazu führt, dass die anderen noch dichter stehen müssen.

»Ois, zwoi, drei, vier!«, skandiert der Trommler zackig und beginnt, die Trommel kräftig mit dem Schlegel zu bearbeiten. Entzückt lauscht er seinen eigenen Schlägen. Was heißt hier Schläge, denkt er, es ist die allersüßeste Musik in seinen Ohren. Das hier ist viel besser als das Feuerwehrhaus, wo sie normalerweise proben. Da bringt man nicht die Scheiben zum Klirren, so wie hier. Außerdem hat der Helmut jedem von ihnen fünfzig Euro versprochen, bar auf die Hand. Dafür hat sich der Trommler bei seinem Chef krankmelden müssen, so am helllichten Nachmittag, aber das kriegt der nicht mit, der Malerbetrieb ist im Nachbarort. Nun haben auch die beiden anderen eingesetzt und stehlen ihm damit ein bisschen die Show, aber er ist immer noch der Lauteste, obwohl der neue Beckenspieler, wie heißt der noch gleich, versucht, seine Becken so kräftig gegeneinanderknallen zu lassen, dass er die Trommel übertönt, und der Peter mit seiner Tuba seine Basslinie dazu prustet. Die Melodie fehlt, deshalb kommen sie mehr zur Geltung als sonst. Der Referendar ist offensichtlich ein Kunstbanause, denkt der Trommler, weil er so weit, wie es nur geht, zur Tür zurückgewichen ist und seinen Körper gegen die Tür und die Hände auf die Ohren presst. Wahrscheinlich erkennt er nicht einmal, was sie spielen, dabei ist es völlig offensichtlich, auch ohne Melodieinstrument. Der verdient doch gar keine Ehrung! Dieser Lukas von der Lokalzeitung guckt auch leicht gequält. Nur der Helmut und der Martin scheinen zu wissen, was für einem Kunstgenuss sie da beiwohnen, sie haben ganz rote Backen vor lauter Aufregung und klatschen begeistert mit. Gegen den Takt, aber immerhin. Ob sie's erkennen, ob sie's erkennen? Er wird gleich nachfragen.

»Foddo machen nicht vergessen, Lukas!«, brüllt Helmut. Lukas nimmt die Hände von den Ohren und macht brav Fotos. Viel erkennen wird man darauf nicht, weil es so eng ist, und es wird bescheuert aussehen, aber das ist nicht sein Problem. Der Referendar starrt jetzt sehr konzentriert auf seine Turnschuhe. Endlich hört die Kapelle auf. Was haben die drei da eigentlich gespielt?, fragt sich Lukas. Vielleicht hat auch jeder was anderes gespielt? Helmut und Martin scheinen sich nicht zu wundern.

»Hend ihr's erkannt? Hend ihr's erkannt?«, ruft der Trommler begeistert. »Des war –«

»… das war *Jingle Bells*!«, fällt ihm der Tubaspieler ins Wort. Spielverderber. »Wir dachten, wenn es jetzt schon Lebkuchen in den Supermärkten gibt, obwohl erst September ist, können wir auch ein Weihnachtslied spielen! *Jingle Bells* passt immer, vor allem für einen feierlichen Anlass wie diesen! Wir üben gerade für unser Konzert in der Stadthalle am ersten Advent.«

Die Tür wird abrupt aufgerissen, was zur Folge hat, dass der an ihr lehnende junge Referendar nach vorn katapultiert wird, gegen die Trommel kracht und zu Boden geht. Der Trommelspieler hilft ihm auf und klopft ihm dann auf die Schulter, sodass er wieder in die Knie sackt.

»Hallole, Sie send aber stürmisch!«, ruft der Trommler jovial. »Meine arme Trommel!«

»Darf ich kurz stören?«

Jessica ist es, die die Tür aufgerissen hat, sie bückt sich und hält dann ein Tablett mit Kaffeetassen, einer silbernen Thermoskanne und einem Korb voller Butterbrezeln in den Händen. Sie strahlt Helmut an. Helmut strahlt zurück. Die zwei haben sich echt gefunden, denkt Lukas.

»Bei ons gibt's noch ganze Brezla, net bloß halbe wie früher beim Rommel in Stuttgart!«, ruft Helmut und lacht, als habe er einen großartigen Witz gemacht.

»Ich muss jetzt wirklich zurück in die Schule zum Nachmittagsunterricht«, murmelt der zwanzigtausendunderste Bürger von Schwäbingen. »Schönen Mittag noch.« Er stürzt zur Tür hinaus. Helmut zuckt mit den Schultern. »Dann kriegsch du halt seine Butterbrezel, Jessica. Und die Blumen hat er auch vergessen, die kannsch du in eine Vase tun und für die nächste Trauung hierlassen, dann sparen mir schon die zwanzig Euro für den Blumenschmuck. Und wollt ich ihm nicht eine Urkunde überreichen? Wie heißt der Kerle überhaupt?«

»Die Urkunde hatte ich dir auf den Tisch gelegt, Helmut. Übrigens hat gerade jemand angerufen und sich über die Lärmbelästigung aus dem Rathaus beschwert.« Jessica schenkt Kaffee ein, alle bedienen sich bei den Butterbrezeln.

Helmut winkt Lukas mit seiner Brezel zu und sagt verschwörerisch: »Dass der Referendar nur seinen Zweitwohnsitz hier hat, davon schreibsch nix, das gilt eigentlich net beim Einwohnerzählen. Aber im Krieg, in der Liebe und im Wahlkampf isch alles erlaubt! Oder?« Er sieht sich Beifall heischend um. Martin Sickinger, immer noch wie ein Aasgeier unter der Dachschräge eingeklemmt, nickt mehrmals enthusiastisch und scheint nicht zu merken, dass sein Hinterkopf dabei gegen den Dachbalken kracht, die drei Kerle von der Stadtkapelle feixen mit vollen Backen, und Jessica strahlt Helmut schon wieder an. Wie tief sind wir in Schwäbingen eigentlich schon gesunken?, denkt Lukas verzweifelt.

5. KAPITEL

In dem Anna ihren ersten Freund in Schwäbingen findet, um sich gleich darauf einen gefährlichen Feind zu machen

Wie kann man nur so unfassbar tief sinken? Es ist nicht nur ein Foto, nein, es sind sogar zwei. Das erste nimmt fast die halbe Titelseite ein. Auf dem ist Anna in Großaufnahme zu sehen, die Augen weit aufgerissen wie ein verschrecktes Reh. Hat sie wirklich so geguckt, oder hat der widerliche Kerl das Foto nachbearbeitet? Darunter steht, als Artikelüberschrift, »Schwäbingen zeigt Anna Freitag die kalte Schulter«. Von Lukas Allgöwer. Lukas Kotzbrocken, denkt sie wütend. Dann folgt ein kurzer Artikel, den sie am besten gar nicht erst liest, überraschenderweise auch von Lukas Allgöwer, und drunter ein zweites Bild, auch von … Auf dem wirkt der Marktplatz so groß wie der Petersplatz, nur ohne die üblichen Menschenmassen, und sie selbst ist so klein wie eine Maus. Unter diesem Bild steht: »Niemand zeigt Interesse an der ersten Wahlkampfveranstaltung der Herausforderin.« Wer wird sie nach diesem vernichtenden Bericht überhaupt noch ernst nehmen? Sie faltet die Zeitung so zusammen, dass man die Titelseite nicht sieht, und reicht sie dem jungen Typ, der hinter der Theke des Zeitungsladens steht und sie neugierig mustert. Sie ist jetzt vor allem wütend. Sehr wütend.

»Das sind Sie, oder?«, sagt er, in einem für Schwäbingen auffallenden Hochdeutsch, klappt die Zeitung wieder auseinander und streckt ihr die Titelseite entgegen. Sie zuckt zusammen.

»Ja.« Mehr sagt sie lieber nicht, weil sie sonst komplett ausrastet. Sie starrt auf die Zeitung. Dann starrt sie den Typen hinter der Theke an und wappnet sich für eine saublöde Bemerkung. Er starrt nicht zurück. Er lächelt.

»Wollen Sie vielleicht einen Kaffee? Sie sehn aus, als könnten Sie einen gebrauchen.«

»Einen Kaffee?« Sie schaut den Kerl ungläubig an. Zu gucken gibt es bei ihm einiges. Kräftig gebaut, dunkler Teint, Zwanzigerjahre-Schiebermütze, ein riesiger goldener Ohrring, und auf seinen ausgeprägten Oberarmmuckis sieht man vor lauter Tätowierungen keine Haut mehr. Sehen so etwa echte Schwaben aus? Eher nicht. Und er lächelt und bietet Anna einen Kaffee an! Ob sie ihm leidtut, wegen der Fotos? Egal. Der Kaffee ist die erste nette Geste überhaupt, seit sie nach Schwäbingen gezogen ist. Wahrscheinlich ist er im Plastikbecher und bestimmt nicht fair gehandelt, und eigentlich trinkt sie nur Grüntee aus biologischem Anbau, aber da muss sie wohl über ihren Schatten springen, ausnahmsweise.

»Kaffee wäre echt nett. Ich bin übrigens Anna.«

Er grinst. »Ich weiß. Ganz Schwäbingen weiß das. Auch wenn alle so tun, als ob sie dich nicht kennen. Ich bin Davut. Ich komme aus Türkei.« Er ahmt den typischen türkischen Akzent nach und grinst noch breiter. Sein Deutsch ist makellos, findet Anna, bestimmt ist er hier geboren. Obwohl er dann eigentlich Schwäbisch sprechen müsste.

»Den Kaffee mit Milch?«

»Ich trinke keine Kuhmilch«, sagt sie ausweichend. Das findet er jetzt sicher komisch. »Gerne schwarz, kein Zucker.«

»Ist Hafermilch okay?«

»Hafermilch ist super.« Hafermilch? Im Zeitungslädchen in der Fußgängerzone von Schwäbingen gibt es Hafermilch! Wo andere Leute Zigaretten kaufen? Obwohl. Anna kann nirgends Zigaretten sehen. Auch keinen Alkohol. Nur Zeitungen, Zeitschriften, Lottoscheine, Süßigkeiten, Brötchen, ein großes Tablett mit Baklava und dann natürlich alles, was man normalerweise so in einem Paketshop findet, Umschläge in allen Größen und Versandmaterial, dazu Kulis und Schulhefte. Davut geht zu einer italienischen Kaffeemaschine, nimmt einen Kaffeebecher aus Porzellan – von wegen Plastik! –, lässt Kaffee in die Tasse laufen und schäumt nebenher die Hafermilch auf. Dann stellt er Anna den Kaffee auf die Theke und legt ein großes Stück Baklava auf einer Serviette dazu. Der Kaffee hat eine wunderbar fluffige Haferhaube. Annas spontaner Impuls ist es, das ungesunde, garantiert nicht vegane Baklava aus Industriezucker abzulehnen, aber das wäre extrem unhöflich. Sie wird einen Bissen nehmen und den Rest liegen lassen, auch wenn das nicht sehr nachhaltig ist. Sie beißt eine kleine Ecke ab, und der Geschmack explodiert nur so in ihr. Süß, klebrig, köstlich! Ein wohliges Gefühl verteilt sich langsam in ihrem ganzen Körper, und sie schließt überwältigt die Augen, um es zu genießen. Noch nie hat sie so etwas erlebt. Es fühlt sich definitiv anders an als bei ihren selbst gebackenen veganen Matcha-Keksen. Sie beißt jetzt ein großes Stück ab, und das Wohlgefühl wird noch stärker. Sie öffnet die Augen wieder und nimmt einen Schluck von dem Kaffee. Himmlisch! Sie leckt sich den Milchschaum von der Oberlippe. Davut grinst noch breiter. Gleich wird sie die Fassung verlieren und wieder heulen, schon zum zweiten Mal in vierundzwanzig Stunden, weil er so nett zu ihr ist.

»Lecker, gell?«, fragt Davut. Fasziniert hat er beobachtet, wie Anna Baklava isst, mit einer Hingabe, als sei es das allererste Mal in ihrem Leben. Ob ihr überhaupt klar ist, dass ihre Gefühle für jeden sichtbar über ihr Gesicht laufen, als sei es der Liveticker von ntv? Nicht gerade die besten Voraussetzungen, wenn man in die Politik will, denkt er.

»Unfassbar gut. Geradezu magisch. Hast du's gemacht?«

Er grinst. »Nee. Gibt schließlich für alles Grenzen. Meine Freundin. Die ist Schwäbin. Die kann Baklava. I kann's au. Schwäbisch, meine ich, nicht Baklava machen.« Er geht zur Kaffeemaschine und lässt einen Espresso in eine winzige Tasse laufen. Mit der Tasse in der Hand kommt er zurück und tippt auf die Zeitung.

»Da hast du dir was vorgenommen. Wieso tust du dir das an? David gegen Goliath. War wirklich niemand da gestern? Kein Schwein?«

Anna schüttelt den Kopf und seufzt. »Kein Schwein. Niemand.« Das nächste Stück Baklava, viel ist nicht mehr übrig.

»Der Zeitpunkt war denkbar schlecht gewählt. Da lief der neue Stuttgart-›Tatort‹ im Fernsehen.«

»Das ist wenigstens mal der Versuch einer Erklärung. Bisher hatte ich gar keine.«

»Die türkische Community in Schwäbingen interessiert sich nicht so wahnsinnig für Lokalpolitik. Aber vielleicht könntest du ein paar Flyer auf Türkisch übersetzen lassen? Dann könnte ich die für dich verteilen.«

»Wirklich? Das wäre super. Bist du denn politisch interessiert?«

Davut nimmt die Espressotasse und trinkt den Inhalt mit einem Schluck aus.

»Ich interessiere mich für das, was auf Bundesebene passiert, und was der Erdogan so in der Türkei anstellt. Wir haben noch ziemlich viel Familie in Ankara. Lokalpolitisch? Geht so. Ich mag den Bartholomä nicht besonders. Ich würde ihn jetzt nicht unbedingt als Rassisten bezeichnen. Er betont immer, wie wichtig wir Migranten für die Stadt sind, aber mein Eindruck ist, er meint damit die Dönerläden und die Pizzeria und meinen Kiosk. Wenn er hier reinkommt, ist er immer scheißfreundlich. Aber ich würde mal böse behaupten, weiße, alte, schwäbische Männer ziehen in Schwäbingen die Strippen. Der Bartholomä, der Sickinger, der Schelkle … bei dem arbeiten viele Türken in der Produktion, Frauen vor allem. Auch Portugiesinnen und Italienerinnen. Aber natürlich niemand im Management. Die einzigen Ausländer in der Stadtverwaltung sind bei der Müllabfuhr. So ein bisschen mehr Diversität würde dem Laden bestimmt nicht schaden. Vor allem in leitenden Positionen.«

»Diversität in der Stadtverwaltung! Das ist ein ganz wichtiger Teil meines Wahlprogramms!«, ruft Anna entzückt. Endlich jemand, der ihre Ansichten teilt! »Ich habe außerdem in meinem ausführlichen Wahlprogramm im Internet einen ganzen Absatz zum Thema Queerpolitik!«

»Wahrscheinlich weiß der Helmut nicht mal, was das ist. Böse Zungen behaupten, der Sickinger, sein Erster Beigeordneter, sei schwul. Das ist ja andernorts längst kein Thema mehr, aber in

Schwäbingen darf man das nicht zugeben, und deshalb hat er sich eine Alibi-Frau aus Thailand geholt. Kinder haben sie keine, und jedes Mal, wenn die Kanita bei mir eine *Brigitte* kauft, sieht sie ein bisschen trauriger aus. Sag mal, warum lässt du mir nicht einen Stapel von deinen Flyern da? Ich lege sie auf die Theke.« Davut streckt die Hand aus.

»Sehr gern! Bist du dir sicher, dass du daraufhin nicht meinetwegen Kunden verlierst?« Anna zieht einen Stoß Flyer aus ihrer Umhängetasche und drückt sie Davut in die Hand. Ihr erster Unterstützer! Ihr Herz hüpft vor Freude.

Davut lacht. »Ich habe hier Narrenfreiheit. Die Türken beäugen mich, weil ich nicht türkisch genug bin, und die Schwaben finden mich komisch, weil ich nicht schwäbisch genug bin. Also häng ich irgendwo in der Mitte, zusammen mit meiner schwäbischen Freundin, und wir machen unser eigenes Ding. Weder die Türken noch die Schwaben verstehen, warum ich keine Zigaretten und keinen Alkohol verkaufe, weil man daran doch am meisten verdient.«

Die Türglocke bimmelt, und eine Frau mit einem Kind an der einen und einem Postpäckchen in der anderen Hand kommt herein. Die Zeitung kostet 1,20 Euro, sieht Anna. Sie kramt ein Zwei-Euro-Stück aus der Umhängetasche, legt es auf die Theke und steckt die Zeitung ein.

»Ich störe dich nicht länger, Davut. Vielen Dank noch mal.«

»Du kannst jederzeit bei mir vorbeischauen. Auch wenn du keine Zeitung kaufen willst. Kaffee und Baklava gibt's immer für dich. Und ausheulen kannst du dich auch.« Er schiebt seine Mütze aus der Stirn und tippt mit der flachen Hand gegen sein Herz. »Ich glaube, da ist gerade ein Plätzchen für dich eingerichtet worden. Ganz frisch.«

Jetzt muss Anna wirklich die Tränen zurückhalten.

»Viel Erfolg beim Wahlkampf!«, schmettert Davut. Die Frau mit dem Kind mustert Anna neugierig, als sie euphorisch an ihr vorbei zur Tür hinaussegelt.

Anna beschließt, gleich mit dem Häuserwahlkampf anzufangen, mitten im alten Ortskern von Schwäbingen, solange ihre Euphorie von der Begegnung mit Davut noch anhält. Die Ortsmitte besteht außer dem Marktplatz, der evangelischen Kirche und der kleinen Fußgängerzone aus ein paar verkehrsberuhigten Straßen mit holprigen Pflastersteinen und hübsch renovierten Fachwerkhäusern. Ich werde den Wahlkampf auch dafür nutzen, Schwäbingen so gut wie nur möglich kennenzulernen, nimmt sich Anna vor. Ich werde nicht nur versuchen, mir die Straßennamen zu merken, sondern auch, wie es aussieht und was dort für Menschen wohnen. Wie eine Ortskarte, die ich fest in meinem Gedächtnis verankere. Ihr Herz klopft jetzt vor lauter Aufregung, aber sie ist auch ein kleines bisschen stolz. Ist es nicht das, worauf sie sich seit Jahren vorbereitet? Das, worauf sie hinarbeitet, seit sie von Hooge weggegangen ist?

Im Studium war sie lange Zeit in einer informellen Arbeitsgruppe, die sich mit nichts anderem beschäftigte als mit Häuserwahlkampf. Sie suchten sich einen abgelegenen Seminarraum, und dann machten sie Rollenspiele. Einer verkörperte den Wahlkämpfer vor der Zimmertür, die als Haustür fungierte, und einer den potenziellen Wähler dahinter, während der Rest der Gruppe das Geschehen mit kritischem Blick verfolgte und anschließend schonungslos Feedback gab. Der potenzielle Wähler, der hinter der Tür wartete, war mal unentschlossen, mal extrem unfreundlich und dann wieder so überschwänglich, dass er einen zum Kaffee einlud. Die Kunst bestand darin, in kürzester Zeit die wichtigsten Argumente vorzubringen, dabei nicht mehr als drei Minuten pro Person zu brauchen, sich von unverschämten Leuten oder knallharten AfD-Wählern nicht provozieren zu lassen und Einladungen höflich abzulehnen, aus Zeitgründen. In der Arbeitsgruppe war Anna immer diejenige, die das beste Feedback kriegte, obwohl sie die einzige Frau war. Aber das hier? Das ist was anderes. Das sind echte Menschen, die keine Rolle spielen, und vermutlich sind ziemlich viele von ihnen nicht so wahnsinnig gut auf sie zu sprechen, weil ihre Angehörigen jetzt, genau in diesem Moment, in der Unterwäscheproduktion von Werner Schelkle arbeiten, und viele von ihnen haben bestimmt beim Frühstückskaffee das schreckliche Bild von ihr im *Schwäbinger Boten* gesehen, das der Lügen-Lukas verbreitet hat. Trotzdem beschließt sie, jetzt einfach mal optimistisch zu sein. Es ist schließlich eine Sache, nicht zu einer öffentlichen Veranstaltung zu kommen, bei der man gesehen wird. Es ist weitaus unverfänglicher, sich an der Tür mit jemandem zu unterhalten. Und es muss doch einfach Menschen in Schwäbingen geben, die von Helmut Bartholomä die Schnauze voll haben!

Sie stellt sich auf den Platz vor der evangelischen Kirche und macht erst einmal ein paar Fotos, erst von der Kirche, dann von den Fachwerkhäusern drumrum, für ihre kleine Doku. Dann marschiert sie zum ersten Haus, »Kirchplatz 1«, nimmt all ihren Mut zusammen und klingelt. An der Klingel steht nur ein einziger Name. Nichts rührt sich. Sie klingelt noch einmal, diesmal etwas forscher. Schräg über ihr wird ein Fenster aufgerissen und eine Frau beugt sich zu ihr herunter. Wie alt sie wohl sein mag? Vermutlich Ende sechzig, schätzt Anna. Leider sieht sie so aus, als habe sie gerade eben statt in köstliches Baklava in eine saure Zitrone gebissen. Aber Anna hat nicht vor, sich davon beeindrucken zu lassen, sie hat schon ihr freundliches Fotografiergesicht aufgesetzt.

»Wasischnlos?«

»Einen wunderschönen guten Tag! Mein Name ist Anna Frei–«

»Mir brauchat nix!«

Peng. Das Fenster wird zugeknallt. Verstanden, die saure Zitrone hat eine Tochter oder einen Sohn in der Unterwäschefabrik. Anna seufzt und stopft einen Flyer in den Briefkasten. Selbst wenn die Leute sie nicht reinlassen, die Neugier wird siegen und sie werden sich wenigstens den Flyer anschauen. Außerdem sind Wahlen immer noch geheim, und die Leute können ihr Kreuzchen bei ihr machen, ohne dass es irgendjemand erfährt. Sie strafft die Schultern. Im Studium hat es auch ein Seminar gegeben »Guck mal, wer da spricht – Mimik, Gestik und Körperhaltung für angehende Bürgermeister:innen«. Körpersprache ist wichtig, nicht nur für die, die Anna sehen, sondern auch für sie selbst, wegen des Selbstwertgefühls. So schnell wird sie nicht aufgeben!

Das nächste Haus liegt ein wenig zurückgesetzt vom Kirchplatz und passt kein bisschen zu den sorgfältig hergerichteten Fachwerkhäusern. Das moderne Betonhaus ist überhaupt nicht nach Annas Geschmack. Vorne ist ein silbrig glänzendes Metalltor mit Klingel, dann kommt ein Vorgarten und dann das Haus mit einer Tür aus demselben Metall. Alles ist steril, auch der Weg zum Haus, der aus schwarzen Platten besteht. Aber am schlimmsten findet Anna den Garten links und rechts des Wegs. Aber was heißt hier Garten! Es gibt überhaupt keinen Rasen, nur Kies, aus dem kein einziges Hälmchen wächst. Sie macht sich gleich eine handschriftliche Notiz in ihrem Recyling-Block (der braucht weniger Energie als das Smartphone): »Sobald gewählt, unökologische Schottergärten verbieten!«

In jedem der beiden Schottergärten steckt ein riesiger Kaktus in einem Kübel genau in der Mitte, die zwei scheinen so identisch, als seien sie geklont. Die Kakteen sind ungefähr zwei Meter hoch und haben jeweils unten zwei kugelige Ableger. Anna spürt, wie ein ziemlich albernes Glucksen in ihr hochsteigt, weil die Kakteen dermaßen ordinär aussehen, dass man glauben könnte, es sei Absicht. Und das in Schwäbingen! Jetzt reiß dich aber mal zusammen, Anna, flüstert sie sich streng zu. Du kannst doch nicht Wahlkampf machen und an Pimmel denken! Jetzt, wo sie es sich verboten hat, kann sie nur noch an eins denken: Pimmel, Pimmel, Pimmel. Kleinhirn an Großhirn, halt die Klappe. Bürgerbeteiligung, Transparenz, Klimaneutralität, das sind Annas Themen! Sie klingelt, und erstaunlicherweise ertönt nur wenige Sekunden später ein Summen, und das Gartentörchen öffnet sich wie von Geisterhand. Sie geht die paar Meter zum Haus, klettert drei Treppenstufen hinauf, wieder ertönt ein Summen, und mit Schwung drückt sie die Haustür auf.

Anna ist mit Hunden aufgewachsen und hat nie Angst vor ihnen gehabt. Aber jetzt sitzt die größte Dogge vor ihr, die sie je in ihrem Leben gesehen hat, und ihr Herz fängt an zu rasen. Sie ist ganz schwarz, ihr glänzendes Fell lässt auf gute Pflege schließen. Sabber hängt ihr in den Lefzen, und mit den zwei heraussstehenden Eckzähnen sieht sie aus wie Dracula. Ein sehr missmutiger Dracula. Dracula sitzt da und guckt sie ein paar Sekunden nachdenklich an, so, als ob er in aller Ruhe überlegt, was er jetzt mit ihr anstellen soll. Anna weiß natürlich, dass man einem aggressiven Hund nicht in die Augen schauen soll, um ihn nicht zu reizen, aber sie ist wie hypnotisiert. Dann verändert sich Draculas Blick. Da ist jetzt so etwas wie Vorfreude, als hätte er soeben beschlossen, dass in den Hals beißen nicht reicht, weil so ein blondes Nordseemädchen ganz wunderbar schmeckt, trotz der Locken, die zwischen den riesigen Zähnen hängen bleiben. Dracula ist ein eindrucksvoller Sitzriese, doch als er jetzt aufspringt, knurrt und langsam auf sie zumarschiert, hätte er seinen Sabber an Annas Achselhöhlen abstreifen können, falls er das gewollt hätte.

»Hallo?«, ruft Anna zaghaft in den Hausflur hinein, um die Dogge nicht zu reizen. »Hi-Hi-Hilfe?« Dann wird ihr klar, dass man so einen riesigen Hund nur dann als Empfangskomitee abstellt, wenn man selbst nicht ernsthaft vorhat, an die Tür zu kommen. Die Dogge kommt näher, ein tiefes Grollen dringt ihr aus der Kehle. Anna geht langsam die Treppenstufen rückwärts hinunter und versucht jetzt, Augenkontakt zu vermeiden. Das ist kein Problem, denn sie sieht auch so, dass ihr die endlos langen Beine der Dogge, mit denen sie problemlos bei GNTM mitmachen könnte, die Treppen hinunter folgen und das Knurren lauter und bedrohlicher wird. Anna kriegt jetzt wirklich Angst. Die von der existenziellen Art. Es gibt schließlich genug Fälle von tödlichen Hundeangriffen. Dabei handelt es sich allerdings normalerweise um dreijährige Kleinkinder und nicht um neunundzwanzigjährige Wahlkämpferinnen. Will sie hier jemand ernsthaft aus dem Weg räumen? Lukas der Lügner hätte in jedem Fall eine schöne Geschichte für sein Schmierblatt. Gibt es denn hier keine Passanten?

Sie sind jetzt auf den Steinplatten und der Kopf der Dogge schießt zum ersten Mal mit gefletschten Zähnen vor. Ihr Ziel, ganz klar, ist Annas rechte Wade. Zum Aufwärmen gewissermaßen. Sie macht einen hektischen Sprung nach hinten, und unter ihr knirscht jetzt der Kies. Die Dogge knurrt noch etwas fieser, schnappt wieder, diesmal nach Annas linker Wade, und treibt sie bedrohlich knurrend rückwärts in Schlangenlinien vor sich her. Plötzlich fällt Anna etwas ein. Sie wirft einen kurzen panischen Blick zurück. Direkt hinter ihr steht der riesige Kaktus, und wenn sie nur fünf Zentimeter weiter zurückweicht, spießen sie seine riesigen Stacheln auf. Was für ein reizender Ort Schwäbingen doch ist! Was ist besser, Kaktus oder Dogge? Die Dogge ist nicht doof. Sie weiß genau, dass Anna nicht entkommen kann, und legt sich gemütlich vor sie hin, die Vorderpfoten übereinander. Schau mir in die Augen, Kleines, denkt Anna und starrt sie trotzig an. Klein beigeben? Niemals! Die Dogge grinst und genießt sichtlich den Augenblick. Langsam, fast in Zeitlupe kommt sie wieder auf die Füße, sie richtet sich auf und wird immer größer, und dann macht sie sich zum Sprung bereit.

6. KAPITEL

In dem Lukas mal wieder den Eindruck hat, von allen missverstanden zu werden, vor allem von Anna

Lukas hat schon viele peinliche Situationen mit Helmut Bartholomä erlebt, aber der vermeintliche zwanzigtausendunderste Bürger, der wegen seines Zweitwohnsitzes eigentlich gar nicht gezählt werden darf, schlägt alles bisher Dagewesene. Lukas verabschiedet sich, so schnell er kann, von Helmut, Martin, Jessica und den drei Jungs von der Stadtkapelle, die es sich alle zusammen im Trauzimmer gemütlich gemacht haben – Jessica hat noch eine Flasche Sekt aufgetrieben, niemand scheint es eilig zu haben –, und macht sich auf den Heimweg, um in seinem Dachzimmerchen so schnell wie möglich den Jubelartikel hinter sich zu bringen, damit er noch ins Schwimmbad kann. Einen Artikel, in dem er so tun muss, als ob dieses hochoffizielle Event kein Betrug sei. Alle Kandidaten für die Bürgermeisterwahl – es gibt ja noch mehr Konkurrenz für Helmut neben Anna – werden jetzt gezwungen sein, fünfzig Unterstützerunterschriften zu sammeln, um überhaupt zur Wahl zugelassen zu werden, obwohl Schwäbingen gar nicht mehr als zwanzigtausend Einwohner hat. Ja, es ist Betrug, und Lukas kann nicht so tun, als hätte er es nicht gewusst. Nicht drüber nachdenken, denkt er, sonst drehe ich durch. Das ist doch alles nur vorübergehend. Sobald er einen besseren Job bei einer anderen Zeitung findet, wird er Schwäbingen für immer den Rücken kehren und dieses dunkle Kapitel einfach aus seinem Gedächtnis streichen.

Lukas stapft vom Marktplatz durch die Fußgängerzone zum Kirchplatz. Vor dem Haus mit der Nummer 1 steht Anna – wer sonst trägt schließlich so eine alberne Kappe? – eingeklemmt zwischen einer der beiden scheußlichen Kakteen, die Michelle aufgestellt hat, um die Schwäbinger zu ärgern, und Dieter, der Dogge. Scheiße. Scheiße. Lukas kann Annas Gesichtsausdruck nicht sehen, aber Dieters. Der ist kurz davor, Anna an die Gurgel zu gehen. Lukas kennt keinen Hund, der so wenig Humor hat wie Dieter. Entweder war Dieter schon immer so, oder er hat sich an Michelle angepasst.

»Dieter!«, brüllt er. »Dieter, aus!« Mit dem rechten Zeigefinger drückt er in kurzen Abständen auf Michelles Türklingel, mit dem linken Arm wedelt er wie wild, um Dieter abzulenken. Sie kennen sich nicht besonders gut, Dieter und er. Jedenfalls nicht so gut wie Michelle und er. Dieter schaut interessiert in Lukas' Richtung, ohne sich vom Fleck zu rühren, bedrohlich nahe an Anna, die dasteht wie erstarrt.

»Ja, bitte?«, ertönt Michelles unterkühlte, vollkommen dialektfreie Stimme in der Sprechanlage.

»Michelle! Hier ist Lukas! Pfeif deinen Köter zurück! Sofort!«, brüllt Lukas, drückt das Törchen auf und rennt wild gestikulierend in den Hof, was Dieter kein bisschen beeindruckt. Fies knurrend bleibt er vor Anna stehen. Sekunden später steht Michelle in der offenen Haustüre.

»Dieter! Du bist ein ganz, ganz böser Hund! Aus!«, brüllt Michelle. Sie läuft zu ihm hin, packt ihn am Halsband und schimpft dabei weiter. Dieter lässt sich nur widerwillig wegziehen, er stellt sich auf die Hinterbeine und ist jetzt so groß, dass er Michelle überragt. Er bellt wie ein Wahnsinniger in Annas Richtung, Michelle kann ihn kaum halten und muss richtig ackern, sie kriegt ihn nur mit großer Mühe die Treppenstufen hinauf, Schweißflecken bilden sich unter den Achseln ihrer schicken grauen Kostümjacke. Wer außer Michelle trägt im Homeoffice Kostüm? Endlich hat sie den Köter im Haus und knallt die Tür hinter sich zu. Lukas rennt zu Anna.

»Anna! Ist alles in Ordnung?«

Anna scheint erstaunlich gefasst. Sie ist weder in Tränen aufgelöst noch sonst irgendwie hysterisch. Sie sackt nur in sich zusammen, als hätte jemand die Luft aus ihr rausgelassen. Einen

Augenblick denkt Lukas, gleich fällt sie in Ohnmacht, und streckt impulsiv die Arme aus, um sie zu halten, aber sie fängt sich sofort wieder und weicht zurück, als wolle sie nur ja nicht mit ihm in Berührung kommen.

»Vorsicht, der Kaktus!«, ruft Lukas warnend.

»Vorsicht, der Kaktus? Ha! Vorsicht, der Lukas! Der ist noch viel gefährlicher als ein Kaktus!«, zischt Anna, dreht sich um und hält einen Zeigefinger an einen der Monsterstacheln. Wie Dornröschen, denkt Lukas, bloß ohne Prinz. »Das wäre doch ein tolles Motiv für die Zeitung, stimmt's? Oder das vorher, das mit der Dogge? Das haben Sie doch hoffentlich noch erwischt? Sonst können wir es ja noch mal nachstellen für morgen. Die Überschrift schreibt sich sozusagen von selbst. Nicht mal Hunde würden Anna Freitag wählen!«

Jeder Satz von ihr fühlt sich an, als würde sie Lukas eine Ohrfeige verpassen. Ein Trommelfeuer von Ohrfeigen, ratatatatat, er kann spüren, wie sein Gesicht brennt vor Scham. Trotzdem hat er einen Moment lang den zugegebenermaßen völlig absurden Gedanken, sie tröstend in die Arme zu nehmen. Und nicht nur das, sie zu küssen, bis zur Besinnungslosigkeit. Er schluckt hart. Offensichtlich ist er schon zu lange Single und knallt allmählich durch. Anna würde ihm eine scheuern, wenn er sie nur mit der Fingerspitze antippt, und das völlig zu Recht. Sie geht zu den Treppenstufen und lässt sich erschöpft daraufsinken, die Begegnung mit Dieter hat sie also doch erschüttert.

»Ich hätte die Situation niemals ausgenutzt, Anna! Ich wollte wirklich bloß helfen!« Der Vorname rutscht ihm einfach so raus, schon zum zweiten Mal, dabei hat sie ihm ja unmissverständlich klargemacht, dass sie nichts vom Duzen hält. Obwohl sie vermutlich gleich alt sind. Sie sitzt da, als hätte sie gar nicht gehört, was er gesagt hat. Dann holt sie ein paarmal tief Luft und fährt sich mit den Händen hektisch durch ihre Engelslocken, die daraufhin völlig wirr um ihren Kopf herum stehen. Ihre Augen schleudern jetzt Blitze in seine Richtung. Das ist ein Racheengel, kein süßes Weihnachtsengelchen.

»Niemals?«, zischt sie. »Tatsächlich? Schwäbingen zeigt Anna Freitag die kalte Schulter. Das warst auch nicht du, oder? Das war ein Ghostwriter!«

»Doch, das war ich. Aber eine Notsituation wie die eben, das ist doch etwas völlig anderes! Die würde ich niemals ausnutzen!«, beteuert er und merkt gleichzeitig, wie hohl das aus ihrer Sicht klingen muss.

»Ach nein! Ist ja zu rührend!«

»Ich habe dir immerhin gerade … geholfen!«, verteidigt er sich. Beinahe wäre ihm ›das Leben gerettet‹ rausgerutscht, aber das klingt vielleicht doch ein bisschen zu theatralisch. Hat Anna überhaupt mitgekriegt, dass er in Kauf genommen hat, dass Dieter auf ihn losgeht statt auf sie? Unterm Strich scheint sie wenig beeindruckt. Wenigstens duzt sie ihn jetzt. Oder ist das unter Umständen sogar ein schlechtes Zeichen?

»Ist ja echt süß. Soll ich etwa auch noch dankbar sein, dass du nicht zugeschaut hast, wie mich dieser Dracula in Hundegestalt frisst? Was ist das hier eigentlich für ein Ort? Wo man in der Lokalzeitung fertiggemacht wird und die Leute Riesenköter auf einen hetzen?«

Sie schüttelt den Kopf und stöhnt, sichtlich fassungslos. Lukas sagt nichts mehr. Was soll er auch sagen, sie hat ja recht. Aber das kann er ihr gegenüber niemals zugeben, sonst kommt das ganze Gemauschel raus. Helmut, Werner, Martin. Und Lukas. Es fühlt sich beschissen an, zu den Bösen zu gehören. Er will gerne, dass Anna ihn mag. Wenigstens ein kleines bisschen. Zum Glück geht in diesem Augenblick die Haustür auf und Michelle stürzt wieder heraus. Sie hat das durchgeschwitzte graue Kostüm gegen ein dunkelblaues getauscht, und Lukas hätte schwören können, dass der Lippenstift frisch ist. Ihre Besessenheit mit ihrem Aussehen hat ihn früher schon wahnsinnig gemacht. Auch wenn ihr das figurbetonte Kostüm super steht.

»Es tut mir schrecklich leid!«, ruft sie und beugt sich zu Anna hinunter. »Dieter hat Ihnen nichts getan, oder?« Anna steht von den Stufen auf und schüttelt erneut den Kopf. »Wie gut, dass du im richtigen Moment vorbeigekommen bist, Lukas! Das war jetzt wirklich ein blöder Zufall. Schwester Gabriele von der Diakonie kommt normalerweise genau um diese Zeit, sie kümmert sich um meine bettlägrige Mutter, deshalb habe ich die Tür einfach nur aufgemacht. Sonst gibt Schwester Gabriele immer Bescheid, wenn sie sich verspätet! Wenn sie klingelt, öffne ich kommentarlos, sie marschiert rein, und Dieter wartet hinter der Haustür auf sie, weil er immer ein Leckerli von ihr kriegt, das ist ein Ritual, das die beiden haben. Sie lieben sich! Glauben Sie mir, Dieter ist eine Seele von Hund, wenn er die Leute kennt! Er ist nur bei Fremden aggressiv, und das soll er ja auch sein!« Michelle quatscht ohne Punkt und Komma. So kennt Lukas sie gar nicht. Eher wortkarg.

»Seele von Hund«, murmelt Anna. »Seele von Hund, na ja. Wenn Sie nicht gekommen wären …«

Wenn *ich* nicht gekommen wäre, protestiert Lukas innerlich, aber er sagt es lieber nicht laut.

»Kann ich Ihnen einen Espresso anbieten?«, fragt Michelle eifrig. »Oder zumindest ein Glas Wasser!« Anna zögert sichtlich. »Der Hund ist hinten im Garten, das ist seine Strafe, der ist Warmduscher und nicht gerne draußen, die Terrassentür ist zu, von dem haben Sie nichts zu befürchten. Vielleicht möchtest du auch kurz mit reinkommen, Lukas? Immerhin hast du sie ja gerettet!«

»Der und mich gerettet, ha!«, zischt Anna.

»Das ist eine Frage der Perspektive«, sagt Lukas würdevoll, um wenigstens einen letzten Rest von Selbstachtung zu behalten.

»Entweder er oder ich!« Annas Augen schießen Blitze in Lukas' Richtung.

»Keine Sorge, ich hatte sowieso nicht vor, mit ins Haus zu kommen!«, beteuert er rasch.

Michelle guckt verwundert zwischen den beiden hin und her. Früher hatte sie immer die *Frankfurter Allgemeine*, die *Wirtschaftswoche*, die *Financial Times* und die ZEIT abonniert, wenn Lukas sich recht erinnert, und er kann sich deshalb nicht vorstellen, dass ihr der *Schwäbinger Bote* ins Haus kommt. Deswegen hat sie natürlich keine Ahnung, was da zwischen ihnen beiden abgeht.

»Weshalb sind Sie eigentlich hier?«, fragt Michelle Anna schließlich.

»Ich kandidiere für das Amt der Bürgermeisterin und wollte mich Ihnen vorstellen«, antwortet Anna eifrig und ist jetzt offensichtlich wieder ganz in ihrem Element.

»Ach, Sie sind das«, sagt Michelle und grinst. Also ist sie doch nicht so unbedarft. »Sie waren heute in der Zeitung.«

»Du liest den *Schwäbinger Boten*?« Es ist sicher besser, die Klappe zu halten, aber Lukas ist einfach zu neugierig.

»Selten. Meine Mutter liest ihn. Manchmal werfe ich einen Blick rein. Oder, in diesem Fall, drauf.« Anna schleudert schon wieder Blitze und Lukas hält es für ratsam, ganz schnell das Thema zu wechseln.

»Wie geht's deiner Mutter?«

»Seit ihrem Schlaganfall letztes Jahr im Frühjahr ans Bett gefesselt, hellwach im Kopf und eine Nervensäge ohne Ende. Auch nicht groß anders als früher.«

Lukas entgeht nicht, dass Anna mit zusammengekniffenen Augen zwischen Michelle und ihm hin- und herschaut. Spätestens jetzt hat sie kapiert, dass sie sich kennen. Wie gut, das muss sie nicht unbedingt wissen. »Meine Wahlplakate werden gerade gedruckt«, wirft Anna ein. Der Kommentar scheint ein wenig aus dem Zusammenhang gerissen.

»Na, das ist doch schön«, entgegnet Michelle freundlich. »Kommen Sie doch einfach einen Moment rein. Meine Mutter freut sich immer über ein wenig Abwechslung. Und soweit ich mich erinnere, hat sie sich mit Helmut regelmäßig gefetzt. Meine Mutter hat die Landfrauen in Schwäbingen gegründet. Die hat er immer als Hausfrauenverein abgetan. Selbst ich muss zugeben, dass das nicht stimmt.«

Anna strahlt jetzt. Offensichtlich wittert sie in Michelles Mutter Rosemarie ihre erste Wählerin, mutmaßt Lukas.

»Ich warne Sie aber, meine Mutter ist Schwäbin durch und durch. Will heißen, sehr resolut. Entweder sie mag Sie oder nicht. Wenn sie Sie mag, werden Sie's merken, und wenn nicht, auch. Davon sollten Sie sich aber nicht abschrecken lassen.«

Die beiden verschwinden im Haus. Anna würdigt Lukas keines Blickes mehr, Michelle dreht sich in letzter Sekunde noch einmal um. Ihr Gesichtsausdruck ist völlig neutral.

»Tschaui, Lukas. Komm doch ein andermal vorbei. Ich habe immer einen *Veuve Clicquot* im Kühlschrank.«

Natürlich hat sie das, denkt Lukas. Mit Rotkäppchen-Sekt kann man Michelle nicht kommen. Aus irgendeinem Grund läuft es ihm eiskalt den Rücken hinunter. Er ist sich nicht sicher, wie er die Einladung bewerten soll. Jedenfalls hat Michelle nicht gesagt, er solle doch gelegentlich bei ihrer Mutter vorbeischauen, die würde sich freuen, ihn endlich kennenzulernen. Er muss also davon ausgehen, dass die Einladung als *tête-à-tête* gemeint ist. Nur Michelle und er. Vermutlich abends, wenn Rosemarie schläft. Ob Anna das wohl noch mitgekriegt hat? Und was soll er jetzt bloß antworten? Klar hat er gewusst, dass Michelle wieder in Schwäbingen ist, aber seit er selbst wieder da ist, sind sie sich kein einziges Mal über den Weg gelaufen, und keiner hat dem anderen geschrieben und gesagt, man könne sich ja mal wieder treffen. Er macht ein vages Geräusch, das man wahlweise als Zustimmung oder Ablehnung interpretieren kann, so ein Brummen wie von einem der Laubbläser, die jetzt im Herbst überall zu hören sind, hebt grüßend die Hand und wendet sich zum Gehen.

»Michelle!«, ruft es in dem Moment vom Törchen her. »Michelle, warte! Ich bin aufgehalten worden!« Schwester Gabriele schnauft herbei, sichtlich abgehetzt. Wie alt sie geworden ist, denkt Lukas. Wann habe ich sie das letzte Mal gesehen? Sie muss inzwischen Mitte, Ende sechzig sein und arbeitet offensichtlich immer noch. Als sie Lukas sieht, umwölkt sich ihre Stirn.

»Hallo, Schwester Gabriele. Lange nicht gesehen.« Er lächelt und bemüht sich, freundlich zu klingen.

»Grüß Gott, Lukas.« Ihr Gruß fällt frostig und knapp aus. Er kann sich schon denken, warum. Schwester Gabriele ist eine aufrechte Diakonisse, von Helmut und seinen Kumpanen hält sie bestimmt nicht viel, und Lukas zählt sie dazu. Er ist in Ungnade gefallen. Das war einmal ganz anders. Nach dem Unfall seiner Eltern kam sie regelmäßig vorbei, um nach ihm zu schauen. So eine Art Jugendamtsersatz, um sicherzugehen, dass sich der Opa auch gut um ihn kümmert. Er hat sie immer gern gemocht mit ihrer mütterlichen Art. Der Opa ebenfalls, er hat Kaffee gekocht und sie haben einfach nur zu dritt geschwätzt. Und viel gelacht. Jetzt hat er sich's mit ihr versaut. Michelle wartet auf Schwester Gabriele, dann sind alle drei Frauen im Haus verschwunden. Lukas bleibt mit einem seltsamen Gefühl der Leere und irgendwie ratlos zurück.

7. KAPITEL

In dem sich sehr unterschiedliche Frauen verschwören und Anna aus allen Wolken fällt, weil Schwäbingen plötzlich zwanzigtausendundeinen Einwohner hat

Die Inneneinrichtung von Häusern in Schwäbingen hätte sich Anna ganz anders vorgestellt. Aber wahrscheinlich ist weder das Haus noch die Inneneinrichtung repräsentativ. Die Dogge hoffentlich auch nicht. Anna ist jedenfalls sehr erleichtert, dass sich das Ganze als Missverständnis herausgestellt hat. Dieter ist draußen, drückt sich die Nase an einem Fenster platt, das so breit ist wie der ganze kombinierte Wohn-Ess-Kochbereich, und guckt jetzt so, als ob man Mitleid mit ihm haben sollte.

»Wir könnten uns eigentlich duzen, oder? Ich bin Michelle.«

»Gern. Ich heiße Anna.« Michelle hantiert mit einer schicken Kaffeemaschine auf der schicken freistehenden Granittheke vor der schicken offenen Küche. Überhaupt, alles ist hier schick, passend zur superschicken Michelle. Wieso trägt sie im Homeoffice so elegante Klamotten? Abstrakte Kunst an den nackten Betonwänden, minimalistische Möbel. Wie in einem modernen Museum. Anna denkt an ihr gemütliches, vollgestopftes, völlig unschickes Elternhaus auf Hooge und kriegt ein kleines bisschen Heimweh.

»Espresso? Cappuccino? Milchkaffee? Ich vertrage keine Laktose, ich habe nur Hafermilch. Oder Wasser? Ich kann Perrier mit oder Black Forest still ohne Kohlensäure anbieten.«

»Gerne einen Milchkaffee. Hafermilch ist prima.« Das ist schon der zweite Kaffee heute, der Anna angeboten wird, obwohl sie normalerweise gar keinen trinkt, und die zweite Hafermilch.

»Vielleicht hast du später Lust, meiner Mutter kurz Hallo zu sagen, wenn Schwester Gabriele gegangen ist? Sie ist bettlägerig und freut sich immer über Besuch. Vielleicht wählt sie dich sogar. Sie hat früher großen Anteil am Leben in Schwäbingen genommen. Mit dem amtierenden Bürgermeister verbindet sie eine lebenslange Feindschaft.«

»Natürlich sage ich ihr gerne Hallo.« Hm, denkt Anna. Ist Wahlkampf bei einer pflegebedürftigen Frau politisch korrekt? Darüber haben sie im Studium nicht gesprochen. Michelle stellt eine dampfende Tasse mit dem Kaffee auf den schicken Glastisch, dann fängt sie wie wild an, Schubladen und Schränke aufzureißen und wieder zuzudonnern. Sie kommt Anna vor wie ein Polizist, der eine fremde Wohnung durchsucht.

»Ich würde dir gern was zum Kaffee anbieten, aber ich glaube, ich habe gar nichts da«, murmelt sie. »Meine Mutter hat tonnenweise Kekse und Schokolade im Zimmer, aber da kann ich jetzt nicht rein. Ich selbst esse nichts Süßes.« Natürlich nicht, denkt Anna, sonst wäre sie ja nicht so dünn.

»Ich möchte gar nichts, danke!«, beeilt sie sich zu sagen. Sie ist immer noch satt von dem ungewohnten Stück Baklava. Michelle scheint sehr erleichtert, nimmt ihr gegenüber mit einer Tasse Espresso auf einem ihrer sehr schicken und sehr unbequemen Lederstühle Platz und schiebt einen aufgeklappten Laptop zur Seite. Daneben steht ein halb voller Aschenbecher. Anna zermartert sich das Hirn auf der Suche nach einem Gesprächsthema. Sie kann jetzt ja schlecht mit ihrem Wahlprogramm anfangen, und sie ist sich nicht sicher, ob Michelle und sie so wahnsinnig viel gemeinsam haben. Es kommt ihr irgendwie nicht so vor, als ob sie viel Besuch kriegt.

»Wohnst du schon lange hier?«, fragt sie schließlich. Michelle scheint wieder erleichtert, dass sie sich kein Thema ausdenken muss.

»Ich bin in Schwäbingen aufgewachsen, Lukas und ich kennen uns noch von der Schule.« Aha, deshalb wirkten die beiden so vertraut miteinander. Auch wenn das nicht nach Schule aussah. Aber das kann Anna ja komplett egal sein, was Lukas der Lügner so treibt. Beziehungsweise getrieben hat. »Ich war dann lange weg, in München. Beruflich. Hatte einen Hammer-Job. Kannte tolle Leute, war voll in der Szene, lief alles super, selbst in der Pandemie. Und da wär ich wohl auch noch, wenn nicht …« Sie bricht ab.

»Wenn nicht deine Mutter krank geworden wäre?« Sie nickt, ohne Anna anzuschauen. Ihr Gesicht ist sehr geschmackvoll geschminkt und verrät keine Regung. Sie schaut nach draußen auf den Hund. Dieter, die gar nicht doofe Dogge, nutzt das sofort aus, legt den Kopf schief und jault herzzerreißend. Michelle zeigt ihm den Stinkefinger und spricht monoton weiter, immer mit Blick auf den Hund.

»Sie war immer topfit. Und ja auch noch gar keine alte Frau. Hat den Garten gemacht, die Landfrauen herumkommandiert, war ständig unterwegs. Busreisen, Ausflüge, Museumstrips. Und dann im Frühjahr letztes Jahr mitten in der Pandemie dieser Schlaganfall, aus heiterem Himmel. Anfangs konnte sie kaum mehr sprechen, geschweige denn laufen. Geistig war sie immer komplett klar, zum Glück. Als der Arzt mir eröffnete, dass sie ein Pflegefall bleibt, habe ich meine Zelte in München abgebrochen und bin zurückgekommen.« Ihre Stimme hat einen bitteren Unterton, findet Anna. »Hab das alte Haus komplett umbauen lassen, in ganz kurzer Zeit. Die Handwerker übertariflich bezahlt, damit sie schnell kommen in der Pandemie. Den Garten plattgemacht. Meine Mutter hat getobt. Aber ich kann mich doch nicht auch noch darum kümmern! Ich muss Geld für uns zwei verdienen. Mittags kommt Essen auf Rädern, aber ich mache Frühstück und Abendessen für sie. Und wenn ich ihr zuliebe schon mein geliebtes München aufgebe, will ich wenigstens so wohnen, wie es mir gefällt.« Sie klingt jetzt nicht mehr bitter, sondern trotzig. »Und das kann sich ja noch Jahre ziehen, bis …« Ihre Stimme verliert sich. Anna fragt sich, wie der Satz wohl weitergeht. Bis ihre Mutter stirbt und sie wieder frei ist?

»Hängt alles nur an dir? Hast du keine Geschwister?«

»Einen Bruder. Der ist vor Jahren mit einer Greencard in die USA gegangen und dort hängen geblieben. Er ist mittlerweile verheiratet und hat drei Kinder. Er kommt nur sehr selten. Ist ja auch viel Geld, wenn man Langstreckenflüge für eine ganze Familie zahlen muss.«

»Wäre es nicht möglich gewesen, in München zu bleiben und deine Mutter von einer Pflegekraft betreuen zu lassen?«, fragt Anna vorsichtig. Natürlich geht es sie nichts an. Aber es ist schließlich ganz offensichtlich, dass Michelle in Schwäbingen kreuzunglücklich ist, und das Geld für die Pflege könnte sie ja auch in München verdienen. Michelle zögert und schaut Anna endlich an.

»Das wollte ich eigentlich. Aber dann … Der Abend, an dem Rosemarie den Schlaganfall hatte, war ein Mittwoch. Da habe ich sie normal immer angerufen. Aber wir hatten uns die Woche zuvor heftig am Telefon gestritten. Sie hatte sich mal wieder massiv in mein Leben eingemischt. Das hat sie ständig gemacht, mein Leben in München hat ihr nicht gepasst, dabei hatte sie nicht die geringste Ahnung davon. Ich war stinkesauer und wollte sie das spüren lassen. Also habe ich nicht angerufen.« Sie macht eine Pause. »Wir haben nicht so das allerbeste Verhältnis, meine Mutter und ich. Wenn ich sie angerufen hätte wie sonst auch und sie wäre nicht drangegangen, dann hätte ich Schwester Gabriele alarmiert, sie hat einen Hausschlüssel. Man hat sie erst am nächsten Morgen gefunden. Ich brauch dir nicht zu sagen, was das bedeutet bei einem Schlaganfall.« Sie kämpft jetzt mit den Tränen, die ach so coole Michelle, will aber nicht, dass Anna es merkt. Mit einer blitzschnellen Bewegung kippt sie den Espresso hinunter und knallt das Tässchen zurück auf die Untertasse, wohl, um ihr eindeutig zu signalisieren, dass sie sich schon viel zu weit aus dem Fenster gehängt hat und jetzt Schluss ist mit den Vertraulichkeiten.

»Und du?« Sie klingt jetzt viel munterer. »Ausgerechnet Schwäbingen! Das hier, das ist ein einziger Sumpf.«

»Ich weiß.« Na ja, so richtig weiß Anna das eigentlich erst seit gestern.

»Ist das deine große Leidenschaft? Die Lokalpolitik?«

»Ich bin ja noch ein Greenhorn, aber in Baden-Württemberg

haben die Bürgermeister eine starke Position. Da kann man was bewegen, das reizt mich. Und es gibt viel zu wenige Frauen im Amt! In Schwäbingen könnte man vieles angehen. Mehr Bürgerbeteiligung. Frauenförderung. Klimaschutz!« Sie muss sich bremsen. »Sorry, das klingt jetzt, als würde ich Wahlkampf machen.«

Michelle schüttelt langsam den Kopf. »Nein. Es klingt so, als ob du wirklich dafür brennst. Ich beneide dich. Darum, dass du Ideale hast. Und bereit bist, dafür zu kämpfen. Meine Mutter ist auch so.« Michelle seufzt. Anna will jetzt lieber nicht fragen, warum sie nicht für etwas kämpfen will oder kann. Wahrscheinlich bereut sie sowieso schon, dass sie ihr so viel von sich erzählt hat. Wahrscheinlich ist es Zeit zu gehen.

»Michelle, ich bin so weit!« Vor ihnen steht Schwester Gabriele, sie trägt die graue Ordenstracht der Diakonissen, ein weißes Häubchen über dem zu einem Dutt aufgesteckten grauen Haar und einen weißen Kittel über dem knöchellangen Kleid. Das Lächeln in ihrem faltigen Gesicht ist voller Wärme. Dieter dreht draußen schier durch, als er sie sieht. Sie streift ein paar Plastikhandschuhe ab und wirft sie in den Mülleimer.

»Rosemarie brennt darauf, Sie kennenzulernen, Frau Freitag.«

»Danke, Schwester Gabriele. Wollen wir kurz zu ihr ins Zimmer gehen, Anna?«

»Gern.«

»Sie müssen sicher los, Schwester Gabriele?«

»Eigentlich schon. Aber wenn ich ganz ehrlich bin, würde ich wahnsinnig gern hören, was Frau Freitag so vorhat in Schwäbingen. Ich müsste nur kurz dem nächsten Patienten Bescheid geben, dass ich eine Dreiviertelstunde später komme. Mein Zeitplan ist sowieso komplett durcheinandergeraten. Aber natürlich nur, wenn Sie nichts dagegen haben, Frau Freitag.«

»Nein, im Gegenteil, ich freue mich!« Das ist keine Lüge. Anna freut sich total, dass jemand Lust hat, sich mit ihr zu unterhalten. Freiwillig! Schwester Gabriele zieht ein superschickes Apple-Handy aus der Tasche, das Anna jetzt so nicht bei einer evangelischen Diakonisse vermutet hätte, führt ein kurzes Telefonat, und dann marschieren sie zu dritt den Gang hinunter zu einer Tür, die in eine andere Welt führt. Das Schlafzimmer ist vollgestopft mit einem Bauernschrank, zwei Plüschsesseln, verschnörkelten Regalen und einem zusammengeklappten Rollstuhl. Die Wände sind gepflastert mit gerahmten Familienfotos, Kalenderblättern mit Bibelsprüchen und Kunstdrucken von Chagall. Überall stapeln sich Bücher. Es ist chaotisch und altmodisch und sehr viel näher dran an Annas Elternhaus als Michelles sterile Wohnung. Einzig das Bett in der Mitte des Zimmers ist modern, es sieht aus wie ein klassisches Krankenhausbett, das man in der Höhe verstellen kann. Darin thront Rosemarie sehr aufrecht in einem Sweatshirt mit einer groben Strickjacke darüber. Am auffälligsten ist ihr langes dichtes Haar, das so gar nicht zu einer pflegebedürftigen Frau passen will, eine Mischung aus Dunkelblond und Silber. Es ist offensichtlich gerade frisch zu einem lockeren Zopf geflochten worden, sie sieht aus wie Rapunzel. Ihr Gesicht ist rosig, jung und voller Lachfältchen, sie grinst Anna an und sieht gleich noch etwas jünger aus. Auf der Bettdecke liegt der *Schwäbinger Bote*.

»Grüß Gott, Anna. Herzlich willkommen in Schwäbingen!« Sie streckt die Hand aus und Anna schlägt ein. Der Händedruck ist kräftig für jemanden, der bettlägerig ist.

»Guten Tag, Frau« – Anna schaut Michelle Hilfe suchend an. Wie heißt sie noch mal mit Nachnamen?

»Rosemarie reicht. Oder Rose. Mir sind hier ja net in Schicki-Micki-München.« Michelle verdreht die Augen. »Hock di noo.« Sie klopft mit der flachen Hand auffordernd auf den Bettrand. »Und ihr anderen beiden, wenn ihr uns schon net alleine lasst, weil ihr neugierig seid, dann setzt euch wenigstens auch hin und steht net so ungemütlich rum!« Schwester Gabriele und Michelle setzen sich brav auf die Plüschsessel. Michelle platziert sich ganz vorn am Rand, sie kommt Anna vor wie ein Wildtier, das jederzeit fluchtbereit sein will. Rosemarie angelt nach einer Schachtel Mon Chéri und hält sie Anna unter die Nase, sie schüttelt den Kopf und reicht die Schachtel an Schwester Gabriele weiter. Die beiden Frauen wickeln jeweils eine Praline aus und verspeisen sie genüsslich.

»Hab ich das richtig verstanden, du willsch diesen Rappelkaschper von Bürgermeister ablösen, der mir seit vierundzwanzig Jahren das Leben schwer macht?« Rosemarie kichert und haut dann mit der Faust auf die Bettdecke. »Das wird ein Riesenspaß!«

»So war's geplant. Aber bisher läuft es eher zäh. Ich weiß nicht, ob mich überhaupt jemand wählt. Am Sonntag ist jedenfalls niemand bei meiner ersten Wahlveranstaltung aufgetaucht.«

»Wie kommst du denn auf die Idee?«, fragt Schwester Gabriele erstaunt, während sie das Mon-Chéri-Papier glatt streicht. »Natürlich wählen wir dich! Du bist eine Frau, du kommst von außerhalb und bist nicht im Ort verstrickt, und du willst gegen den Klimawandel kämpfen und die Schöpfung bewahren!« Rosemarie nickt eifrig. Anna kann es nicht fassen. Schwester Gabriele hat sich mit ihrem Wahlprogramm beschäftigt?

»Aber warum sind Sie dann am Sonntag nicht gekommen, wenn Sie vorhaben, mich zu wählen?«

»Weil ich dich sowieso wähle! Du brauchst mich nicht mehr zu überzeugen! Und überhaupt kannst du mich gerne duzen!«

»Das reicht heutzutage aber nicht«, erklärt Michelle mit Nachdruck. »Die Unterstützung muss sichtbar sein. In den sozialen Medien, auf der Straße, einfach überall. Sonst zieht niemand mit.«

»Soziale Medien? Ich betreue den Instagram-Kanal der Diakoniestation.« Irrt sich Anna, oder wird Schwester Gabriele rot? »Ehrlich gesagt, sind soziale Medien meine große Schwäche. Ich liebe Twitter, Facebook, Insta, einfach alles! Obwohl ich eigentlich weltlichen Dingen nicht so zugetan sein sollte. Unsere Oberin nimmt mich deshalb immer ins Gebet. Im wahrsten Sinne des Wortes! Ich bin mir aber sicher, dass Mutter Teresa auch getwittert hätte, wenn es das zu ihrer Zeit schon gegeben hätte. Ich könnte dir helfen, deine sozialen Kanäle zu betreuen. Das frisst ja so viel Zeit. Natürlich nur, wenn du möchtest, Anna!« Sie macht eine Pause und wird noch röter. »Ich folge zum Beispiel Kim Kardashian«, flüstert sie schließlich. »Aber das weiß die Oberin nicht.« Sie grinst und guckt Rosemarie verschwörerisch an. Rosemarie grinst zurück und zwinkert ihr zu. Michelle verdreht die Augen und stöhnt.

»Soziale Medien sind gar nicht meins. Wenn Sie, ich meine du, mir damit helfen, wäre ich total dankbar, Schwester Gabriele! Dann hätte ich mehr Zeit für persönliche Kontakte!« Es ist unglaublich, findet Anna. Sie bekommt Unterstützung! Von einer Diakonisse!

»An mir soll's auch net liegen«, meint Rosemarie eifrig. »Und an den Landfrauen erst recht nicht. Gib mir mal das Telefon!« Michelle reicht ihr brav einen Festnetzapparat. Rosemarie drückt auf eine Taste und nach wenigen Sekunden fängt sie in Lichtgeschwindigkeit an zu plappern. Ist das Schwäbisch oder Chinesisch, fragt sich Anna nicht zum ersten Mal. Sie versteht erneut gar nichts außer »Ha ja«, »Ha no« und »Ha so« und »Ha wa«. Dann legt Rosemarie den Apparat zur Seite. Sie scheint sehr zufrieden mit sich.

»Also, Anna, so machen mir's, oder? Ich hab alles mit der Grete besprochen. Des isch der erste Schritt, um diesen Schnapsdackel loszuwerden!«

»Mutter«, seufzt Michelle. »Du glaubst doch nicht im Ernst, dass Anna auch nur ein Wort kapiert hat? Nicht einmal ich habe was verstanden!«

»Pff, des liegt nur an dem schrecklichen Bayrisch, das hat dein Schwäbisch versaut. Als Kind hasch du ein lupenreines Schwäbisch gesprochen! Also, Anna, am Donnerstagmorgen stellst du dich den Landfrauen von Schwäbingen vor. Da findet im Feuerwehrgerätehaus das monatliche Frühstück statt, Punkt neun Uhr. Bring dir von daheim eine Tasse mit, für den Kaffee. Du hasch zehn Minuten, um sie von dir zu überzeugen. Nutz sie gut!«

»Die Landfrauen haben doch sicher alle Angehörige, die in der Unterhosenfabrik arbeiten?«

»Schon. Aber die meisten haben trotzdem genug von der Vetterleswirtschaft. Wir Landfrauen sind ja sehr auf das Gemeinwohl bedacht. Mir backen den Kuchen für die Altennachmittage und schenken ehrenamtlich den Kaffee aus. Mir machen einen Adventsbasar und spenden das Geld für die Bedürftigen in Schwäbingen, weil, auch hier bei uns gibt es Armut! Kinder, deren Eltern sich die Klassenfahrt nicht leisten können, beispielsweise. Und mir bepflanzen das Blumenrondell im Kreisverkehr viermal im Jahr neu. Primeln und Tulpen im Frühjahr, Geranien im Sommer, Astern und Sonnenblumen im Herbst, winterharte Stiefmütterchen im Winter.« Rosemarie blüht bei jedem Wort ein bisschen mehr auf, wie das Blumenrondell, von dem sie erzählt.

»Wir Schwestern von der Diakoniestation sind auch sozial!«, wirft Schwester Gabriele ein. »Wir kümmern uns um die Alten, Kranken und Pflegebedürftigen, und wir haben schon lange genug von Helmut und seiner Bande!«

Michelle grinst. »Anna, mir scheint, dein Wählerpotenzial liegt vor allem bei den weiblichen Wählern über sechzig.«

Eine bettlägerige ältere Frau, ihre kreuzunglückliche Tochter und eine Diakonisse. Davut, den türkischen Kioskbesitzer, nicht zu vergessen! Das ist doch für den Anfang gar nicht so schlecht, denkt Anna.

»Den Sauriebeleskopf kriegat mir los!«, ruft Rosemarie vergnügt. »Endlich passiert was in Schwäbingen. Mir ist so kotzlangweilig! Anna, kommst du am Donnerstagmorgen gleich nach den Landfrauen vorbei und erzählst mir, wie es gelaufen ist?«

»Nein, lieber nachmittags, sonst kann ich nicht dabei sein!«, protestiert Schwester Gabriele. »Lagebesprechung Donnerstag, 15 Uhr! Bist du dabei, Michelle?«

»Macht, was ihr wollt, aber macht es ohne mich, Leute, ich muss auch irgendwann arbeiten!«, wiegelt Michelle ab.

»Du arbeitest sowieso viel zu viel! Das ist doch kein Leben!«

»Bestimmt nicht nur wegen mir, Mutter!«

»Ich hab dich nicht gezwungen, dich um mich zu kümmern!«

»Dein Pflegegrad reicht aber hinten und vorn nicht!«

»Dann lass mich doch verr–«

»Schluss jetzt mit der Streiterei, ihr beiden! Wir haben eine gemeinsame Mission!«, ruft Schwester Gabriele streng.

»Eine Mission! Darauf sollten wir anstoßen. Hast du noch einen Rotkäppchen-Sekt im Kühlschrank, Michelle?«, fragt Rosemarie.

»Für mich nicht, danke. Ich trinke keinen Alkohol«, protestiert Anna schnell.

»Sekt ist kein Alkohol, Anna. So wie Geflügel kein Fleisch ist.«

»Du hast letzte Woche vier Flaschen getrunken, Mutter. Ganz allein.«

»Stimmt nicht, Schwester Gabriele hat mitgetrunken. Hast du nichts im Haus?«

»Einen sauteuren französischen Champagner. Den rück ich garantiert nicht raus für euer Kaffeekränzchen.«

»Geizkragen. Von mir hast du das nicht.«

»Du schmeckst sowieso keinen Unterschied zwischen billig und teuer, Mutter.« Michelle steht entschieden auf.

»Mutter! Sie nennt mich Mutter. Ist das nicht furchtbar? Niemand sagt in Schwaben Mutter! Mama hoißt des! Und ich bin nicht mal mehr Herrin über meinen eigenen Kühlschrank. So weit ist es schon!«

»Ich glaube, ich sollte langsam wirklich gehen«, sagt Anna rasch.

»Keine Sorge, Anna. Die sind immer so«, erklärt Schwester Gabriele. »Daran musst du dich gewöhnen. Ich gehe jetzt einfach mal davon aus, dass sie es nicht so meinen.«

»Doch«, widerspricht Rosemarie mit Nachdruck. »Ich meine es genau so, wie ich es sage.«

»Und Rosemarie muss immer das letzte Wort haben.«

Michelle nickt bloß und seufzt.

Michelle bringt Anna zur Tür. Dieses Mädel ist ja so was von naiv, es ist einfach unfassbar, denkt sie. Sie scheint allen Ernstes die Welt verbessern zu wollen. So, wie die Welt gerade aussieht! In die Politik geht man doch nur, wenn man sich gerne wichtigmacht und andere nach seiner Pfeife tanzen lässt, nicht, weil man tatsächlich etwas bewegen will. Wer mit idealistischen Zielen antritt, der ist früher oder später zum Scheitern verurteilt. Die anderen dagegen, die halten sich lange. So wie der Helmut Bartholomä, dieser schwäbische alte Sack, mit dem sich ihre Mutter schon ihr ganzes Leben lang herumstreitet. Aber wenn es ihre Mutter ablenkt – sie hatte sie schon lange nicht mehr so munter und fröhlich gesehen wie gerade eben – und Rosemarie dann weniger Zeit hat, an Michelle herumzukritteln, dann kann es ihr nur recht sein. Und vielleicht ist es strategisch auch nicht so ungünstig, sich mit Anna gut zu stellen. Man kann ja nie wissen. Die Leute sind ja völlig unberechenbar geworden, was Wahlen betrifft. Vor allem bei Bürgermeisterwahlen gewinnen oft die parteilosen Außenseiter. Und wenn Michelle mit der Bürgermeisterin von Schwäbingen befreundet ist, kann ihr das vielleicht nutzen. Wer weiß! Michelle ist sehr gut in strategischen Freundschaften. Vielleicht sollte sie die zu Lukas mal wieder aktivieren? Sie wird später darüber nachdenken.

»Anna …«

»Ja?«

Michelle guckt jetzt so, wie Dieter vorher geguckt hat, als er sich die Nase an der Glastür platt gedrückt hat, und tut so, als wüsste sie nicht recht, wie sie es sagen soll. »Also, vielleicht hast du ja mal wieder Lust, vorbeizukommen. Bei mir, meine ich, nicht bei meiner Mutter. Es – es gibt hier nicht so viele Leute auf meiner Wellenlänge. Du müsstest nur vorher kurz anrufen. Du weißt schon, wegen Dieter.« Michelle setzt ein schüchternes Lächeln auf und drückt Anna ihre Visitenkarte in die Hand. Gleiche Wellenlänge, das kann sie ihr doch unmöglich abnehmen, aber Anna sieht tatsächlich erfreut aus und guckt interessiert auf die Visitenkarte, die Michelle von einem sehr angesagten Grafiker in München hat gestalten lassen. »Michelle Österle, unabhängige Finanzdienstleistungen« steht darauf und dann natürlich eine Adresse in München. Schwabing ist zwar auch nicht gerade der Nabel der Finanzwelt, aber immer noch besser als Schwäbingen.

Anna steckt die coole Visitenkarte ein. Sie wundert sich etwas, dass Michelle findet, dass sie auf der gleichen Wellenlänge sind, aber sie freut sich. Nun hat sie schon zwei Anlaufstellen. Davut sowie Michelle und ihre Mutter. Und natürlich Schwester Gabriele. Das ist doch gar nicht so schlecht für den ersten Nachmittag! Sie fühlt sich gleich viel weniger allein.

Auf dem Heimweg ist Anna geradezu euphorisch. Sie hat den Anteil ihrer Unterstützer:innen an nur einem Nachmittag von null auf vier gesteigert! Okay, Michelle, Rosemarie, Schwester Gabriele und Davut gehören vermutlich nicht zu den zentralen Influencern von Schwäbingen. Aber es ist ein Anfang. Und wenn sie jetzt noch die Landfrauen auf ihre Seite kriegt … Schwäbingen hat zwanzigtausend Einwohnerinnen und Einwohner, von denen 15.931 wahlberechtigt sind. Davon werden vermutlich nur etwa 45 Prozent wählen gehen, also werden insgesamt ungefähr 7168 Stimmen abgegeben werden, und von denen braucht sie etwas mehr als die Hälfte, das sind ungefähr 3584 Stimmen. 3584 Wahlberechtigte müssen ihre Stimme für Anna Freitag abgeben, und davon hat sie vier auf ihrer Seite. Vielleicht auch nur drei, weil Michelle möglicherweise gar nicht wählen geht. Sie denkt jetzt lieber nicht darüber nach, dass sie 2,4 Jahre braucht, bis sie die nötigen Stimmen zusammenhat, wenn es in diesem Tempo weitergeht, sondern freut sich über das, was sie erreicht hat.

Sie schreitet schwungvoll aus und freut sich auf ihre vegane Tomatensuppe mit Koriander und eine Erfolgsmeldung an ihre Eltern und den feministischen Arbeitskreis. Ihr Handy klingelt. Sie bleibt stehen. Die Nummer kommt ihr bekannt vor. Das ist irgendjemand von der Stadtverwaltung.

»Frau Freitag, sind Sie's? Grüß Gott, hier ist die Jessica Bäcker von der Gemeindeverwaltung Schwäbingen. Ich bin die Sekretärin vom Bürgermeischder Bartholomä, und ich soll Ihnen was vom Wahlausschuss ausrichten.«

»Jaaa?« Sie bleibt auf dem Bürgersteig, den sie hier Trottwa nennen, was rein theoretisch aus dem Französischen kommt, stehen. Ihr schwant nichts Gutes.

»Also, Sie kriegen des noch schriftlich, aber es ist so, dass eine aktuelle Überprüfung ergeben hat, dass Schwäbingen zwanzigtausendundeinen Einwohner hat. Nicht zwanzigtausend, wie mir gedacht haben.«

»Wie bitte?« Da ist sie wieder, die Wut. Wut und Ohnmacht.

»Das bedeutet …«

»Ich weiß, was das bedeutet«, zischt Anna. »Ich habe mich im Studium sehr ausführlich mit dem Kommunalwahlrecht beschäftigt, herzlichen Dank. Ich brauche fünfzig Unterstützungsunterschriften, um überhaupt zur Wahl zugelassen zu werden.«

»Subbr. Dann ist ja alles klar. Schönen Ta–«

»Gar nichts ist klar! Das ist ein Skandal! Woher kommt der jetzt auf einmal, dieser zusätzliche Einwohner?«

»Also, wo der vorher gewohnt hat, das weiß ich nicht. Da ist das Einwohnermeldeamt zuständig, net mir.«

»Sie wissen genau, was ich meine! Das ist Betrug! Sie zaubern einfach jemanden aus dem Hut!«

»Den haben wir nicht gezaubert. Der ist Referendar am Gymnasium. Französisch und Geschichte.«

»Sie finden es also nicht verdächtig, dass kurz vor der Wahl aus dem Nichts ein zusätzlicher Bürger auftaucht, sodass ich plötzlich gezwungen bin, Unterstützungsunterschriften zu sammeln?«

»Das geht ja nicht gegen Sie persönlich, die anderen Kandidaten müssen das ja auch. Und alles andere können Sie morgen in der Zeitung nachlesen.«

»Tatsächlich! Von Ihrem Hofberichterstatter!«

»Frau Freitag, jetzt aber!« Jessica Bäcker klingt ehrlich empört. »Sie tun ja grad so, als täten mir Sie betrügen. Vielleicht macht man des in Norddeutschland, hier in Schwäbingen machen mir so was nicht. Mir sind nämlich anständig. Ich richte Ihnen nur eine Nachricht aus, und zwar vorab, gell, damit Sie rechtzeitig informiert sind. Das müssten wir gar nicht! Einsprüche erheben Sie bitte schriftlich. Steht alles in dem Schreiben vom Wahlausschuss, das Ihnen auf dem Postweg zugeht.«

Reiß dich zusammen, denkt Anna, es hilft ja nichts. Sie bemüht sich um einen sachlichen Ton.

»Und da schicken Sie auch die Liste für die Unterschriften mit oder kriege ich die per Mail?«

»Das Schreiben ist nur zur Info. Damit Sie sehen, dass alles mit rechten Dingen zugeht. Die Liste müssten Sie dann bei Gelegenheit im Rathaus abholen. Persönlich. Das ischt zum Mailen viel zu heikel. Ruckzuck landet des auf dem falschen Computer oder in Ihrem Spam. In Schwäbingen wird Datenschutz großgeschrieben! Und bringen Sie bitte Ihren Ausweis mit. Aber das steht alles in dem Schreiben, das, wo Ihnen auf dem Postweg zugeht.«

»Das ist jetzt nicht Ihr Ernst!«, stöhnt Anna. »Ich muss die Liste persönlich abholen?«

»Frau Freitag! Natürlich ist das mein Ernst. Und daran sehen Sie, dass mir seriös schaffen, weil mir keine Witze über so was machen. Schönen Tag noch.«

Weg ist sie. Und mit ihr Annas Euphorie. David gegen Goliath. Davuts Zweifel sind mehr als berechtigt. Wieso tut sie sich das eigentlich an?

8. KAPITEL

In dem sich Lukas große Sorgen um seinen Opa macht und ein sehr unmoralisches Angebot erhält

Er muss jetzt langsam doch mal nach dem Opa schauen. Der abgewetzte Sessel im Wohnzimmer vor dem Fernseher ist verwaist. Er findet ihn schließlich an seinem Lieblingsplatz, draußen, auf dem Bänkchen vor dem Haus. Er schläft, mit halb geöffnetem Mund und leise schnarchend. Früher hat er nach dem Mittagessen immer ein kurzes Nickerchen gemacht, aber nie länger als zwanzig Minuten. Da durfte ihn Lukas dann auf keinen Fall stören. Aber seit er wieder bei ihm wohnt, schläft er mehrmals am Tag und zu komischen Zeiten. So wie jetzt, kurz vor halb sechs. Vielleicht ist das ja normal, mit einundachtzig? Lukas kennt sich nicht aus mit dem Altwerden. Er betrachtet den Opa. Seine Jacke ist falsch geknöpft, das Hemd darunter hat einen Fleck. Wann hat er das letzte Mal geduscht und das Hemd gewechselt? Früher ist er immer sehr ordentlich gewesen, und auch bei ihm hat er immer penibel drauf geachtet, dass er sauber angezogen ist. Vielleicht sollte er mal einen Termin bei seinem Hausarzt machen? Aber Lukas hat Angst, dass er da etwas erfährt, was er nicht wissen will. Er fasst den Opa sanft am Arm und rüttelt ihn ein wenig.

»Opa? Opa, wach auf.« Widerstrebend öffnet er die Augen.

»Lass mich«, knurrt er.

»Opa, es wird kühl. Nicht, dass du dich erkältest.« Tagsüber war es warm, aber es ist immerhin September, und die Tage werden kürzer.

»Hattest du Besuch?« Lukas deutet auf die zwei Kaffeetassen. Der Opa grummelt irgendwas zur Antwort. »Kann es sein, dass du schon eine Weile nicht mehr geduscht hast, Opa?«, fragt Lukas vorsichtig weiter. Der Opa guckt jetzt sehr unwirsch.

»Lukas, weischt du was?«, fragt er. »Du bisch eine alte Nervensäge.« Er steht auf und schlurft ins Haus, die Tassen lässt er stehen. Lukas bleibt noch einen Moment sitzen, und bei dem Gedanken, wie fit der Opa früher war, als seine Eltern ums Leben kamen und er sich von einem auf den anderen Tag um ihn kümmern musste, kriegt er einen Kloß im Hals. Wenn der Opa nicht gewesen wäre, wäre er dann zu Pflegeeltern gekommen? Oder ins Heim? Was macht man mit einem Elfjährigen, der schlagartig Vollwaise wird? Für den Opa hat sich die Frage nie gestellt. Er hat Lukas' Wäsche gewaschen, für ihn gekocht und seine Hausaufgaben akribischer kontrolliert, als seine Mutter das je getan hatte. »Wenn ich nicht mehr bin, dann bist auf dich allein gestellt, Lukas. Du muscht schauen, dass was aus dir wird.« Hat er sich dafür eigentlich jemals bei ihm bedankt?

Lukas nimmt die beiden Tassen und geht ins Haus. Der Opa sieht nicht so aus, als ob er sich auf einen Besuch im Bad vorbereitet, er guckt das »Dschungelcamp« im Fernsehen. Täuscht sich Lukas, oder hat er auch abgenommen? Normalerweise macht er sich kurz vor sechs ein Vesper. Er holt sich einen kleinen Krug Most aus dem Keller, schneidet sich ein paar Scheiben von dem Bauernbrot ab, das die Landfrauen samstags im Backhäusle gebacken haben, bestreicht sie mit Leberwurst und isst ein paar Essiggürkchen dazu. Im Moment sieht er nicht so aus, als ob er ans Vespern denkt. Vielleicht braucht er Gesellschaft? Lukas hat eigentlich keinen Hunger. Trotzdem sagt er: »Opa, es ist schon Abendbrotzeit, soll ich uns ein Vesper richten?« Er versucht, enthusiastisch zu klingen.

»Hascht du nicht gerade erst gesagt, ich soll baden? Was denn jetzt? Noo net hudla!«

Er steht wieder auf und schlurft an Lukas vorbei ins Bad, den Fernseher lässt er an. Lukas lauscht. Es scheint unendlich lange zu dauern, bis das Wasser läuft. Am liebsten würde er ganz leise die Tür zum Bad öffnen und spickeln, um zu sehen, ob und wie viel er abgenommen hat. Aber wenn er ihn dabei erwischt, wird er sicher fürchterlich böse. Du passt nicht gut genug auf ihn auf,

Lukas, schimpft er mit sich. Jahrelang hat er sich um dich gekümmert, jetzt musst du darauf achten, dass er genug isst und trinkt. Alte Leute vergessen doch immer das Trinken! Das weißt doch sogar du! Morgen machst du einen Termin bei seinem Hausarzt. Definitiv.

Er spült die beiden Kaffeetassen ab. Der Opa hat selten Besuch, und wenn, macht er normalerweise kein Geheimnis draus. Aber Hauptsache, er hat sich mal wieder mit jemandem unterhalten. Jemand, der nicht Lukas ist. Manchmal hat Lukas fast den Eindruck, er sei sein einziger Kontakt zur Außenwelt. Früher sind seine alten Schulkameraden regelmäßig vorbeigekommen, dann haben sie über Kindheit und Schule gesprochen, nach dem Krieg, und wie es in Schwäbingen ausgesehen hat, damals, aber die meisten sind mittlerweile gestorben oder zu gebrechlich, um den Opa zu besuchen. Vielleicht sollte er den Opa ermuntern, dass er seinerseits mal jemanden besucht? Er kann ihn ja hinbringen. Aber in letzter Zeit kann Lukas vorschlagen, was er will, es scheint ihn alles nur zu nerven.

Dass Anna von ihm genervt ist, ist nun wahrlich kein Wunder. Aber dass sie ihm sogar zutraut, dass er ein Foto von ihr und Dietrich, der Dogge, in der Zeitung bringt, das hat Lukas dann doch schockiert. Er würde sich so gerne vor ihr rechtfertigen. »Das hat alles nichts mit dir zu tun, Anna! Man zwingt mich dazu! Ich bin doch eigentlich mehr so der nette Typ!« Ha, ha. Man zwingt dich dazu, ein Arschloch zu sein? Er lauscht der Stimme in seinem Kopf. Belüg dich doch nicht selber, Lukas! Niemand zwingt dich, diesen Job zu machen, oder? Nur für kurze Zeit, versucht er die Stimme zu beschwichtigen. Vielleicht kann er Anna helfen, ohne dass sie es merkt? In einer Podiumsdiskussion würde sie sicher gut abschneiden. Sie kann gut reden und sieht gar nicht so schlecht aus. Was heißt denn hier gar nicht so schlecht! Sie ist total hübsch. Wahrscheinlich hatte er deshalb diesen unerklärlichen Drang, sie küssen zu wollen. Mit ihr als Person hat das nichts zu tun. Sie ist einfach anziehend.

Auch wenn sie sich in sackartige Klamotten hüllt. Gibt's etwa keine veganen Klamotten, die sexy sind? Me-too-Debatte hin oder her, das Aussehen spielt nun einmal eine Rolle. Wenn er den Helmut, den bierbäuchigen alten Sack, dazu bringen könnte, öffentlich gegen Anna anzutreten, würde ihr das in die Karten spielen.

Im Bad plätschert das Wasser. Am besten ruft er Helmut gleich an. Er hat sein Handy draußen auf der Bank liegen lassen, ein teures iPhone, das wie so vieles in seinem Leben von Werner Schelkle bezahlt worden ist. Aber in Schwäbingen kommt ja nichts weg. Es ist ein schöner Abend, und er setzt sich auf die Bank, um zu telefonieren. Er hätte jetzt gerne ein Bier. Es gibt aber keins, das weiß er, ohne in den Kühlschrank zu schauen. Ich muss unbedingt mal wieder einkaufen, denkt er. Einkaufen? Du musst nicht nur einkaufen, Lukas. GET A LIFE!, flüstert die Stimme in seinem Kopf weiter. Wobei flüstern das falsche Wort ist. Sie ist unerträglich laut. Wann warst du das letzte Mal ein Bier mit einem Kumpel trinken, schreit sie. Und wann hattest du das letzte Mal Sex? Diese Frage ist einfach zu beantworten. Das war in München, mit Michelle. Natürlich kannte er auch sie von früher. Wenn auch nur vom Sehen, sie war eine Klasse unter ihm.

Was Jessi an Ehrgeiz zu wenig hatte, hatte Michelle zu viel. Michelle wollte raus aus Schwäbingen, Karriere in London, New York oder Hongkong machen. Sie liefen sich zufällig im Englischen Garten über den Weg, mitten im Lockdown. Lukas ging auf die Journalistenschule, theoretisch jedenfalls, alles war nur online. Er hatte kaum Geld, Michelle schwamm darin, trotz Lockdown. Sie war gleich nach der Schule ohne Studium bei einer Finanzberatung eingestiegen, hatte sich als Naturtalent erwiesen und Boni kassiert, von denen Lukas nur träumen konnte. Sie kamen zusammen, weil sie beide einsam waren, verbrachten die Tage im Bett in Michelles schicker Wohnung in Schwabing und ernährten sich von teuren Takeaways, die Michelle orderte. Und bezahlte. Der Sex war sensationell, aber sonst verband sie nicht viel. Sie spielten John Lennon und Yoko Ono. Es hielt nicht lang. Warum ging Helmut nicht ans Telefon?

»Sodele, Lukas, Artikel schon geschrieben? Das ischt der Lukas, Elfriede. Viele Grüße von Elfriede, Lukas. Du sollsch mal wieder zum Maultaschenessen kommen.«

»Grüße zurück. Klar, der Artikel ist schon abgeschickt. Ich rufe wegen was ganz anderem an. Helmut, was hältst du davon, wenn wir eine Podiumsdiskussion organisieren, bei der sich alle Kandidaten für die Bürgermeisterwahl den Bürgerinnen und Bürgern von Schwäbingen präsentieren?«

»Ich wollte eigentlich keinen Wahlkampf machen. Des hab ich doch gar nicht nötig. Ich bin der Amtsinhaber, seit vierundzwanzig Jahren bringe ich Schwäbingen auf Vordermann. Die Leut wählen mich doch auch so!« Er lacht dröhnend. Er meint das wirklich ernst, dass er keinen Finger krumm machen muss für die Wahl.

»Schon. Aber wenn du nicht willst, dass das Ganze ein Gschmäckle hat, musst du eigentlich so was anbieten. Zumindest der Form halber. Sonst kann man dir vorwerfen, du willst einfach durchregieren.«

»Macht nicht normalerweise die Lokalzeitung solche Veranstaltungen?«

»Ich BIN die Lokalzeitung, Helmut.«

»Ach, stimmt ja! Ganz vergessen!« Er lacht noch lauter. Lukas muss ein Stöhnen unterdrücken. Er ist also schon so sehr zur Marionette von Werner und Helmut geworden, dass Helmut komplett verdrängt hat, dass Lukas eigentlich die unabhängige lokale Presse repräsentiert. »Hmm. Vielleicht hasch du recht. Da könnt ich so richtig auftrumpfen, all meine Anhänger mobilisieren, also ganz Schwäbingen, und dem Mädle zeigen, dass es keine Chance hat. Und die Spaßkandidaten könnten sich bei der Gelegenheit auch gleich gründlich blamieren.« Lukas' Taktik geht auf, Helmut scheint sich immer mehr für die Idee zu begeistern.

»Wie viele Kandidaten treten denn insgesamt an?«

»Es gibt neben diesem Mädle noch einen Spaßkandidaten von Die Partei, dann den üblichen Dauerkandidaten, der in ganz Baden-Württemberg bei jeder Wahl antritt, auch wenn's eh nie klappt, und so eine Eso-Tante, die im Nachbarort Räucherstäbchen verkauft und Horoskope erstellt. Aber wer weiß, ob die überhaupt alle kommen. Sprich's doch am besten mit dem Martin ab. Er soll einen Termin festlegen und die Stadthalle reservieren.«

»In Ordnung. Wir sollten das so schnell wie möglich machen, dann kann dir keiner unterstellen, es gäbe keinen fairen Wahlkampf.«

»Wer sollte mir das unterstellen?« Helmut Bartholomä klingt ehrlich erstaunt. »Aber mir soll's recht sein, gern schon nächste Woche Freitag.«

»Wir brauchen ein bisschen Vorlauf für die Werbung. Das sollte aber reichen. Ich frag den Werner, ob er Plakate drucken lässt.«

»Au ja, mit meinem Bild drauf. Ich hab noch ein schönes vom letzten Südtirol-Urlaub. Mit der Elfriede, im Dirndl, da guckt sie so nett.«

»Helmut, das halte ich für keine gute Idee. Weil, es soll doch neutral sein. Oder zumindest so wirken.«

»Ach, stimmt ja. Das hab ich scho wieder vergessen. Subbr, Lukas, echt subbr. Du machsch echt eine subbr Presse. Tschüssle, gibsch Bescheid.« Offensichtlich hat er schon wieder vergessen, dass Lukas nicht der städtische Pressereferent ist – es gibt keinen, wozu auch –, sondern die Lokalzeitung. Es ist sinnlos. Es ist einfach komplett sinnlos. Sein Handy piepst. Ein Nachklapp von Helmut? Hoffentlich keine Einladung zum Maultaschenessen. Nein. Die WhatsApp stammt von Michelle. »Wurde ja auch Zeit, dass wir uns mal wieder über den Weg laufen. Di und Mi geht nicht, späte Online-Meetings. Do Abend ist frei. 21 Uhr, Absacker bei mir? Freu mich drauf, Michelle.« Er starrt auf die Nachricht. Sie hat keine Zeit verloren, und sie wird nicht nur Händchen halten wollen. Und sie kommt ganz offensichtlich gar nicht auf die Idee, dass er womöglich nicht will. Michelle ist es gewohnt, dass die Leute nach ihrer Pfeife tanzen. Und genau deshalb wird er absagen. Er wird höflich sein und konsequent bei seinem Nein bleiben. Eine unverfängliche Affäre im anonymen München ist schließlich etwas anderes, als für ganz Schwäbingen sichtbar morgens aus Michelles Haus zu marschieren. Am besten antwortet er Michelle gleich, damit keine falschen Erwartungen aufkommen. »Hi Michelle«, tippt er. Dann hält er inne. Schließlich zwingt ihn niemand, sofort zu antworten, oder?

9. KAPITEL

In dem wir Grete Fauser und die Landfrauen Schwäbingen kennenlernen und Anna erfährt, dass der Butter männlich ist

Grete Fauser, die Vorsitzende der Schwäbinger Landfrauen, steht auf, stellt sich vor die acht großen Tische, um die die ungefähr sechzig Landfrauen herumsitzen, drückt den Rücken durch, um ihrem Auftritt mehr Autorität zu verleihen, und räuspert sich. Es dauert einen Moment, bis das fröhliche Stimmengewirr und das Gelächter leiser werden und schließlich ganz verstummen, sodass Grete Zeit hat, ihren Blick prüfend über ihre Schäfchen gleiten zu lassen. Die Landfrauen Schwäbingen gibt es seit zweiundvierzig Jahren, sie selbst ist seit vierzig Jahren Mitglied, und vor anderthalb Jahren ist sie mit überwältigender Mehrheit in den Vorstand gewählt worden. Früher sind bei den monatlichen Frühstückstreffen im Feuerwehrhaus hundert und mehr Frauen zusammengekommen, aber die Pandemie hat ihre Spuren hinterlassen. Viele der betagten Landfrauen und Gründungsmitglieder haben die lange Unterbrechung zum Anlass genommen, ihre aktive Mitgliedschaft zu beenden. Offiziell sind sie immer noch Mitgliederinnen, und sie werden es bleiben, bis sie sterben, aber sie kommen nicht mehr zu den Treffen, entweder weil sie immer noch Angst vor Ansteckung haben oder weil sie einfach nicht mehr gut beinander sind.

Rosemarie zum Beispiel, die den Vorsitz an Grete abgegeben hat, weil sie mitten in der Pandemie einen Schlaganfall bekommen hat und seither ans Bett gefesselt ist. Rose fühlt sich als die oberste Landfrau persönlich und ist immer allen Frauen auf den Wecker gegangen mit ihrem zackigen Feldwebelton, der keinen Widerspruch duldet. Obwohl das vielleicht nicht ganz stimmt. Sie ist vor allem Grete auf die Nerven gegangen, weil sie so wahnsinnig von sich eingenommen ist. Aber selbst Grete muss zugeben, dass Rose in ihrer Zeit als Vorstand alle Landfrauen mit ihrer grenzenlos scheinenden Energie mitgerissen hat, und sie hat ständig neue Ideen entwickelt, um die Schwäbinger Landfrauen voranzubringen. Für Grete ist es alles andere als einfach, Roses Nachfolgerin zu sein, denn noch immer zieht die im Hintergrund die Strippen, wo sie nur kann. Heute zum Beispiel hat sie ihr zum monatlichen Frühstück diesen jungen, norddeutschen Hüpfer geschickt. Grete findet das völlig unpassend, sie sind schließlich politisch neutral und das Frühstück ist keine Wahlkampfveranstaltung, aber Rose hätte ja doch keine Ruhe gegeben.

Grete hat normalerweise kein Problem damit, selbstbewusst aufzutreten, aber gegen Rose kommt sie nicht an, und die ist bei den Schwäbinger Landfrauen immer noch sehr hoch angesehen. Manche Mitgliederinnen finden Grete im Vergleich zu Rose zu konservativ, obwohl sie das nicht laut sagen, dabei stimmt das gar nicht. Grete ist absolut auf der Höhe der Zeit. Rose, die graue Eminenz! Grete lässt ihren Blick über die Tische mit den Frauen schweifen, die selbstverständlich alle im grünen Poloshirt mit dem Aufdruck »Landfrauen Schwäbingen« gekommen sind und das dazu passende geblümte Halstuch tragen. Schließlich sind sie stolz darauf, Landfrauen zu sein. Schwäbinger Landfrauen!

Kaum eine kommt tatsächlich noch aus der Landwirtschaft, so wie früher, aber darum geht es auch nicht. Sie sind eine Gemeinschaft von Frauen aus den verschiedensten Berufen, fast alle mit Kindern, verheiratet (seit Langem, die meisten), geschieden (die wenigsten, weil das so viel Wirbel macht, man kann es ja auch einfach aushalten) oder verwitwet (echte Singles gibt es keine). Frauen, die sich in und für Schwäbingen engagieren. Eine mittlerweile leider hoffnungslos überalterte Gemeinschaft. Ist überhaupt noch eine von ihnen unter sechzig? Alle Mitgliederinnen versuchen, ihre Töchter und deren Freundinnen für eine Mitgliedschaft bei den Landfrauen zu gewinnen, aber die Zeiten haben sich geändert. Früher war es selbstverständlich, bei den Landfrauen zu sein, aber heutzutage haben die jungen Frauen kein Interesse. Sie arbeiten Vollzeit und sind dann zu müde, so wie ihre Schwiegertochter, die sich lieber beruflich in der Bank verwirklicht, anstatt sich um ihre kleinen Kinder zu kümmern (Grete findet das unmöglich, aber sie mischt sich natürlich nicht ein, sie spricht nur mit ihrem Sohn darüber, und der ist ganz ihrer Meinung). Oder sie gehen lieber ins Fitnessstudio, oder sie wollen sich nicht engagieren, oder sie finden die Landfrauen altbacken.

Dabei stimmt das gar nicht. Nicht nur wegen Rose. Sie haben immer interessante Referenten zu Gast, zu Gesundheitsthemen oder zur Ernährung oder zum Klimawandel im ländlichen Raum. Sie haben sogar mal ein Lachyoga-Seminar gemacht, mit einer Kursleiterin mit knallgrünem Haar und tätowierten Armen, das ist in der Zeitung gekommen, mit einem Foto von siebzig Frauen, die sich vor Lachen nur so biegen. Gleich zu Beginn der Pilates-Welle hat Rose eine Kursleiterin aufgetrieben, die nun schon seit vielen Jahren einmal die Woche aus dem Nachbarort ins Feuerwehrhaus kommt und am frühen Abend für die fitteren Frauen – Grete hat sich selbst noch nie dazugezählt – statt der konventionellen Gymnastik, die es bis dahin gegeben hat, einen Kurs mit dieser schrecklichen Technik anbietet, auf die alle Hollywood-Stars schwören.

Grete hat Pilates nur einmal ausprobiert und es dann gleich wieder gelassen. Sie hatte zum Nachmittagskaffee ein großes Stück eingesunkenen Apfelkuchen mit Sahne gegessen, natürlich nach einem bewährten Landfrauenrezept, und nun sollte sie ihren Bauch einziehen und ihren Hintern zusammenkneifen? Es war eine Tortur. Rose hingegen schien nicht das geringste Problem mit ihrem Powerhouse zu haben, obwohl sie auch nicht gerade schlank und deutlich älter war. Bis zu ihrem Schlaganfall ging sie fleißig in den Kurs, und ab und zu stichelte sie in Gretes Richtung, dass die sich ja nur einmal hatte blicken lassen. Aber Gesundheit ist ja nur ein Schwerpunkt der Landfrauen. Der andere ist, sich regelmäßig zu treffen und Schwäbingen zusammenzuhalten. Das ist viel wichtiger als zusammengekniffene Hintern.

Das männliche Pendant zu den Landfrauen ist die Freiwillige Feuerwehr. Deshalb tagen sie ja auch im Feuerwehrhaus. Die meisten Männer und Söhne der Landfrauen sind bei der Freiwilligen Feuerwehr engagiert, anders geht es ja gar nicht, weil man sich eine Berufsfeuerwehr in Schwäbingen nicht leisten kann, und ab und zu gibt es ein gemeinsames Feschtle vor dem Feuerwehrhaus. Die Landfrauen backen den Kuchen und den Hefekranz, und die Feuerwehrmänner stellen die Bierbänke auf und kutschieren die kleinen Kinder mit dem Feuerwehrauto durch den Ort (früher die Kinder, heute die Enkelkinder der Landfrauen).

Ohne die Feuerwehr (Bierbänke) und ohne die Landfrauen (Kuchen und Brot aus dem Backhäusle) geht nichts in Schwäbingen. Kein Frühlingsfest, keine Dekoration des Osterbrunnens, keine Herbsthocketse, kein Adventskaffee im Altenheim und kein Weihnachtsbasar mit selbst gehäkelten Topflappen und selbst gebundenen Adventskränzen (manche Frauen finden, selbst gehäkelte Topflappen hätten ihre beste Zeit gehabt, aber wenn es um Topflappen geht, wird Grete zum Tier und lässt sich auf keine Diskussion ein, nicht einmal mit Rose). Und sowohl die Männer der Freiwilligen Feuerwehr wie auch die Landfrauen geben seit vierundzwanzig Jahren Helmut Bartholomä ihre Stimme, und daran wird auch diese Anna Freitag nichts ändern. Emanzipation ist ja gut und schön, aber eine Frau als Bürgermeister, das geht nun wirklich zu weit, findet Grete. Es gibt Sachen, die können Männer einfach besser. Politik zum Beispiel.

Bei der übernächsten Wahl wird der Helmut natürlich altersbedingt einen Nachfolger brauchen, aber da kommt eigentlich nur der Martin infrage. Über den kursieren Gerüchte, aber das ist alles erstunken und erlogen. Dorftratsch, nicht mehr. Es ist doch logisch, dass er irgendwann dafür belohnt werden will, dass er all die Jahre als Erster Beigeordneter Helmut treu zur Seite gestanden hat. Auch wenn es komisch sein wird, eine Thailänderin als First Lady im Ort zu haben, ein winziges, schüchternes Persönchen im langen Seidenrock, das kaum Deutsch und gar kein Schwäbisch kann und wahrscheinlich nur Reis kocht und keine Spätzle schabt. So ganz anders als Elfriede, Helmuts Frau, eine gestandene Schwäbin, die ihre Maultaschen noch selbst macht, bei keinem Feschtle fehlt und niemals selbst in die Politik gehen würde, aber auch daran wird man sich gewöhnen. Schneller jedenfalls als an eine Frau als Bürgermeisterin, die zwar Deutsch spricht, aber auch kein Schwäbisch kann.

Sie sitzt am Rande der obersten Kaffeetafel, diese Anna, und sieht ein wenig blass und unglücklich aus. Bestimmt ist es Roses Idee gewesen, dass sie sich bei den Landfrauen vorstellt, nicht ihre eigene. Vielleicht dämmert ihr allmählich, dass diese ganze Kandidatur völliger Unsinn ist und sie kein bisschen nach Schwäbingen passt. Während die Landfrauen bei den Butterbrezeln und dem selbst gebackenen Hefekranz (mit Zibeben!) kräftig zulangen und sich gegenseitig fleißig Kaffee aus den mitgebrachten Thermoskannen einschenken – es gibt keine Küche im Feuerwehrhaus, deshalb muss alles mitgebracht werden, und der Einfachheit halber essen sie von Servietten, nicht von Tellern –, sitzt das Mädle ein wenig steif auf seinem Stuhl, redet nicht viel und sieht aus, als wünschte es sich geradewegs zurück auf seine Nordseeinsel. Zehn Minuten, dann wird sie sie wegschicken, und Grete hat ihre Schuldigkeit getan, und Rose kann ihr nichts vorwerfen.

»Liebe Schwäbinger Landfrauen, ihr habt es sicher schon gesehen, wir haben heute einen Gast bei unserem monatlichen Landfrauenfrühstück, den wir herzlich begrüßen wollen. Darf ich euch die Frau Freitag vorstellen, sie kommt aus Norddeutschland, genauer gesagt von einer ostfriesischen Insel mitten in der Ostsee, und sie will in Schwäbingen Bürgermeisterin werden, obwohl sie kein Schwäbisch kann, und nach vierundzwanzig Jahren unseren Helmut beerben. Normalerweise sind wir ja politisch neutral, aber unser Gründungs- und Ehrenmitglied Rose, die ja, wie ihr wisst, aus Krankheitsgründen nicht mehr zu unseren Treffen kommen kann, hat den Vorstand gebeten, dass sich Frau Freitag kurz bei uns vorstellen darf. Und weil sie ja eine

Frau ist, also die Frau Freitag, und wir die Landfrauen sind, haben wir zugestimmt, obwohl ihr wahrscheinlich sowieso schon alle beschlossen habt, wieder den Helmut zu wählen, der macht das ja auch gut und kennt sich aus, nach so langer Zeit, aber man kann sich ja mal ihre Ideen anhören, also die von der Frau Freitag, das koschtet ja nix. So, Frau Freitag, jetzt sind Sie dran, die nächsten zehn Minuten gehören Ihnen. Bitte schön.«

Das Mädle steht auf. Mit ihren blonden Locken sieht sie aus wie ein Rauschgoldengel, und Grete hat schon fast Mitleid. Die veschpert der Helmut doch zum Frühstück, denkt sie. Andererseits hat sie ja niemand dazu gezwungen, in Schwäbingen anzutreten. Sie wartet nicht, bis das Mädle nach vorne gekommen ist, damit es nicht so aussieht, als würde sie mit ihr gemeinsame Sache machen. Grete macht auf dem Weg zu ihrem Platz einen Schlenker zum Fenster, weil es so stickig ist im Feuerwehrhaus, reißt es weit auf und setzt sich dann rasch. Sie winkt Beate, ihr eine Tasse Kaffee einzuschenken, und nimmt sich ein Stück Hefezopf. Sie ist erleichtert, dass es ihr gelungen ist, Frau Freitag einigermaßen neutral anzukündigen, so, dass man ihre eigene Skepsis gegenüber einer weiblichen Kandidatin nicht bemerkt.

Grete Fauser winkt Anna von ihrem Platz aus freundlich zu, es wird zurückhaltend geklatscht. Anna geht mit gestrafften Schultern von ihrem Platz am Rand der Frühstückstafel nach vorne und blickt auf die Frauen, die vor Körben mit Butterbrezeln und Bergen von typisch schwäbischem Hefezopf sitzen. Anna hat den Hefezopf noch nie probiert, weil er Milch, Butter und Eier enthält. Er hat Ähnlichkeit mit dem norddeutschen Rosinenbrot, das Anna immer sehr gern gegessen hat, bevor sie Veganerin wurde. Zum Rosinenbrot trinkt man normalerweise Tee, hier wird dagegen Kaffee ausgeschenkt. Es gibt keine Teller; jede Landfrau hat eine grüne Stoffserviette mit dem Landfrauenlogo vor sich liegen, ihre eigene, die sie wieder nach Hause nehmen und waschen (und natürlich bügeln) wird, und der Kaffee wird aus mitgebrachten Tassen getrunken, genau so, wie Rosemarie es vor zwei Tagen beschrieben hat. Auch die Tassen tragen das

Landfrauenlogo. Wenn es um Corporate Identity geht, sind die Landfrauen super. Das Feuerwehrhaus hat keine Küche, hat ihr die freundliche Landfrau erklärt, neben der sie gerade gesessen hat, und sich als Marianne Müllerschön vorgestellt.

»Anna Freitag, freut mich«, antwortet Anna artig, obwohl natürlich alle wissen, wer sie ist.

»Hat Ihne koiner gsagt, dass Sie Ihre eigene Tasse hätten mitbringen sollen?«, fragt Marianne Müllerschön. »Sie könnet meine haben, wenn ich meinen Kaffee ausgetrunken habe. Ich könnt sie kurz für Sie spülen.«

»Das ist sehr nett, aber ich trinke keinen Kaffee«, antwortet Anna höflich. Jedenfalls nicht schwarz und nicht mit Kuhmilch, aber es ist bestimmt keine gute Idee, sich bei den Landfrauen als Veganerin zu outen. »Deshalb habe ich keine Tasse mitgebracht.«

»Sie trinken koin Kaffee?«, echot Marianne Müllerschön schockiert. Sie ist nicht mehr die Jüngste, Anna schätzt sie auf Ende siebzig, ausgesprochen rundlich, und zu Annas großem Erstaunen hat sie ein winziges Tattoo auf ihrem Unterarm, eine kleine Brezel. Das passt zwar, aber eine Landfrau mit Tätowierung? Und dann noch in dem Alter! Anna findet das ziemlich schräg. »Aber Sie essen doch wenigstens eine Butterbrezel? Des geht ja zur Not auch ohne Serviette.« Eifrig streckt sie Anna den Korb mit den Brezeln hin.

»Das ist sehr nett«, wiederholt Anna brav. »Aber ich esse keine Butter.« Tatsächlich hätte sie es sehr viel leichter gefunden, sich an einer Tasse oder Brezel festzuklammern, anstatt ohne alles, fast schon nackt dazusitzen.

»Aber man kann doch koi Butterbrezel ohne an Butter essen!«, ruft Marianne Müllerschön spontan und ohne ihr Entsetzen zu verhehlen. Offensichtlich heißt es auf Schwäbisch »der Butter«, nicht die, und Anna kann nur hoffen, dass sie sich nicht von vorneherein disqualifiziert hat, weil sie keinen Kaffee trinkt und keinen Butter isst. Sie muss gut Wetter machen, und dazu gehört nicht, die Vorsitzende der Landfrauen darauf hinzuweisen, dass

Hooge eine Hallig im Wattenmeer vor Nordfriesland ist und keine Insel in der Nordsee vor Ostfriesland.

Anna holt tief Luft, wirft einen Blick auf ihr Skript und fängt an. Sie weiß, was auf dem Spiel steht. Die Landfrauen sind ein ganz zentraler Influencer im Ort, und wenn es ihr gelingt, sie auf ihre Seite zu bringen, dann ist viel, nein, sehr viel erreicht. Sie ist sich sicher, bei den Landfrauen beim Thema Klimawandel und Nachhaltigkeit einen Nerv zu treffen, das ist ihnen ein Anliegen, siehe Stoffservietten, und sie kochen und backen nach alten Rezepten mit lokalen Zutaten und betreiben ein Backhäusle im Ort. Außerdem will Anna den Landfrauen vermitteln, dass sie sie nicht für altbacken hält, ein Image, das ihnen immer noch anzuhaften scheint. Deshalb hat sie sich bemüht, so viele Fremdwörter wie nur möglich in ihre Ansprache einzubauen. Sie will den Landfrauen etwas zutrauen! Nicht nur zutrauen, nein, auch zumuten, und ihnen auf Augenhöhe begegnen. Die Unterhosenfirma wird sie ganz rauslassen und stattdessen das Bild eines modernen, innovativen Schwäbingen entwerfen, sodass ganz offensichtlich wird, dass man in diesem Schwäbingen der Zukunft keine unökologischen Unterhosen braucht. Man braucht auch keine Lügenpresse, aber auch dieses Thema und diesen unverschämten Lukas wird Anna weglassen.

Anna holt tief Luft und guckt die Landfrauen an, die erwartungsvoll, aber distanziert zurückgucken. Sie ist nervös, und sie schwitzt, weil sie viel zu warm angezogen ist für einen sonnigen Septembermorgen. Das hier, das ist eine ganz eigene Liga. Sie sind zwar in gewisser Weise solidarisch verbunden, weil sie alle Frauen sind. Trotzdem hat Anna den Eindruck, dass es nicht einfach werden wird. Sie spürt Zurückhaltung und Skepsis. Um nicht noch nervöser zu werden, beschließt sie, eine Technik anzuwenden, die sie im Studium im Debattierklub gelernt hat. Sie wird die Frauen nicht direkt anschauen, sondern sozusagen hinter sie, ins Weite blicken. Dann kann sie sich ganz auf den Inhalt konzentrieren und wird nicht von skeptischen Blicken aus dem Konzept gebracht.

In den nächsten Minuten entwirft Anna eine goldene Zukunft für Schwäbingen. Nach anfänglichem Stocken kommt sie immer mehr in Fahrt. Sie schwärmt von Innovationsnetzwerken, Think Tanks und Ideenlaboren anstelle der autokratischen Strukturen eines Amtsinhabers, der keine Macht teilen will. Sie redet leidenschaftlich über Ökologie, Klimakrise und Enkelgerechtigkeit. Und sie positioniert die Frauen an einer zentralen, nein, an *der* zentralen Stelle! Frauen werden diese goldene Zukunft für Schwäbingen gestalten und den fruchtbaren Boden dafür bereiten! Von ihrer eigenen Leidenschaft mitgerissen und ohne auch nur eine der Frauen anzuschauen, kommt Anna zum furiosen Finale. Einer plötzlichen Eingebung folgend legt sie das Skript auf den Boden, um die Hände frei zu haben.

»Mit Stoffservietten fängt es an. Aber damit hört es doch längst nicht auf! Liebe Landfrauen, liebe Freundinnen, lassen Sie uns gemeinsam eine Brücke in Schwäbingen bauen, eine Brücke in die Zukunft. Eine Brücke, auf der wir alle gemeinsam stehen, Hand in Hand, mit Ihren Kindern und Kindeskindern! Eine stabile Brücke, die weder von Wind noch von Feuer zerstört wird!«

Es ist schon jetzt so unfassbar poetisch, dass es nicht mehr zu toppen ist, denkt Anna, aber jetzt, jetzt kommt das große Kino! Sie breitet die Arme weit aus und betont jede Silbe mit den Händen, das ist vielleicht ein bisschen populistisch, oder wie beim Prediger einer Freikirche, aber warum auch nicht. Sie gibt noch einmal alles. »Geben Sie mir bei der Wahl zum nächsten Bürgermeister oder zur nächsten Bürgermeisterin« – nun hält sie theatralisch inne, verschwörerisch, wie sie findet, holt noch einmal tief Luft und schmettert inbrünstig – »Ihre Stimme!«

Sie verstummt, schnappt erschöpft nach Luft, lässt langsam die Arme sinken und wirft einen blitzschnellen Blick auf ihre Uhr. Sie hat dreizehn Minuten gesprochen, also um drei Minuten überzogen, das ist hoffentlich im Rahmen. Ihr Gesicht glüht. Sie sammelt erleichtert das Skript vom Boden auf und schaut die Landfrauen an, zum ersten Mal seit Beginn ihrer flammenden

Rede, und wartet voller Stolz auf den Applaus, der sicher gleich einsetzen und tosend ausfallen wird.

Sechzig Frauen starren Anna an. Regungslos. Stumm. Sie klatschen nicht. Sie tuscheln nicht untereinander. Sie lächeln nicht. Sechzig Frauen schauen Anna einfach nur an, und die einzige Emotion, die Anna identifizieren kann, ist Ratlosigkeit. Die Landfrauen scheinen nicht die geringste Ahnung zu haben, was sie mit Anna anfangen sollen. Und umgekehrt. Anna schluckt. Panik steigt in ihr auf. Sie räuspert sich mehrfach. Vielleicht ist ja einfach nicht ganz klar, dass sie am Ende ihres Vortrags ist?

»Ähem – also, vielleicht haben Sie ja noch Fragen? Die beantworte ich natürlich gerne. Oder hat Ihnen noch was gefehlt? Ein bestimmtes Thema, das Sie beschäftigt? Ein Aspekt, den ich übersehen habe?« Noch immer geschieht nichts. Annas Panik verstärkt sich. »Ich habe auch Kappen mitgebracht. Vielleicht will jemand von Ihnen eine? Es ist ja noch so warm, und die sind sehr praktisch! Vor allem gegen die Sonne!« Sie stürzt an ihren Platz, zieht eine der Kappen aus ihrer Tasche und wedelt damit vor Marianne Müllerschöns Gesicht herum, als wolle sie eine Fliege verscheuchen. »Anna Freitag, die frische Brise aus dem Norden!«, ruft sie und hört selbst, wie spitz und verzweifelt ihre Stimme klingt.

Marianne Müllerschön sieht zu Boden und wirkt leicht abwesend. Die anderen Frauen schauen zur Decke oder durch Anna hindurch. Ich hab's verkackt, denkt sie verzweifelt, ich hab's komplett verkackt.

Nun steht die Vorsitzende auf, und im Gegensatz zu den anderen Frauen steht ihr deutlich ins Gesicht geschrieben, dass sie Anna so schnell wie möglich loswerden will.

»Vielen Dank für Ihre interessanten Ausführungen, Frau Freitag. Mir würden dann mit unserem Frühstück weitermachen, weil wir müssen dringend unseren Herbstbasar planen und die Zahl der Topflappen festlegen, die mir bis dahin häkeln«, sagt sie höflich. »Und jede Landfrau kann dann ja bei der Wahl entscheiden, ob sie den Helmut wählt, so wie immer. Oder ein Risiko eingeht und mal ebbes Neues ausprobiert. Kann man ja machen. So rein theoretisch. Wir wünschen Ihnen viel Erfolg. Jedenfalls.«

Anna blickt in die versteinerten Gesichter der Frauen. Sie ist es komplett falsch angegangen. Als ob sich die Landfrauen für Think Tanks und Ideennetzwerke interessierten!

»Darf ich noch kurz was ergänzen?«

Frau Fauser schaut Anna skeptisch an. »Mir hatten ja gesagt, zehn Minuten. Davon haben Sie dreizehn in Anspruch genommen.«

»Bitte.«

Grete Fauser seufzt. Es wird nicht besser werden, da ist sie sicher. Aber mittlerweile tut ihr das Mädle fast leid, mit ihren scheußlichen Kappen und den vielen Fremdwörtern, an denen sie sich schier verschluckt und die sie vermutlich nicht mal selbst versteht. Nach der Wahl wird sie aus Schwäbingen verschwinden, und niemand wird ihr eine Träne hinterherweinen. Wieso auch. Sie haben ja den Helmut. Sie seufzt noch einmal, lang und tief, um ganz deutlich darauf hinzuweisen, dass sie jetzt ein großes, ein sehr großes Zugeständnis macht.

»Wenn's net so lang geht.«

Anna schließt für einen Moment die Augen. Und dann öffnet sie sie wieder und schaut in die sechzig Augenpaare, in denen sich Skepsis, Zweifel und ja, auch Angst spiegeln. Sie lässt sich Zeit. Zeit, um zu begreifen, was in den Landfrauen vorgeht, auch wenn es schwer auszuhalten ist und sie die Ungeduld von Grete Fauser spürt. Sie legt ihr Skript und die Kappe zur Seite, holt tief Luft und fängt an zu reden, ohne eine Sekunde ihren Blick von den Landfrauen zu nehmen.

»Ich kann mir vorstellen, was Sie denken. Sie denken, da taucht plötzlich eine Frau auf. Sie ist jung, sie hat keine politische Erfahrung, sie kommt aus Norddeutschland, sie hat keine Ahnung von Schwäbingen, wir kennen sie nicht und sie will hier alles umkrempeln. Und am schlimmsten ist, dass sie nicht mal Schwäbisch kann.«

Sie lachen. Endlich! Der erste Lacher! Anna spürt, wie sich die

Landfrauen ein bisschen entspannen und auch ihre eigene Anspannung nachlässt.

»Sie denken bestimmt, die mit ihren neumodischen Ideen! Wer interessiert sich in Schwäbingen dafür? Wir haben Männer, Töchter und Söhne, die ihre Arbeitsplätze brauchen, auch wenn diese Arbeit umweltfeindlich ist, und Sie haben Angst, dass ich diese Arbeitsplätze vernichten und alles umkrempeln will. Darum geht es nicht. Es geht darum, zu sehen, dass sich unser aller Leben durch die Klimakatastrophe und andere Faktoren radikal verändern wird und dass es zwei Möglichkeiten gibt: Wir stecken den Kopf in den Sand, ignorieren es und machen weiter wie bisher. Oder wir tun das, was die Landfrauen schon immer ausgezeichnet hat: Wir packen es an. Gemeinsam. Wir überlegen uns zusammen, was wir tun können, damit wir eine Zukunft haben. Eine Zukunft, in der die Sommertemperaturen nicht über 45 Grad liegen und es noch genügend Wasser für alle gibt, sodass auch das Freibad in Schwäbingen geöffnet bleiben kann. Eine Zukunft mit Arbeitsplätzen, die nicht die Umwelt ruinieren. Sie sind doch die Landfrauen! Früher gab es in Schwäbingen viele landwirtschaftliche Betriebe. Nun lohnt es sich nicht mehr, und man muss Milch und Eier teuer bei Aldi oder Lidl kaufen. Das ist doch nicht richtig! Ich habe keine Kinder. Noch nicht. Aber wahrscheinlich haben die meisten von Ihnen welche. Und Sie sorgen sich um sie. Ich sorge mich auch! Um unsere Zukunft, um Ihre Kinder und Enkel, meine ungeborenen Kinder, um Schwäbingen. Und deshalb brauche ich Ihre Hilfe und Unterstützung. Ich möchte, dass Schwäbingen ein Ort wird, in dem wir gerne leben, glücklich sind und uns umeinander kümmern. Gemeinsam können wir die Dinge verändern. Und das müssen wir, denn die Welt hat sich sowieso radikal geändert, ob wir das wollen oder nicht!«

Anna spürt, wie ihr die Tränen kommen, weil sie sich nichts sehnlicher wünscht, als zu den Landfrauen durchzudringen. Nicht heulen, nicht schon wieder! Das ist einfach so was von unprofessionell! Sie muss zum Schluss kommen, ganz schnell, bevor es, bevor sie total peinlich wird. »Bitte. Ich … ich schaffe das ohne euch nicht!«, stammelt sie. Ohne eine Reaktion abzuwarten, packt sie das Skript und stürzt zurück an ihren Platz. Ihre Hände sind feucht vor Nervosität, die Blätter ihrer Rede rutschen ihr aus der Hand, und natürlich erfasst genau in dieser Sekunde ein kräftiger Windstoß aus dem geöffneten Fenster nicht nur die Blätter, sondern auch die Flyer und die Kappen, die auf dem Tisch an ihrem Platz liegen, und alles wirbelt bunt durcheinander und verteilt sich auf dem Boden. Anna rennt hinterher in dem panischen Bemühen, Rede und Flyer und Kappen so schnell wie möglich wieder einzusammeln, während sie gleichzeitig mit den Tränen kämpft. Es ist ihr alles unfassbar peinlich. Doch plötzlich ist sie nicht mehr allein. Mehrere Frauen sind aufgesprungen, um ihr zu helfen, und nach wenigen Minuten liegt alles wieder fein säuberlich geordnet auf dem Tisch.

»Danke«, stammelt Anna und stopft alles, so schnell sie kann, in ihre Tasche, während die Frauen wieder zurück zu ihren Plätzen gehen und ein aufgeregtes Gemurmel eingesetzt hat. Anna fühlt sich grauenhaft, aber sie strafft erneut die Schultern. Sie schuldet sich selbst einen würdevollen Abgang ohne Tränen.

»Danke«, sagt sie noch einmal laut und schafft es, ihre Stimme nicht zittern zu lassen. »Danke, dass Sie mir zugehört haben. Und ich hätte noch eine letzte Bitte. Auch wenn Sie mich nicht wählen: Bitte gehen Sie zur Wahl und geben Sie Ihre Stimme ab, und zeigen Sie damit, dass es Ihnen wichtig ist, Ihr Stimmrecht auszuüben. Unsere Demokratie braucht das. Schwäbingen braucht das! Ein schönes Frühstück noch.«

Sie wendet sich zum Gehen.

»Moment!«

Anna dreht sich noch einmal um.

Eine der Landfrauen ist aufgesprungen. Sie ist vermutlich noch nicht so alt, aber ihr Haar ist bereits vollständig ergraut, und sie trägt es kurz und fransig, was sehr schick aussieht.

»Ich heiße Bettina Eisele. Und, Anna, weißt du was? Ich hätte gerne eine Kappe von dir.«

Anna reicht ihr stumm und völlig verunsichert eine der weißen Kappen, während es im Raum so still geworden ist, dass man eine Stecknadel hätte fallen hören können. Bettina Eisele setzt sich die Kappe auf ihr kurzes Haar, rückt sie keck zurecht und deklamiert dann langsam, laut und feierlich:

»Anna Freitag, du frische Brise aus dem Norden, soll ich dir was sagen? Meine Stimme hast du!« Und dann fängt sie an zu klatschen. Ein paar Sekunden lang ist nichts zu hören außer dem rhythmischen Klang ihrer beiden Hände, während sie Anna offen und fröhlich anlächelt, und in Annas Ohren klingt es beinahe wie Flamenco.

Dann fällt eine weitere Landfrau ein, und schließlich die nächste, bis nach und nach der ganze Saal klatscht. Doch das ist noch nicht alles. Eine Frau nach der anderen steht auf und klatscht Anna zu, bis schließlich alle Landfrauen aufgestanden sind und eine völlig überwältigte Anna mit *standing ovations* feiern. Alle Landfrauen? Nein. Eine Landfrau ist sitzen geblieben. Grete Fauser hat die Arme vor der Brust verschränkt und guckt finster. Sehr finster. Was glaubt diese Bettina eigentlich, wer sie ist? Das ist doch ein Aufstand! Ein Aufstand der Schwäbinger Landfrauen! Das hat es in ihrer zweiundvierzigjährigen Geschichte noch nie gegeben! Langsam verebbt der Applaus.

»Ich möchte einen Antrag an den Vorstand stellen«, erklärt Bettina Eisele ruhig und blickt Grete Fauser an. »Nämlich, dass wir Anna Freitag im Wahlkampf unterstützen. Nicht nur mit unserer Stimme, sondern aktiv.«

»Aber die Landfrauen sind nicht politisch!«, zischt Grete Fauser.

»Natürlich sind sie das«, entgegnet Bettina Eisele und lächelt freundlich. »Sie haben sich schon immer politisch engagiert. Für Frauengesundheit, Frauenrechte, Anerkennung von Familienarbeit, gleichen Lohn und Frauen im Gemeinderat.«

»Aber nicht im Wahlkampf. Nicht für eine Partei!«

»Ich bin parteilos!«, ruft Anna triumphierend dazwischen. Sie kann nicht fassen, was für eine Wende die Geschichte genommen hat.

»Willst du mich etwa ablösen, Bettina? Dann sag's mir ins Gesicht!« Grete Fauser ist jetzt aufgesprungen. Als ob Rose nicht reicht!, schreit es wütend in ihr.

»Nein, Grete, ich will dich nicht ablösen. Du machst deine Sache sehr gut. Aber ich möchte darüber abstimmen, ob wir Anna unterstützen. Anna mag jung und unerfahren sein, aber sie ist ein Glücksfall für uns, begreifst du das nicht? Ein Glücksfall für Schwäbingen! Ein Glücksfall für uns Frauen. Mit ihr haben wir eine echte Chance auf Veränderung. Wir haben doch alle genug von dieser Vetterleswirtschaft von Helmut Bartholomä und Werner Schelkle! Und unser *Schwäbinger Bote* ist eine Schande! Wir sind nur zu bequem gewesen. All die Jahre haben wir Helmut und seinen Kumpanen freie Hand gewährt. Damit muss endlich Schluss sein. Arbeitsplätze hin oder her!«

»Bettina hat recht!«, ruft Marianne Müllerschön. Die Landfrauen applaudieren heftig, erste Bravo-Rufe werden laut.

»Das geht so nicht! Das muss der Vorstand erst vorbesprechen!«, protestiert Grete.

»Dafür fehlt uns die Zeit. Die Wahl ist doch schon in wenigen Wochen! Wenn wir Anna unterstützen wollen, dann dürfen wir keine Sekunde mehr verlieren, wir müssen sofort damit anfangen. Und deshalb möchte ich, dass wir abstimmen. Jetzt gleich! Und wenn wir dafür stimmen, müssen wir ein Wahlkampfkomitee gründen, das sich mit Anna zusammensetzt, um das weitere Vorgehen zu besprechen, und zwar so schnell wie möglich. Seid ihr damit einverstanden?«

»Ja!«, brüllen achtundfünfzig Schwäbinger Landfrauen wie aus einem Mund.

»Dann los. Wer ist dafür, dass wir Anna Freitag im Wahlkampf gegen Helmut Bartholomä unterstützen?« Bettina Eisele reckt ihren Arm nach oben. Achtundfünfzig weitere Arme schießen innerhalb von Sekunden in die Höhe. Grete Fauser hat die Arme wieder vor der Brust verschränkt und guckt noch finsterer. Anna steht jetzt mit offenem Mund und dem seltsamen Gefühl da, dass es am besten ist, den Dingen einfach ihren Lauf zu lassen.

»Und wer ist dagegen?«

Grete Fauser spürt neunundfünfzig und einen Blicke auf sich ruhen. Sie lässt ihre Arme, wo sie sind.

»Dann halte ich fest, dass die Landfrauen Schwäbingen mit neunundfünfzig Stimmen und einer Enthaltung beschlossen haben, den Wahlkampf von Anna Freitag zu unterstützen. Gemeinsam kämpfen wir dafür, dass diese Männerwirtschaft endlich ein Ende hat und Schwäbingen eine junge, moderne Bürgermeisterin bekommt!«

Anna fällt Bettina um den Hals, und die Landfrauen klatschen, johlen und toben, wie sie in ihrer zweiundvierzigjährigen Geschichte noch nie getobt haben. Ein paar freiwillige Feuerwehrleute, die vor dem Feuerwehrhaus zu früher Stunde ihre Schutzhelme wienern, wundern sich über den Lärm, der aus dem Saal dringt, denn normalerweise sind die Landfrauen nicht dafür bekannt, dass es bei ihren Frühstückstreffen zu tumultartigen Zuständen kommt.

Drinnen im Saal steht Grete Fauser auf. Es hat doch keinen Zweck. Sie hat sich komplett ins Aus katapultiert. Der Lärm verstummt, schlagartig.

»Sechzig«, knurrt sie. »Sechzig Stimmen.«

10. KAPITEL

In dem Lukas erfährt, was er sowieso schon ahnt, eine alte Bekannte ein seltsames Gebaren an den Tag legt und sich aus einem harmlosen Besuch beim Metzger ein Gesamtschwäbinger Drama mit Folgen entwickelt. Weitreichenden Folgen!

Komm, Opa. Wir gehen heim.« Lukas hilft dem Opa in seine Jacke. Er ist erschöpft. Es war ein Kampf, den Opa zum Arzt zu bringen. Endlich sind sie fertig.

»Mir tut nix weh«, hat er gemurrt. »Wieso soll ich dann zum Dokter?« Auf dem ganzen Weg zur Praxis hat er vor sich hin geschimpft. Lukas hat ihm vorher nicht gesagt, dass sein Hausarzt ihn auf Demenz testen wird. Er hat ihm auch nicht gesagt, dass der Arzt, bei dem er siebenunddreißig Jahre lang in Behandlung war, vor ein paar Monaten in Ruhestand gegangen ist, weil er Sorge hatte, dass der Opa sich dann weigern würde, mitzukommen. Dabei kann Schwäbingen froh sein, dass sich überhaupt ein Nachfolger gefunden hat, beziehungsweise eine Nachfolgerin.

Der Opa war schon so lange nicht mehr bei seinem Arzt, dass er gar nicht mitgekriegt hat, dass der vor zwei Jahren altersbedingt aufgehört hat. Vielleicht hat er es auch vergessen. Körperlich fehlt ihm ja nichts, kein Diabetes, kein Bluthochdruck, im Knie zwackt es ein bisschen, das ist alles. Für einen Einundachtzigjährigen ziemlich wenig. Aber Lukas hat mittlerweile begriffen, dass der Opa am Montag keinen Besuch zum Kaffee hatte, sondern mehrere Tassen gleichzeitig benutzt, ohne dass es ihm auffällt. Gestern waren es gleich drei. Wenn das so weitergeht, benötigt er an einem Tag das komplette Kaffeeservice. Der Körper funktioniert, im Kopf läuft was schief. Deswegen der Arzttermin. Carola, oder besser gesagt: Dr. Carola Schaub ist auf dem Gymi drei Jahre über Lukas gewesen. Sie haben sich ein paar Jahre gemeinsam bei der Schülerzeitung engagiert, Carola war die

Herausgeberin und Lukas der rasende Schulreporter, meistens schmissen sie die Zeitung alleine. Lukas hat erst bei seinem Anruf erfahren, dass Carola die Praxis übernommen hat, er wusste nicht mal, dass sie Ärztin geworden ist. Nur weil sie sich kennen, hat er so schnell einen Termin am Donnerstagvormittag bekommen. Er war erleichtert, auch wenn er Angst vor dem Ergebnis hatte. Das Ergebnis ist eindeutig. Fast eine Stunde lang hat er im Wartezimmer zwischen lauter alten Leuten auf den Opa gewartet, während der untersucht und getestet wurde, er hat auf dem Smartphone Artikel im *Spiegel* gelesen und aus Langeweile dann noch ein bisschen im *Echo der Frau* geblättert, das im Wartezimmer auf dem Glastisch lag. Alle wartenden Patienten waren in diese bunten Blätter vertieft. Helene Fischer beendet ihre Karriere, Harry trennt sich von Meghan. Unfassbar, dass die Leute solche Lügengeschichten verschlangen. Andererseits war er selbst auch keinen Deut besser als so ein Klatschreporter, der sich Gerüchte über Promis ausdachte. Lukas fühlte sich schon wieder schlecht. Lieber wäre er zu den Tests mitgegangen, um keine Zeit zum Nachdenken zu haben, aber das war dem Opa nicht recht. Erst zum abschließenden Gespräch hat ihn Carola ins Behandlungszimmer gebeten. Der alte Hausarzt hatte hinter einem riesigen, abgewetzten Holzschreibtisch gesessen, auf dem sich die Papiere stapelten, an der Wand hingen vergilbte Kunstdrucke mit Chagall-Motiven, und außer einer Liege gab es nichts. Jetzt verteilen sich modernste medizinische Geräte im Raum, anstelle der Raufasertapete gibt es nackten Beton, und Carola steht mit sehr geradem Rücken hinter einem sehr kleinen Glasschreibtisch, auf dem nichts steht außer einem Apple-Notebook und einer knallbunten, modernen Skulptur. Lukas fragt sich, wie die älteren Patienten das wohl finden. Das hier ist schließlich Schwäbingen. Tiefste schwäbische Provinz. Wahrscheinlich sind die bunten Blätter im Wartezimmer ein Zugeständnis, das Carola schwerfällt.

Der Opa scheint kein Problem mit den Veränderungen zu haben. Er sitzt schon da, und Lukas hat den Eindruck, dass er sich ziemlich schnell an seine neue Ärztin gewöhnt hat, er strahlt sie an, was sicher auch damit zu tun hat, dass sie deutlich attraktiver ist als sein früherer Hausarzt. Lukas hätte Carola kaum wiedererkannt. Damals war sie ein bisschen pummelig, jetzt ist sie sehr schlank und trägt einen schicken Kurzhaarschnitt und eine schwarz umrandete Intellektuellenbrille. Nicht wie eine Ärztin, eher wie eine Architektin, denkt Lukas. Nicht, dass er sich mit Brillen auskennt. Obwohl er ja selbst eine ähnliche trägt. Zudem ist Carola auch deutlich zackiger und nicht so umständlich wie der alte Hausarzt, der früher auch Lukas behandelt hat. Carola hat nur kurz und knapp Hallo gesagt, und zwar so, als ob sie ihn noch nie gesehen hätte, und auf den freien Stuhl neben dem Opa gedeutet. Dann hat sie nicht Lukas, sondern den Opa angesprochen und ihm ohne Umschweife erklärt, dass er an Alzheimer leidet. Das Ergebnis der Blutprobe steht noch aus, aber die Ergebnisse der Tests sind eindeutig. Sie hat ihm gesagt, dass sie ihm Tabletten verschreiben kann, die den Prozess möglicherweise verlangsamen, aber nicht stoppen. Er wird nach und nach sein Gedächtnis verlieren, unter immer mehr Orientierungslosigkeit und Verwirrung leiden und seine Persönlichkeit verändern, zunehmende Aggressivität nicht ausgeschlossen.

»Sie werden auch Ihren Enkel irgendwann nicht mehr erkennen«, schließt Carola ihre Ausführungen ab. Lukas schaut Carola an, wie sie das alles so sachlich bilanziert, als würde sie vom Dax und gefallenen Aktienkursen berichten, höflich, fast freundlich, aber auch distanziert, ohne eine persönliche Bemerkung, als habe sie keinerlei Vorgeschichte mit Lukas, als hätten sie sich nicht als Jugendliche stundenlang die Köpfe heißgeredet in einem muffigen Schülerzeitungszimmer. Einmal haben sie geknutscht, spätabends, als sie noch zusammen an einer Geschichte bastelten. Für Lukas war es mehr so ein jugendliches Ausprobieren, er war erst fünfzehn, Carola viel älter, fast achtzehn, es passierte einfach und blieb bei dem einen Mal. Lukas fühlte sich auch nicht wirklich zu Carola hingezogen, und klar, aus ihrer Sicht war er ja viel zu jung.

Er dachte eigentlich, sie würden ein paar private Sätze tauschen, wie geht es dir, seit wann bist du hier in Schwäbingen, was für ein Zufall. Aber das ist nicht passiert. Warum hat er dann so schnell einen Termin bekommen? Vielleicht will sie auch unmissverständlich klarstellen, dass sie jetzt die Frau Doktor ist und nicht mehr das junge Mädchen in zerrissenen Jeans, das sich permanent mit den Lehrern anlegte und keinen Konflikt scheute. Sie redet mit dem Opa, nicht mit ihm, was tut sie da eigentlich, sie zerlegt mal eben sein Leben. Unser Leben, denkt er, und er spürt einen Kloß im Hals. Der Opa, der sich seit dem Tod seiner Eltern um ihn gekümmert hat, er wird sich in ein Kind zurückverwandeln, er wird mit ihm nicht mehr die Erinnerungen an die Eltern teilen können, das Zusammenleben wird schwieriger werden, und er wird zunehmend Hilfe benötigen. Wie soll Lukas das stemmen, er will doch weg aus Schwäbingen? Der Opa selbst zeigt keine Regung, er hört sich das alles nur an und scheint es gar nicht so genau wissen zu wollen. Carola fragt ihn eindringlich, ob er alles verstanden hat, und er nickt. Sie sind entlassen, Frau Dr. Schaub hält die Tür auf und schaut Lukas nicht an, als er sich verabschiedet und ihr dankt.

Die Sprechstundenhilfe hat Lukas das Rezept für die Tabletten über den schicken Counter geschoben, sie haben die Pillen gleich geholt in der Apotheke im Haus nebendran, und nun marschieren sie wieder nach Hause. Zwanzig Minuten Fußweg, das geht gerade noch ohne Taxi. Der Opa grummelt schon wieder vor sich hin, dass ihm doch nichts fehlt, hat er die Untersuchungen und das Gespräch mit Carola schon vergessen, oder verdrängt er die Diagnose bloß? Lukas wird plötzlich wütend, er hält mitten auf dem Gehweg an und packt den Opa grob am Arm.

»Opa, du hast Alzheimer. Deshalb waren wir beim Arzt. Weißt du eigentlich, was das bedeutet?«

Der Opa schaut Lukas an, ganz ruhig, und der schämt sich sofort für seinen Ausfall. »Es tut mir leid«, murmelt er und lässt den Arm los.

»Nadierlich weiß ich, was des heißt«, sagt der Opa freundlich und schaut Lukas an, und da ist so etwas wie Mitgefühl in seinem Blick, so wie damals, als die Eltern ums Leben kamen, und jetzt tätschelt er sanft Lukas' Arm.

Das ist doch verrückt, denkt Lukas, wieso ist er auf einmal derjenige, der mich tröstet, und nicht umgekehrt?

»Ich weiß des schon lang, auch ohne Dokter«, fügt der Opa noch hinzu, und er grinst, als habe er einen großartigen Witz gemacht, und jetzt würde Lukas am liebsten losheulen. »Glaubsch du vielleicht, ich merk das nicht, dass ich plötzlich alles vergess und komisch werd? Da brauch ich keinen Test dazu. Bin ja net der Erschde, dem des passiert.«

»Aber wieso hast du nichts gesagt?«

Der Opa zuckt mit den Schultern.

»Was hätt ich denn sagen sollen? 's isch, wie's isch. Ich hab ein schönes Leben gehabt. Wahrscheinlich wird's jetzt nimmer so schön, auch zwischen dir und mir, aber ich kann's net ändern. Brauchsch halt mehr Geduld mit deinem alten Opa. Und jetzt will ich zum Metzger, Leberkäs kaufen. Den brat ich mir zum Mittagessen. Mit Spiegelei.« Er schlurft weiter.

Lukas braucht einen Moment, um diese Ansprache zu verdauen. Der Opa scheint keine Antwort zu erwarten. Also gehen sie zum Metzger. Lukas ist erleichert. Metzger, das hat so was Normales, er ist froh, dass sich der Opa um elf Uhr früh schon fürs Mittagessen interessiert. Bei der Untersuchung haben sie ihn gewogen, er hat ein paar Kilo abgenommen in den letzten Jahren. Lukas muss besser auf ihn aufpassen, dass er auch genug isst. Und trinkt! Der Laden ist voll, sie müssen eine Weile warten. Marcel kommt von hinten mit einer Platte in der Hand hereinmarschiert, er grüßt Lukas nur knapp und schaufelt dann sehr konzentriert Ripple in die Auslage. Und wenn Jessi mich hundertmal fragt, ich werde sie nicht besuchen in ihrem neuen Haus, denkt Lukas. Kinder, Hamster und noch dazu dieser unfreundliche Kerl, nein, danke. Schließlich werden sie von Herrn Bäcker, Marcels Vater, persönlich bedient.

»Wie geht's dir, Gottfried?«, fragt Herr Bäcker leutselig. Sie kennen sich schon ihr ganzes Leben, er und der Opa. »Bisch du Veganer geworden, dass du gar nicht mehr kommst? Schmecken dir unsere Saitenwürschtle nicht mehr? Hahahaha!« Er lacht leutselig. »Hallo, Lukas. Lange nicht gesehen! Wahrscheinlich bisch du jetzt aus dem Alter raus, wo ich dir ein Rädle Wurscht anbieten kann?« Er lacht wieder laut.

Lukas hat sich einen Metzger immer anders vorgestellt. Marcels Vater ist groß und dürr. Seine Frau ist dagegen klein und kugelrund und hat ein freundliches, rotbackiges Gesicht, so wie es sich für eine Metzgersfrau gehört. Seit Lukas zurück ist in Schwäbingen, ist er nicht beim Metzger gewesen. Es ist ihm zu teuer. Wenn er Fleisch oder Wurst will, geht er in den Supermarkt. Er grinst. Das Rädle Wurst hat eine Leichtigkeit, die der Arztbesuch eindeutig nicht hatte.

»Doch, ein Rädle Wurst tät ich schon nehmen. Um der guten alten Zeiten willen.« Herr Bäcker nimmt mit der Zange eine Scheibe Lyoner vom Lyonerstapel in der Wursttheke und streckt sie Lukas über die Theke hin. »Gottfried, du bisch zu alt, dir biet ich keine an!«, sagt er noch und lacht wieder. Lukas kann sich nicht erinnern, wann er das letzte Mal Lyoner gegessen hat. Er beißt hinein, und plötzlich überfällt ihn wie ein stechender Schmerz die Erinnerung an seine Mutter und die unzähligen Male, wie er sie als Kind zum Metzger begleitet und ein Rädle Wurst bekommen hat.

»Wie geht's deinem Opa, Lukas?«

»Ich kann noch selbst schwätzen, Mampfred«, braust der Opa auf. »Auch wenn ich Alzheimer hab!«

Manfred Bäcker guckt jetzt betroffen, die Leichtigkeit ist dahin.

»Du hasch Alzheimer? Das tut mir leid, Gottfried. Das wusste ich nicht.«

»Wir haben es selbst gerade erst erfahren«, beeilt sich Lukas zu sagen. Es reicht, wenn die Leute im Ort ihn nicht mögen, aber der Opa sollte sich nicht auch noch unbeliebt machen.

»Ich hätt gern eine Scheibe Leberkäs«, fährt der Opa fort.

»Und Kartoffelsalat.« Er klingt jetzt wieder ganz normal, und auch der Metzger scheint erleichtert. Offensichtlich kann der Opa seit Neuestem ganz schnell von einem Aggregatzustand in den anderen wechseln, von unfreundlich zu freundlich in ein paar Sekunden. Herr Bäcker schneidet die Scheibe Leberkäse ab, wiegt sie und plaudert jetzt ganz unverfänglich mit dem Opa. Dann wendet er sich an Lukas.

»Sag mal, Lukas, wie findsch du eigentlich diese Anna Freitag? Veganerin! Gang mer weg! Wenn die Bürgermeisterin wird, macht die uns das Gschäft kaputt, und unsere Schwiegertochter verliert ihren Job beim Helmut! Der ischt ein guter Kunde, auf den lass ich nix kommen! Du hasch sie doch schon kennenglernt. Wie isch die denn so persönlich, diese Anna?«

Lukas bricht der Schweiß aus. Um ihn herum stehen andere Kunden, die mit gespitzten Ohren lauschen. Was er jetzt sagt, wird sich in Schwäbingen verbreiten wie ein Lauffeuer, und auch Metzger Bäcker wird es genüsslich weitertratschen. Wenn er jetzt ehrlich zugibt, dass er Anna nett findet, widerspricht er dem, was er selbst im *Schwäbinger Boten* geschrieben hat, und wenn er nicht ehrlich ist, verstrickt er sich immer mehr in seine Lügen. Er kann sich ja jetzt schon nicht mehr in die Augen schauen, ohne sich zu schämen. Teufel oder Beelzebub? In seinem Kopf hört er einen Hahn krähen. Verräter! Die Pause wird immer länger, es ist mucksmäuschenstill, Metzger Bäcker schaut Lukas erwartungsvoll an, der Opa wird sichtlich ungeduldig und fängt an, auf der Stelle hin und her zu laufen, Lukas schwitzt, er klappt den Mund auf –

»Gucket amol!« In der Schlange, die sich hinter Gottfried und Lukas gebildet hat, hat plötzlich jemand laut aufgeschrien. Alle Kunden drehen sich um und stürzen wie auf Kommando zur Fensterfront des Metzgerladens. Vor dem Laden zieht eine Demo vorbei. Eine Demo auf der Hauptstraße in Schwäbingen? Hier gehen die Leute ja nicht mal am 1. Mai auf die Straße! Die Demo besteht nur aus Frauen, aber es ist doch September und nicht Weltfrauentag? Es müssen ungefähr fünfzig, sechzig Frauen sein, sie tragen alle das gleiche grüne Poloshirt und laufen mitten auf der Straße, hinter ihnen müssen die Autos Schritt fahren, während die entgegenkommenden Fahrzeuge angehalten haben, ja, sogar respektvoll auf die Seite gefahren sind, und seltsamerweise hupt niemand. Die Autos hinter dem seltsamen Zug fahren brav im Schritttempo, als seien sie der Begleitkorso, während die Frauen mit stolz erhobenen Köpfen, auf denen weiße Schirmkappen thronen, vor ihnen herlaufen. Lukas muss nicht einmal genau hinschauen, um zu wissen, was auf den Kappen steht.

»Anna Freitag, die frische Brise aus dem Norden?«, ruft eine der Kundinnen neben ihm laut und ungläubig. »Ja sag amol, geht's no?«

»Die Landfrauen sind wohl völlig durchgedreht!«

»Die sind doch sonschd so vernünftig!«

Die Kunden reden aufgeregt durcheinander. Lukas schaut kurz zur Theke, der Metzger steht mit offenem Mund dahinter. Der Opa ist der einzige Kunde, der sich nicht vom Fleck gerührt hat, er umklammert die Tüte mit dem Leberkäs und guckt interessiert hinaus auf die Straße. Die Demo scheint ihm zu gefallen, er grinst. Er winkt sogar fröhlich hinaus. Dabei ist es keine Demo, es ist ein Triumphzug, denkt Lukas, unendlich erleichtert, dass ihm die Antwort auf Metzger Bäckers Frage erspart geblieben ist.

In der Mitte des Triumphzugs läuft Anna, umringt von den Landfrauen wie eine umjubelte Königin, wie in einem Märchen, und sie lacht und sieht dabei aus, als könne sie das alles irgendwie gar nicht glauben. Eine der Frauen ganz vorne im Zug hebt die Hand, um ein Zeichen zu geben, und nun skandieren alle Frauen im Chor, »An–na, An–na!«, und nach ein paarmal machen sie eine Pause, und die Frau vorne ruft laut: »Anna Freitag – unsere neue Bürgermeischderin!« Alle Frauen applaudieren, dann setzt der Chor wieder ein. Der Ablauf ist so präzise, als hätten sie es stundenlang geübt.

Es ist ein Spektakel, wie es Schwäbingen noch nicht erlebt hat. Fenster gehen auf, Passanten bleiben stehen, Anna lacht und strahlt und winkt, die Landfrauen verteilen Kappen und Flyer an die Passanten und die wartenden Autofahrer, die ihre Köpfe mit geöffneten Mündern und weit aufgerissenen Augen aus den Autos strecken und sich die Kappen aufsetzen, als sei es die größte Selbstverständlichkeit der Welt.

Plötzlich macht es Tatütata, ein Polizeiauto fährt in raschem Tempo auf die Landfrauen zu, verringert schließlich die Geschwindigkeit und bleibt dann mitten auf der Straße stehen. Ein Polizist und eine Polizistin springen heraus, Lukas erkennt seinen früheren Schulkameraden Paul. Er macht eine gebieterische Handbewegung, wie ein Verkehrspolizist, der den Verkehr regeln will, weil die Ampel ausgefallen ist. Die Landfrau mit den kurzen weißen Haaren, die den Zug anführt, strahlt ihn an, nimmt seine Hand und schüttelt sie, und Paul weiß ganz offensichtlich überhaupt nicht, wie er reagieren soll, außer blöd zu gucken. Der Zug spaltet sich auf und läuft zweigeteilt einfach um das Polizeiauto herum, während Paul den Landfrauen mit noch immer völlig blödem Gesichtsausdruck hinterherglotzt und sich vermutlich fragt, was er jetzt mit dieser unangemeldeten Demo und Verkehrsstörung anfangen soll. Lukas merkt, wie ein Glucksen in ihm aufsteigt, es ist alles so absurd, und gleichzeitig freut er sich diebisch, es erfüllt ihn mit tiefer Genugtuung für Anna, dass es ihr offensichtlich gelungen ist, die Landfrauen auf ihre Seite zu holen. Vor lauter Erleichterung entfährt ihm ein tiefer Seufzer, für den er irritierte Blicke im Metzgersladen erntet. Donnerstagvormittag, natürlich, er hat es ja selbst im *Schwäbinger Boten* angekündigt, die Landfrauen haben sich zu ihrem monatlichen Frühstück getroffen. Von Anna war allerdings nicht die Rede.

»Lukas! Foddo macha!«, ruft Manfred Bäcker aufgeregt, er ist so rot im Gesicht wie das Fleisch, das vor ihm in der Theke liegt. »Des muss in dei Zeitung!«

»Gut, dass Sie mich dran erinnern, Herr Bäcker«, antwortet Lukas pflichtschuldigst und holt das Smartphone aus der Hosentasche. Nicht, dass er vorhat, das Foto zu veröffentlichen, aber er darf sein Gesicht nicht verlieren. Er wird Anna nicht schon wieder in den Rücken fallen. Und genau in der Sekunde, als er das Smartphone hebt und auf Anna richtet, dreht sie den Kopf und blickt in Richtung Metzgergeschäft, wo die Leute mit offenen Mündern und weit aufgerissenen Augen hinter der Scheibe stehen. Erst lacht sie vergnügt, dann fällt ihr Blick auf Lukas, der ausgerechnet jetzt ein Foto von ihr macht und dann ganz schnell das Smartphone sinken lässt, ein Foto, das er nicht veröffentlichen will, was Anna aber nicht weiß, und er sieht, wie aus Annas Freude Ärger und Wut wird, und schließlich, das ist am allerschlimmsten, bleibt sie abrupt stehen und starrt ihn finster an.

Mehrere Sekunden lang vernichtet sie ihn geradezu mit ihrem Blick. Das funktioniert trotz der Entfernung ausgesprochen gut. Niemand sonst scheint es zu bemerken, aber Lukas hat das Gefühl, in Flammen zu stehen. Dann dreht Anna den Kopf weg. Lukas will am liebsten spontan hinausrennen und ihr inmitten der Frauen ins Gesicht schreien: »Es ist nicht so, wie du denkst!« Weil sie natürlich glaubt, er wird das Foto veröffentlichen, mit einer blöden Bildunterschrift, um sie mal wieder in die Pfanne zu hauen.

Anna läuft jetzt weiter und blickt stur geradeaus. Aus dem Zug löst sich plötzlich eine Frau, es ist Frau Bäcker. Frau Bäcker im grünen Polo-Shirt der Landfrauen! Ausgerechnet! Ein Raunen geht durch die Kundschaft im Metzgerladen. Frau Bäcker dreht kurz vor der Eingangstür noch einmal um, läuft trotz ihrer Leibesfülle erstaunlich behände zurück in die Menge, umarmt Anna herzlich, als kennten sie sich schon ihr Leben lang, und beide strahlen. Der Zug zieht weiter, Frau Bäcker winkt heftig hinterher, dann betritt sie den Laden. Die Türglocke klingelt, Frau Bäcker bleibt stehen und wartet einen Augenblick, bis sie sicher sein kann, dass sie die ungeteilte Aufmerksamkeit der mit offenem Mund dastehenden Kundschaft hat.

»Des isch die Anna! Des wird unsere neue Bürgermeischderin!«, schmettert sie.

Herrn Bäcker fällt das Gesicht herunter. »Du hosch se doch

nemme alle!«, ruft er erbost von der anderen Seite der Fleischtheke. »Willsch du vielleicht, dass deine Schwiegertochter arbeitslos wird? Außerdem isch die Veganerin! Dann können mir zumachen!«

Der Opa steht zwischen dem Metzger und seiner Frau und grinst, ganz offensichtlich amüsiert er sich prächtig, während die übrigen Kunden atemlos zuschauen.

»Unsere Jessica kann genauso gut bei der Anna schaffen! Und dann nimmsch du halt veganes Fleisch und Wurstersatz ins Sortiment! Die Leut kaufen doch sowieso immer weniger Fleisch!«, ruft Frau Bäcker, rauscht hinter die Ladentheke, schnappt eine weiße Schürze, bindet sie sich um und ruft vergnügt, als sei überhaupt nichts geschehen: »Weiter goht's! Mir haben schließlich nicht den ganzen Tag Zeit! Wer isch als Nächstes dran?«

11. KAPITEL

In dem die Verschwörung der Schwäbinger Frauen weiter Gestalt annimmt und ein Wahlkampfbüro eröffnet wird – zumindest theoretisch

Es ist der Nachmittag nach dem denkwürdigen Zug der Landfrauen durch die Schwäbinger Innenstadt, und Anna ist auf dem Weg zu ihrer Verabredung mit Rosemarie und Schwester Gabriele. Sie hat Michelle für alle Fälle kurz Bescheid gegeben, dass sie wie besprochen gleich bei ihr klingeln wird, Hauptsache, Dieter, die schreckliche Dogge, kommt ihr nicht wieder in die Quere. Michelle hat sich etwas verwundert über ihren Anruf gezeigt, selbstverständlich hatte sie den Termin in ihren Online-Kalender eingetragen, es war vollkommen überflüssig, sie noch einmal daran zu erinnern.

Anna läuft nicht, sie schwebt. Sie kann nicht verhindern, dass sie die ganze Zeit vor sich hin grinst, sie grinst alle Leute an, die ihr entgegenkommen, weil sie sich immer noch fühlt wie auf Wolke sieben, und seltsamerweise lächeln die Leute zurück. Vielleicht sollte Anna ihr sorgfältig einstudiertes Wahlkampf-Lächeln überdenken und ein wenig überarbeiten? Darüber wird sie sich später Gedanken machen. Sie wird später auch ihren Mädels und ihren Eltern Bericht erstatten. Jetzt aber schwebt sie, obwohl der Rucksack aus recycelten Tetra Paks auf ihrem Rücken schwer ist. Anna hat zwei Flaschen Rotkäppchen-Sekt gekauft, eine weiß, eine rosé, um Rosemarie eine Freude zu machen und den Erfolg bei den Landfrauen zu feiern, den sie schließlich ihr zu verdanken hat. Natürlich wird Anna selbst nichts davon trinken, schon gar nicht um 15 Uhr nachmittags. Aber feiern wird sie, und wenn es auch nur mit einem Glas Leitungswasser ist, das ist sowieso das am besten kontrollierte Lebensmittel (und das ökologischste; Anna braucht weder Sprudelautomaten noch Glasflaschen oder, am allerschlimmsten: Plastikflaschen).

Anna geht es blendend. Ganz anders als vor wenigen Tagen, als sie sich in Schwäbingen jämmerlich einsam gefühlt hat und in ständiger Panik war, was sich diese unmögliche Stadtverwaltung und dieser unsägliche Lukas als Nächstes ausdenken. Von dem fühlt sie sich mittlerweile geradezu verfolgt! Soll er ruhig das Foto von heute Morgen veröffentlichen, am besten noch mit einer zweideutigen Überschrift: »Anna Freitag bringt Verkehr in Schwäbingen mit Landfrauen komplett zum Erliegen.« Eigentlich ziemlich witzig, und Anna grinst noch mehr. Nun hat sie neben Rosemarie, Schwester Gabriele und Davut auf einen Schlag sechzig Landfrauen auf ihrer Seite! Vielleicht sind es auch nur neunundfünfzig, nachdem sich die Vorsitzende ziemlich deutlich gegen Anna positioniert hat. Auf eine Landfrau mehr oder weniger kommt es zwar nicht an, aber trotzdem hat sich Anna fest vorgenommen, Grete Fauser anzurufen. Vielleicht kann sie ja ihre Vorbehalte im persönlichen Gespräch ausräumen, denn sie ist immerhin die Vorsitzende, und auch wenn sie am Ende für Anna gestimmt hat, im allerschlimmsten Fall gelingt es ihr, andere Landfrauen negativ zu beeinflussen. Vor allem aber will Anna Frau Fauser beweisen, dass sie ihre Ängste und Sorgen ernst nimmt. So will sie es auch später handhaben, sie möchte auf jeden Fall eine wöchentliche Bürger:innensprechstunde einrichten und immer ein offenes Ohr für die Sorgen und Nöte der Schwäbinger:innen haben.

Der Vormittag bei den Landfrauen hat Annas Beziehung zu Schwäbingen völlig verändert. Sie hat nicht mehr das Gefühl, dass sie überall auf Ablehnung und Feindschaft stößt und dass sie keiner hier haben will. Sogar die Fachwerkhäuser scheinen ihr plötzlich zuzulächeln. Sie hat gedacht, dass Schwäbingen und sie niemals zusammenkommen, aber plötzlich kann sie sich vorstellen, die Geschicke dieser kleinen Stadt zu lenken und sie ökologischer, klimafreundlicher und menschlicher zu gestalten. Was für eine Aufgabe! Was für eine Herausforderung! Anna will etwas tun für diese Welt. Sie will einmal auf ihr Leben zurückschauen in der Gewissheit, dass sie etwas bewegen konnte und sich nicht nur um sich, ihren Wohlstand und ihr persönliches Glück gedreht hat. Wobei das persönliche Glück schon seit längerer Zeit ziemlich weit unten auf der Liste ihrer Lebensziele steht.

Anna verdrängt das Thema, seit das mit Lennart und Marie passiert ist. Was soll sie auch sonst tun? Sie hat keine Zeit, einer verlorenen Liebe hinterherzutrauern oder sich auf Tinder oder Parship zu tummeln. Die Jungs im Studium haben sie alle nicht interessiert. Die waren nur damit beschäftigt, ihre Karriere vorzubereiten, wirklich etwas verändern wollten sie nicht. Natürlich fielen sie alle auf Annas blonde Locken und ihr engelmäßiges Aussehen rein und dachten, Anna wäre süß und nett und ohne Ehrgeiz und ließe sich leicht abschleppen. Also hat sie sich aus Prinzip mit keinem dieser Jungs getroffen, obwohl sie ständig versuchten, Anna zum Kaffee, Bier oder Wein einzuladen. Da es nicht mehr möglich zu sein scheint, im normalen Leben jemanden kennenzulernen, der auf Annas Wellenlänge ist, liegt das Thema »Beziehung« eben auf Eis. Kinder hätte sie schon gerne einmal, andererseits ist sie gar nicht sicher, ob man angesichts des Klimawandels überhaupt Kinder in die Welt setzen sollte. Was auf die noch zukommt, das will sie sich gar nicht ausmalen!

Und »Liebe« hat sie sowieso abgehakt. Lennart war ihre große Liebe, ihre erste und, wie sie dachte, einzige und lebenslange. Ihr Freund aus Kindheitstagen, sie kannten sich in- und auswendig. Die Frage nach einer gemeinsamen Zukunft stellte sich gar nicht, sie würden ihr Leben miteinander verbringen, Lennart und sie, das war einfach perfekt, ein Traumpaar, alle fanden das, und ja, sie würden auch Kinder miteinander kriegen. Lennart war super mit Kindern. Und im Alter würden sie wieder auf Hooge wohnen. Falls es dann überhaupt noch existierte und nicht längst überspült war. Eine Liebe bis ans Lebensende. Bis sie ihn mit Marie erwischte, ihrer besten Freundin. Wie naiv sie doch gewesen war!

Michelle öffnet im figurbetonten schwarzen Hosenanzug und einer locker fallenden cremefarbenen Bluse. Anna fragt sich, wie groß Michelles Kleiderschrank wohl ist und ob sich darin auch Schlamperklamotten befinden oder ob sie immer nur schicke Kleidung trägt, Tag und Nacht. Bestimmt schläft sie in einem hauchdünnen Seidenneglígé. Anna schaut an sich herunter. Noch immer zeigen sich die Temperaturen sommerlich (und das im September, aber das ist nun mal der Klimawandel), deshalb hat sie sich mittags, nach dem offiziellen Teil des Tages, umgezogen und trägt jetzt Freizeitlook, ein locker fallendes, knöchellanges himmelblaues Kleid aus Öko-Leinen. Von figurbetont kann keine Rede sein, aber das ist auch nicht Annas Stil.

»Hallo, Anna. Keine Sorge, Dieter ist im Garten. Schwester Gabriele ist schon da. Sie warten schon ungeduldig auf dich. Offensichtlich hast du Schwäbingen heute ganz schön aufgemischt.« Michelle grinst.

»Das hat sich schon rumgesprochen?«, fragt Anna ungläubig und folgt Michelle ins Haus, in dem es angenehm kühl ist. Klimaanlage, denkt Anna, Klimakiller. Dabei gäbe es so viele weitaus ökologischere Möglichkeiten, um ein Haus zu isolieren.

»Rumgesprochen? Es hat sich verbreitet wie ein Lauffeuer! Meine Mutter hat bestimmt schon fünf, sechs Anrufe bekommen seither.« Michelle macht eine Pause und lächelt Anna von der Seite an. Es ist ein echtes, ehrliches Lächeln, und zum ersten Mal hat Anna das Gefühl, dass sie nicht ein bestimmtes Bild von sich transportieren will, sondern einfach nur sie selbst ist.

»Ich möchte mich bei dir bedanken.«

»Bedanken? Bei mir?«, fragt Anna, ehrlich erstaunt.

»Du glaubst gar nicht, wie viel besser gelaunt Rosemarie ist, seit du zu Besuch warst.«

»Wirklich? Aber was habe ich mit der Laune deiner Mutter zu tun?«

»Wir arbeiten uns viel aneinander ab, meine Mutter und ich. Nicht nur, weil sie es schrecklich findet, wie ich das Haus umgebaut habe. Einfach auch deshalb, weil Themen fehlen. Bei ihr passiert ja nichts, und für meine Arbeit bringt sie kein Interesse auf. Sie hat das Gefühl, keiner will sie mehr, seit sie ihren Schlaganfall hatte, und ich lasse mir ihren Feldwebelton nicht mehr gefallen, so wie früher. Wir streiten viel. Sehr viel, und es kostet uns beide unendlich Nerven.«

Sie sind jetzt in dem riesigen Wohn-Esszimmer, Anna freut sich und findet gleichzeitig das, was Michelle berichtet, schrecklich traurig. Sie weiß gar nicht, was sie sagen soll. Dieter läuft draußen hektisch auf und ab und würdigt Anna keines Blickes.

»Sobald du bei Rosemarie im Zimmer bist, lasse ich Dieter in den Vorgarten. Du musst mir also unbedingt Bescheid geben, bevor du gehst.«

»Aber hat er es denn hinten im Garten nicht viel schöner?«

»Natürlich. Aber ich habe ihn ja vor allem als Wachhund angeschafft, deshalb muss er sich ab und zu vorne blicken lassen. Damit niemand auf die Idee kommt, hier einzubrechen. Willst du einen Kaffee?«, fragt Michelle. »Ich habe Sojamilch.«

Anna schüttelt den Kopf. Sie hat nicht das Gefühl, dass man sich in Schwäbingen mit einem riesigen Hund vor Einbrechern schützen muss, aber Michelle wird ihre Gründe haben. »Nein, danke, aber ich habe Sekt für deine Mutter mitgebracht.«

»Da wird sie sich freuen, ich bringe euch gleich drei Gläser.«

»Für mich nicht, danke.«

Sie gehen weiter, den Gang entlang in Richtung von Rosemaries Reich.

»Früher war meine Mutter hier in Schwäbingen die große Strippenzieherin«, fährt Michelle fort. »So eine Art weiblicher Gegenpol zu diesem unsäglichen Bürgermeister. Sie hat sich gefallen in dieser Rolle. Eine aufrechte, weibliche Streiterin für das Gute, mitten in einem Wirrwarr aus männlichen Seilschaften. Eigentlich ziemlich modern und emanzipiert, wenn man so will. Seit sie ans Bett gefesselt ist, fühlt sie sich hilflos und nicht mehr gebraucht. Sie bekommt zwar ab und zu Besuch, aber sie fühlt sich trotzdem einsam. So ist das nun einmal, wenn du krank bist, anfangs kümmern sich die Leute, dann leben sie ihr Leben weiter und vergessen dich.« Es klingt bitter. Da ist es wieder, das schlechte Gewissen, denkt Anna. Wenn sie Michelle darauf anspricht, riskiert sie, dass sie ihr nichts mehr anvertraut. Ob Rosemarie überhaupt weiß, dass sich Michelle so viele Gedanken um sie macht? Und warum ist sie überhaupt ans Bett gefesselt, könnte sie nicht auch im Rollstuhl sitzen?

»Michelle«, sagt sie sanft. »Es ist nicht deine Schuld, dass deine Mutter einen Schlaganfall hatte.«

Michelle geht nicht drauf ein. »Seit deinem Besuch ist meine Mutter total aufgeblüht. Sie will dich mit allen ihren bescheidenen Mitteln unterstützen. Aber das soll sie dir selbst erzählen.« Sie klopft an Rosemaries Tür und öffnet sie. »Anna ist da!«, ruft sie.

»Nichts wie rein mit ihr!«, trompetet Rosemarie zurück. »Wir können es kaum erwarten!«

»Ich muss weiterarbeiten«, verkündet Michelle. »Ich bringe euch Sektgläser. Melde dich, wenn du etwas brauchst, und vor allem, bevor du gehst, wegen Dieter. Und lass dir nicht auf der Nase rumtanzen.« Meint sie jetzt ihre Mutter oder den Hund?

»Am liebsten würde ich mit Anna zusammen tanzen!«, trompetet Rosemarie als Nächstes. Sie thront aufrecht in ihrem Bett und strahlt, Schwester Gabriele sitzt im Sessel daneben und strahlt auch. Rosemarie sieht deutlich munterer aus als bei Annas erstem Besuch. So munter, als wolle sie gleich aus ihrem Bett springen. Wieder fragt sich Anna, warum sie nicht in dem zusammengeklappten Rollstuhl sitzt. Rose streckt ihre Hand aus, um Annas Hand zu schütteln. Dann sagt sie: »Ach was, komm her, Mädle!«, und zieht sie in eine herzliche Umarmung. Anna drückt sie feste. Rose riecht nach Kernseife und – ja, nach Rose, ein zarter Rosenduft steigt in ihre Nase.

»Hier klingelt ununterbrochen das Telefon. Die Versionen der Geschichte sind extrem unterschiedlich, aber in einem sind sich alle einig: So etwas hat Schwäbingen noch nie erlebt! Die Landfrauen ziehen in einem Triumphzug über die Hauptstraße, feiern die Herausforderin des Bürgermeisters und behindern massiv den Verkehr! Die Polizei lässt es einfach laufen! So spontan waren wir noch nie! Der Allmachtsbachel hockt jetzt sicher im Rathaus und hält Krisensitzung mit seinen Spezis, weil seine Wiederwahl plötzlich kein gmähtes Wiesle mehr ist!«

»Es sah am Anfang gar nicht gut aus«, gesteht Anna. »Ich bin es völlig falsch angegangen.«

»Setz dich. Ich will jedes noch so kleine Detail wissen, hörsch du? Jedes!«

Die Tür geht wieder auf und Michelle stellt rasch drei Sektgläser auf den Couchtisch.

»Ich habe Rotkäppchen-Sekt mitgebracht«, verkündet Anna und öffnet ihren Rucksack.

»Super!«, ruft Rosemarie. »Ich werde hier ja völlig kurzgehalten!«

»Wie eine Sklavin«, meint Michelle todernst. »Du könntest nachher noch die Fenster putzen. Viel Spaß, ich muss Geld für deine Pflege verdienen.« Weg ist sie.

»Weiß oder rosé?«, fragt Anna.

»Was heißt hier oder? Wir fangen mit dem Rosé an. Mach die Flasche auf!«

»Für mich nicht, danke. Ich habe auch noch nie eine Sektflasche geöffnet.«

Schwester Gabriele, die bis dahin stumm zugehört hat, nimmt Anna die Sektflasche aus der Hand.

»Ich erledige das.« Sie öffnet innerhalb weniger Sekunden geschickt die Flasche, gießt zwei Gläser voll, ohne dass auch nur ein Tropfen herausschäumt, und schaut Anna fragend an.

»Komm schon!«, drängt Rosemarie. »Wir müssen doch auf deinen Erfolg anstoßen!«

»Na schön. Aber wirklich nur einen kleinen Schluck.«

»Ich hole jetzt deine Tochter, Rosemarie.«

»Wozu?«

»Damit sie ein Schlückle mittrinkt.«

»Schwester Gabriele. Du glaubst doch nicht im Ernst, dass Michelle so etwas Proletarisches wie Rotkäppchen-Sekt trinkt? Die ist wahrlich Besseres gewöhnt. Und außerdem hat sie nicht mal zwei Minuten Zeit für ihre doofe, herrschsüchtige Mutter. Du wirst sehen.«

»Du und deine Tochter, ihr solltet euch mal etwas mehr Mühe miteinander geben. Liebe deinen Nächsten wie dich selbst, da hapert's bei euch beiden gewaltig, sowohl bei der Selbstliebe als auch bei der Nächstenliebe.« Schwester Gabriele klingt jetzt sehr streng. »Sie kommt. Um was wetten wir?«

»Um eine Flasche Rotkäppchen-Sekt natürlich!«

Schwester Gabriele grinst, macht das Daumen-hoch-Zeichen und huscht flink aus dem Zimmer.

»Niemals!«, ruft Rosemarie hinter ihr her, dann dreht sie sich zu Anna. »Ich habe gehört, Grete hat dir ordentlich Stress gemacht?«

Anna nickt. »Am Ende hat sie aber doch für mich gestimmt. Ohne die Hilfe von Bettina Eisele wäre das aber nichts geworden.«

»Grete war schon immer scharf auf meinen Vorstandsposten. Kaum hatte mich der Schlaganfall erwischt, hat sie auf Neuwahlen gedrängt, obwohl zu dem Zeitpunkt noch völlig offen war, wie lange ich ausfalle und ob ich mich möglicherweise wieder erhole. Sie hat gesagt, ich kann den Vorstand ja zurückhaben, falls ich wieder auf die Beine komme. Sie ist nur deshalb gewählt worden, weil niemand sonst es machen wollte. Jede andere Landfrau wär mir lieber gewesen! Am liebsten hätte ich Bettina Eisele gehabt, die ist fit. Der war's aber zu viel Gschäft, leider, neben ihrem Job als stellvertretende Rektorin am Gymnasium. Grete war schon immer alt im Kopf. Viel zu konservativ für uns moderne Landfrauen! Ihre Schwester Marianne ist ein paar Jahre älter und trotzdem viel moderner. Mir sind gut befreundet.«

»Marianne Müllerschön?« Anna erinnert sich an die Landfrau, die ihr beigebracht hat, dass es in Schwaben »der Butter« heißt. Die mit dem ungewöhnlichen Tattoo.

»Ganz genau. Hasch du sie kennengelernt?«

»Ja, sie war sehr nett.«

Die Tür geht wieder auf, und herein segelt Schwester Gabriele, Michelle im Schlepptau, die ein weiteres Sektglas in der Hand hält.

»Tadaaa!«, ruft Gabriele triumphierend und deutet mit dramatischer Geste auf Michelle.

»Aber nur zwei Minuten!« Michelle schenkt sich einen winzigen Schluck Sekt ein.

»Dass du dich herablässt!« Rosemarie schlägt theatralisch die Hände zusammen. »Es geschehen noch Zeichen und Wunder!«

»Nur Annas wegen. Um auf ihren Erfolg anzustoßen und ihr alles Gute für den Wahlkampf zu wünschen. Dann dürft ihr dieses Billigzeugs ohne mich weitertrinken.«

»Du schuldest mir eine Flasche Sekt, Rose.«

»Ihr habt doch nicht etwa gewettet? Kindsköpfe!« Michelle schüttelt den Kopf und seufzt. Sie versammeln sich um Roses Bett, heben die Gläser und stoßen an.

»Auf die neue Bürgermeisterin von Schwäbingen!« Rosemarie strahlt, und Anna spürt, wie sie mit dem ungewohnten Schluck Sekt ein Glücksgefühl durchströmt. Sie fühlt sich plötzlich leicht und froh. Sie ist nicht mehr alleine, sie hat Mitstreiterinnen. Frauen, an die sie sich wenden kann, die mit ihr mitfiebern und sie unterstützen.

»Viel Glück!«, ergänzt Michelle und lächelt sogar. Dann stellt sie das Glas auf dem Nachttisch ab und wendet sich zum Gehen, aber Rosemarie hält sie am Arm zurück.

»Ich muss was mit dir besprechen. Mit euch allen.«

»Aha.« Michelle wirkt auf einmal reserviert.

Schwester Gabriele schenkt ihr, ohne zu fragen, noch einen Schluck Sekt ein.

»Ich hab ja nun ziemlich viel Zeit zum Nachdenken. Und seit du hier warst, Anna, habe ich mir mal angeschaut, wie andere angehende Bürgermeisterinnen und Bürgermeister so vorgehen. Wie sie ihre Kampagnen gestalten und wie erfolgreich sie damit sind.«

»Jaaa?«, entgegnet Anna gedehnt. Sie ist nicht so sicher, ob sie diese Themen mit einer bettlägerigen Landfrau, einer Diakonisse und einer Bankerin diskutieren will. Sie hat das schließlich studiert, und sie weiß genau, was sie tut.

»Reden wir nicht lang um den heißen Brei. Deine Ausstattung ist etwas – bescheiden, um es mal so zu sagen.«

Anna seufzt. Rose hat einen wunden Punkt getroffen. »Ich weiß. Ich habe mein ganzes Erspartes in die Kampagne gesteckt, meine Eltern angepumpt und von der Sparkasse in Husum noch einen kleinen Kredit bekommen.« Sie zögert, dann beschließt sie, die Karten auf den Tisch zu legen. »Ich habe elftausend Euro zur Verfügung.«

»Elftausend Euro?«, ruft Michelle, sichtlich entsetzt. »Das ist alles?«

In Michelles Finanzwelt sind elftausend Euro vermutlich Peanuts. Für Anna ist es sehr viel Geld, und wenn sie nicht Bürgermeisterin wird, muss sie ganz schnell einen gut bezahlten Job finden, um den Kredit an die Bank und das geliehene Geld an ihre Eltern zurückzuzahlen. Vor allem ihre Eltern, die zusammengekratzt haben, was sie nur konnten, und keine Zinsen von ihr wollten, brauchen das Geld so schnell wie möglich zurück, weil ihre Warft auf Hallig Hooge wegen des steigenden Meeresspiegels höhergelegt werden muss, und das kostet Tausende.

»Was mir aufgefallen ist«, fährt Rosemarie sachlich fort, »normalerweise haben die Leute eine viel professionellere Infrastruktur. Sie haben Berater, eine Marketingagentur, die die Werbung für sie gestaltet, und vor allem haben sie ein Wahlkampfbüro.«

Anna zuckt mit den Schultern. Sie weiß das alles, natürlich, aber was soll sie denn machen, wenn die Ressourcen fehlen? Und wieso muss Rose ihr das so unter die Nase reiben? Sie merkt, dass sie ärgerlich wird. Sie ist schließlich professionell, nicht so eine Spaßkandidatin, die mit einem lustig beklebten Auto in jedem Kuhkaff kandidiert.

»Es gibt immer wieder Fälle, wo Kandidat:innen auch ohne großes Budget eine Wahl gewinnen. Quereinsteiger:innen, die durch ihre Persönlichkeit überzeugen.« Sie kann nicht verhindern, dass sie gereizt klingt.

»Anna.« Rosemaries Stimme klingt sanft. »Du hast die Persönlichkeit, keine Frage. Aber du hast es hier mit mächtigen Gegnern zu tun. Glaub mir, ich kenne diese korrupte Bande seit Jahrzehnten. Das ist ein Haufen durchtriebener Cleverle, die werden vor nichts zurückschrecken.«

»Übertreibst du nicht ein bisschen, Rosemarie?« Michelle schüttelt den Kopf und trinkt noch einen Schluck Sekt. »Wir sind hier in Schwäbingen, nicht auf der großen politischen Bühne!«

»Sie fühlen sich aber so, als seien sie Berlin. Vergiss nicht, Michelle, hier geht es um Macht und Machterhalt. Und da werden Männer zu Hyänen. Selbst in einem Kaff wie Schwäbingen. Das sieht man doch schon an der unsäglichen Berichterstattung im *Schwäbinger Boten.*«

»Dieser Lukas macht mich wahnsinnig!«, entfährt es Anna spontan, und sie schaut Michelle fragend an. Sie hofft, dass Michelle etwas dazu sagt, schließlich scheint sie ihn von früher zu kennen. Nicht, dass es sie ernsthaft interessiert. Der ist ihr ja völlig egal, der Typ. Als Mann jedenfalls. Aber je mehr sie über ihn weiß, desto besser kann sie sich gegen ihn wehren. Sicher wird er weiterhin jede Gelegenheit nutzen, um blöde Fotos von ihr zu machen. Leider spielt Michelle gedankenverloren mit ihrem Sektglas, als hätte sie es nicht gehört.

»Ich weiß net, was mit ihm los ist«, antwortet Rose stattdessen. Ihr Ton klingt bedauernd. »Er macht das noch gar nicht so lange mit dem *Schwäbinger Boten*. Er war jahrelang weg, in München, glaube ich. Früher war er ein richtig lieber Junge. Einzelkind. Seine Eltern sind bei einem Verkehrsunfall ums Leben gekommen, da war er noch ziemlich klein. Vielleicht zehn oder elf? Ganz Schwäbingen war damals erschüttert. Ein betrunkener Autofahrer ist in einer Kurve frontal auf sie draufgeknallt. Lukas war zum Glück nicht im Auto. Er isch danach bei seinem Großvater aufgewachsen.«

»Das ist zwar tragisch, aber noch lange kein Grund, sich wie ein Schuft zu benehmen«, entgegnet Anna. Trotzdem ist sie ein bisschen erschüttert. Vielleicht kriegt er dann mildernde Umstände. Zumindest ein kleines bisschen.

»Natürlich net. Aber du siehst daran, wie der Helmut und der Werner Schwäbingen im Griff haben. Lukas, also der *Schwäbinger Bote* schreibt, was Werner will, beziehungsweise was Helmut will, damit der ihm nicht mit irgendwelchen Umweltauflagen kommt.«

»Aber es gibt doch Umweltgesetze!«, ruft Anna.

»Auf deren Einhaltung irgendjemand pochen muss. Helmut bestimmt nicht. Die meisten Leute interessiert das auch gar nicht, oder sie durchschauen's nicht, und wenn, dann machen sie beide Augen fest zu. Sie wollen vor allem ihre Jobs in der Wäscheproduktion behalten. Deswegen müssen wir sehr klug agieren.«

»Auf was willst du eigentlich hinaus, Rosemarie? Ich gebe dir recht, dass Anna ein viel zu kleines Budget hat«, sagt Michelle. »Aber daran wirst du nichts ändern, oder willst du dein Sparbuch plündern? Da ist nicht viel drauf, das kann ich dir sagen.«

»Ich selbst kann kein Geld beisteuern. Aber Schwester Gabriele und ich haben uns ein paar Gedanken gemacht.«

»Und die wären?«

»Crowdfunding. Mir starten eine Online-Kampagne, die von Schwester Gabriele betreut wird. Sie hat schon das Okay von ihrer obersten Diakonisse mit der Gebetszwiebel auf dem Hinterkopf.«

»Rosemarie! Also wirklich! Wenn du weiterhin so lästerlich über Schwester Hannelore redest, kannst du dich in Zukunft selbst waschen!«, ruft Schwester Gabriele erbost. »Ich habe auch einen Dutt. Oder eine Gebetszwiebel, wie du es so schön nennst.«

»Aber du bisch lang net so pietistisch.«

»Nein, aber es ist sehr großzügig, dass ich das machen darf. Und zwar mit Erlaubnis meiner direkten Vorgesetzten, aber am Diakonissenmutterhaus vorbei. Was meinst du, was das für ein Skandal wäre! Das muss unbedingt unter uns bleiben!«

»Keine Sorge, ich werde deine Hannelore nicht bei ihrer vorgesetzten Gebetszwiebel verpfeifen. Zum Zweiten eröffnen mir ein Wahlkampfbüro«, fährt Rosemarie ungerührt fort. »Deshalb wollte ich, dass du bei unserem Meeting dabei bist, Michelle. Das geht nicht ohne deine Unterstützung.«

»Ein bitte was?« Michelle, eben noch leicht abwesend, ist völlig entgeistert. »Ein Wahlkampfbüro? Und wo genau soll das sein?«

»Na, da gibt's wohl nicht so viele Möglichkeiten. Genau hier.«

»Hier, im Haus? In deinem Zimmer? Das ist nicht dein Ernst!«

»Du hasch richtig gehört. Ich koordiniere die Kampagne vom Bett aus. Ab sofort bin ich Annas Wahlkampfmanagerin. Und Schwester Gabriele isch zuständig für Marketing und soziale Medien.«

»Mutter. Du hast sie ja nicht mehr alle!«

»Immer, wenn sie mich Mutter nennt, isch sie sauer auf mich.«

»Das ist uns schon aufgefallen, Rosemarie«, seufzt Schwester Gabriele.

»Wie stellst du dir das vor?« Michelle ist aufgesprungen und steht vor dem Bett ihrer Mutter, als würde sie mit ihr einen Boxkampf anfangen wollen.

»Hier, in diesem Krankenzimmer, das mir hier und jetzt umbenennen in Wahlkampfbüro, finden die Meetings statt. Hier treffen mir uns, besprechen alles, hecken die Kampagnen aus. Ich heb die Fäden in der Hand, koordiniere, schreibe Mails, telefoniere. Ich hab schließlich den ganzen Tag Zeit! Schwester Gabriele kommt nachmittags, kriegt ein Update von mir und kommuniziert alles per Insta und Facebook. Mir machen hier kleine Empfänge, Diskussionen, Veranstaltungen. Vielleicht mit einem Gläsle Wein und ein paar Brezeln?«

Michelle steht auf und donnert das Sektglas dermaßen heftig auf den Tisch, dass sich Anna wundert, dass es nicht in tausend Scherben zerbirst.

»Wie stellst du dir das vor! Du kannst hier drin machen, was du willst. Aber ich kann nicht ständig zur Tür rennen! Oder Brezeln kaufen, Kaffee kochen und Weingläser spülen! Ich habe Meetings, ich muss ungestört arbeiten. Und was machen wir mit Dieter? Niemals!«

Sie rauscht zur Tür hinaus und knallt sie hinter sich zu.

»Das war's dann wohl«, seufzt Schwester Gabriele. »Eine nette Idee war's trotzdem.«

»Da ist das letzte Wort noch nicht gesprochen!«, zischt Rosemarie. »Das ist immer noch mein Haus!«

»Es ist wirklich gut gemeint. Ich will aber nicht, dass ihr euch meinetwegen verkracht«, erklärt Anna sehr bestimmt. Rosemaries Idee ist verrückt. Eine Wahlkampfmanagerin, die nach einem Schlaganfall im Bett liegt, und die Marketing-Frau ist eine Diakonisse? Und doch wieder nicht. Rosemarie und Gabriele könnten im Hintergrund agieren, und Anna kann sich auf die Inhalte und Veranstaltungen konzentrieren. Und die Idee mit dem Crowdfunding hatte sie natürlich längst selbst, aber einfach nicht die Zeit, sich darum zu kümmern. Sie kann sich zwar nicht vorstellen, dass irgendjemand Geld spendet für ihren Wahlkampf, aber einen Versuch ist es wert. Bloß, ohne Michelles Unterstützung geht es nicht. Und sie hat recht, es ist ziemlich viel verlangt.

»Vielleicht musst du ihr einfach ein bisschen Zeit geben«, mutmaßt Schwester Gabriele. »Und nun reicht's für heute. Du siehst müde aus. Du solltest deine Kräfte gut einteilen.«

»Ich fühle mich großartig! So gut wie schon lange nicht mehr!«

Anna springt auf. »Ich gehe wohl besser«, erklärt sie schnell.

»Anna! Lass dich bitte nicht von Michelle vergraulen! Wir müssen noch ein paar Dinge besprechen! Trink noch ein Schlückchen Sekt und entspann dich!« Rosemarie klopft auf ihre Bettdecke. »Was steht als Nächstes an?«

Ehe sie protestieren kann, ist Annas Sektglas wieder gefüllt. Eigentlich schmeckt der Sekt, über den Michelle so lästert, gar nicht schlecht. Anna nimmt noch einen Schluck. Und noch einen. Mit jedem Schluck scheint es plötzlich ein kleines bisschen leichter, die Wahl zu gewinnen.

»Ich brauche Unterstützungsunterschriften«, erklärt sie den beiden Frauen. »Um überhaupt zur Wahl zugelassen zu werden. Weil Schwäbingen auf einmal zwanzigtausendundeinen Einwohner hat und nicht mehr zwanzigtausend. Die haben einen zusätzlichen Bürger aus dem Hut gezaubert.« Plötzlich findet sie das nicht mehr skandalös, sondern total lächerlich, und fängt an zu kichern. »Könnt ihr euch das vorstellen? Nur, um mich zu ärgern!«

»Ich hab das im *Schwäbinger Boten* gelesen. Da war ein Foto von einem Referendar, der total säuerlich geguckt hat. Ich hatte mich schon gewundert«, meint Rosemarie. »Schwäbingen hatte noch nie mehr als zwanzigtausend Einwohner!«

»Hat es jetzt auch nicht. Das ist reine Schikane. Natürlich muss der amtierende Bürgermeister keine Unterschriften vorlegen.«

»Ich kümmere mich drum, dass du die Unterschriften zusammenkriegst«, sagt Rosemarie. »Braucht es dafür eine spezielle Liste?«

»Ich muss die Vorlage im Rathaus abholen. Mailen konnte man sie nicht. Aus Datenschutzgründen, angeblich. Auch was das angeht, ist meine Theorie: Reine Schikane.«

»Kannst du die Vorlage morgen holen und mir dann vorbeibringen? Ich sorge dafür, dass die Landfrauen unterschreiben und sie weitergeben. Bis Sonntagabend hast du die Unterschriften beisammen. Das ist ein Klacks. Was kommt als Nächstes?«

Der Ton ist zackig. Anna dämmert plötzlich, wie anders es von nun an sein wird. Rosemarie mischt sich in ihren Wahlkampf ein, und sie wird sich daran gewöhnen müssen. Aber viel wichtiger ist doch, dass sie Verbündete hat und sich nicht mehr so jämmerlich allein fühlt!

»Nächste Woche werde ich mich ganz auf den Häuserwahlkampf konzentrieren. Am Freitag wird die Stellenausschreibung für die Wahl im *Schwäbinger Boten* erscheinen. Am Montag drauf beginnt dann die Einreichungsfrist für die Bewerbungen. Wer zuerst abgibt, steht zuoberst auf dem Wahlzettel.«

»Dann wirsch du ja hoffentlich um siebene vor dem Rathaus stehen!«

»So einfach ist es nicht. Alle Bewerbungen, die vor 7.30 Uhr eingereicht werden, gelten als gleichzeitig. Dann entscheidet das Los über die Reihenfolge.«

»Und ganz sicher wird Helmuts Name oben auf der Liste stehen, egal, welcher Name gezogen wird. Wetten?«

»Darüber machen wir uns Gedanken, wenn es so weit ist. Jetzt ist es endgültig genug für heute, Rosemarie!« Schwester Gabriele leert ihr Sektglas in einem Zug. »Die zweite Flasche heben wir uns für morgen auf. Gleicher Ort, gleiche Zeit?«

Anna schüttelt bedauernd den Kopf. »Ich habe noch einen Nebenjob im Personalamt der Stadt Konstanz und habe zugesagt, morgen den ganzen Nachmittag bei Online-Bewerbungsgesprächen dabei zu sein. Ich werfe dir die Liste abends in den Briefkasten, okay?«

Rosemarie nickt. »Dann treffen wir uns am Montag wieder, das reicht ja auch noch. Am Wochenende kommt die Sozialstation nicht, da werde ich von Michelle versorgt.« Sie seufzt. »Ich kann's kaum erwarten.«

»Ich mache mir am Samstag Gedanken über Strategien für das Crowdfunding in den sozialen Medien«, kündigt Schwester Gabriele voller Eifer an. »Am Sonntag haben wir Diakonissen unseren Gottesdienst und hinterher gemeinsames Mittagessen und Zusammensein im Mutterhaus, da komme ich zu nichts.«

»Gut, dann also Montag. Da haben mir dann richtig viel zu tun, weil mir sollten auch ein paar Events hier im Wahlkampfbüro planen. Ich mach mir Gedanken dazu, ich hab ja alle Zeit der Welt.«

»Wenn Michelle nichts dagegen hat«, wirft Anna ein. »Ich will wirklich nicht, dass ihr euch meinetwegen verkracht.«

»Das ist sowieso alles ziemlich verkracht. Da ändert das Wahlkampfbüro auch nicht mehr viel. Keine Sorge, Anna. Michelle wird sich damit abfinden müssen, dass die Dinge hier im Haus net immer so laufen, wie sie es will. Dann also bis Montag. *Give me five!*«, ruft Rosemarie kämpferisch und klatscht Anna und Schwester Gabriele ab. Die sammelt die Sektgläser ein.

»Am besten gehen wir zusammen, Anna. Gemeinsam am Höllenhund vorbei.«

»Meinst du Dieter oder meine Tochter?«, fragt Rosemarie. »Wahrscheinlich werde ich heute Abend mit Essensentzug bestraft. Vielleicht könnt ihr mir eine Pizza ›Vier Jahreszeiten‹ durchs Fenster reichen?«

12. KAPITEL

In dem Lukas in der Villa antanzen muss und noch mehr unter Druck gerät

Etwa zur gleichen Zeit, als Anna mit Rosemarie, Schwester Gabriele und Michelle Sekt trinkt, bekommt Lukas einen Anruf von Werner Schelkle. Der Opa hat sich den Leberkäs gebraten, mit einem Spiegelei dazu und ohne ein Wort zu reden. Nach dem Leberkäs hat er sich in seinen Sessel gesetzt, den Fernseher angemacht und ist sofort eingeschlafen, obwohl der Fernseher ohrenbetäubend laut war. Lukas hat ihm vorsichtig die Fernbedienung aus der Hand genommen und den Ton leiser gemacht. Er hat sich nicht getraut, das Gerät ganz abzustellen, nicht, dass der Opa vielleicht böse wird, wenn er aufwacht und der Fernseher ist aus. Er schläft jetzt seit beinahe zwei Stunden, er schnarcht leise mit offenem Mund, offensichtlich hat ihn der Vormittag sehr erschöpft. Lukas überlegt gerade, ob er ihn wecken soll, damit er in der kommenden Nacht gut schlafen kann, als das Handy klingelt. Lukas hat damit gerechnet. Er geht aus dem Haus und setzt sich auf die Bank, um den Opa nicht zu stören.

»Du warst heute Mittag beim Metzger Bäcker und hast mitbekommen, was passiert ist?«, fragt Werner ohne Begrüßung und Einleitung, und er wartet die Antwort nicht ab. »Manfred hat mich angerufen. Der Metzger war der Erste, dann kam der Helmut, dann der Martin, danach Helmuts Gemeinderäte und zum krönenden Abschluss seine sämtlichen Parteifreunde. Den Hühnerzüchter nicht zu vergessen! Das Telefon steht nicht mehr still, und alle erzählen mir dieselbe Geschichte: dass sie damit nicht gerechnet haben und dass sie sich Sorgen machen. Lukas, bisher haben wir dieses Mädel nicht ernst genommen. Aber jetzt haben sich die Landfrauen öffentlich auf ihre Seite geschlagen, und das ist eine Entwicklung, die auch mich, um es milde auszudrücken, mit Sorge erfüllt. Mit großer Sorge! Wir müssen reden! Wir treffen uns heute Abend in der Villa. 21 Uhr.«

Er fragt, wie es so seine Gewohnheit ist, nicht mal, ob Lukas Zeit hat. Damit hat sich das Date mit Michelle erledigt.

»Was heute geschehen ist, ist einfach ungeheuerlich«, fährt Werner Schelkle fort. Er klingt jetzt nicht mehr souverän wie sonst, eher so, als könne er sich nur mühsam beherrschen. »Noch am Sonntag ist kein Mensch bei ihrer Wahlkampfveranstaltung aufgetaucht. Nur du. Helmut hat vorher einen schönen Post auf Facebook abgesetzt, und der hat Wirkung gezeigt. Es sah so aus, als hätte dieses Häsle nicht die geringste Chance und wir müssten uns nicht den Kopf über sie zerbrechen. Das ist gerade mal vier Tage her. Vier Tage! Und heute ziehen sechzig Landfrauen, die allesamt Töchter, Söhne und Männer bei mir in der Firma haben, öffentlich durch Schwäbingen und feiern diese … diese norddeutsche Anna? Mitten auf der Hauptstraße, sodass es jeder mitkriegt? Lukas, was ist da schiefgelaufen? Und was läuft als Nächstes schief, wenn das in diesem Tempo weitergeht? Heute sind es bloß sechzig Landfrauen. Und morgen halb Schwäbingen?« Es klingt, als ob Lukas schuld an allem sei, als habe er heimlich die Landfrauen aufgestachelt, hinter Werner Schelkles Rücken.

»Was Anna Freitag tut und wen sie von sich überzeugt, das liegt nun wirklich nicht in meiner Hand«, antwortet Lukas gereizt. »Ich war beim Frühstück im Feuerwehrhaus nicht eingeladen. Sie ist eine Frau, im Gegensatz zum Helmut. Das verschafft ihr bei den Landfrauen vermutlich einen natürlichen Vorteil.« Seine Nerven liegen blank nach dem Vormittag. Erst die Alzheimer-Diagnose beim Opa, dann der Gewissenskonflikt beim Metzger. Und zur Krönung Annas Blick, der ihm durch Mark und Bein ging. Wenn er die Augen schließt, sieht er sie noch immer vor sich, wie sie ihn durch die Fensterscheibe erst anstarrt und dann durch ihn hindurchsieht. Er wird von nun an tun und lassen können, was er will, für sie ist er erledigt, sie verachtet ihn, und er kann nicht behaupten, dass es ihn kaltließe. Und nun wird er auch noch von Werner Schelkle blöd angemacht? Es gibt für alles Grenzen. Zum ersten Mal fragt sich Lukas ernsthaft, ob er den Job hinschmeißen soll. Das ist es einfach nicht wert!

»Ich mache dir keinen Vorwurf, Lukas«, sagt Schelkle ein wenig freundlicher. »Aber offensichtlich müssen wir unsere Taktik überdenken und eine härtere Gangart anschlagen.«

»Was soll ich denn machen, ich kann doch nichts erfinden!«, ruft Lukas erbost. »Meine Berichterstattung ist sowieso schon total tendenziös!«

»Tendenziös! Also bitte. Dieses Wort will ich von meinem Redakteur nicht mehr hören! Es gibt schließlich kein einziges Medium, das nicht einer bestimmten Ecke zuzuordnen ist. Neutrale Berichterstattung gibt es nicht, das weißt du genauso gut wie ich. Und wieso kannst du nichts erfinden? Das macht die BILD schließlich jeden Tag! Wir sprechen heute Abend darüber. Und das, was heute Morgen passiert ist, das schweigst du tot, hörst du? Schreib für morgen was über das Schwäbinger Bierfest. Ist ja nicht mehr lange hin, und du kannst bei der Gelegenheit alle Sponsoren erwähnen. Vor allem den Metzger und seine Wurstspende! Der will seine Frau nicht in der Zeitung abgebildet sehen, als Sympathisantin für diese Anna. Das gefährdet ihm die Kundschaft. Er ist ein enger Spezi vom Helmut, auf den müssen wir Rücksicht nehmen. Beim Metzger wird Lokalpolitik an der Theke gemacht. Und ich will auch keine jubelnden Landfrauen. Je weniger wir darüber schreiben, desto besser.«

»Es wird sich auch so rumsprechen.«

»Natürlich wird es das. Niemand ist in Schwäbingen so gut vernetzt wie die Landfrauen. Und wenn ausgerechnet die grundsoliden Landfrauen spontan auf die Straße gehen, dann ist das ein Drama von geradezu historischen Ausmaßen! Aber diejenigen, die mit den Landfrauen nichts zu tun haben, die müssen es nicht auch noch mitkriegen. Schließlich wird diese Anna damit plötzlich salonfähig und wählbar. Schick mir gleich das Foto von heute Morgen, und dann löschst du es, auch aus dem Papierkorb, hörst du?« Damit ist das Telefonat grußlos beendet. Lukas schickt ihm das Foto per WhatsApp; das skandalöse Foto, auf dem alle Verräterinnen zu sehen sind. Und wenn schon! Nicht einmal Werner Schelkle wird sich mit sechzig Landfrauen anlegen. Wenn er ihre Angehörigen entlassen will, kann er seinen Laden dichtmachen. Viel schlimmer ist, dass Werner noch massiver gegenüber Anna auftreten will. Lukas will gar nicht darüber nachdenken, was das für ihn und seine Berichterstattung bedeutet. Er schaut sich das Foto auf dem Handy noch einmal an. Er hat eine Millisekunde, bevor Anna es gemerkt hat, auf den Auslöser gedrückt. Eigentlich ist das Foto das reinste Marketing für sie. Wie sie strahlt, inmitten der Landfrauen! Sie wirkt so zerbrechlich, und alle Gefühle stehen ihr ins Gesicht geschrieben, was für eine angehende Lokalpolitikerin sicherlich nicht besonders hilfreich ist. Sie wird noch viel lernen müssen, keine Frage. Doch obwohl es nur ein Foto ist, spürt Lukas genau, was für ein Charisma und was für eine Kraft in Anna schlummern. Wenn er ihr nur unter anderen Umständen begegnet wäre! Er wird das Foto nicht löschen. Vielleicht kann er es noch mal brauchen.

»Setz dich, Lukas.«

Es ist kurz nach einundzwanzig Uhr. Man könnte sich ja auch zu einer normalen Zeit am Tag treffen, aber das erhöht den konspirativen Charakter. Lukas hat wie immer am Eisentor geklingelt, eine Kamera hat sein Gesicht gescannt, dann ist das Tor aufgeschwungen und Lukas ist mit seinem Rennrad die letzten zweihundert Meter zur Villa hinaufgeradelt. Der Weg führt leicht bergauf. Bestimmt hat Werner Schelkle den Hügel künstlich anlegen lassen, damit man den etwas außerhalb von Schwäbingen gelegenen protzigen Schuppen von überall sehen kann. Es ist schon dunkel, aber Lukas weiß von vorherigen Besuchen, dass links und rechts der hell erleuchteten Auffahrt eine parkähnliche Anlage im englischen Stil liegt und hinter dem Haus ein *Infinity Pool* mit schicken Loungemöbeln und einer Bar. Etwas weiter unten am Hang arbeitet Werner Schelkle auf einem Mini-Golfplatz regelmäßig an seinem Handicap. Auf dem Parkplatz vor der Villa stehen ein Porsche Cayenne, ein Mercedes Coupé, zwei oder drei Oldtimer, der SUV des Bürgermeisters und die Harley von Martin Sickinger. Der Parkplatz ist ebenfalls hell erleuchtet, vermutlich vor allem deshalb, damit man die Autosammlung gut sehen kann. Lukas kennt sich nicht aus mit Oldtimern, Autos interessieren ihn nicht besonders, aber er weiß auch so, dass allein auf dem Parkplatz mehr Vermögen steht, als Lukas jemals besitzen wird. Er ist nicht neidisch. Für sein Empfinden ist diese ganze Show total peinlich. Er will einen Job, der ihn ernährt, das schon, ansonsten interessiert ihn Geld nicht. Erstaunlich, was man mit Billigunterwäsche verdienen kann!

Die Unterwäsche der Marke Miss Nightingale hat in der Pandemie ihren großen Durchbruch erlebt. Der Online-Handel explodierte, weil die Frauen mehr daheim waren und »das untendrunter wichtiger wurde, während das obendrüber an Bedeutung verlor«, wie Werner Schelkle Lukas im Vorstellungsgespräch süffisant erklärt hat. Werner Schelkle ist reich. Aber nicht so reich, dass er einen Hubschrauber mit eigenem Landeplatz besäße. Das hier ist immer noch Schwäbingen, nicht Burladingen. Wolfgang Grupp inszeniert sich ja gern als Patriarch eines soliden Familienunternehmens. Schelkle hat dagegen keine Kinder, also auch keine potenziellen Nachfolger. Wieso macht er sich dann so einen Stress wegen Anna, er hat doch mehr verdient, als er zu seinen Lebzeiten jemals ausgeben kann! Als Lukas sein Rennrad abstellt, fällt ihm auf, dass er sich noch nie Gedanken über Schelkles Privatleben gemacht hat. Verheiratet ist er nicht, das weiß er. Er hat ihn aber auch noch nie in Begleitung erlebt. Dabei ist er eigentlich der Typ Mann, der attraktive, deutlich jüngere Frauen anzieht, er hat schließlich Geld und Macht.

Die Kamera über der Eingangstür hat Lukas erfasst, und die Tür öffnet sich automatisch. Wenigstens ist Schelkle nicht so peinlich, dass er einen Butler beschäftigt. Ein paar Minuten später deutet Werner Schelkle wie immer auffordernd auf den Freischwinger in der Mitte der Bibliothek, setzt sich dann auf das schwarze Ledersofa, schlägt ein Bein über und nimmt sein Whiskyglas vom Beistelltisch. Der Schäferhund zu seinen Füßen knurrt leise. Helmut Bartholomä und Martin Sickinger stehen mit Whiskygläsern in der Hand links und rechts des Kamins, in dem ein Feuer knistert. Wenigstens irgendetwas, das Wärme verbreitet, denkt Lukas. Schelkle trägt Anzug und Einstecktuch, Helmut Bartholomä Anzug und Krawatte. Martin Sickinger ist dagegen in schwarzen, eng anliegenden Sportklamotten erschienen, unter denen sich seine imposanten Muskeln deutlich abzeichnen. Der Bürgermeister wirkt wie ein mickriges Würstchen neben ihm. Wahrscheinlich will er damit demonstrieren, wie fit er ist und dass er direkt vom Training kommt. Was für eine kollektive Inszenierung, denkt Lukas nicht zum ersten Mal. Wenn man von den Sportklamotten absieht, sehen die drei aus, als ob sie für ein Ölgemälde Modell stehen. Merken die gar nicht, wie lächerlich sie sich machen? Leider ist diese Erkenntnis wenig hilfreich. Sie sitzen nun einmal am längeren Hebel.

»Danke«, sagt er endlich. Er hat sich bewusst Zeit mit der Antwort gelassen. »Ich habe den ganzen Nachmittag an dem Artikel fürs Bierfest gesessen. Ich stehe zur Abwechslung ganz gern. Außerdem muss ich mich erst ein bisschen aufwärmen. Es war doch ziemlich kühl auf dem Rad. Der Herbst kommt. Ja, ja. Er kommt, mit Macht!«

Lukas bemüht sich, so banal wie nur möglich zu klingen, und schlendert zum Kamin. Er bleibt davor stehen und reibt sich die Hände. Helmut und Martin nicken ihm zu. Werner Schelkle sieht Lukas mit zusammengekniffenen Augen an. Lukas hat sich noch nie geweigert, auf dem Freischwinger Platz zu nehmen. Er ist nicht blöd. Natürlich weiß er genau, dass Lukas auf subtile Weise rebelliert, aber er sagt nichts, er belauert ihn nur.

Sie haben die letzten Wochen immer nur telefoniert, Lukas hat ihn schon länger nicht mehr persönlich getroffen. Er war immer sehr schlank, jetzt zeichnet sich unter seinem Jackett ein unübersehbarer Bauch ab. Überhaupt wirkt er insgesamt fleischiger, seine Wangen hängen schlaff herunter. Lukas weiß, dass Schelkle Mitte fünfzig ist, ein paar Jahre jünger als Helmut

Bartholomä. Aber jetzt, wo er die beiden seit längerer Zeit mal wieder zusammen sieht, könnte man meinen, dass Schelkle der Ältere von beiden ist. Älter, faltiger und kaputter. Vielleicht ist er krank?

»Möchtest du was trinken? Whisky, Bier, Rotwein?«

»Nein, danke.« Er wartet auf die übliche anzügliche Bemerkung, aber auch das lässt Schelkle unkommentiert. Er lässt die Eiswürfel in seinem Whiskyglas klirren. »Reden wir nicht lang drumrum«, sagt er, wie üblich ohne Umschweife. »Wie halten wir sie auf?«

Er nennt Anna nicht einmal beim Namen. Lukas hat sich den ganzen Nachmittag den Kopf über das Gegenteil zerbrochen, nämlich, wie er Anna unterstützen und weiteren Schaden von ihr abwenden kann.

»Ich habe natürlich darüber nachgedacht«, beginnt er und läuft vor dem Kamin auf und ab. »Ich weiß, Sie würden gerne noch einen draufsetzen in der Berichterstattung, aber da ist Vorsicht geboten. Sonst wird es irgendwann zu offensichtlich, und dann könnte Anna sich zum Opfer der Presse stilisieren. Das würde ich nicht empfehlen. Ich glaube, das war heute nur ein Strohfeuer. Je stärker wir darauf reagieren, desto mehr fachen wir das Feuer an. Helmut kann sich doch eigentlich auf seine Wähler verlassen, oder? Nach vierundzwanzig Jahren erfolgreicher Arbeit werden ihm ein paar renitente Landfrauen doch niemals die Wiederwahl versauen! Ich glaube, ihr überschätzt Anna und ihre Einflussnahme.« Lukas weiß genau, dass ihm Werner Schelkle das nicht abnehmen wird. Er kann nur hoffen, dass er Helmut an seinem wunden Punkt erwischt: seiner grenzenlosen Eitelkeit.

»Der Lukas hat recht«, antwortet Helmut eifrig und plustert sich am Kamin auf wie ein Gockel. »Nach vierundzwanzig Jahren stößt man einen Helmut Bartholomä nicht so einfach vom Thron! Sechzig Landfrauen sind schließlich net ganz Schwäbingen! Und auf die Männer von der Freiwilligen Feuerwehr kann ich mich verlassen!«

Martin Sickinger nickt. »Ich bin natürlich sofort aktiv geworden, als mir die Geschichte zu Ohren kam, und hab heute Nachmittag gleich den Pascal Fauser angerufen und ihm Feuer unterm Hintern gemacht. Hehe, Witzle gmacht. Der war heut Morgen zufällig im Feuerwehrhaus, hat Schutzhelme überprüft und mitgekriegt, wie die Landfrauen diese Anna bejubelt haben. Ich hab ihm gesagt, dass ich von ihm als Feuerwehrkommandant erwarte, dass die Freiwillige Feuerwehr Schwäbingen geschlossen zur Präsentation der Kandidaten in der Stadthalle nächsten Freitag anrückt und dich beklatscht, Helmut. Wenn sie das net tut, kriegen sie die nächsten fünf Jahre kein Geld von der Stadt. Sie können sich's aussuchen. Die schulden uns schließlich was.«

»Ich seh den Pascal am Samstag beim Skat im ›Adler‹, ergänzt Helmut. »Da sag ich ihm's auch noch mal.«

»Die Mutter von dem Fauser ist die Vorsitzende der Landfrauen«, gibt Werner Schelkle zu bedenken. »Bist du dir sicher, dass der sich mit seiner eigenen Mutter anlegt, Martin?«

»Fauser hat mir berichtet, seine Mutter war als Einzige dagegen, das Mädle zu unterstützen. Sie hat sich nur widerwillig dem Druck der anderen Landfrauen gebeugt.«

»Das ändert nichts daran, dass die große Mehrheit der Landfrauen auf der Seite von dieser Anna ist und das zu einem Konflikt innerhalb der Familien führen wird. Die meisten Feuerwehrmänner sind schließlich entweder mit Landfrauen verheiratet oder ihre Mütter sind seit Jahrzehnten Mitglied«, erklärt Werner Schelkle. »Ich bin mir nicht sicher, ob die Männer sich wirklich öffentlich gegen ihre eigenen Frauen oder Mütter stellen. Schließlich haben in der Regel die Frauen die Hosen in der Ehe an!«

»Also bei mir net«, wirft Helmut eifrig ein. »Die Elfriede weiß genau, dass ich net nur im Rathaus der Chef bin, sondern auch daheim.«

Martin Sickinger bricht in wieherndes Gelächter aus.

»Des glaubsch auch bloß du, Helmut! Wenn die Elfriede im Rathaus anruft und sagt, du sollsch heimkommen, weil der Wasserhahn tropft, dann springsch du doch, selbst wenn grad Gemeinderatssitzung ist!«

»Des kommt dir bloß so vor, Martin«, antwortet Helmut ungerührt. »Ich mach des bloß ab und zu, aus taktischen Gründen. Außerdem isch die Elfriede gar nicht bei den Landfrauen. Die tät ja auch in hondert kalte Winter net gegen mich demonschdrieren! Wenn ich mir des überleg, dass die Frau vom Mampfred vor ihrem eigenen Metzgersgschäft für die Anna demonstriert! Des isch doch Hochverrat!«

»Auf jeden Fall könnte das alles dazu führen, dass sich die Männer in Schwäbingen auf deine Seite schlagen, Helmut, und die Frauen auf die von dieser Anna«, meint Werner Schelkle. »Und was dann? Dann haben wir einen nicht zu unterschätzenden Konflikt. Einen Riss, der mitten durch die Familien geht. Mit weitaus dramatischeren Konsequenzen als nur eine Demo!«

»Und wenn schon«, sagt Helmut achselzuckend. »In der Regel bringen die Männer das Geld heim. Da wird man schon sehen, wer am längeren Hebel hockt. Und mehr als ein Sturm im Wasserglas wird das bestimmt net. Und für alle Fälle könnt ich mal wieder einen Post auf Facebook absetzen und davor warnen, was für fatale Folgen es für Schwäbingen und die Arbeitsplätze haben würde, wenn plötzlich eine wirtschaftsfeindliche Ökotussi im Rathaus hockt. Schon allein wegen der Gewerbesteuer!«

»Kann man nicht irgendwas aus dem Privatleben von dieser Anna verwursten?«, fragt Martin. »Was weiß man überhaupt darüber?« Er schaut Lukas fragend an, der ganz froh ist, dass er sich an der Diskussion in den letzten Minuten nicht beteiligen musste.

»Nicht besonders viel«, sagt er. »Um nicht zu sagen, gar nichts. Verheiratet ist sie nicht, ob sie einen Freund hat, weiß ich nicht.«

»Mehr weißt du nicht?«, fragt Schelkle. Er klingt schon wieder vorwurfsvoll. Lukas schüttelt den Kopf. Klar, er hat recherchiert. Aus rein professionellen Gründen natürlich. Aber Anna Freitag ist nicht die Art von Frau, die ihr Privatleben in der Öffentlichkeit ausbreitet. »Bisher war sie ja ein unbeschriebenes Blatt. Es gibt keine Zeitungsartikel über sie. Sie ist auch nicht auf Linkedin oder Xing.«

»Das isch doch verdächtig!«, ruft Helmut triumphierend. »Kein Freind! Mit Ende zwanzig, und wenn man so hübsch aussieht! Vielleicht ist sie ja auch lesbisch, und es ist ihr peinlich. Kannst du daraus nicht was machen, Lukas?«

»Das glaube ich nicht. Und wenn. Lesbisch ist heutzutage doch nicht mehr peinlich«, entgegnet Lukas sehr bestimmt. »Genauso wenig wie schwul.« Dabei schaut er Martin Sickinger an. Der weicht seinem Blick aus.

»Ich habe eine viel bessere Idee.« Werner Schelkle grinst hämisch und Lukas graut davor, was als Nächstes kommt. »Du fragst die bei der Vorstellung der Kandidaten nach ihrem Privatleben.«

»Das ist aber keine seriöse Frage«, entgegnet Lukas ganz schnell. »Und die zentrale Idee von der Veranstaltung war doch, dass man Helmut und dem *Schwäbinger Boten* nicht den Vorwurf machen kann, der Wahlkampf sei nicht fair.«

»Natürlich ist das eine seriöse Frage!«, widerspricht Helmut Bartholomä vehement. »Es geht ja schließlich auch darum, ob sie einen Partner hat, der ihre Kandidatur unterstützt. Und ob der hierher nach Schwäbingen ziehen tät und sich ehrenamtlich engagieren tät, so, wie die Elfriede des seit vierundzwanzig Jahren macht!«

»Aber bei einem Mann isch das doch was ganz anderes. Der muss sich doch nicht ehrenamtlich engagieren, nur weil seine Frau Bürgermeisterin wird!« Martin Sickinger schüttelt den Kopf. »Wenn es einen Mann gibt, dann macht der selbst Karriere und kann nicht auch noch Ehrenamt machen!«

»Da hasch du natürlich recht, Martin. Das ischt ein gewaltiger Unterschied. Trotzdem kannst du des ja fragen, Lukas. Und zwar so, dass es für sie peinlich wird.« Helmut strahlt vor Vorfreude.

»Ich versuch, mir was auszudenken«, beeilt sich Lukas zu sagen. Da ist seine Taktik ja richtig super aufgegangen. Hat er immer noch nicht kapiert, wie die drei ticken? Lukas, du bist ein

Vollidiot. Oder, wie der Opa sagen würde, ein Halbseckel. Er hat die Vorstellung der Kandidaten angeregt, damit Anna öffentlich punkten kann, und jetzt muss er sie wegen ihres Privatlebens grillen. Nicht, dass ihn das nicht interessiert, aber doch nicht in der Öffentlichkeit! Hoffentlich gibt sich Werner Schelkle damit erst einmal zufrieden. Er schaut ihn fragend an.

»Gut«, sagt der knapp. »Dann versuchen wir das so. Hoffen wir, dass sich bei der Vorstellung der Kandidaten das Blatt wendet. Allerdings ist das noch mehr als eine Woche hin. Wenn vorher was ähnlich Dramatisches passiert wie heute, müssen wir uns was anderes ausdenken. Wir zählen auf dich, Lukas. Morgen Mittag werden die Plakate aufgehängt. Und wir hören uns auf jeden Fall telefonisch vorher, um den Ablauf zu besprechen.«

Lukas nickt brav.

»Und am Montag drauf kommsch du um siebene ins Rathaus und machsch Foddo, wenn ich meine Unterlagen für die Bewerbung abgebe und die Jessica den Eingangsstempel draufmacht?«, fragt Helmut Bartholomä eifrig. »Das muss dann groß in den *Schwäbinger Boten*, gell! Ich steh natürlich oben auf dem Wahlzettel, egal, wie das Los entscheidet.«

»Das Los?«, fragt Lukas. Er kennt sich mit diesen Formalitäten nicht aus. Muss er ja auch nicht. Er wird immer schön auf dem Laufenden gehalten, welche Betrügerei als Nächstes ansteht.

»Am Montag in einer Woche können die Bewerber ihre Unterlagen für die Wahl einreichen, alles vor 7.30 Uhr gilt als gleichzeitig, und dann entscheidet das Los, wer zuoberst auf dem Wahlzettel steht«, erklärt Martin Sickinger. »Das Mädel wird sicher auch vor 7.30 Uhr abgeben, aber natürlich wird das Los zugunsten von Helmut entscheiden.«

»Natürlich.« Lukas nickt erneut, diesmal in Helmuts und Martins Richtung. Er ist ein Abnicker geworden. Er will darüber nicht nachdenken. Gleich hat er's geschafft, jetzt kann nicht mehr viel passieren. Er freut sich auf das Bier im Kühlschrank, das er heute Nachmittag noch schnell besorgt hat, damit er sich von diesem Stress erholen kann, wenn er schon Michelle absagen musste. »Dann sind wir fertig?«, fragt er in nüchternem Ton. »Ich müsste dann los. Ich möchte meinen Großvater nicht so lange allein lassen. Erst heute Morgen hat man bei ihm Demenz diagnostiziert. Wer weiß, was er ohne mich anstellt.« Zumindest ein paar Krumen muss er ihnen hinwerfen, auch wenn es sie einen Dreck angeht.

»Das tut mir wirklich leid«, sagt Schelkle förmlich.

»Der Gottfried? Sag bloß!«, ruft Helmut bedauernd. »Des tut mir aber leid! Sag ihm einen schönen Gruß von mir!«

»Die Demenz, die Demenz«, murmelt Martin Sickinger und wackelt einen halben Meter über Helmut mit dem Kopf. »Des isch das Kreuz unserer Zeit.« Beide heben zum Abschied synchron ihr Whiskyglas in Lukas' Richtung.

»Ich bring dich runter zur Tür, Lukas.« Werner Schelkle steht auf. Bei Lukas schrillen die Alarmglocken. Das hat er noch nie gemacht. Der Schäferhund springt ebenfalls auf.

»Nicht nötig, danke«, wiegelt Lukas ab. »Ich kenne mich ja aus.«

»Doch, doch. Das gehört sich schließlich.« Das hat nichts Gutes zu bedeuten, denkt Lukas und überlegt fieberhaft, was jetzt noch kommen könnte. Schelkle geht mit dem Schäferhund, der ihm nicht von der Seite weicht, vor ihm die Treppe hinunter, sie führt in ein ausladendes Foyer, der Boden ist aus weißem Marmor. Wie könnte es auch sonst sein. Ein paar Meter vor der Haustür dreht sich Schelkle abrupt um, sodass Lukas beinahe mit ihm zusammenprallt. Der Schäferhund knurrt mal wieder und Lukas weicht zurück.

»Sag mal, Lukas … muss ich mir Sorgen machen?« Er klingt nachdenklich.

»Wie meinen Sie das?« Er sollte ihn einfach zurückduzen. Er ist schließlich kein Azubi bei einem Schreiner! Aber vielleicht nicht gerade jetzt, wenn die Situation sowieso schon angespannt ist. Er schwitzt.

»Diese Anna … ist sie dir … sympathisch? Die sieht ja nicht schlecht aus. Und ihr seid vermutlich im gleichen Alter. Ich wollte dich das im Privaten fragen, nicht vor den anderen.« Sein Ton ist jetzt väterlich-jovial. Glaubt er wirklich, dass Lukas darauf reinfällt?

»Worauf wollen Sie hinaus, Herr Schelkle?« Zeit gewinnen. Er hat ihn jetzt wirklich eiskalt erwischt.

»Nun ja. Es könnte ja sein, dass du dich in sie verknallt hast. Bist du nicht Single?«

»Ich glaube nicht, dass das ein Thema ist, das ich mit meinem Arbeitgeber diskutieren muss«, entgegnet Lukas, so kühl er kann. Wenn er Schelkles Arroganz nicht genauso arrogant kontert, dann hat er keine Chance.

»Nein, musst du nicht. Ich möchte nur sichergehen, dass du keine Dummheiten machst, die das Verhältnis zu deinem Arbeitgeber unnötig belasten.«

»Dummheiten? Was für Dummheiten?«

»Du hast recht, Dummheiten ist vielleicht das falsche Wort. Vielleicht sollte ich lieber sagen: Ich hoffe, dass dir klar ist, wem gegenüber du zu Loyalität verpflichtet bist und wer dir jeden Monat dein hübsches Gehalt überweist. Alles andere würde unser Vertrauensverhältnis – und wir haben doch ein Vertrauensverhältnis, nicht wahr, Lukas? – unnötig belasten.«

»Ich verstehe wirklich nicht, worauf Sie hinauswollen. Da gibt es keinen Loyalitätskonflikt.« Es gelingt Lukas, Schelkle streng anzublicken und seine Stimme fest und bestimmt klingen zu lassen.

»Dann bin ich ja beruhigt. Und wenn es zu solch einem Konflikt käme, dann würde mir das sowieso schnell zu Ohren kommen, nicht wahr? Gute Nacht, Lukas.«

»Gute Nacht, Herr Schelkle.«

Die Tür fällt hinter Lukas ins Schloss, nachdem der Schäferhund ein letztes Mal geknurrt hat.

Na großartig, denkt er. Big brother is watching you. Er fröstelt nicht nur wegen der frühherbstlichen Kälte, als er zu seinem Fahrrad geht.

13. KAPITEL

In dem die Herausforderin und der amtierende Bürgermeister zum ersten Mal aufeinandertreffen, was (nicht nur) für sprachliche Probleme sorgt

Es ist Freitagvormittag, und Anna ist auf dem Weg ins Rathaus, um den Vordruck für die Unterstützungsunterschriften abzuholen. Als ihr diese Jessica Bäcker, die rechte Hand des Bürgermeisters, am Telefon erklärt hat, dass man die Vorlage nicht per Mail schicken kann, konnte sich Anna gerade noch verkneifen, dass sie das vorsintflutlich findet und dass die Digitalisierung wohl offensichtlich noch nicht in Schwäbingen angekommen ist. Das wird sich ganz schnell ändern, wenn sie die Wahl gewinnt. Aber im Augenblick ist das nebensächlich. Viel wichtiger ist, dass sie sich keine Sorgen mehr machen muss, ob sie die Unterschriften überhaupt zusammenkriegt. Sie weiß jetzt, dass Rosemarie sich darum kümmern wird und dass sie vermutlich schon am Sonntagabend neunundfünzig Unterschriften beisammenhat, obwohl es gar nicht eilt. Grete Fauser wird bestimmt nicht unterschreiben, aber auf deren Unterschrift ist sie nicht mehr angewiesen. Bei dem Gedanken, dass sie sich auf Rosemarie und Schwester Gabriele verlassen kann, schleicht sich ganz automatisch ein fröhliches Lächeln in Annas Gesicht.

Es ist das erste Mal, dass Anna das Rathaus betritt. Die Tür des alten Fachwerkhauses knarzt, und sie fragt sich, wie es wohl sein wird, wenn sie die Wahl gewinnt. Dann wird dies ihr neuer Arbeitsplatz sein, jeden Tag wird sie die schwere Tür aufdrücken und die ausgetretene Treppe hinaufklettern. Die knarzt in allen Tönen. Jede Stufe ist anders, einen Aufzug scheint es nicht zu geben.

Anna hat sich gut vorbereitet, alle Ämter sind oben, im Erdgeschoss ist nur ein historischer Saal für größere Empfänge. Wie kommen Menschen mit körperlichen Einschränkungen diese Treppe hoch oder überhaupt auch nur durch die schwere Tür?, fragt sich Anna kopfschüttelnd, als sie im ersten Stock innehält und sich umschaut. Niemand ist zu sehen, es ist nahezu gespenstisch ruhig. Sie streicht liebevoll über einen dunkel lackierten Holzbalken und beschließt, dass sie das alte Gemäuer mag und sich gut vorstellen kann, hier zu arbeiten. Wahrscheinlich ist das Rathaus eine energetische Katastrophe, und noch niemand hat sich damit befasst, die städtischen Gebäude auf erneuerbare Energien umzustellen. Oder überhaupt nur auf Energiesparlampen! Bestimmt sind noch überall alte Glühbirnen eingedreht.

Vom Flur gehen ein paar Türen ab, und Anna sieht sich suchend um. Im ersten Zimmer ist das Standesamt, im zweiten das Einwohnermeldeamt. Anna würde am liebsten klopfen und unschuldig nachfragen, wie es sich mit dem zwanzigtausendundersten Bürger verhält. Die nächste Tür steht weit auf. »Vorzimmer Bürgermeister Helmut Bartholomä, Sekretariat Jessica Bäcker« steht auf dem Türschild. Anna bleibt vor dem Schild stehen, schließt für einen Moment die Augen und stellt sich vor, dass auf dem Schild »Vorzimmer Bürgermeisterin Anna Freitag« steht. Diese schnippische Jessica wird sie auf keinen Fall behalten. Vielleicht kann man sie in ein anderes Amt versetzen? Aber bis dahin ist es noch ein weiter Weg. Mit neunundfünfzig Stimmen wird sie keine Wahl gewinnen. Anna seufzt, holt tief Luft, klopft an den Türrahmen und tritt ein.

»Guten Tag«, sagt sie mit fester Stimme. Der Raum ist fensterlos. Anna mag fensterlose Räume genauso wenig wie Usambaraveilchen. Die sind großzügig überall verteilt. An einem großen Holzschreibtisch, der schon beinahe penibel aufgeräumt ist, sitzt eine Frau, die Anna auf etwa ihr Alter oder ein bisschen älter schätzt. Allerdings scheint sie sehr viel mehr Wert auf ihr Äußeres zu legen als Anna: enge Jeans, Stiefeletten, figurbetontes T-Shirt mit tailliertem Blazer drüber, fluffige lange braune Haare, sehr viel Make-up und dunkelrot geschminkte Lippen. Das muss Jessica Bäcker sein. Bestimmt macht sie sich keine Gedanken darüber, dass ihre Kleidung höchstwahrscheinlich unter unmenschlichen Arbeitsbedingungen in einer Fabrik in Bangladesh hergestellt wurde. Trotzdem fühlt sich Anna plötzlich unwohl in ihrer weit geschnittenen Hose aus nachwachsendem Hanf und der locker fallenden Bluse aus ökologischer Baumwolle; Schminken ist sowieso nicht ihr Ding.

Jessica Bäcker ist über einen Stapel Papiere gebeugt, zusammen mit einem Mann, der dicht neben ihr steht. Zu dicht, dafür, dass sie Chef und Sekretärin sind, denkt Anna. Aber vielleicht ist das hier ja normal? Beide schauen auf. Frau Bäcker scannt Anna ab, Helmut Bartholomä tut dasselbe. Anna starrt zurück, ohne zu lächeln. Ihr Herz klopft, aber sie wird sich nicht einschüchtern lassen. Niemand sagt etwas. Unser erstes Zusammentreffen. Amtsinhaber und Herausforderin, denkt Anna. Natürlich hat sie damit gerechnet, trotzdem ist sie nervös. Die Zeit ist stehen geblieben.

»Ha no! Sie sind bestimmt die Frau Freidich!« Helmut Bartholomä erwacht aus seiner Erstarrung, segelt mit ausgestreckter Hand auf Anna zu, packt ihre rechte Hand und schüttelt sie kräftig, mit einem breiten Grinsen im Gesicht. Wahrscheinlich haut er ihr gleich noch kräftig auf die Schulter.

»Richtig. Äh – ich meine falsch. Ich bin die Frau, die Sie meinen, aber ich heiße nicht Freidich, sondern Freitag. Wie der Wochentag. Also wie heute. Heute ist ja Freitag. Nicht wahr?«

Anna stöhnt innerlich, weil sie sich so hat drausbringen lassen. Souveränität! Gelassenheit!, ruft sie sich im Geiste zu.

»Sag i doch!«, ruft Helmut Bartholomä, sichtlich gut gelaunt. Er trägt Anzug und Krawatte – wer trägt denn heutzutage noch Krawatte? –, sieht aber jünger und sportlicher aus, als sie ihn sich vorgestellt hat. Sein Gesicht ist gebräunt, und er hat sogar noch Haare. Er war im Urlaub segeln auf Mallorca, hat Anna irgendwo gelesen. »Freidich! So wie Mondich! Sie können wohl kein Schwäbisch? Das ischt eigentlich Einstellungskriterium, hier bei uns in Schwäbingen! Gell, Jessica?« Er lacht dröhnend. Bürgermeister und Sekretärin sind also per Du.

Jessica Bäcker lacht auch, laut und hell, und wirft ihrem Chef einen koketten Blick zu. Sie sind nicht nur per Du und stehen zu dicht beieinander, sie flirten auch miteinander, denkt Anna. Aber vielleicht ist das hier ja auch normal, weil der Umgang einfach informeller ist? Dann scheint sich Jessica Bäcker zusammenzureißen, und sie sagt brav: »Grüß Gott, Frau Freitag. Wir haben miteinander telefoniert.« Sie steht sogar auf und reicht Anna die Hand. Angriff ist die beste Verteidigung, denkt Anna. Sie wendet sich an den Bürgermeister und versucht, sich lässig zu geben.

»Schwäbisch? Kann ich nicht, nein, aber das lässt sich ja lernen. Ich bin da ganz offen, Herr Bartholomä. Dann kommt nach Mondich sicher Dienstich?«

»Noi!«, protestiert Helmut Bartholomä eifrig. »Dienstich gibt's net. Des klingt ja wie Bienenstich! Und bei Mittwoch passt es sowieso net. Erst wieder beim Donnerstag. Der heißt auf Schwäbisch Dorschdich. Aber Vorsicht! Des könnte man jetzt mit dorschdich verwechseln. Durstig wie Bier! Klingt nämlich genau gleich! Ich bin dorschdich am Dorschdisch. Dorschdich mit langem o. Durstig am Donnerstag! Des sind halt die Feinheiten! Kabiert?«

Die Sekretärin schüttet sich jetzt aus vor Lachen, der Bürgermeister grinst dazu und wirkt sehr zufrieden mit seinen Ausführungen, und Anna steht da und fragt sich verzweifelt, wie sie in diese entwürdigende Dorschdich-Situation geraten ist. Souveränität! Gelassenheit!, ruft sie sich schon zum zweiten Mal zu.

»Klopf, klopf!« Jemand schlendert ins Zimmer und ruft: »Hier isch ja Stimmung!«

»Martin! Guckamol! Die Frau Freidich beehrt uns mit ihrem Bsüchle! Und dabei lernt sie gleich Schwäbisch!«, ruft der amtierende Bürgermeister. »Weil, des schwätzt mr an der Nordsee keins!«

»Ich möchte eigentlich keinen Besuch machen, sondern die Liste für die Unterstützungsunterschriften abholen, da das Sekretariat nicht in der Lage zu sein schien, diese per Mail zu schicken«, erwidert Anna eisig. Mögen die sie für eine Spaßbremse halten, anders scheint es hier nicht zu gehen. Der groß gewachsene, schlanke Mann, der durch die Tür getreten ist, von sehr weit oben auf Anna hinunterschaut und ihr jetzt die Hand schüttelt, sodass sie meint, ihr fällt gleich der Arm ab, muss Martin Sickinger sein, der erste Beigeordnete. Anna kann sich an sein Foto auf der städtischen Webseite erinnern. Vermutlich wird er einmal die Nachfolge von Helmut Bartholomä anstreben und deshalb auch nicht unbedingt begeistert von Annas Kandidatur sein.

»Ja, das isch der Datenschutz!«, ruft er jovial. »Das nehm ich auf meine Kappe, da kann die Frau Bäcker gar nix dafür! Die tut nur, was man ihr sagt! Gell, Jessica! Freit mich. Freit mich sehr, Frau Freidich. Möge der Bessere gewinnen!«

»Oder die Bessere«, erwidert Anna in sachlichem Ton.

»Ha no! Ha wa! Und gut, dass ich Sie säh! Zum einen, wenn Sie mal wieder eine Demo planen, dann doch bitte vorher beim Ordnungsamt anmelden! Gell! Dieses Mal haben mir's noch durchgehen lassen. Damit Sie sähn, dass mir nix gegen Sie haben. Aber beim nächsten Mal müssen mir die Hauptstraße sperren. Des isch sonst zu gefährlich! Weil wegen dem Verkehr!«

»Das war keine Demo«, erklärt Anna kühl. »Das war ein Spaziergang der Landfrauen. Ich war zufällig in der Nähe.«

»Des nehm ich Ihne jetzt nicht so ganz ab. Aber sei's drum, mir sind flexibel in Schwäbingen und nicht nachtragend! Und dann kann ich Ihnen gleich persönlich mitteilen, dass mir am nächsten Freidich«, er lacht auf, »also Freitag, so wie Ihr Name, eine Vorstellung der Kandidaten in der Stadthalle geplant haben! Da können Sie dann zeigen, was Sie können!« Nun wiehern alle drei.

»Wie schön, dass hier im Rathaus so eine fröhliche Arbeitsatmosphäre herrscht«, erwidert Anna und packt ihr einstudiertes Wahlkampf-Lächeln aus. Das kann sie abrufen, auch wenn ihr nicht nach Lächeln ist. Nicht drausbringen lassen, keine Schwäche zeigen, ruft sie sich zu. »Und wer richtet diese Veranstaltung aus?« Ihr schwant Fürchterliches.

»Unsere Lokalpresse natürlich! Der *Schwäbinger Bote*!«, antwortet der Erste Beigeordnete.

»Ach. Sie meinen, dieses tendenziöse, diskreditierende Schmierblatt?« Anna bemüht sich, ihre Stimme süßlich klingen zu lassen. »Und da soll eine neutrale Veranstaltung möglich sein, die allen KandidatInnen faire Chancen bietet?«

»Ha, Sie können auch fortbleiben!«, ruft Martin Sickinger sichtlich vergnügt. »Das isch Ihre eigene Entscheidung. Aber wenn ich Sie wär, dann tät ich schon kommen, weil das isch die Gelägenheit, sich der Öffentlichkeit zu präsentieren!«

»Weil mich kennen die ja schon!«, ruft Helmut Bartholomä jovial. »Seit vierundzwanzig Jahren!«, und nun gackern wieder alle drei. Anna würde jetzt gerne mit dem Radiergummi werfen, der auf dem Schreibtisch liegt. Oder besser mit dem Locher? Stattdessen lächelt sie ihr Lächeln weiter.

Inmitten der allgemeinen Heiterkeit tritt eine weitere Person ein.

»Lukas! Gut, dass du kommsch! Stell dir vor, die Frau Freidich hat unseren schönen *Schwäbinger Boten* gerade als Schmierblatt bezeichnet! Des kannsch net auf dir sitzen lassen, oder?«

Martin Sickinger tritt zur Seite, um Lukas vorbeizulassen. Das ist nicht das Vorzimmer des Bürgermeisters, denkt Anna. Es ist das Vorzimmer zur Hölle. Warum muss jetzt auch noch Lukas auftauchen? Reichen der Bürgermeister, der Erste Beigeordnete und Jessica etwa nicht? Es ist nun eng geworden im Sekretariat, und Lukas steht direkt vor ihr. Er lacht nicht. Er wirkt eher verlegen.

»Hallo, Anna«, sagt er.

»Hallo, Lukas«, antwortet sie.

»Ach, mir sind schon beim Du!«, ruft der Erste Beigeordnete. »Dann kann's so schlimm ja net sein mit unserem Schmierblatt!«

Anna würde jetzt gerne etwas Schlagfertiges sagen. Leider will ihr so gar nichts einfallen. Wie auch, wenn sie sich im gegnerischen Terrain aufhält und gleich von vier Menschen umzingelt ist, die versuchen, ihr Steine in den Weg zu legen? Die ihren

Wahlsieg um jeden Preis verhindern wollen und dabei nicht zimperlich sein werden? Anna macht sich keine Illusionen. Die haben noch einige Trümpfe im Ärmel, und Lukas wird ihre Spielchen mitspielen und im *Schwäbinger Boten* Lügen über sie verbreiten. Gestern stand er auf der anderen Seite eines Schaufensters. Jetzt steht er direkt vor ihr, viel zu dicht. Wie kann sich jemand, der ihr eigentlich sympathisch ist, so schäbig benehmen? Am liebsten würde sie ihn wegschubsen, er macht sie ganz nervös, aber das geht natürlich gar nicht. Lukas scheint auch nicht zu wissen, wohin mit sich. Er holt tief Luft, als wolle er etwas sagen. Sie schaut ihn erwartungsvoll an, aber er stößt die Luft wieder aus, ohne einen Ton. In seinem Blick ist etwas, was Anna nicht deuten kann. Ihr Herz klopft. Lukas schaut den Bürgermeister an und dann wieder Anna.

»Anna …«, beginnt er leise, und es klingt fast flehentlich. Als wolle er ihr etwas Dringendes mitteilen, das die anderen nicht hören sollen, obwohl sie direkt daneben stehen. Sie erträgt es nicht, seine Stimme zu hören, so nah. Diese Stimme, deren Klang sie eigentlich mag, wie sie gerade feststellt. Sie mag auch seinen Körpergeruch. Das ist ja fürchterlich! Sie muss das hier beenden, so schnell wie möglich!

»Dat groote Lästermuul«, sagt sie abrupt, und deutet anklagend auf Lukas.

»Was ischn des?«, fragt Martin Sickinger neugierig. »Das große Lästermaul« war der Titel einer Komödie, die die plattdeutsche Amateurgruppe letzten Sommer auf Hooge für die Touristen gespielt hat, aber diese Erklärung wird sie für sich behalten. Quasi als privaten Witz.

»Das ist Platt.«

»Platt?«, fragt Helmut Bartholomä. »Platt wie banal? Oder wie Reifen platt?«

»Platt wie Plattdeutsch. So was wie Schwäbisch. Dialekt. Nur weiter nördlich. Wenn ich jetzt die Liste haben könnte?«

Jessica Bäcker stürzt zum Schreibtisch, öffnet eine schwarze Mappe und drückt Anna eine Liste in die Hand, auf der ihr

Name, ihre Adresse und das Datum der Wahl steht. Und darum so ein Theater? Es gibt nicht einmal abgetrennte Linien für die fünfzig Personen.

»Hier, bitte«, sagt die Sekretärin eifrig. »Ich bin jetzt mal großzügig und verzichte drauf, dass Sie mir Ihren Ausweis vorlegen. Nur wahlberechtigte Personen dürfen unterschreiben, persönlich und handschriftlich, und älle auf diesem Blatt, und sonst nichts weiter, keine weiteren Zusätze, sonscht isch älles ungültig, und Sie können wieder von vorn anfangen.«

»Aber Frau Bäcker, ich bitte Sie«, Anna schüttelt milde den Kopf, »das ist mir doch alles bekannt. Ich habe gerade meinen Abschluss gemacht. Als Beste meines Jahrgangs übrigens. Ich denke, ich bin auf dem neuesten Stand. Nicht auf dem von vor vierundzwanzig Jahren.«

Mit hocherhobenem Haupt marschiert Anna aus dem Vorzimmer. Hinter ihr herrscht Schweigen. Es mag nicht besonders gut für sie gelaufen sein im Vorzimmer des Bürgermeisters, wenn sie an die völlig konfusen Dialoge denkt, aber der Abgang war gut. Und das ist die Hauptsache.

14. KAPITEL

In dem wir erfahren, was aus Michelles ziemlich eindeutiger Einladung geworden ist, und Lukas im Schlaf Geheimnisse preisgibt, von denen er selbst nichts weiß

Am Freitagabend kurz nach halb neun steht Lukas vor Michelles Gartentür. Es ist zwar dunkel, aber der Garten ist hell erleuchtet. Michelle hatte schon immer eine panische Angst vor Einbrechern. Schon fast eine Paranoia. Dass sie aber darüber hinaus die beiden wie Pimmel aussehenden Kakteen mit Strahlern beleuchtet, ist ihr spezieller, nicht jedem verständlicher Sinn für Humor. Vielleicht will sie damit ausdrücken, dass es ihr egal ist, was die Leute von ihr denken oder über sie reden. Denn natürlich sind die beiden Kakteen im braven Schwäbingen eine Provokation, die ihresgleichen sucht. Lukas hat deshalb zahlreiche empörte Leserbriefe bekommen: Da muss man sich ja schämen als Schwäbinger! Mit Besuch laufe ich da gar nicht vorbei, weil es mir so peinlich ist! Diese Schande gehört vom Ordnungsamt verboten! Er hat weder seinem Bürgermeister noch seinem Herausgeber davon erzählt, um Michelles willen. Dabei wäre es ihr vermutlich sogar egal. Michelle fürchtet keine Provokation, da sie nicht das geringste Interesse daran hat, mit irgendwelchen Schwäbingern Freundschaft oder auch nur Bekanntschaft zu schließen.

Rosemarie dagegen ist trotz ihrer Bettlägerigkeit immer noch Teil des öffentlichen Lebens. Lukas fragt sich, wie oft sie und Michelle sich wohl schon wegen der Kakteen und wegen Dieter in die Haare gekriegt haben. Schließlich ist es immer noch Rosemaries Haus und Rosemaries Ruf, aber es sieht nicht so aus, als ob Michelle groß Rücksicht darauf nimmt. Für ihre Mutter ist es sicher nicht schön, so abhängig von Michelle zu sein und sich von ihr so viel gefallen lassen zu müssen.

Lukas hat Rosemarie nie persönlich kennengelernt, weil Michelle ihre Affäre in der Münchner Zeit, damals mitten im Lockdown, vor ihr geheim gehalten hat. Michelle hat aber immer sehr viel von ihrer Mutter erzählt. In den Erzählungen war Rosemarie ein autoritäres Monster, aber wahrscheinlich ist sie in Wirklichkeit lange nicht so schlimm. Ihr Mann ist früh gestorben, sie hat die beiden Kinder mehr oder weniger allein aufgezogen. Ein Feldwebel war sie, hat Michelle immer geschimpft, ein Feldwebel, der bis heute versucht, mir vorzuschreiben, wie ich zu leben habe. Lukas hat es sich angehört, ohne viel dazu zu sagen, er hat sich nur gedacht, dass es für Rosemarie wahrscheinlich nicht so einfach war als alleinerziehende Mutter.

Lukas will auf die Klingel drücken und zögert. Ist das wirklich eine gute Idee? Soll er nicht lieber zurück nach Hause und mit dem Opa fernsehen? Er hat schließlich schon genug Ärger, es wird nicht besser, wenn man ihn mit Michelle, ihren Pimmelkakteen und ihrer zähnefletschenden Dogge assoziiert. Andererseits ist es dunkel, niemand ist unterwegs. Er muss sich eben in aller Frühe aus dem Haus schleichen. Er drückt auf die Klingel, und in dem Moment hört er Schritte. Instinktiv stülpt er sich die Kapuze seines Hoodies über den Kopf und gleichzeitig fühlt er sich ziemlich albern. Er wartet darauf, dass der Passant an ihm vorbeiläuft. Leider bleibt er direkt neben ihm stehen.

»Entschuldigung, ich müsste mal an den Briefkasten«, sagt der Passant, oder besser: die Passantin, und Lukas zuckt zusammen. Er macht einen Schritt zur Seite, weil er den Briefkasten verdeckt, und räuspert sich.

»Hallo, Anna«, murmelt Lukas, und versucht, nicht so zu klingen, als sei es ihm peinlich, dass er um halb neun abends vor Michelles Gartentörchen steht mit einer Kapuze über dem Kopf. Die zieht er sich jetzt wieder herunter, damit es nicht noch peinlicher wird.

»Lukas?«, fragt Anna ungläubig. Ihre Engelslocken umrahmen ihr hübsches Gesicht, das kann er im Schein der Straßenlaterne erkennen, und sie wirkt so unfassbar unschuldig und arglos. *Anna, du bist zu gut für diese Welt*, schreit eine Stimme in Lukas' Innerem. Er würde sie so gern loswerden, damit er sich nicht weiter mit seinem schlechten Gewissen plagen muss. Obwohl. Das ist *die* Gelegenheit. Er ist ja schon am Morgen beinahe explodiert. Beinahe hätte er ihr alles gesagt, vor Helmut und Martin und Jessica, sie hat ihm so leidgetan, es war ihm alles egal, aber dann kam Anna mit dieser komischen Lästermaul-Anspielung und es war zu spät. Jetzt aber ist er alleine mit ihr, und er hat noch ein paar Sekunden, um sich zu rechtfertigen und ihr zu erklären, warum er im *Schwäbinger Boten* blöde Fotos von ihr veröffentlicht und mit noch blöderen Bildunterschriften versieht, und dass die Vorstellung der Kandidaten seine Idee war, um ihr zu helfen.

»Es ist nicht so, wie du denkst«, stottert Lukas.

»Ach. Wie ist es denn?«, antwortet Anna spöttisch und schaut vielsagend in Richtung von Michelles Haustür. Die ist mittlerweile aufgegangen, und im hell erleuchteten Türrahmen lauert diesmal kein bissiger Hund, sondern Michelle. Michelle in einem sehr eng anliegenden, sehr kurzen schwarzen Kleid mit schwarzen Strümpfen und hochhackigen Schuhen. Michelle hatte schon immer ein Faible für große Auftritte. Sie steht da, an den Türrahmen gelehnt, eine Hand lässig in die Seite gestützt, in der anderen ein langstieliges Glas, in dem vermutlich Champagner perlt, und sie sieht ein bisschen aus wie ein Bond-Girl, eine Spionin der Gegenseite, die man auf den Superagenten angesetzt hat. Leider ist der vermeintliche Held eher ein Anti-Held. Nun ist alles noch ein bisschen peinlicher, weil Anna jetzt denkt, Lukas hätte sich auf Michelle bezogen und nicht auf seine unsäglichen Zeitungsartikel, mit denen er Anna in die Pfanne haut.

»Eigentlich wollte ich die Sachen hier in den Briefkasten werfen, für Rosemarie«, fährt Anna fort, ihre Stimme verrät nicht die geringste Emotion. »Sie wollte so gern eine Kappe haben. Aber dann kannst du sie ja gleich Michelle geben. Und den Ordner bitte auch.« Sie drückt Lukas eine ihrer albernen Kappen und einen Ordner aus Papier in die Hand und winkt Michelle knapp zu, die freundlich zurückwinkt.

»Tschüss, schönen Abend«, sagt Anna, noch immer völlig ausdruckslos, dreht sich um und geht. Wieso soll sie auch Emotionen zeigen, natürlich interessiert es sie kein bisschen, mit wem Lukas eine Affäre hat. Lukas schaut verzweifelt zwischen Michelles Haustür und Anna hin und her. Wenn er ganz ehrlich ist, hat er überhaupt keine Lust, Michelle zu treffen.

Wenn er seinen Gefühlen folgen würde, ehrlich folgen würde, dann würde er Michelle einfach im Türrahmen stehen lassen und Anna hinterrennen. Er würde sie auf ein Glas Wein einladen und ihr alles erklären. Dass nämlich nichts so ist, wie es scheint, und dass er sie ja eigentlich nett findet, nicht, dass er was von ihr will, aber er findet sie auf einer menschlichen Ebene total okay und er würde sich eigentlich wünschen, dass sie die Wahl gewinnt, aber er steht leider auf der falschen Seite, weil er einen Job braucht. Er würde ihr auch gern sagen, dass er nicht mit Michelle zusammen ist, obwohl es Anna eigentlich nichts angeht. Leider ist das alles eine völlig durchgeknallte Idee, weil Anna weder mit ihm ein Glas Wein trinken noch sich seine Ausreden anhören würde, weil sie ihn abgrundtief verabscheut, wozu sie auch allen Grund hat. Abgesehen davon könnte er sich nicht mit ihr öffentlich blicken lassen, ohne dass Werner Schelkle davon Wind bekommen würde. Der hat ihn ja schon gewarnt. Außerdem weiß er nicht einmal, wo man abends in Schwäbingen gemütlich ein Glas Wein trinkt. Seit er zurück ist, ist er kein einziges Mal abends ausgegangen oder hat sich mit alten Kumpels getroffen. Und am allerschlimmsten, wahrscheinlich würde er dann noch aus Versehen Annas Hand nehmen, und sie würde ihm eine scheuern.

»Bleibst du jetzt da stehen, oder was?«, ruft Michelle ungeduldig. »Dieter ist hinten im Garten.« Tatsächlich hat sie schon mehrmals auf den Summer für das Gartentörchen gedrückt, und Anna ist längst aus seinem Blickfeld verschwunden. Lukas schiebt das Törchen auf und geht zur Haustür, wobei er es vermeidet, auf die Kakteen links und rechts zu schauen. Er küsst Michelle leicht auf beide Wangen. Sie riecht nach Parfüm. Früher hatte sie immer riesige Flakons im Bad, auf denen französische oder italienische Namen standen.

»War dir das jetzt peinlich?«, fragt Michelle spöttisch.

»Natürlich nicht«, beeilt sich Lukas zu antworten. Er scheint im Moment öfter zu lügen, als die Wahrheit zu sagen. Aber er kann ja Michelle gegenüber nicht zugeben, dass er Anna sympathisch findet. Er kann eigentlich überhaupt niemandem gegenüber ehrlich sein. Der Opa, dem hätte er früher alles erzählt. Aber damit ist es jetzt vorbei. Er kann den Opa nicht mehr mit seinen Geschichten belasten, und er ist sich auch nicht sicher, ob der das alles noch begreifen würde. Er folgt Michelle in das riesige Wohnzimmer. Er ist das erste Mal bei ihr im Haus.

»Ach herrje«, entfährt es ihm spontan.

»Gefällt's dir etwa nicht?«, fragt Michelle in dem gleichen spöttischen Ton wie vorhin.

»Hast du das alles so umbauen lassen?« Lukas kann sich nicht vorstellen, dass Rosemarie das Haus auf diese Weise eingerichtet hat. Es sieht ziemlich genauso aus wie in Michelles Maisonette in München. Schick, steril und unpersönlich. Das gedämpfte Licht und die Jazzmusik machen die nackten Betonwände etwas erträglicher. Dieter liegt wie ein mächtiger Schatten draußen und drückt seine große Schnauze gegen die Terrassentür. Kerzen gibt es keine. Michelle hasst Kerzen, das weiß Lukas, seit er ihr mal welche schenken wollte und sie die ohne Umschweife in den Mülleimer geworfen hat. Sie hält nicht das Geringste von Romantik.

Auf dem Glastisch vor der Ledercouch sind ein paar edel aussehende Häppchen auf einer Etagere arrangiert, daneben warten ein Sektkühler und ein zweites Glas. Auch Michelles Zigaretten liegen da. Sie hat im Lockdown wieder mit dem Rauchen angefangen. »Nur bis zum Ende des Lockdowns«, hat sie gesagt. Lukas mag eigentlich keine Raucher, aber Michelle ist der einzige Mensch, den Lukas kennt, der raucht und es schafft, nicht danach zu riechen. Oder beim Küssen nach Nikotin zu schmecken. Michelle macht eine ausschweifende Handbewegung.

»Du kannst dir ja vorstellen, wie es hier früher ausgesehen hat. Muffig und altbacken, einfach unerträglich. So hätte ich nicht wohnen können. Also war der Deal mit meiner Mutter, wir lassen ihr Zimmer, wie es ist, den Rest gestalte ich nach meinen Vorstellungen. Sie hat sich zähneknirschend darauf eingelassen. Sonst würde ich es hier nicht aushalten. Irgendwann werde ich es ja sowieso erben und meinen Bruder auszahlen. Ist alles schon besprochen. Sie kann sich nicht beklagen, ich habe direkt neben ihrem Zimmer ein sauteures behindertengerechtes Bad einbauen lassen. Auf meine Kosten.«

Michelle schenkt ein und reicht ihm das volle Glas. Sie hat alles voll im Griff, wie immer. Alles schon durchgeplant. Irgendwie tut ihm Rosemarie leid. Vielleicht wäre sie mit einer polnischen Pflegerin besser dran gewesen, ohne Pimmel im Garten und in ihrem alten, altbackenen Haus.

»Das soll ich dir von Anna geben«, sagt Lukas und drückt Michelle den Papierordner und die alberne Schirmkappe in die Hand. Michelle dreht die Kappe in ihren Händen und grinst.

»*O my God.* Anna Freitag, die frische Brise aus dem Norden? Vielleicht sollte ich mal mit Anna über zeitgemäßes Marketing reden. Ist die Kappe für mich?«

»Nein. Für deine Mutter. Sie wollte wohl gerne eine haben. Ist sie noch wach?« Lukas nimmt einen tiefen Schluck von dem vermutlich sauteuren Champagner. Schon nach diesem einen Schluck fühlt sich alles ein bisschen leichter an. Michelle schüttelt sehr energisch mit dem Kopf.

»Ganz sicher nicht«, erklärt sie mit Nachdruck, und es würde Lukas nicht wundern, wenn sie nachgeholfen hätte, mit einem Schlummertrunk oder einer Schlaftablette, von der sie Rosemarie nichts gesagt hat. Er nimmt sich einen Cracker mit Lachs.

»Sie mischt Schwäbingen ganz schön auf, diese Anna. Dein Bürgermeister und dein Herausgeber haben sie ziemlich unterschätzt, glaube ich.«

Es ist nicht mein Bürgermeister und auch nicht mein Herausgeber, denkt Lukas. Vor allem nicht nach gestern Abend. Laut sagt er: »Wegen dieser Geschichte mit den Landfrauen?« Lukas möchte jetzt wirklich nicht über Anna reden. Im Moment fällt ihm aber auch kein besseres Thema ein. Viel geredet haben sie sowieso nie, Michelle und er. Er setzt sich auf das Ledersofa.

»Das ist erst der Anfang. Sie haben jetzt eine Art Wahlkampfzentrale eröffnet.«

»Wo? Wer?«, fragt Lukas verwirrt.

»Meine Mutter, Schwester Gabriele und Anna. Hier im Haus. Im Zimmer meiner Mutter. Heute Nachmittag war Anna schon wieder da. Dabei haben sie erst gestern getagt.«

Lukas muss spontan und laut lachen, und er merkt, wie gut ihm das tut. Ich lache viel zu wenig im Moment, denkt er. »Was für eine Kombination!«

»Die du nicht unterschätzen solltest. Die legen jetzt richtig los, glaub mir. Die Landfrauen haben ganz schön viel Einfluss in Schwäbingen. Und die Diakonissen auch. Die gelten schließlich alle als seriös. Schwester Gabriele hat schon das erste Geld über Crowdfunding eingetrieben! Die kennt sich super aus mit sozialen Medien, kaum zu glauben. Und meine Mutter lässt die Unterschriftenliste bei den Landfrauen rumgehen, sodass Anna vermutlich im Nullkommanichts diese fünfzig Unterschriften zusammenhat, die sie braucht. Aber das weißt du sicher alles. Du sitzt ja an der Quelle. Ganz schön gerissen, dein Bürgermeister. Oder steckt dieser Schelkle dahinter?«

»Alle beide. Und Martin Sickinger noch dazu. Die werden alles tun, um Anna aufzuhalten. Von mir aus kann sie gern die Wahl gewinnen«, entgegnet Lukas und bereut es im selben Augenblick. Das alles hätte er Michelle lieber nicht sagen sollen. Er weiß ja gar nicht, wie sie zu Anna steht. Und was sie ihr erzählt, wenn Anna jetzt hier ein und aus geht. »Behalt das bitte für dich«, schiebt er schnell hinterher.

»Keine Sorge.« Michelle klingt schon wieder sehr spöttisch. »Dein kleines Geheimnis ist bei mir sicher. Der Reporter, der für die Gegenseite schreibt, findet die Herausforderin nett? Das werde ich Anna bestimmt nicht verraten. Obwohl es sicher interessant wäre, ihre Reaktion zu sehen.«

»Es geht nicht um nett. Aber es ist doch offensichtlich, dass Anna tolle Ideen hat. Und sie engagiert sich für die Sache, für Schwäbingen, nicht für ihre eigenen Interessen, wie es Helmut und Werner tun.« Ich muss aufhören, denkt er. Michelle ist nicht zu trauen.

»Keine Sorge«, meint Michelle noch einmal, kippt den Rest ihres Champagners hinunter und schenkt ihnen beiden nach. Sie steht immer noch. Es ist ungemütlich, aber Michelle war noch nie gemütlich. »Ich werde dir nicht in den Rücken fallen. Und Anna schon gar nicht. Außerdem bin ich ganz froh, dass meine Mutter abgelenkt ist und nicht mehr von morgens bis abends an mir herummäkelt. Wir kommen viel besser miteinander klar, seit sie das Gefühl hat, gebraucht zu werden. Auch wenn das mit der Wahlkampfzentrale etwas zu weit geht für meinen Geschmack. Ich muss schließlich arbeiten, und dann ist da das ständige Problem mit Dieter. Nächste Woche wollen sie eine Weinprobe machen! Als Wahlkampf! In Roses Schlafzimmer! Die haben sie doch nicht mehr alle! Und ja, ich mag Anna auch.«

Lukas kann sich nicht erinnern, dass er gesagt hat, dass er Anna mag. Vielleicht hat er es auch gesagt und kann sich nicht erinnern, weil ihm der Champagner zu Kopf gestiegen ist? Er isst schnell noch zwei Häppchen, eines mit Kaviar und eines mit Parmaschinken. Michelle wird sowieso nichts davon wollen, wegen ihrer schlanken Linie. Michelle schenkt noch einmal nach, jetzt ist die Flasche leer. Sie setzt sich neben ihn auf das Ledersofa, endlich, sie stoßen an. Lukas legt den Arm um sie und zieht sie an sich.

Michelle ist die Einzige, die ihn nicht moralisch verurteilt wegen seines Jobs. Bei ihr fühlt er sich nicht wie ein Ausgestoßener. Sie lässt es sich nicht nur gefallen, sie schmiegt sich an ihn wie ein Kätzchen. Michelle kann sehr anschmiegsam sein, wenn sie nur will. Sie riecht gut, ihre Haut ist weich, alles an ihr ist sexy, und für die nächsten Stunden gehört sie ihm, auch wenn sie kein bisschen zusammenpassen, aber darum geht es nicht. Es geht darum, es sich für eine Nacht miteinander gut gehen zu lassen und alles drumrum zu vergessen: den Opa und seine Demenz, Helmut und Werner. Und Anna.

»Ich habe dich vermisst«, murmelt Lukas in ihr Haar, und ausnahmsweise meint er es ehrlich.

Lukas wacht davon auf, dass ihn jemand anstarrt. Es ist Michelle. Ihr Gesicht ist ganz nah an seinem, in Kussnähe. Er lächelt sie an, streckt den Arm aus, um sie liebevoll an sich zu ziehen und zu küssen, aber sie dreht sich abrupt weg, und dann rollt sie sich um ihre eigene Achse zum Bettrand des riesigen Betts, als sei es eine Turnübung, und springt ohne ein Wort heraus. Sie hat den süßesten Hintern der Welt, denkt Lukas nicht zum ersten Mal. Michelle verschwindet im Bad, das direkt neben dem Schlafzimmer liegt. Kurz darauf rauscht die Dusche.

Lukas ist hin- und hergerissen, eigentlich sollte er schleunigst verschwinden, es ist schon kurz nach acht, und es wird sowieso schwierig werden, unbemerkt aus dem Haus zu schleichen. Andererseits hofft er, dass Michelle nach dem Duschen einen starken Espresso für sie beide macht und noch einmal ins Bett schlüpft für eine zweite Runde, so, wie sie es in München immer getan haben. Eine zweite Runde, bei der sie sich viel Zeit lassen, so lange, bis einer von ihnen bettelt, meistens ist es Lukas. Sie haben immer viel Spaß gehabt, Michelle und er.

Er könnte ihr auch in die Dusche folgen, aber als ausgeprägter Kontrollfreak mag Michelle keine Überraschungen der erotischen Art. Lukas döst wieder ein bisschen weg. Zu viel Champagner gestern Abend. Er schreckt hoch, als Michelle direkt vor ihm vor dem Bett steht. Ihre Haare sind frisch geföhnt, sie trägt einen Rock, eine kurzärmelige Seidenbluse und ist geschminkt, und sie starrt ihn schon wieder an, ohne zu lächeln. In der Hand hat sie eine Espressotasse. Eine. Die sieht nicht aus, als sei sie für Lukas bestimmt. Das sieht definitiv nicht nach zweiter Runde aus. Dabei ist Samstag. Natürlich sind die Zeiten auch andere; sie sind nicht mehr in der Corona-Blase.

»Guten Morgen!« Lukas streckt die Hand nach ihr aus und versucht sich erneut an einem Lächeln.

Sie weicht zurück. »Ich glaube, du gehst jetzt besser«, erklärt sie knapp. Dann nippt sie an ihrem Espresso. »Ich habe gleich ein Meeting.« Natürlich hat Michelle selbst am Samstagvormittag irgendein superwichtiges Meeting.

»Stimmt was nicht?«, fragt Lukas unruhig. Er kommt sich jetzt ziemlich blöd vor, wie er da nackt im Bett liegt, und Michelle steht schick angezogen und im Arbeitsmodus vor ihm. Wie ein Loser, der nichts zu tun hat, als schlechte Artikel zu schreiben, während Michelle gleich virtuell in die internationale Finanzwelt eintauchen und unvorstellbare Geldmengen hin- und herbewegen wird.

»Ich bin im Augenblick bestimmt nicht wählerisch«, entgegnet Michelle, ohne zu lächeln. »Das kann man sich in Schwäbingen ja gar nicht erlauben. Ich erwarte auch nicht, dass du in mich verliebt bist. Ich bin's schließlich auch nicht. Wir wissen beide, dass es hier nicht um Gefühle geht. Wir haben in München eine schöne Zeit miteinander gehabt, und rein theoretisch hätten wir daran anknüpfen können, solange keiner von uns beiden anderweitig gebunden ist. Wobei ich für meinen Teil nicht auf der Suche nach einer festen Beziehung bin.«

»Aber?«

Das war für Michelles Verhältnisse eine ganz schön lange Rede.

»Wir hätten uns von mir aus weiter treffen können. Ganz unverbindlich.«

Unverbindlich, das klingt wie unverbindliche Preisempfehlung und nicht nach einer wie auch immer gearteten Beziehung zwischen zwei Menschen, denkt Lukas.

»Aber ich habe auch meinen Stolz«, fährt Michelle fort.

»Will heißen?«, fragt Lukas stirnrunzelnd.

»Will heißen, dass ich es nicht toll finde, wenn der Mann, mit dem ich gerade die Nacht verbringe, im Schlaf den Namen einer anderen Frau murmelt. Noch dazu mit sehr viel Sehnsucht und Leidenschaft in der Stimme. Da fühle ich mich irgendwie – wie soll ich sagen? – ein wenig degradiert.«

»Den Namen einer anderen Frau?« Lukas schaut Michelle an, völlig verwirrt. Er hat nicht die geringste Ahnung, von wem Michelle redet. »Aber … da gibt es niemand!«

»Lukas-Schätzchen«, sagt Michelle und guckt jetzt nicht mehr böse, sondern eher mitleidig, »manchmal sind unsere Träume einen Schritt weiter als wir selbst. Du wirst schon noch draufkommen. Und jetzt muss ich arbeiten.«

»Es … es tut mir leid«, stottert Lukas. »Es war … es war …« Er zermartert sich das Hirn, wie er den Satz so beendet, dass es, dass er weniger peinlich ist.

»… nicht so gemeint?«

»Es gibt keine Frau in meinem Leben, und ich weiß nicht, welchen Namen ich gemurmelt habe. Es war immer schön mit dir, auch letzte Nacht. Ich bin gern mit dir zusammen«, beteuert Lukas. Er hat das Gefühl, dass seine Worte hohl klingen, obwohl er meint, was er sagt. Er hat Michelles Stolz verletzt, ohne das zu beabsichtigen, aber da ist sie empfindlich, und jetzt ist es vorbei. Eigentlich ist es unlogisch, dass er sich erleichtert fühlt, nachdem er seit langer Zeit endlich mal wieder mit einer Frau eine Nacht verbracht hat. Er ist schließlich auch nur ein Mann, und er hat Bedürfnisse, und wenn Michelle Alkohol getrunken hat, so wie gestern Abend, vergisst sie ihre Kontrolliertheit. Zärtlich ist sie nicht, aber leidenschaftlich und experimentierfreudig. Das wird ihm fehlen, aber tatsächlich ist Lukas erleichtert, dass er keine Nachrichten mehr von Michelle bekommen wird, dass sie ihn nicht mehr in ihr Haus zitieren wird, wenn es ihr passt, und er durch Schwäbingen und an den beiden schrecklichen Kakteen und an Dieter vorbei ins Haus schleichen muss. Und dabei über Anna stolpert. Der Schwebezustand zwischen ihnen beiden ist beendet, weil Lukas im Schlaf einen Namen gemurmelt hat, an den er sich nicht erinnern kann. Keine Unverbindlichkeiten mehr.

»Wenn ich jetzt sage, lass uns Freunde bleiben, kriegst du dann einen Schreianfall, weil das viel zu konventionell für dich ist?«

Er wartet gespannt, und das Erstaunliche passiert: Michelle lacht.

»Nein. Kriege ich nicht, weil das kann ich mir nicht leisten. Du bist der einzige Mensch in diesem fürchterlichen Kaff, mit dem ich etwas anfangen kann. Und darum: Ja, lass uns Freunde bleiben. Und jetzt sieh zu, dass du verschwindest!«

15. KAPITEL

In dem sich der FAWB, *der Feministische Arbeitskreis für werdende Bürgermeisterinnen, auf dem Marktplatz in Ludwigsburg zu einer Krisensitzung trifft und der Abend danach eine sehr unerwartete Wendung nimmt*

Die Krisensitzung ist eröffnet«, verkündet Miriam feierlich. Sie stoßen mit Holunderschorle an.

»Ich bin so froh, dass ihr kurzfristig kommen konntet!«, ruft Anna und strahlt.

»Dazu ist der FAWB schließlich da«, erklärt Alina. »Und jetzt will ich einen haarkleinen Bericht von dir!«

Es ist der frühe Sonntagabend, und Anna sitzt mit Alina und Miriam auf dem Marktplatz in Ludwigsburg. Es ist spätsommerlich warm und sie brauchen die Fleecedecken nicht, die auf den Stühlen ihres Lieblingscafés bereitliegen. Anna ist überglücklich. Endlich kann sie sich mal wieder mit ihren Freundinnen treffen! Wenigstens für ein paar Stunden ist sie weg aus Schwäbingen, kann sich entspannen und muss nicht ständig auf der Hut sein, weil irgendwo ein fieser Reporter lauern könnte, der kompromittierende Fotos von ihr macht! Alina besucht ihre Eltern in Ludwigsburg-Poppenweiler, und Miriam muss noch nachts mit dem Zug weiterfahren nach Heidelberg, wo sie am nächsten Morgen einen Vortrag halten wird über Frauenförderung in der öffentlichen Verwaltung. Miriam hat direkt nach dem Studium an der PH in Ludwigsburg die Stelle der städtischen Frauenbeauftragten in Wiesbaden bekommen. Dort will sie ein paar Jahre bleiben und sich dann irgendwo als Bürgermeisterin bewerben. Alina macht gerade eine Zusatzausbildung »Allgemeine Finanzverwaltung« in Berlin und hält schon jetzt Ausschau nach interessanten Orten, wo in nächster Zeit Bürgermeisterwahlen anstehen. Nur Anna ist schon mittendrin im Wahlkampf.

Während des Studiums an der PH ist der Marktplatz in Ludwigsburg für Anna und ihre Studienfreundinnen zum zweiten Wohnzimmer geworden. Schon im ersten Semester haben sie den Platz für sich entdeckt. Für Anna ist es etwas Besonderes, abends draußen zu sitzen, weil es auf Hooge selbst im Hochsommer zu windig ist und abends zu schnell abkühlt. In Ludwigsburg gab es dagegen schon im April die ersten warmen Abende, und Wind war überhaupt kein Thema. Die Sommer waren lang und heiß, und Anna fühlte sich wie im Süden, wenn überall auf dem Marktplatz Kinder herumrannten und Erwachsene flanierten und in verschiedenen Sprachen diskutierten, viele mit einem Eis von den umliegenden Eisdielen in der Hand.

Bis spät in die Nacht war der Platz erfüllt vom Stimmengewirr, das aus den Cafés und italienischen Restaurants drang. Es war einfach herrlich! Wenn man uns so sieht, dachte Anna oft und grinste dabei in sich hinein, dann beobachtet man drei junge Frauen, die sich stundenlang die Köpfe heißreden, und man wird sicher denken, wir reden ausschließlich über Klamotten und Kerle. Stattdessen geht es um Finanzwesen, Stadtentwicklung und Personalmanagement!

Vor allem aber ging es darum, warum es so wenig Bürgermeisterinnen in Deutschland gab – gerade mal zehn Prozent! Die Gründe lagen auf der Hand. Es war einfach unfassbar schwer, diesen aufreibenden, zeitfressenden Job mit dem Privatleben oder gar einer Familie unter einen Hut zu bringen. Und außerdem trauten sich viele Frauen diese Arbeit gar nicht zu. Anna und ihre Freundinnen staunten, dass ihre männlichen Studienkollegen hingegen nicht von den allerkleinsten Selbstzweifeln heimgesucht wurden. Natürlich wollten sie alle Bürgermeister werden, und bitte nicht von Kleinkleckersdorf! Die meisten Frauen in ihrem Studiengang wollten in der Verwaltung bleiben, gerne im Personalbereich oder in der Öffentlichkeitsarbeit. Bloß nicht allzu hoch hinaus. Das war die Geburtsstunde des FAWB, des Feministischen Arbeitskreises für Werdende Bürgermeisterinnen, gewesen. Seit sie nicht mehr zusammen studieren, treffen sie sich einmal die Woche online und tauschen sich aus. Seit Monaten haben sie sich nicht mehr persönlich gesehen, aber nun hat Miriam spontan eine Krisensitzung auf dem Marktplatz einberufen, um Anna zu unterstützen.

Anna beginnt zu erzählen. Von Davut und den Landfrauen, von Rosemarie und Michelle. Und natürlich von Lukas. Genau vor einer Woche stand sie mutterseelenallein auf dem Marktplatz in Schwäbingen, als er zum ersten Mal auftauchte. Unfassbar, was seither alles passiert ist! Vieles lässt sich vielversprechend an. Die überraschende Demo der Landfrauen! Alina und Miriam sind total begeistert. Aber dieser Lukas und sein *Schwäbinger Bote* und der starke Gegenwind, der Anna aus dem Rathaus entgegenbläst, das ist ein echtes Problem.

»Am liebsten würde ich diesem Lukas mal so richtig die Meinung geigen. Was glaubt der, wer er ist?«, ruft Alina entrüstet.

»Seine Eltern sind bei einem Verkehrsunfall ums Leben gekommen«, sagt Anna.

»Nimmst du ihn etwa in Schutz?«, protestiert Miriam empört.

»Nein, natürlich nicht!«

»Mitleid ist das Letzte, was du jetzt brauchen kannst. Er wird auch keines mit dir haben. Du wirst sehen, er wird alles daransetzen, dich nächsten Freitag bei der Vorstellung der Kandidaten öffentlich in die Pfanne zu hauen!«, meint Alina.

Anna seufzt und nickt. »Da hast du sicher recht. Ich war mir erst gar nicht sicher, ob ich überhaupt hingehen soll, weil es sicher nicht fair abläuft.«

»Nicht hingehen? Das kommt überhaupt nicht infrage!«, ereifert sich Miriam. »Das wird dir bloß als weibliche Schwäche ausgelegt! Du wirst hingehen, hocherhobenen Hauptes, und dem FAWB keine Schande machen!«

»Keine Sorge, ich werde auf dem Podium sitzen. Ich habe mich schon offiziell angemeldet. Die Landfrauen haben versprochen, dass sie geschlossen kommen, um mich zu unterstützen. Morgen treffe ich mich wieder mit Rosemarie und Schwester Gabriele, und dann besprechen wir alles. Ganz Schwäbingen ist mit Plakaten gepflastert. Wahrscheinlich kommt die halbe Stadt in die Stadthalle.«

»Du meinst, zehntausend und ein halber Einwohner? So eine Unverfrorenheit, einen zusätzlichen Einwohner zu erfinden!«, ruft Alina empört.

»Auch da haben mich die Landfrauen gerettet. Rosemarie hat mich vorher angerufen, sie haben von Samstagmorgen bis heute am späten Nachmittag die Liste von Landfrau zu Landfrau weitergegeben und in zwei Tagen schon sechzig Unterstützungsunterschriften zusammenbekommen. Nur die Vorsitzende hat nicht unterschrieben. Macht aber nichts, ich brauche ja nur fünfzig Unterschriften.«

»Toll!«, ruft Alina und klatscht begeistert in die Hände. »Geballte Frauenpower!«

»Und offensichtlich gut organisiert.« Miriam nickt anerkennend. »So, jetzt lasst uns über den Freitag reden. Sie müssen auf alles vorbereitet sein, Frau Freitag!«

»Freidich. Auf Schwäbisch heiße ich Freidich. Aber das weißt du sicher, Alina, du kommst schließlich von hier.«

»Frau Freidich«, beginnt Alina mit verstellter, anzüglicher Stimme und schaut Miriam fragend an. Die rückt ihren Stuhl etwas vom Tisch weg und hält ihr Handy hoch, um zu filmen. »Sagen Sie mal, man weiß ja so gar nichts über Sie. Aber die Leute wollen schon gern wissen, mit wem sie es zu tun haben! Von unserem altgedienten Bürgermeister Helmut Bartholomä wissen wir, dass er ein solides Familienleben führt. Er ist seit Jahren mit derselben Frau verheiratet und hat zwei Söhne. Seine Frau Elfriede stärkt ihm den Rücken und engagiert sich ehrenamtlich in unserem schönen Schwäbingen. Ja, ja, da wissen wir, woran wir sind. Aber von Ihnen wissen wir gar nichts! Erzählen Sie uns doch etwas über sich! Etwas Persönliches!«

»Aber gerne. Ich bin zwar nicht verheiratet – noch nicht –, aber ich habe einen festen Partner. In Hamburg. Er arbeitet dort bei einem Umweltunternehmen. Und natürlich fiebert er mit.« Das ist die Version, die sie im FAWB im Vorfeld abgesprochen haben.

Single? Das kommt nicht gut an. Das klingt unsolide. Und die Geschichte mit Lennart wird sie bestimmt nicht öffentlich ausbreiten.

»Soso«, sagt Alina streng. »Und dieser Partner, warum hat der sich bisher nicht in Schwäbingen blicken lassen und unterstützt Sie im Wahlkampf? Ist er heute Abend wenigstens da?« Sie schaut sich suchend um.

»Leider nein. Er hat sehr viel zu tun. Und wissen Sie, ich bin emanzipiert. Ich gewinne die Wahl nicht wegen meines Partners.« Anna lächelt huldvoll.

»Ja, aber sagen Sie mal, Frau Freidich, wenn Sie die Wahl gewinnen täten, tät denn dann Ihr Partner überhaupt in den Süden ziehen? Wahrscheinlich ist Schwäbingen nicht so interessant wie Hamburg!«

»Das haben wir längst besprochen. Wenn ich die Wahl gewinne, und davon gehe ich aus, dann zieht mein Partner zu mir. Es werden ja überall Fachkräfte gesucht, und in Baden-Württemberg sowieso!«

»Und wie ist das mit Kindern?«, fragt Alina süffisant. »Sie werden ja irgendwann Nachwuchs wollen. Oder mögen Sie etwa keine Kinder? Und wenn Sie welche kriegen, wie wollen Sie dann gleichzeitig Ihr Amt ausüben? Da wird doch entweder die Arbeit leiden oder die Kinder!«

»Das haben wir alles bereits besprochen. Mein Partner würde selbstverständlich Elternzeit nehmen. Außerdem ist eines meiner Wahlversprechen, die Kinderbetreuung in Schwäbingen zu verbessern, vor allem für Kleinkinder unter drei Jahren. Da gibt es viel zu wenig Plätze! Und ich bin der Meinung, wenn man eine Stadtverwaltung gut organisiert, kann man auch mal eine Weile fehlen oder weniger präsent sein. Die Arbeit ruht ja nicht nur auf meinen Schultern! Ich bin mir sicher, ich werde äußerst kompetente Mitarbeiterinnen und Mitarbeiter haben, die mich tatkräftig unterstützen. Ich pflege einen sehr kooperativen Arbeitsstil.« Anna lächelt wieder huldvoll, lehnt sich entspannt zurück und schlägt ein Bein über das andere.

»Sehr gut!«, ruft Miriam und lässt das Handy sinken. Sie rückt wieder näher an den Tisch und legt das Smartphone in die Mitte. In den nächsten Minuten analysieren sie anhand des Videos gemeinsam Annas Mimik, Gestik und ihre Stimme.

»Du musst noch selbstbewusster auftreten!«, ruft Miriam. »Selbstbewusst, aber nicht arrogant!«

»Die Arme mehr zum Unterstreichen des Gesagten benutzen!«, ergänzt Alina.

»Noch mal von vorn«, befiehlt Miriam. »Und bau noch ein paar unverschämtere Fragen ein, Alina. Ob eine Frau so was überhaupt kann und ob sie das Amt nicht lieber ganz abgeben sollte, wenn sie Kinder kriegt.«

Sie üben, bis Anna völlig erschöpft ist. »Ich kann nicht mehr!«, jammert sie.

»Jetzt reicht es auch«, grinst Miriam. »Ich würde mal behaupten, du bist bestens vorbereitet.«

»Ich danke euch. Ich danke euch sehr!«, ruft Anna, beugt sich über den Tisch und umarmt erst Miriam, dann Alina.

»Lasst uns einfach noch ein bisschen entspannt quatschen!«, schlägt Alina vor.

»Wollt ihr noch was trinken? Der heutige Abend geht auf mich!« Anna winkt der Bedienung. Miriam erzählt von ihrer Arbeit und von ihrem neuen Freund, den sie in Wiesbaden kennengelernt hat. Er ist der Leiter des Kulturamts. »Und natürlich heißt es jetzt, ich hätte ihn mir geangelt, um im Rathaus schneller Karriere zu machen! Ist das nicht unglaublich? Wer würde einem Mann so etwas unterstellen?«

Es ist spät, als sie zu zweit vom Marktplatz zum Bahnhof in Ludwigsburg gehen und sich vor dem Bahnhofsgebäude umarmen, weil Alina zum Busbahnhof muss, um nach Poppenweiler zu fahren. Miriam ist schon vorausgespurtet, um den Zug nach Heidelberg zu kriegen.

»Hast du eigentlich mal was von Lennart gehört?«, fragt Alina zum Abschied.

»Nein. Und das ist auch besser so. Soll er mit Marie glücklich werden.«

»Und in Schwäbingen gibt's niemanden, den du nett findest? Was ist denn mit diesem Davut?«

»Den habe ich ja nur einmal gesehen, und der hat eine schwäbische Freundin. Und im Moment habe ich auch wirklich keinen Kopf für Männer!«

Um kurz nach halb elf hält Annas Zug aus Ludwigsburg in Schwäbingen. Einen Zug gibt es noch um diese Zeit, einen Bus nicht. Und auch keine Leihfahrräder wie sonst überall an den Bahnhöfen. Auch das wird sich ändern, wenn Anna Bürgermeisterin wird! Das hilft ihr jetzt bloß nichts. Sie muss fast eine halbe Stunde bis zu ihrer kleinen Wohnung im Neubaugebiet laufen, einmal quer durch Schwäbingen.

Vom Bahnhof aus kann man ein hell erleuchtetes Gebäude auf einem Hügel sehen. Die Villa von diesem Werner Schelkle, der die Wegwerf-Unterwäsche produziert und dem auch der *Schwäbinger Bote* gehört. Was für eine Energieverschwendung! Reines Imponiergehabe. Ebenso wie die völlig überdimensionierten Plakate, die überall stehen und hängen. Der *Schwäbinger Bote* lädt in die Stadthalle Schwäbingen ein, kommenden Freitag, zur Vorstellung der Kandidaten. Man hätte auch KandidatInnen schreiben können, oder Kandidatinnen und Kandidaten, aber Lukas hat ihr ja gleich bei ihrem ersten Treffen gesagt, dass er nichts von diesem Innen-Scheiß hält. Bestimmt hat er die scheußlichen Plakate gestaltet.

Anna liest zum ersten Mal die Namen der weiteren Bewerber. Einen der Namen kennt sie, das ist einer dieser Dauerkandidaten. Der tritt in ganz Baden-Württemberg bei jeder Wahl an, dem räumt sie keine Chance ein. Dann gibt es einen Spaßkandidaten von »Die Partei«, der wird sicher Stimmen kriegen von Protestwählern, aber auch keine ernsthafte Gefahr darstellen. Der dritte Name sagt ihr nichts. Noch eine Frau. Eigentlich ist das ja schön. Drei Männer, zwei Frauen. Schließlich gibt es immer noch Wahlen, wo ausschließlich Männer antreten. Sie notiert sich alle drei Namen in ihrem Notizbüchlein, damit sie sie recherchieren kann.

In dem Moment donnert es, nur Sekunden später fallen erste Tropfen, Anna ist darauf nicht vorbereitet, es war kein Gewitter vorhergesagt und sie hat weder Schirm noch Regenjacke dabei. Sie beschleunigt ihre Schritte, obwohl sie hundemüde ist. Angst hat sie keine. Um diese Zeit sind in Schwäbingen längst die Bürgersteige hochgeklappt.

Hinter den Fensterscheiben flimmern Großbildfernseher. Schade, dass sich die Leute nicht mehr anders beschäftigen können. Gibt es in Schwäbingen überhaupt eine nette Kneipe, in der man sich abends zum Klönschnack treffen kann? Sie weiß nur von einer Pizzeria und einem türkischen Restaurant. Anna ist jetzt in der Nähe der Kirche, gut, dass sie sich mittlerweile halbwegs auskennt. Sie biegt um eine dunkle Ecke und prallt gegen ein Hindernis. Sie schreit auf vor Schreck und Schmerz. Vor allem vor Schreck, richtig wehgetan hat sie sich nicht.

Das Hindernis ist größer als sie und relativ weich, und Anna weiß trotz der Dunkelheit innerhalb einer Millisekunde, was oder besser: wer es ist. Erst am Freitag hat sie vor ihm gestanden, genauso dicht. Sie weiß, wie er riecht, und sie kennt den Klang der Stimme, die atemlos »'tschuldigung!« ruft. Ihr Herz rast. Die Entspannung des Abends ist dahin. Du bist erschrocken, sonst nichts, versucht sie sich selbst zu beschwichtigen, das Herzrasen ist nichts als Angst. Sie weicht etwas zurück, Lukas auch. Es ist zu dunkel, um sein Gesicht zu erkennen. Hat sie denn nicht einmal sonntagabends Ruhe vor ihm? Die Angst verwandelt sich in Wut.

»Stalkst du mich jetzt, oder was? Ich kann ja bald keinen Schritt mehr tun, ohne über dich zu stolpern!« Das Herzrasen könnte jetzt gerne aufhören. Tut es aber nicht.

»Das ist reiner Zufall. Ich wohne hier ums Eck. Ich wollte nur ein bisschen frische Luft schnappen. Es tut mir leid, wenn ich dich erschreckt habe, das war nicht meine Absicht. Übrigens bist nicht nur du erschrocken. Ich wünsche dir eine gute Nacht.«

Komisch, denkt Anna. Er klingt so förmlich. Fast schon übertrieben höflich. Ganz anders als am Freitag, als er beinahe verzweifelt wirkte. Er geht weiter, und Anna verspürt seltsamerweise so etwas wie Enttäuschung. Es blitzt und donnert, der Regen wird stärker.

»Schöne Grüße an Michelle!«, ruft sie Lukas in anzüglichem Ton hinterher und bereut es im gleichen Augenblick. Er dreht sich um und bleibt in ein paar Metern Entfernung stehen.

»Zwischen Michelle und mir ist es aus«, sagt er ruhig.

»Das geht mich nichts an, und es interessiert mich sowieso nicht im Geringsten.« Du belügst ihn, und dich auch, denkt Anna. Es interessiert dich leider brennend. Mist.

»Ich will trotzdem, dass du es erfährst.«

»Warum?«

Er seufzt und zögert mit seiner Antwort. »Willst du das wirklich wissen?«

Sag Nein, beschwört Anna sich selbst. Sag Nein, lass ihn stehn und geh nach Hause, ganz schnell! Was interessieren dich seine Affären? Die Affären deines Gegners? »Ja«, platzt es aus ihr heraus. Nein!, schreit sie innerlich, aber es ist schon passiert. Lukas kommt wieder näher, bleibt aber auf Abstand. Sie kann ihn nur schemenhaft erkennen. Wie gerne würde sie sein Gesicht sehen! Der Regen wird noch stärker.

»Das ist ein bisschen kompliziert. Sagen wir mal so: Ich bin erleichtert, dass niemand mehr zwischen dir und mir steht. Aber weil die Umstände sind, wie sie sind, macht es letztlich keinen Unterschied. Leider.« Seine Stimme klingt rau.

»Das klingt in der Tat kompliziert. Und wenn die Umstände anders wären, was wäre dann anders zwischen dir und mir?« Annas Verstand sagt ihr, dass sie gerade einen riesigen Fehler begeht. Dass dieses ganze »Was wäre, wenn« in eine sehr gefährliche Richtung führt. Aber aus ihrem Bauch kommen andere Signale. Von den Schmetterlingen, die aufgeregt darin umherflattern.

»Wenn die Umstände anders wären ... wenn du nicht in Schwäbingen als Bürgermeisterin kandidieren würdest und ich nicht der einzige Redakteur des *Schwäbinger Boten* wäre? Wenn wir uns zum Beispiel ... bei einer Party kennengelernt hätten?«

»Niemand macht heutzutage mehr Partys«, antwortet Anna verächtlich. Es regnet jetzt selbst für jemanden, der aus Hooge kommt, ziemlich stark. Die Abstände zwischen Blitz und Donner werden kürzer. »Und selbst wenn, dann kennen sich alle schon vorher.«

»Hi«, sagt Lukas mit veränderter, aufgeräumter Stimme. Auch wenn sie sein Gesicht nicht erkennen kann, weiß sie, dass er lächelt. »Ich bin der Lukas. Wir kennen uns noch nicht, oder?«

»Das ist vollkommen bescheuert!«, ruft Anna wütend. »Ich mach doch nicht nachts um elf im Dunkeln bei Blitz und Donner und strömendem Regen irgendwelche blöden Rollenspiele!« Vor allem nicht, nachdem sie schon den ganzen Abend Rollenspiele mit ihm gemacht *hat*. Mit Alina als Lukas.

»Anna, das ist aber ein hübscher Name. Bist du mit Ben oder mit Sylvie befreundet?« Lukas muss jetzt ziemlich laut reden, um das Gewittergetöse zu übertönen. Annas Baumwollkleid saugt sich immer doller voll und fängt an, an ihr zu kleben.

»Weder noch!«

»Ach, du kennst Sylvie vom Volleyball? Ich spiele mit Ben einmal die Woche Doppelkopf. Weißt du was? Lass uns von hier verschwinden. Es wird niemandem auffallen. Ich kenne eine nette Kneipe, nur ein paar Minuten von hier. Hast du Lust?«

»Nein, habe ich nicht! Was soll das?«

»Du wolltest von mir wissen, was gewesen wäre, wenn wir uns unter anderen Umständen kennengelernt hätten. Das ist meine Antwort.«

Anna schwirrt der Kopf. Keinen trockenen Faden mehr am Leib zu haben, erhöht nicht die Denkfähigkeit. »Du bist wohl nicht ganz gescheit. Du versuchst ständig, mir zu schaden, und dann redest du plötzlich davon, dass du mit mir ausgehen wolltest, verschwinden würdest, wenn die Umstände dich nicht daran hindern würden?«

»Ich will dir nicht schaden! Die zwingen mich dazu!«

»Die? Wer sind die? Die Außerirdischen?«

»Helmut Bartholomä! Und Martin Sickinger! Und allen voran Werner Schelkle!«

»Ach, die! Die Bösen! Die zwingen dich«, höhnt Anna. Fast wäre sie auf sein Gedankenspiel reingefallen. »Was bist du, ein moderner Sklave? Das ist doch deine eigene, freie Entscheidung!«

»Ist es nicht. Werner Schelkle ist mein Chef. Die wollen dich fertigmachen, wo immer und wie es nur geht, das weißt du doch längst! Vor allem im *Schwäbinger Boten*! Ich habe schon riesigen Stress mit Schelkle bekommen, weil ich versucht habe, Schaden von dir abzuwenden. Und die Idee mit der Podiumsdiskussion stammt von mir. Ich wollte dir Gelegenheit geben, dich öffentlich zu profilieren!«

»Das nehme ich dir nicht ab. In Wahrheit willst du dir Gelegenheit geben, mich öffentlich zu brüskieren!«

»Der Schuss ist nach hinten losgegangen. Aber geplant war es ganz anders! Die sitzen nun einmal am längeren Hebel!«

»Dann schmeiß den Job doch hin!«

»Ich brauch ihn aber!«

»Es gibt andere!«

»Vielleicht in deinem Bereich. In den öffentlichen Verwaltungen werden überall händeringend Leute gesucht. Ich seh ja die vielen Stellenausschreibungen. Aber nicht im Journalismus! Und die Künstliche Intelligenz macht alles noch viel schlimmer! Halbe Zeitungen werden mittlerweile damit produziert!«

»Wenn ich du wäre, würde ich lieber … lieber Klos putzen, als mich so korrumpieren zu lassen!«

»Du hast gut reden. So einfach ist das nicht!«

»Feigling!«

Ihre Stimmen sind immer lauter geworden. Im Gewittergetöse und strömenden Regen, mitten in der Nacht streiten sie miteinander, und noch immer kann sie sein Gesicht nicht erkennen, und Anna wird immer aufgewühlter und wütender. Und nasser.

»Anna. Glaub mir, ich wollte das alles nicht. Aber ich konnte doch nicht ahnen, dass ich dich total nett finde!«

»Ach, tatsächlich! Und wenn du mich nicht nett finden würdest, dann wäre es gar kein Problem, mich fertigzumachen, oder?«

»Ich will niemanden fertigmachen!« Lukas brüllt jetzt. So laut, dass er den Donner übertönt. Jemand anders brüllt auch.

»Ruhe! Sonscht ruf ich die Bolizei!« Wie auf Knopfdruck machen sie beide einen erschreckten Hopser aufeinander zu.

»Was willst du dann?«, zischt Anna.

»Wenn du so direkt fragst? Ich will dich verdammt noch mal küssen!« Lukas packt Anna am Handgelenk und zieht sie in seine Arme.

»Du spinnst doch!« Sie reißt sich los. Küssen? Der hat sie nicht mehr alle!

»Ich weiß! Es tut mir leid!« Lukas weicht zurück. In ihr tobt das Chaos. Vielleicht ist das mit dem Küssen doch keine so schlechte Idee?

»Dann küss mich doch, du Idiot!«

Aber Lukas weicht noch mehr zurück.

»Was ist jetzt los?«

»Ich trau mich nicht!«

»Selbst dazu bist du zu feige!«, spottet sie.

Die Spannung zwischen ihnen ist jetzt so stark, dass Anna fürchtet, dass die Blitze um sie herum in den Boden fahren und sie beide in lodernden Flammen aufgehen.

»Du würdest mir eine scheuern oder mich anzeigen! Das wär doch zur Abwechslung eine super Story für dich. Journalist lauert nachts Bürgermeisterkandidatin auf und belästigt sie sexuell!«

»Das stimmt natürlich!«, ruft sie. »Dann machen wir es am besten umgekehrt!« Und dann packt sie ihn, sie gräbt ihre Finger schon fast brutal in seine Schultern und in den Stoff seines völlig durchweichten T-Shirts, und Lukas lässt sich jetzt nicht mehr lange bitten. Er reißt Anna in seine Arme und ihre Lippen prallen aufeinander, so wie vor wenigen Minuten, nein, vor einer Ewigkeit ihre Körper aufeinandergeprallt sind. Sie küssen sich, während der Regen über sie hinunterströmt, aber Anna spürt weder die Nässe ihrer durchweichten Kleidung noch die Kälte, noch hat sie Angst vor dem Gewitter, das jetzt direkt über ihnen hängt, nur über ihnen beiden, denn zwischen Blitz und Donner gibt es keinen Abstand mehr. In ihrem ganz exklusiven Gewitter, das nur ihnen gehört, spürt sie Lukas' regennasses Gesicht, seinen Bart, seine Lippen auf den ihren und seine Arme, die sie ganz fest halten, sie spürt, dass sein ganzer Körper vor Leidenschaft bebt, und in all dem Falschen fühlt sich alles plötzlich so richtig an, jedes Puzzleteilchen ist am richtigen Platz, und sie hat nur einen einzigen Wunsch: dass die Zeit stehen bleibt und dieser Kuss niemals endet.

16. KAPITEL

In dem Lukas DEN KUSS *schon wieder bereut und es ein sehr unerwartetes Bekenntnis von sehr unerwarteter Seite gibt*

Es ist Montagmorgen und Lukas ist auf dem Weg zur Apotheke. Bei einem der Medikamente, die Carola dem Opa verschrieben hat, gab es Lieferschwierigkeiten, aber dann ging es doch schneller als gedacht. Um neun hat jemand von der Apotheke angerufen, dass die Tabletten da sind. Er hat den Opa gefragt, ob er mit ihm einen Spaziergang zur Apotheke machen will, das würde ihm ja guttun, aber der Opa sitzt schon wieder vor dem Fernseher. Früh um neun, das hat er noch nie gemacht. Normalerweise liest er morgens bei mehreren Tassen immer dünner werdendem Kaffee (er lässt in seiner alten Kaffeemaschine wiederholt Wasser über dasselbe Kaffeepulver laufen, da schlägt halt der Schwabe durch) ausführlich den *Schwäbinger Boten*, den Lukas natürlich umsonst jeden Morgen im Briefkasten vorfindet.

Lukas hat den größten Teil des Sonntags damit verbracht, die Montagsausgabe vorzubereiten. In der hat er die Kandidaten und ihre Programme für die Bürgermeisterwahl ausführlich vorgestellt und die Wahlveranstaltung am Freitag groß angekündigt. Dabei hat er sich um einen nüchternen Ton bemüht. Außer Helmut gibt es einen Spaßkandidaten, einen Dauerkandidaten, der seit Jahren bei jeder Bürgermeisterwahl in Baden-Württemberg antritt und nie über drei Prozent hinausgekommen ist, eine Frau, die im Nachbarort einen Esoterikladen betreibt und die kein Mensch kennt, und natürlich Anna. Es wird auf einen Zweikampf zwischen Helmut und Anna hinauslaufen, schätzt Lukas. Die anderen drei sind noch kein einziges Mal in Schwäbingen aufgetaucht, wollen aber am Freitag in die Stadthalle kommen.

Lukas hat das bei allen dreien telefonisch abgefragt. Anna hat Jessica noch am Freitagnachmittag in einer Mail bestätigt, dass sie an dem Podiumsgespräch teilnimmt. Werner Schelkle wird sicher der Meinung sein, dass er Anna nicht fies genug porträtiert hat, aber wenn er Lukas deshalb Vorwürfe macht, dann wird er ihm sagen, dass er Anna nicht als Einzige von insgesamt fünf Kandidaten in ein schlechtes Licht rücken kann, weil sich der *Schwäbinger Bote* damit viel zu angreifbar macht.

Lukas hat gehofft, dass sich der Opa für die Artikel und die verschiedenen Kandidaten interessiert. Er hat schließlich sein ganzes Leben in Schwäbingen verbracht und regt sich gern über Helmut auf, weil der aus seiner Sicht ein Halbseckel ist. Lukas kann sich daran erinnern, dass der Opa sogar mal ein paar Jahre für die SPD im Gemeinderat gesessen hat, in der Zeit nach dem Tod seiner Eltern, da muss er so Anfang, Mitte sechzig gewesen sein, aber irgendwann sind ihm das ganze Geklüngel und die endlosen Sitzungen zu viel geworden.

Heute Morgen hat er die Zeitung mürrisch weggeschoben, als Lukas sie ihm kommentarlos auf den Frühstückstisch neben die Kaffeetasse gelegt hat, die Schlagzeile »Das sind die fünf Bewerber für die Bürgermeisterwahl!« sprach ja für sich. Er scheint überhaupt immer weniger zu lesen und immer mehr fernzusehen. Und reden und essen tut er auch immer weniger. Gestern hat er eine ganze Armada von Kaffeetassen benutzt. Seit Carolas Tests und der Alzheimer-Diagnose ist der Opa völlig durch den Wind. Er hat Lukas zwar erklärt, dass ihn die Diagnose nicht überrascht hat, trotzdem hat es ihn offensichtlich ganz schön durchgeschüttelt. Lukas würde gerne mit ihm drüber reden, aber der Opa ist seither so schroff, dass er ein bisschen abwarten will, um ihn nicht noch mehr aufzuregen. Vielleicht beruhigt er sich ja.

Lukas macht sich immer mehr Sorgen um den Opa. Es ist schließlich erst wenige Monate her, dass Lukas aus München zurückgekommen ist, und bereits in der kurzen Zeit hat sich der Opa stark verändert. Wie schnell geht das mit der Demenz?

Wann wird Lukas Hilfe benötigen, weil er die Situation nicht mehr alleine bewältigt, wann wird er die Sozialstation brauchen oder gar eine Pflegerin im Haus? Und was wird das kosten? Wie läuft das mit der Pflegeversicherung? Was wird aus seinen Plänen, sich einen Job woanders zu suchen? Der Opa hat bloß ihn. Er kann ihn doch nicht in ein Pflegeheim abschieben!

Normalerweise hätte Lukas das Rad genommen, jetzt kommt ihm der Spaziergang zur Apotheke gerade recht, um seine Gedanken zu sortieren. Er ist hundemüde, so wenig hat er geschlafen. Das lag zum einen daran, dass das Gewitter nicht enden wollte, noch stundenlang war Donnergrollen zu hören. Doch der eigentliche Grund war natürlich DER KUSS. Der völlig unerwartete Kuss. Dabei war er sich ziemlich sicher gewesen, dass Anna ihn gar nicht mag! Er hatte sogar gedacht, sie hasst ihn! Sie hätte schließlich allen Grund dazu. Am Freitag, in Jessis Büro, als sie so dicht voreinander standen, da hatte er zwar das Gefühl, dass es zwischen ihnen knistert vor lauter Spannung, aber hinterher war er sich sicher, dass er sich das bloß eingebildet hatte. Und abends, am gleichen Tag, da hat sie ihn verspottet, als sie mitgekriegt hat, dass er sich mit Michelle trifft. Michelle in ihrem supersexy Outfit, sodass jeder Idiot sofort kapiert hat, was da läuft zwischen ihnen, das war ihm ganz schön peinlich. Deswegen hätte er mit allem gerechnet, nur nicht damit, dass sie sich küssen.

Das völlig unerwartete Aufeinandertreffen in der Nacht, als Lukas eigentlich nur ein bisschen frische Luft schnappen wollte nach einem langen Tag am Schreibtisch, die heftige Auseinandersetzung mit Anna und schließlich dieser Kuss, das alles hat ihn zutiefst erschüttert. Wenn Anna ihn nicht mögen würde, vielleicht sogar ein bisschen mehr als nur das, dann hätte sie ihn nicht geküsst. Jedenfalls nicht so.

Über seine eigenen Gefühle ist sich Lukas ziemlich im Klaren: Er hat sich in Anna verknallt. Das weiß außer ihm Michelle (weil er im Schlaf Annas Namen gemurmelt hat), und Werner Schelkle vermutet es (weil er ihn drauf angesprochen hat, was bedeutet, dass Lukas sich ihm gegenüber nicht den kleinsten Versprecher oder Fehler leisten darf). Lukas selbst hat ein bisschen länger gebraucht, um es zu kapieren. Und damit hat er jetzt ein Riesenproblem am Hals: weil das einfach nicht geht mit Anna und ihm.

Gleich nach dem Kuss gingen sämtliche Alarmanlagen in seinem Kopf an. Er konnte nicht klar denken, er hat nur intuitiv gespürt, dass das alles enden muss, bevor es richtig angefangen hat. Er hat ihr die klatschnassen Locken aus dem Gesicht gestrichen, ohne ihr Gesicht im Dunkeln zu sehen, er hat ihr einen guten Heimweg und Gute Nacht gewünscht, und dann hat er sich umgedreht und ist gegangen. Er hat nicht zu ihr gesagt, ich schreibe dir oder ich rufe dich an, um ihr keine falschen Hoffnungen zu machen. Er hat sich auch nicht mehr umgedreht, um ihr zuzuwinken, weil dann hätte es ihm das Herz zerrissen.

Stattdessen ist er nach Hause gegangen, im noch immer strömenden Regen und mit einem fürchterlich schlechten Gewissen, Anna mitten in der Nacht und bei dem starken Gewitter einfach stehen zu lassen. Doch je mehr die Besoffenheit von diesem alles erschütternden Kuss nachließ, desto klarer wurde ihm, dass es die einzig richtige Entscheidung war. Wenn er nicht seine ganze Willenskraft aufgeboten hätte, um zu gehen, und sie stattdessen nach Hause begleitet hätte, dann hätte er ihre Hand genommen, sie wären an jeder Ecke stehen geblieben und hätten sich weiter geküsst, immer und immer wieder, und am Ende hätten sie vor ihrem Haus gestanden und nicht voneinander lassen können, und er hätte vielleicht sogar gefragt, ob er mit reinkommen kann. Sie hätte ihn natürlich abgewimmelt. Hätte, hätte, hätte.

Er hat sich nur deshalb von ihr losreißen können, weil er ihr Gesicht nicht erkennen konnte. Ein einziges Mal hat ein Blitz alles hell erleuchtet, als sie miteinander gestritten haben, und sofort musste er wieder an einen Engel denken, der vom göttlichen Licht angestrahlt wurde. Diesem Engel allerdings klebten nicht nur die klatschnassen Locken am Kopf, sondern auch das unsägliche altbackene Sommerkleid am Körper. Ziemlich unengelhaft, weil das durchweichte Kleid nichts verbarg. Es dauerte nur eine

Sekunde. Wenn er ihr in dieser Sekunde in die Augen hätte schauen können, diese unschuldigen Augen, in denen sich ihre Gefühle eins zu eins spiegeln, dann hätte er sich nicht von ihr losreißen können, da ist sich Lukas ganz sicher. Hätte, hätte, hätte. Er hat alles richtig gemacht. Warum fühlt er sich trotzdem so elend?

Er hat nach dem Opa geschaut, ist vor seiner Schlafzimmertür stehen geblieben, hat gelauscht und durch die Tür sein lautes Schnarchen gehört. Wenigstens scheint ihn weder das Alter noch die Demenz vom Schlafen abzuhalten. Oder der Donner, der noch immer draußen rumpelte. Dann hat er sich im Bad bis auf die Haut ausgezogen und abgetrocknet. Kalt war ihm nicht, dazu war er viel zu aufgewühlt. Er hat seine nassen Sachen zum Trocknen in die Waschküche gehängt, ist hinaufgeklettert in sein Dachstübchen, hat sich ins Bett gelegt und die Nacht damit verbracht, sich schlaflos hin und her zu wälzen. Hundertmal hat er im Geiste noch einmal DEN KUSS durchgespielt. Er hätte niemals gedacht, dass sich zwei Menschen so küssen können. So hungrig, leidenschaftlich, erschütternd und nicht enden wollend. Und tragisch.

Um vier Uhr morgens war Lukas endgültig klar, dass sie keine Chance haben. Anna und er. Wie soll das gehen? Es ginge nur, wenn er seinen Job kündigt, und zwar sofort. Das wäre die logische Konsequenz aus dem Kuss. Etwas anderes würde Anna niemals akzeptieren, und das ist auch verständlich. Wie sollen sie ernsthaft etwas miteinander anfangen, wenn sie auf verschiedenen Seiten stehen? Wenn er weiter böse Schlagzeilen über ihrem Foto erfindet? Wenn er ihr am Freitag bei der Podiumsdiskussion fiese Fragen stellt, damit Werner Schelkle nicht noch mehr Verdacht schöpft? Man kann Schelkle viel vorwerfen, aber er zahlt gut dafür, dass Lukas die dreckige Arbeit für ihn macht. Wenn Lukas jetzt fristlos kündigt, hat er von einem Tag auf den anderen kein regelmäßiges Einkommen mehr. Er kriegt nicht einmal Arbeitslosengeld.

Solange er nicht weiß, wie es mit dem Opa weitergeht, kann er sich das aber nicht erlauben. Möglicherweise muss er nicht nur seinen eigenen Lebensunterhalt bestreiten, sondern auch den Opa mitfinanzieren. Er hat nicht die geringste Ahnung, wie es um die Finanzen seines Großvaters bestellt ist. Sie haben nie darüber gesprochen. Hat er irgendwelche Ersparnisse, und wenn ja, in welcher Höhe? Als echter Schwabe gibt er natürlich so wenig Geld aus wie nur möglich. Sie haben immer karg gelebt, der Opa und er. Aber das sagt nicht unbedingt etwas darüber aus, wie viel Geld er tatsächlich besitzt. Er hat sein ganzes Leben für eine Versicherung gearbeitet. Jeden Morgen hat er für Lukas und sich ein Vesperbrot gemacht, und dann sind sie zusammen losmarschiert. An der Kirche ist Lukas Richtung Gymi abgebogen und der Opa ist weitergegangen zu seinem Versicherungsbüro in der Hauptstraße.

Eigentlich war das schön, denkt Lukas. Irgendwann war das aber nicht mehr cool, und Lukas fuhr mit dem Rad und seinen Kumpels zur Schule. Das Versicherungsbüro hat längst dichtgemacht, alles nur noch online. Wie viel Rente der Opa wohl hat? Die reicht bestimmt nicht aus, falls er Pflege benötigt. Das kostet heutzutage ein Vermögen! Er soll schließlich so lang wie möglich daheim bleiben können, in seinem eigenen Haus. Das alles muss er in Ruhe klären, ohne den Opa unter Druck zu setzen. Er kann ja nicht heimlich seine Schubladen nach einem Sparbüchle oder seinem Rentenbescheid durchstöbern. Er muss das mit ihm besprechen und vielleicht mal mit ihm auf die Bank gehen.

Lukas hat keine Wahl, er muss in Schwäbingen bleiben, zumindest vorerst, und er muss sich um den Opa kümmern. Und wo soll er mal eben einen anderen Job hernehmen, wenn er bei Schelkle kündigt, dem größten Arbeitgeber in Schwäbingen? Der zweitgrößte ist die Stadt, die wird ihn auch nicht nehmen, wenn er Helmut von einem Tag auf den anderen im Stich lässt, und was bleibt dann übrig? Die einen werden ihn nicht wollen, weil sie Verbündete von Schelkle sind, und die anderen werden ihn nicht nehmen, weil er zu lange für Schelkle gearbeitet hat.

»Hallo?«

»Ja?«

»Die Fußgängerampel ist grün. Übrigens nicht zum ersten Mal, seit Sie hier stehen.«

»Oh. Danke. Ich war in Gedanken.« Neben Lukas steht eine junge Frau mit Buggy und grinst. Sie überqueren zusammen die Straße.

Auf der anderen Seite ist die Apotheke. Lukas holt die Tabletten, und einem spontanen Impuls folgend geht er in das Gebäude daneben und drückt die Tür zu Carolas Hausarztpraxis auf. Das Wartezimmer ist schon wieder knallvoll. Das muss man auch erst mal aushalten können, denkt er, dass immer so viele Leute auf einen warten. Er zögert. Dann geht er zu dem schicken Counter, vor ihm holt jemand ein Rezept ab. Die Sprechstundenhilfe schaut ihn fragend an. Lukas räuspert sich.

»Könnte ich wohl kurz mit Carola sprechen? Nur zwei Minuten. Es geht um meinen Großvater. Wir waren am Freitag in der Praxis und sie hat bei ihm Alzheimer diagnostiziert. Ich hätte nur eine ganz kurze Frage dazu.« Er hat bewusst »Carola« gesagt, und nicht »Frau Dr. Schaub«, damit klar ist, dass er mit Carola per Du ist. Vielleicht hilft es ja.

»Sie sehen doch, wie es hier zugeht.« Die Sprechstundenhilfe schüttelt verständnislos den Kopf. »Ich kann ihr gerne ausrichten, dass Sie sie sprechen wollen. Lassen Sie mir Ihre Handynummer da, vielleicht kann sie es in der Mittagspause kurz einrichten.« Sie legt Notizzettel und Bleistift auf den Counter. In diesem Augenblick geht die Tür zum Sprechzimmer auf und Carola kommt heraus. Sie kommt an die Theke, nickt Lukas kurz zu, ohne zu lächeln, und unterschreibt rasch ein paar Rezepte. Der schmal geschnittene weiße Kittel verleiht ihr Autorität und betont ihre schlanke Figur. Lukas kann immer noch kaum glauben, dass aus dem pummeligen Teenager eine richtige Schönheit geworden ist.

»Brauchst du noch was für deinen Großvater?«, fragt sie schließlich. Ihr Ton ist so zackig wie am Freitag.

»Ich habe eine Frage. Kann ich dich kurz sprechen? Es geht ganz schnell.«

Die Sprechstundenhilfe guckt jetzt sehr böse. Carola zögert eine winzige Sekunde.

»Okay. Aber wirklich nur zwei Minuten.« Sie geht vor Lukas zurück ins Sprechzimmer. Nicht in Gesundheitslatschen, sondern in schicken Pumps. Lukas marschiert hinter ihr drein und schließt die Tür. Carola bietet ihm keinen Platz an. Ihre Hände stecken in den Taschen ihres Kittels. So stehen sie voreinander, hinter der Tür. Es ist extrem unentspannt. Vielleicht war das doch keine gute Idee, denkt Lukas.

»Schieß los.«

»Danke«, sagt Lukas. »Ich wollte nur fragen … wie lange gibst du meinem Opa? Ich habe das Gefühl, es geht rasend schnell. Allein in den paar Tagen, seit wir hier in der Praxis waren, ist es deutlich schlimmer geworden. Er ist ganz schlecht gelaunt, und gestern hat er vier Kaffeetassen parallel benutzt.«

Carola seufzt. »Das muss nichts heißen. Wahrscheinlich muss er die Diagnose verarbeiten. Es ist ja nicht so, dass er nichts mehr mitkriegt. Und was die Zeitschiene angeht, da kann ich dir gar nichts sagen. Das ist bei jedem Patienten anders. Er hat ja keinen Tumor oder einen Krebs, bei dem ich dir sagen könnte, er hat noch zehn Monate zu leben, mit Chemo zwei Jahre. An Alzheimer stirbt man ja nicht. Es kann in Schüben gehen oder schleichend. Es kann Jahre dauern oder ganz schnell voranschreiten. Ich fürchte, du wirst es einfach nehmen müssen, wie es kommt. Du könntest mal versuchen, alte Fotos mit ihm anzuschauen oder Volkslieder zu singen. Das Langzeitgedächtnis funktioniert meistens gut. Du machst dir große Sorgen um ihn, nicht wahr?« Zum ersten Mal klingt sie ein bisschen freundlicher. Lukas nickt.

»Das mit der schlechten Laune ist leider auch Teil der Demenz. Da musst du dich wappnen und es vor allem nicht persönlich nehmen. Es kann auch sein, dass ihn alte Traumata einholen. Aus seiner Kindheit. Das passiert im Alter oft und muss nicht unbedingt mit der Demenz zusammenhängen. War da mal was?«

»Nicht, dass ich wüsste«, sagt Lukas. »Wir haben aber auch wenig über seine Kindheit gesprochen.«

»Ich kann mich noch gut erinnern, wie das war, als deine Eltern damals den Unfall hatten«, fährt Carola fort. »Das ganze Gymi stand unter Schock. Du bist herumgelaufen wie ein Zombie. In den Pausen warst du immer allein. Niemand hat sich getraut, dich anzusprechen.«

»Das weißt du noch?«, fragt Lukas ungläubig.

»Ja, klar. Damals bist du mir zum ersten Mal aufgefallen.« Irgendwie hat das einen ganz komischen Unterton. Fast gereizt. Das ist jetzt die Gelegenheit, denkt Lukas. Er wird weiterhin mit ihr zu tun haben, und am besten klärt er es jetzt, auch wenn es ihn große Überwindung kostet. Um seines Großvaters willen.

»Sag mal, Carola … als wir uns am Donnerstag wiedergesehen haben … nach all den Jahren …«

»Ja?« Sie klingt jetzt beinahe drohend.

»Ich hatte mich eigentlich gefreut, dich wiederzusehen. Aber du warst … irgendwie komisch.«

Carola starrt ihn auf einmal ganz finster an. Ihre Hände sind jetzt in den Taschen ihres Arztkittels vergraben, sie wühlt darin herum. Hätte er bloß nichts gesagt!

»Wenn du schon so direkt fragst: Ich war nicht besonders erfreut, dich zu sehen.«

»Aber warum?«, fragt er ratlos.

»Du kapierst es echt nicht.«

»Nein, tut mir leid. Ich fürchte, du musst mir auf die Sprünge helfen.«

»Damals«, zischt sie.

»Jaaa?«, sagt er, mit sehr gedehntem a. Damals, wann und wo? In der Schülerzeitungsredaktion? Im Eiscafé, wo sie sich ab und zu über den Weg gelaufen sind? Sonst gab's nicht viel in Schwäbingen. Schülerdisco, ab und zu. Lukas hat nicht die geringste

Ahnung, worauf Carola hinauswill. Offensichtlich gibt es da einen Groschen, der fallen soll. Bloß leider fällt er nicht. Also guckt er bloß ratlos, das kann er sowieso am besten. Carola sieht aus, als ob sie gleich explodiert.

»Weißt du, wie demütigend das für mich war? In der Schülerzeitungsredaktion! Wir waren allein, es war ganz spät, wir haben uns geküsst, es war total romantisch, und dann tust du am nächsten Tag so, als sei nichts passiert! Und als Nächstes seh ich dich mit dieser … dieser Jessica!«

»Aber wir haben doch bloß geknutscht! Das hatte doch gar keine Bedeutung!«, platzt es spontan aus Lukas heraus. Er bereut es sofort. Carolas Blick ist vernichtend.

»Für dich vielleicht nicht. Aber ich, ich war verdammt noch mal in dich verknallt!« Ihr Gesicht ist jetzt knallrot angelaufen, ihr Ton deutlich lauter geworden. O Shit, denkt Lukas. O Shit. Erstens ist sie seit fünfzehn Jahren sauer auf ihn, was ihm ziemlich lang vorkommt, zweitens hat er ihr jetzt quasi zu Protokoll gegeben, dass es ihm nichts bedeutet hat, und drittens ist sie die Hausärztin seines dementen Großvaters, er kann also nicht einfach davonlaufen. Obwohl es das ist, was er jetzt am liebsten täte.

»Alle haben doch damals rumgeknutscht«, verteidigt er sich. Das gehörte doch irgendwie dazu … zum Erwachsenwerden. Und ich wär nie auf die Idee gekommen, dass du dich ernsthaft für mich interessierst. Du bist immerhin drei Jahre älter!«

»Na und? Jessica war zwei Jahre älter, das hat dich doch auch nicht gestört!«

»So meine ich das nicht. Ich dachte, ich bin viel zu jung für dich!« Es ist ihm unendlich peinlich. Andererseits, muss man sich allen Ernstes mit Ende zwanzig für das entschuldigen, was man als Fünfzehnjähriger gemacht hat? Gibt es da nicht irgendwie eine Verjährungsfrist? Er nimmt noch einmal einen Anlauf.

»Im Ernst, Carola. Ich wäre im Leben nicht drauf gekommen, dass dir das was bedeutet hat. Ich war fünfzehn, du warst achtzehn. Mit dreißig sind drei Jahre Altersunterschied nichts, aber in dem Alter, da lagen Welten zwischen uns! Und nicht nur das.

Du warst viel reifer und cleverer als ich! Ich hab dich bewundert. Jessi war näher an mir dran. Die ist einfacher gestrickt als du.«

Carola starrt ihn bloß an, und Lukas hat das Gefühl, er steckt im falschen Film. Offensichtlich war der Kuss letzte Nacht nicht der erste wichtige Kuss in seinem Leben. Da gab es schon einmal einen, vor fünfzehn Jahren. Wenn auch nicht für ihn. Wie kann etwas, das ein Mensch beinahe vergessen hat, für einen anderen so fundamental gewesen sein?

»Läuft da wieder was zwischen Jessica und dir?«, fragt Carola plötzlich völlig unvermittelt.

»Wie kommst du darauf?«, antwortet Lukas, völlig entgeistert. »Sie ist verheiratet und hat zwei kleine Kinder!«

»Kein Hinderungsgrund heutzutage.«

»Das ist alles derart lange her, Carola. Ich sehe Jessi im Rathaus. Wir quatschen ein bisschen, das ist alles. Sie und Marcel haben ein Haus gebaut, sie lädt mich immer ein, aber bisher habe ich immer Ausreden erfunden.« Das geht sie alles eigentlich überhaupt nichts an, trotzdem erzählt er es ihr und bemüht sich um einen besänftigenden Ton, wegen des Opas und weil er irgendwie aus dieser völlig schrägen Nummer rauskommen muss. »Es tut mir leid, wenn ich dich damals verletzt habe. Glaub mir, das wollte ich nicht.«

»Ich weiß ja jetzt, was es dir bedeutet hat. Nämlich nichts. Dann ist das wenigstens geklärt, nach all den Jahren.«

Lukas starrt Carola an. Ungläubig. Es kann nicht sein. Das ist einfach ungeheuerlich. Oder? »Du bist aber nicht meinetwegen …« Er bricht den Satz ab.

»Nein.« Die Antwort kommt wie aus der Pistole geschossen. »Meine Eltern leben hier und brauchen immer mehr Unterstützung. Mein Bruder hat drei kleine Kinder, der hat einfach keine Kapazitäten. Ich war vorher in Berlin in der Charité. Ich hätte da bleiben können, aber das war einfach zu weit auf die Dauer, und dann wurde zufällig die Praxis frei. Eigene Praxis, das hat schon was. Da hast du einen ganz anderen Status als in so einem riesigen Laden wie der Charité. Der Vorgänger hat mich mit Handkuss genommen.« Sie macht eine Pause. »Überschätz dich nicht. So wichtig bist du dann auch wieder nicht.« Sie sagt es fast trotzig.

Lukas beschließt, es zu glauben. All die Gespenster aus seiner Vergangenheit. Und alles Frauen! Er könnte jetzt zu Carola dasselbe sagen wie zu Michelle: Lass uns trotzdem Freunde bleiben. Aber er hat das Gefühl, das wäre jetzt extrem unpassend. Die Verabschiedung fällt frostig aus. Genauso frostig wie der Blick der Sprechstundenhilfe, als Lukas aus der Tür des Behandlungszimmers tritt.

17. KAPITEL

In dem die arme Anna fürchterlich leidet, und zwar nicht nur unter ihrer schwäbischen Vermieterin

»Du bisch ein bissle bleich, Anna. Ist alles in Ordnung?« Rosemarie schaut Anna prüfend an. »Du lässt hoffentlich net zu, dass dir die Niederträchtigkeiten dieses Lumpenpacks unter die Haut gehen?«

»Nein, keine Sorge.« Anna zwingt sich zu einem Lächeln. »Ich bin nur ein bisschen müde. Ich konnte nicht schlafen.«

»Ja, das Gewitter. Das hat uns alle die halbe Nacht wach gehalten, schätze ich.«

»Das macht deinen Fortschritt umso erstaunlicher. Ich kann es immer noch nicht fassen.« Schwester Gabriele hat bis über beide Backen gestrahlt, als Anna vor ein paar Minuten zur Tür hereingekommen ist, und sie hört gar nicht mehr auf damit.

»Michelle musste schwören, dir nichts zu verraten.« Rosemarie grinst spitzbübisch.

»Ich mach die Tür auf und denke, wo ist sie denn? Wieso ist das Bett leer? Erst dann habe ich den Rollstuhl gesehen.«

»Ja, das ist wirklich toll!« Anna versucht, sich zusammenzureißen und den anderen beiden Frauen die ausgelassene Stimmung nicht zu versauen. Es grenzt ja nahezu an ein Wunder, dass Rose sie im Rollstuhl empfangen hat. Zum ersten Mal seit ihrem Schlaganfall vor anderthalb Jahren hat sie ihr Bett verlassen. Nun sitzen sie zu dritt um den Couchtisch, Rose im Rollstuhl und Schwester Gabriele und Anna auf den Plüschsesseln. Auf dem Couchtisch steht eine halb leere Packung Mon Chéri, Schwester Gabriele packt gerade die nächste Praline aus. Das Fenster steht weit auf, warme Spätsommerluft weht herein. Es fühlt sich ganz anders an als bisher. Nicht mehr nach Krankenzimmer.

»Ich hab gar net groß drüber nachgedacht. Ich habe Michelle gerufen, und dann hab ich sie gefragt, ob sie mir in den Rollstuhl hilft. Sie hat mich nur groß angeguckt, und dann hat sie ohne ein Wort den Rollstuhl auseinandergeklappt und mich reingelupft. Zum Glück hab ich trotz der vielen Mon Chéri so viel an Gewicht verloren, dass sie mich problemlos reinbugsieren konnte.«

»Und das war Michelles einzige Reaktion? Gucken?«, fragt Schwester Gabriele empört.

»Du weißt ja, wie sie ist. Gefühle zeigen ist nicht gerade ihre Stärke.«

»Mir hat sie es sofort erzählt«, wirft Anna ein. »Gleich nachdem sie mir die Tür aufgemacht hat. Und ich hatte durchaus den Eindruck, dass sie sich riesig freut.«

»Wenn du ab sofort mehr sitzt, müssen wir mit deinen Beinen arbeiten.« Schwester Gabriele umgreift mit Daumen und Zeigefinger Roses spindeldürre rechte Wade und runzelt die Stirn. »Du hast ja gar keine Muskeln mehr! Du musst regelmäßig Gymnastik machen!«

»Eins nach dem anderen!«, wehrt Rosemarie ab. »Außerdem gibt's im Fernsäh Gymnastik zum Mitmachen.«

»Da sieht man es mal wieder«, meint Schwester Gabriele. »Wenn es einem psychisch besser geht, wirkt sich das sofort auf den Körper aus.«

»Dieser Wahlkampf isch wie ein Jungbrunnen!«, ruft Rosemarie vergnügt. »Endlich fühle ich mich wieder gebraucht! Ich hab am Wochenende sehr viel Zeit damit verbracht, die Weitergabe der Unterschriftenliste von Landfrau zu Landfrau zu organisieren. Ich hatte gar keine Zeit, mit Michelle zu streiten! Und hier hascht du die Liste, Anna! Sechzig Unterstützungsunterschriften! Die Unterschrift von Grete Fauser fehlt natürlich. Daube Henne!« Mit feierlicher Geste überreicht sie Anna die Liste.

»Rose! Das ist toll. Du bist toll. Die Landfrauen sind toll!« Die Liste ist vorne und hinten in sorgfältiger Druckschrift beschrieben, und keine der Landfrauen hat ihre Unterschrift vergessen. Jessica Bäcker wird nichts finden, das sie bemängeln kann. Rose hat sich als Erste eingetragen. Anna springt auf und umarmt sie. Sie spürt, dass ihr die Tränen kommen. Was auch, aber nicht nur an der Liste liegt. Rasch wischt sie sich eine Träne weg. Rosemarie hat es bemerkt und guckt schon wieder so forschend, sagt aber nichts.

»Jetzt müssen wir aber loslegen!«, meint sie nur.

»Ein Schlückchen Rotkäppchen-Sekt würde sicher bei der Arbeit helfen«, wirft Schwester Gabriele ein. »Wir haben heute viel zu tun. Und außerdem habe ich tolle Neuigkeiten! Wir haben also allen Grund, anzustoßen. Da müsste doch noch eine Flasche von letztem Freitag übrig sein, oder?«

»Ich hole sie.« Anna steht auf. Die andern beiden nicken.

»Und vergiss nicht, ein Glas für dich mitzubringen! Und vielleicht auch für Michelle!«

Michelle hat kabellose Kopfhörer im Ohr, läuft um den Esstisch herum und scheint sich selbst etwas zu diktieren. Es geht um Ausgabeaufschläge, Risikobereitschaft und einen langen Atem. Anna beschließt, später wiederzukommen.

»Warte!«, ruft ihr Michelle hinterher und klaubt sich die Stöpsel aus den Ohren. »Brauchst du was?« Sie lächelt. Anna hat den Eindruck, dass sie viel umgänglicher geworden ist, seit es Rosemarie besser geht.

»Ich wollte dich nicht stören. Ich wollte nur den Sekt holen. Und drei Gläser. Vier, wenn du mittrinkst? Wir wollen drauf anstoßen, dass Rose zum ersten Mal im Rollstuhl sitzt.«

»Danke, das wäre natürlich ein Grund, aber ich habe wirklich keine Zeit. Ich zeig dir, wo alles ist. Dann kannst du dich in Zukunft selbst bedienen, falls ich beschäftigt bin. Hier im Schrank sind die Gläser, und das ist der Kühlschrank. Und falls du mal Teller brauchst, die sind hier, und da ist die Besteckschublade.«

»Danke.« Anna versucht, sich alles zu merken. Im Kühlschrank scheint sich vor allem Magerquark zu befinden. Große Becher Magerquark. Sie nimmt den Rotkäppchen-Sekt in die eine Hand und die drei Gläser, die Michelle ihr hinstreckt, vorsichtig in die andere.

»Zwischen Lukas und mir läuft nichts mehr«, erklärt Michelle unvermittelt. »Es war auch nie wirklich wichtig. Mehr so eine Zweckgemeinschaft.«

Wieso fängt Michelle aus heiterem Himmel mit Lukas an? Anna schaut nur irritiert und sagt gar nichts.

»Er ist kein schlechter Kerl«, fährt Michelle fort.

Anna starrt Michelle an. Sie hat keine Lust, über Lukas zu reden. Schon gar nicht mit Michelle, schon gar nicht nach letzter Nacht. Sie dreht sich stumm um und geht zurück in Richtung von Rosemaries Zimmer.

»Und er mag dich!«, ruft ihr Michelle hinterher. Was ist das denn jetzt? Versucht Michelle etwa, Lukas anzupreisen? Soll sie ihren abgelegten Liebhaber übernehmen? Dann ist das der völlig falsche Zeitpunkt.

Lukas! Er hat sich nicht gemeldet. Er hat nicht angerufen. Er hat ihre Handynummer, und selbst wenn er die verbummelt hat, kann er sie auf ihrer Webseite finden. Anna ist nach Hause gegangen, und er hat nicht gefragt, ob er sie begleiten soll. Da gingen Annas Alarmglocken an. Weil, das wäre doch eigentlich naheliegend gewesen, es war ja sehr spät, und wegen des starken Gewitters. Aber er hat nichts gesagt, er hat ihr nur die klatschnassen Locken aus der Stirn geschoben und ihr Gute Nacht gewünscht. Dann ist er in der Dunkelheit verschwunden, ohne sich noch einmal umzudrehen. Sie hat ja die ganze Zeit sein Gesicht nicht erkennen können. Nur ein einziges Mal, vor dem Kuss, als sie sich stritten und es blitzte. Da hat sie sein albernes Hipstermützchen gesehen, das ihm am Kopf klebte. Brille und Bart, eine Sekunde lang. Dann war's wieder dunkel. Das ist doch verrückt, man küsst jemanden zum ersten Mal und kann sich dabei gar nicht anschauen!

Als sie endlich in der Wohnung war, hat sie geschlottert vor Kälte, und obwohl sie normalerweise darauf achtet, nicht mehr als drei Minuten zu duschen und zum Haarewaschen das Wasser abzustellen, hat sie geschlagene zwanzig Minuten am Stück heiß geduscht, um wieder warm zu werden. Das Smartphone hatte sie mit ins Bad genommen, falls er ihr noch eine Nachricht schickt. Und sei es eine ganz kurze. Schlaf gut, Anna, gute Nacht, mit einem Herzchen. Wir hören uns morgen. Das hätte doch gereicht! Aber da kam nichts. Auch später nicht, als sie sich abgetrocknet und die Haare geföhnt hatte und mit dicken Socken ins Bett kroch. Und auch nicht morgens um vier, als sie nach einer kurzen unruhigen Nacht wieder wach wurde und zum hundertsten Mal den Kuss in Gedanken durchspielte.

Als sie dann völlig übernächtigt gegen halb zehn aus dem Haus ging, um in der Fußgängerzone ihre Flyer zu verteilen, kriegte sie noch einen Rüffel von der schwäbischen Vermieterin, die wie eine Kanonenkugel aus ihrer Wohnung im Parterre herausgeschossen kam. »So, können mir schon auf sein, Frau Freidich? Bitte nachts net so spät duschen. Net später als 22 Uhr. Weil, des hört man im ganzen Haus, und Sie sind ja net allein auf der Welt.« Anna hat sie nur fassungslos angestarrt, hat sich eine schnippische Antwort verkniffen und ist mit einem »Und auch Ihnen einen schönen guten Morgen, Frau Rebmann« an ihr vorbei.

Wie naiv war sie eigentlich? Hat sie wirklich gedacht, Lukas hätte sich in sie verknallt? Er hat nicht angerufen, um ihr zu sagen, dass von nun an alles anders ist. Dass er sie unbedingt und so schnell wie möglich wiedersehen möchte. Dass er seinen Job hingeschmissen hat, weil er jetzt weiß, dass ihm Anna wichtiger ist. Dass sich Werner Schelkle jemand anderen suchen muss, der die dreckige Arbeit für ihn macht. Dass er sich weigert, die Vorstellung der Kandidaten zu moderieren, weil er Anna damit schadet. Träum weiter, Anna! Doch jedes Mal, wenn sie daran denkt, muss sie die Tränen zurückhalten. Sie hat wirklich gedacht, dieser Kuss hätte etwas bedeutet. Wahrscheinlich wollte er nur ein bisschen knutschen.

Am meisten ist sie über sich selbst erschrocken. Dass sie Lukas, den sie als ihren Gegner betrachtet hat, wirklich mag, dass ihre Gefühle an ihr vorbeigaloppiert sind, vorbei an allem, was in der letzten Woche passiert ist. Sie hat sich das bestimmt nicht so vorgestellt oder ausgesucht, und es macht die Dinge nicht einfacher. Aber Anna kann auch nicht leugnen, wie sehr dieser Kuss sie erschüttert hat. Wenn da Gefühle sind, dann kann man sie doch nicht einfach ignorieren! Wenn Lukas sie nach Hause begleitet hätte, wenn sie sich noch einmal geküsst hätten, wenn er sie gefragt hätte, ob er mit hochkommen kann … sie hätte nicht Nein gesagt. Sie hätte ihm ein Handtuch gegeben, und sie hätten sich gegenseitig abgetrocknet, und dann hätten sie sich gegenseitig die nasse Kleidung ausgezogen und weitergeküsst, und dann …

Anna ist nicht prüde, auch wenn sie weiß, dass sie manchmal so rüberkommt. Aber all diese Gedankenspiele sind völlig unnötig, denn Lukas hat sich nicht gemeldet, er hat nicht angerufen, und damit ist völlig klar, dass der Kuss aus ihrer Sicht ALLES und aus seiner Sicht GAR NICHTS verändert hat. Wie kann man nur die gleiche Situation so unterschiedlich wahrnehmen? Am Freitag wird er sie interviewen, er wird ihr fiese, hinterhältige Fragen stellen, und es wird sein, als habe es diesen Kuss nie gegeben. Anna ist wütend, enttäuscht und traurig. Und hat immer noch einen klitzekleinen Funken Hoffnung. Vielleicht hat er nur viel zu tun. Vielleicht meldet er sich später? Vielleicht redet er jetzt, in diesem Moment, mit Werner Schelkle?

»Hiermit wird die Sitzung im Wahlkampfbüro von der Wahlkampfmanagerin eröffnet!«, trompetet Rosemarie ein paar Minuten später, nachdem sie mit dem Rotkäppchen-Sekt und ohne Michelle darauf angestoßen haben, dass Rose im Rollstuhl sitzt und Anna alle Unterstützungsunterschriften beisammenhat. Nach nur einem Wochenende! »Wir schreiben kein Protokoll. Viel zu aufwändig. Wer sich's net so merken kann, macht sich Notizen.«

»Ist es für Michelle jetzt eigentlich okay, dass wir uns hier treffen?«, fragt Anna. Sie weiß, dass es keine Lösung ist, Herzschmerz im Alkohol zu ertränken, aber sie nimmt trotzdem einen großen Schluck Sekt. Für eine, die bis vor ein paar Tagen überhaupt keinen Alkohol getrunken hat, ist das ziemlich bemerkenswert, findet sie.

»Wir haben uns auf einen Kompromiss geeinigt. Wir drei treffen uns hier im kleinen Kreis, um zu planen und zu besprechen, vielleicht kommt gelegentlich jemand von den Landfrauen dazu, aber wir machen hier keine Wahlveranstaltungen. Ich hab eingesehen, dass das schwierig wäre. Zu wenig Platz, zu störend für Michelle, nicht genug Stühle, schwierig mit der Bewirtung, und Dieter ist im Weg.«

»Ein Kompromiss? Rose!« Schwester Gabriele schlägt die Hände zusammen. »Es geschehen noch Zeichen und Wunder! Wirst du etwa richtig umgänglich auf deine alten Tage?«

»Michelle ist zwar weiterhin eine Spaßbremse, sonst hätte sie jetzt mit uns angestoßen, aber die Stimmung zwischen uns ist deutlich entspannter. Das ist Anna zu verdanken.«

Anna lächelt krampfhaft. Ich brauche meine Konzentration, denkt sie. Verschwinde aus meinem Kopf, Lukas!

»Zuallererst möchte ich wissen, was für tolle Nachrichten du hast.« Rose schaut Schwester Gabriele fragend an. Die grinst, legt ihr Smartphone auf den Couchtisch und tippt mit dem Zeigefinger darauf.

»Crowdfunding. Hatten wir ja drüber gesprochen, gell? Es ist zwar nicht christlich, sich selbst zu loben, aber ich bin schon ein bisschen stolz auf die Marketing-Managerin. Also auf mich. Ich habe am Wochenende tausendfünfhundertsiebzig Euro für Annas Wahlkampf eingetrieben. Wahrscheinlich hast du noch nicht auf dein Wahlkonto geschaut, Anna, das Geld müsste drauf sein. Allerdings habe ich allen Gebern eine Kappe versprochen. »Anna Freitag, die frische Brise aus dem Norden!« Die waren ganz scharf drauf. Hast du noch genug Kappen, Anna? Ich fürchte, wir müssen dreiundvierzig Stück verschicken. Das kostet natürlich Verpackung und Porto. Aber bestimmt keine tausendfünfhundertsiebzig Euro.«

»Schwester Gabriele! Du hast an einem Wochenende tausendfünfhundertsiebzig Euro für mich eingetrieben? Mit Crowdfunding?«, ruft Anna fassungslos. »Wie hast du das in der kurzen Zeit hingekriegt?«

»Nachdem du Rose am Freitagabend noch eine Kappe vorbeigebracht hast, bin ich am Samstagmorgen kurz vorbeigekommen und habe ein Foto von ihr gemacht. Im Bett, mit Laptop auf den Knien, Stift in der Hand und Kappe auf dem Kopf. Roses Bild habe ich dann zusammen mit ein paar Fotos von dir bei feministischen Gruppierungen und Vereinen gepostet. In ganz Deutschland. Vor allem in Berlin. Das ist schließlich eine tolle Story! Junge feministische Frau aus Norddeutschland gegen alternden schwäbischen Macho. Kulturkampf in Schwäbingen! Dazu habe ich kurz was geschrieben und die fiesen Artikel verlinkt, die Lukas über dich im *Schwäbinger Boten* geschrieben hat. Die Empörung war groß, die Spendenbereitschaft auch. Zehn Euro hier, zwanzig Euro da, da kommt schnell was zusammen. Das Bild von Rose war natürlich auch total hilfreich. Die ehrenamtliche Wahlkampfmanagerin arbeitet vom Bett aus! Trotz Schlaganfall kämpft sie für die gute Sache! Das hat schon was. Ich fürchte bloß, die Emanzen sind jetzt ausgemostet. Jetzt muss ich mir andere Zielgruppen überlegen. Vielleicht LGBT? Da bin ich mir aber nicht sicher, wie meine Oberin das findet.«

Rosemarie prustet vor Lachen. »Du bisch echt eine Nummer, Schwester Gabriele! Du passt so gar net ins Diakonissenklischee!«

Schwester Gabriele lächelt bescheiden. »Man muss halt auch ein bisschen auf der Klaviatur der Gefühle spielen. Empathie einfordern, Hilfsbereitschaft triggern! Der Zweck heiligt die Mittel. Die meisten Menschen haben ein gutes Herz und fühlen sich gut, wenn sie für etwas spenden, das sie für sinnvoll erachten. Man tut ihnen also letztlich etwas Gutes! Ich hab Erfahrung damit. Unser alter Golf für die Sozialstation wurde immer klappriger, Geld für einen neuen war nicht da. Da habe ich mit Crowdfunding so viel Geld zusammengekriegt, dass wir uns einen neuen leisten konnten. Gebraucht, aber in gutem Zustand. Klar, die Aktion ging viel länger als die Wahl, über mehrere Monate. Der Autohändler hat uns am Ende auch noch was nachgelassen, als ich ihm gesagt habe, ich würde lobend seinen Namen erwähnen. Ich habe später natürlich unzählige Bilder von strahlenden Diakonissen mit dem neuen Golf gepostet. Wir haben uns zu acht reingequetscht, und ein paar haben sich drumrum gestellt. Das gab sehr lustige Fotos.«

»Acht Diakonissen mit weißer Haube über dem schwäbisch-pietistischen Entsagungsdutt winken aus einem Golf raus? Die Fotos will ich sehen, Schwester Gabriele!«, ruft Rose.

Schwester Gabriele scrollt auf ihrem Handy, beide beugen sich darüber und brechen in hemmungsloses Gewieher aus. Rosemarie fällt das lange, silbrige Haar ins Gesicht, die Schleife von Schwester Gabrieles Häubchen bebt unter ihrem Kinn. Das ist also mein Wahlkampfteam, denkt Anna, grinst in sich hinein und wird ein kleines bisschen fröhlicher. »Was machen wir jetzt mit dem vielen Geld?«, fragt sie. »Die Leute sollen ja erfahren, wofür wir es verwenden.«

»Ich hab schon eine Idee«, sagt Rose. »Die Unterstützung der Landfrauen isch dir sicher, Anna, und sie haben auch viele Verbindungen und können kräftig für dich werben, aber die breite Masse kennt dich halt net. Am Freitag kommen bestimmt viele Leute in die Stadthalle, da hast du aber wenig Einfluss drauf, wie der Abend läuft. Am Sonntag isch das Schwäbinger Bierfest. Das ist eine große Hocketse auf dem Marktplatz. Die Gelegenheit solltest du nutzen, um dich gescheit zu präsentieren.«

»Hocketse?«, fragt Anna. »Was ist das?«

»Anna!«, stöhnt Rose. »Wie viele Jahre hast du in Ludwigsburg studiert und weischt net, was eine Hocketse ist? Bei der Hocketse hockt man auf einer Bierbank auf seinem Boppes, isst und trinkt und schwätzt. Das Schwäbinger Bierfest hat der Helmut, der eitle Gockeler, gleich bei seinem Amtsantritt vor vierundzwanzig Jahren erfunden, damit er sich fühlen kann wie's Oberbürgermeischderle von Stuttgart, wenn der beim Cannstatter

Volksfest das Fass ansticht. Deswegen findet es auch zur gleichen Zeit statt, weil der Helmut in seinem Größenwahn ernsthaft dran glaubt, dass die Leut lieber nach Schwäbingen kommen, weil es da gemütlicher ist, als auf den Wasen zu gehen. Dabei dauert das Bierfest nur einen Tag! Am Sonntag um Punkt elfe wird es eröffnet. Danach spielt die Stadtkapelle schaurig-schräg, aber mit sehr viel Inbrunschd. Die Landfrauen steuern normalerweise Brot aus dem Backhäusle bei, das gibt's zu den Roten. Du gucksch schon wieder so ratlos, Anna, die Roten sind nix Politisches, sondern die roten Schweinswürste, die auf dem Grill liegen, du als Veganerin kennsch die natürlich net. Die gibt's normal im einfachen weißen Weckle, aber das selbst gebackene Bauernbrot von den Landfrauen ist natürlich viel besser dazu. Dieses Jahr backen wir aber nicht bloß Brot. Ich habe mir überlegt, dass wir an einem großen Stand für dich werben, Anna! Die Landfrauen backen Zwetschgenkuchen, Apfelkuchen, Zwiebelkuchen, Kartoffelkuchen und Krautkuchen. Dazu gibt's Kaffee, Apfelsaftschorle, neuen Wein und das eine oder andere Viertele Trollinger oder Lemberger. Alles umsonst! Wenn die Leut den Mund ordentlich voll haben mit gutem Landfrauen-Essen und net entfliehen oder protestieren können, dann erzählst du ihnen was von deinem Wahlprogramm. Der Helmut macht ja bestimmt nichts, weil er denkt, das mit der Wahl ist sowieso ein gmähtes Wiesle. Dann können wir auch schöne Fotos machen für dein Instadingsbums. Damit die Leut wissen, wo ihr Geld hingeflossen ist.«

»Gute Idee, Rosemarie«, meint Schwester Gabriele. »Am Sonntag kann ich euch bloß leider nicht unterstützen. Da hab ich meine Diakonissenpflichten. Ich hab zwar viele Freiheiten, aber der Sonntag ist heilig.«

»Kein Problem. Wir fragen die Freiwillige Feuerwehr, die helfen eigentlich immer, wenn wir Biertische und -bänke brauchen. Ich ruf nachher gleich den Pascal an. Ich hoffe, der stellt sich nicht so an wie seine Mutter.«

»Wer ist Pascal?«, fragt Anna. Sie hat nicht den Eindruck, dass sie groß gefragt wird, ob und wie sie das mit dem Bierfest machen will, aber im Moment ist sie froh, dass die anderen beiden für sie das Denken und Organisieren übernehmen.

»Pascal Fauser, das ist der Sohn von Grete Fauser. Er ist der Feuerwehrkommandant der Freiwilligen Feuerwehr Schwäbingen. Nicht der Hellste, wenn du mich fragsch, aber auch net so dämlich wie seine Mutter. Um den Sonntag kümmer ich mich, Anna. Dann hab ich wieder ordentlich was zu tun! Ich besprech alles mit Bettina. Oder mit Marianne, Gretes älterer Schwester.«

»Wie sieht es mit *giveaways* aus?«, wirft Schwester Gabriele ein. »Luftballons für die Kinder, Kulis, Kappen? Mit Annas Logo und Namen drauf? Und ihr solltet überall auf den Tischen Zettelchen verteilen. Folgen Sie Anna auf Facebook oder Instagram!«

»*Giveaways* sind eine gute Idee, im Moment habe ich bloß Kappen im Angebot. Darum kümmer ich mich am besten selbst«, meint Anna. »Weil das sollte alles ökologisch sein. Sonst mache ich mich unglaubwürdig. Dafür gibt es spezielle Anbieter. Wenn genug Geld da ist und ich heute Abend noch alles online bestelle, kriege ich es am Freitag, spätestens Samstag. Für wie viele Leute?«

»Hunderte.« Rose macht sich ein paar Notizen. »Das Schwäbinger Bierfest ist das größte Ereignis in Schwäbingen! Konzentrier du dich auf deinen Auftritt, wir organisieren alles. Da kannsch du ganz nah ran an die Leute, Anna. Sodele. Jetzt müssen wir aber weitermachen. Als Nächstes sollten wir dringend den Freitag besprechen.«

»Ich habe natürlich auf Insta schon ganz viel Werbung dafür gemacht«, erklärt Schwester Gabriele.

»Und ich habe heute Morgen mit Bettina Eisele telefoniert«, ergänzt Rose. »Die koordiniert mit ein paar Landfrauen alles, was mit der Wahl zusammenhängt. Sie hofft, dass die Landfrauen Schwäbingen am Freitag geschlossen in der Stadthalle antreten. Sie wollen sich vorher noch einmal treffen, um alles zu besprechen und Fähnchen zum Wedeln zu basteln.«

»Läuft«, bestätigt Schwester Gabriele knapp und nickt.

»Und du, Anna? Fühlst du dich gut auf Freitag vorbereitet?«

»Ich habe gestern Abend mit zwei Freundinnen vom Studium Rollenspiele gemacht und dabei alle Fragen abgearbeitet, die man mir stellen könnte.« Sie schafft es nicht, Lukas' Namen laut auszusprechen.

»Hast du eigentlich einen Freund?«, fragt Rosemarie unvermittelt. »Du musst dich auf persönliche Fragen einstellen am Freitag.«

Anna seufzt. »Ja, ich weiß. Die offizielle Version wird lauten: Ich habe einen Freund, der arbeitet in Hamburg bei einem Umweltunternehmen, und wenn ich die Wahl gewinne, zieht er nach Schwäbingen.«

»Und die inoffizielle?«

»Ich bin Single.«

»Will heißen, es taucht kein echter Kerle auf. Das ist für so einen Wahlkampf natürlich mordsschlecht«, meint Rose stirnrunzelnd. »Net solide genug für uns Schwaben. Verlobt, des wär viel besser.« Sie kneift die Augen zusammen und mustert Anna. »Wieso isch so ein nettes Mädle wie du Single?«

»Rosemarie, also wirklich.« Schwester Gabriele schüttelt streng den Kopf. »Das ist nicht mehr so wie früher bei dir, als man sich bei der Dorfkirmes kennengelernt hat. Anna wird es uns schon irgendwann erzählen, wenn ihr danach ist.«

Anna seufzt. »Wenn ihr es für euch behaltet, könnt ihr das gerne erfahren. Bloß, nach außen hin würde ich gerne bei der offiziellen Version bleiben. Die wahre Geschichte lautet in Kurzform so: Ich war lange Jahre mit einem Freund aus Kindertagen zusammen. Lennart.« Ich habe kein Händchen für Männer, denkt Anna deprimiert. Am besten lasse ich es einfach. Man kann schließlich auch seine Arbeit lieben. Und die Menschen, für die man sich engagiert.

»Sandkaschdenfreund!«, ruft Rose dazwischen.

»Wir brauchten gar keinen Sandkasten.« Anna schließt für einen Moment die Augen. Sie sieht den wolkenverhangenen Himmel, der so viel weiter reicht als in Schwäbingen, die Austernfischer, die Möwen. Sie hört die Schreie der Vögel und spürt den Wind, der an ihr zerrt, und sie hat plötzlich schreckliches Heimweh. Wie packt sie das jetzt in möglichst kurze Worte? Sie kann nicht erklären, wie sich Hooge anfühlt. Und wie sehr es verbindet, dort miteinander aufzuwachsen. »Das Watt war ein einziger Sandkasten, und die ganze Hallig war ein einziger Spielplatz. Ohne Angst vor Verkehr oder fremden Menschen, wir kannten uns ja alle. Auf Hooge gab es nur eine Handvoll Kinder. Ich habe zwei Brüder, aber die sind älter und außerdem Zwillinge, die brauchten niemand sonst. Ich hatte dafür Marie und Lennart. Lennart wohnte auf der Hanswarft, ich genau zwischen den beiden in Mitteltritt und Marie auf der Westerwarft. Wir waren einfach unzertrennlich. Kindergarten, Grundschule, dann Gymnasium. Dazu mussten wir aufs Festland wechseln. Marie ist dann aber nach der zehnten Klasse von der Schule abgegangen und zurück nach Hooge. Es gefiel ihr nicht auf dem Festland, sie hatte entsetzliches Heimweh. Sie ist zunächst wieder zu ihren Eltern, dann zog sie um in die WG der Schutzstation Wattenmeer. Dort hat sie ein freiwilliges ökologisches Jahr gemacht und ist in der Schutzstation einfach hängen geblieben, als Ranger.

Kurz vor dem Abi haben Lennart und ich plötzlich gemerkt, dass wir uns ineinander verliebt hatten. Marie schien's nichts auszumachen. ›Ist doch schön‹, hat sie damals gesagt und mit den Schultern gezuckt, ich weiß es noch genau. Nach dem Abi hat Lennart in Hamburg Umwelttechnik studiert, ich habe in Dagebüll eine Ausbildung bei der Gemeinde gemacht. Wir haben uns am Wochenende gesehen und wollten nach Lennarts Studium zusammenziehen und uns beide in Hamburg was suchen. Irgendwann wollte ich Lennart in Hamburg mit meinem Besuch überraschen. Da lag er mit Marie im Bett. Das lief wohl schon eine ganze Weile.« Sie macht eine Pause. Es tut immer noch ein bisschen weh, obwohl es vier Jahre her ist. »Meine Eltern haben wohl gehofft, ich kriege es nicht mit, aber ich weiß, dass die beiden in zwei Wochen in der Halligkirche auf Hooge heiraten. Dazu haben sie mehr oder weniger alle Halligbewohner eingeladen.« Anna hat das alles heruntergebetet, ohne Emotionen zu zeigen. Nur bei den letzten Sätzen hat ihre Stimme leicht gewackelt. Dass die beiden auf Hooge heiraten, in der Kirche, in der Anna getauft und konfirmiert worden ist, und dass so ziemlich jeder eingeladen ist, außer sie und ihre Familie natürlich, das tut nicht nur ein bisschen weh. Sondern sehr. Nicht, weil sie Lennart gerne zurückhätte. Einfach deshalb, weil sie damit ihren Verrat an ihr legitimieren und die ganze Hallig zu Komplizen machen. Einen Moment lang ist sogar Rose still.

»Aua«, seufzt Schwester Gabriele schließlich. »Das ist gemein. Die hätten ja auch woanders heiraten können.«

»Für Marie gibt's aber keinen anderen Ort auf der Welt als Hooge. Lennart hat vermutlich nicht allzu viel zu melden.«

»Dann war's der Kerle au net wert«, erklärt Rosemarie missbilligend. »Wie lang ist das her, dass du sie erwischt hast?«

»Vier Jahre.«

»So lang! Da könntesch du dir doch mal allmählich jemand Neues suchen! Schön bisch du schon, jünger wirsch nimmer! Und irgendwann isch's beschde Heiratsmaterial weg! Vor allem die Kerle, die gscheite Väter abgeben!«

»Du bist mal wieder die Feinfühligkeit in Person, Rose. Heutzutage ist das nicht mehr so einfach! Mit diesen Datingapps und so!«

»Schwester Gabriele! Du als Diakonisse kennst dich sicher bestens aus mit dem Thema. Bist du nicht automatisch mit Jesus verheiratet und hast dir nie jemanden suchen müssen? Wenn du keinen Freund in den Hut werfen kannst, Anna, musst du anders punkten. Du solltest dich vielleicht ein bisschen weiblicher anziehen.«

»Was hat das denn damit zu tun? Ich will doch nicht gewählt werden, weil ich eine Frau bin!«, protestiert Anna. »Außerdem soll meine Kleidung Ausdruck meiner persönlichen Überzeugungen sein. Ich kleide mich nachhaltig und vegan.«

»Das ist sehr löblich, aber sex sells. Das sieht man doch bei Kim Kardashian.«

»Rosemarie!«, protestiert Schwester Gabriele zum zweiten Mal.

»Das Spielchen spiele ich nicht mit. Das ist doch genau das, was dieser Werner Schelkle mit seiner Unterwäscheproduktion repräsentiert. Seine Miss-Nightingale-Höschen werden nach dreimal Waschen weggeschmissen, weil sie so billig sind und sowieso nicht mehr Wäschen überstehen, und die Überproduktion wird geschreddert. Dafür stehe ich nicht!«

»Musst du ja auch nicht. Aber du könntest... wenigstens ein klein bisschen figurbetonter rumlaufen. Nur ein paar winzige Zugeständnisse. Meinst du nicht, das würde einen Unterschied machen, Schwester Gabriele?«

»Natürlich würde es das«, seufzt Schwester Gabriele. »Ich finde es natürlich total traurig und oberflächlich, aber es ist leider so. Ich wollte es eigentlich für mich behalten, aber ...« Sie bricht ab.

»Aber was?«, fragt Anna.

»Es gibt immer Leute, die dämliche Kommentare schreiben. Es gab ein paar blöde Bemerkungen auf Facebook über dein Aussehen. Dass du ja eigentlich hübsch bist, dich aber leider in sackartige Klamotten hüllst. Und dass ... ach Mist, ich hätte lieber meinen Mund halten sollen! Es geht doch schließlich um ganz andere Qualitäten!«

»Das ist wieder mal typisch!«, schimpft Anna. »Bei einem männlichen Bewerber würde man darauf gar nicht achten, und vor allem würde es niemand kommentieren!«

»Da hasch du wohl leider recht, Anna. Du kannst auch ganz einfach den Spieß rumdrehn und es zu deinem Vorteil nutzen. Helmut Bartholomä, der hässliche Donder, kann bestimmt net wegen seines Aussehens und seiner Figur punkten. Aber du schon! Es gibt doch sicher auch vegane Klamotten, die nicht bis zu den Knöcheln gehen und in denen du nicht aussiehst, als ob du dir ernsthaft drüber Gedanken machst, in Schwester Gabrieles Fußstapfen zu treten und Diakonisse zu werden?«

»Rosemarie! Jetzt reicht's aber!«, empört sich Schwester Gabriele. »Du machst dich lustig. Über uns beide!«

»Isch ja gut, isch ja gut. Ich weiß, ich bin ein altes Lästermaul. Nemmt es mir net krumm. Es ist eigentlich ein gutes Zeichen. Nämlich dafür, dass meine Lebensgeister wieder erwachen. Denkst du wenigstens drüber nach, Anna?«

»Ich denk drüber nach, Rosemarie. Aber bis Freitagabend werde ich mein Outfit bestimmt nicht ändern.«

»Solange du net das Kleid anziehsch, was du gerade anhast.«

»Rose! Wir freuen uns ja wirklich, dass es dir besser geht. Aber jetzt hör auf, Anna in alles reinzuquatschen!«

»Das ist Fairwear. Nachhaltig hergestellte Biobaumwolle, in Europa produziert, mit hohen Standards in der textilen Lieferkette. Nicht so ein Billigschrott von Primark. Oder von Miss Nightingale.«

»Sehr löblich. Bloß, die müssen die Taille vergessen haben. Und das Blumenmüschderle sieht aus, als wärst du fünfzehn.«

»Ich geb's gern weiter. Ich ziehe meine Bambushose an.«

»Kann man damit in den Regen kommen?«

»Anna, wir gehen jetzt«, erklärt Schwester Gabriele sehr bestimmt. »Und wir kommen erst wieder, wenn Rosemarie fertig ist mit Lästern.«

18. KAPITEL

In dem wir einen tiefen Einblick in die Freiwillige Feuerwehr Schwäbingen gewinnen, vor allem in das Hirn von Pascal Fauser, seines Zeichens Feuerwehrkommandant der Freiwilligen Feuerwehr Schwäbingen

Pascal Fauser ist allein. So sitzt er ganz links außen in der ersten Reihe im rechten Sitzblock der Stadthalle Schwäbingen. Erst hat er sich in die Mitte der Reihe setzen wollen, um nicht das falsche politische Statement abzugeben, aber wo ist die Mitte von zehn? Entweder bleiben dann vier Stühle links und fünf Stühle rechts oder fünf Stühle links und vier Stühle rechts frei. Das geht gar nicht, denn Pascal Fausers Leben ist den Prinzipien Symmetrie, Harmonie und Hierarchie untergeordnet. Also sitzt er links außen. Die neun rechts von ihm liegenden Stühle haben seine Männer respektvoll frei gelassen, und auch niemand anderes hat es gewagt, sich neben ihn – oder auch nur in die gleiche Reihe! – zu setzen. Man setzt sich nicht ohne Aufforderung neben den Kommandanten der Freiwilligen Feuerwehr Schwäbingen! Nicht mal als Gemeinderat oder wenn man mit dem amtierenden Bürgermeister verheiratet ist! Pascal dreht sich um und lässt seinen Blick wohlwollend über die Stuhlreihen zwei bis sieben gleiten.

Vierundsechzig Feuerwehrmänner sitzen aufrecht hinter ihm wie ein Mann. In ihren schmucken, sauberen Uniformen füllen sie sechs und eine knappe halbe Stuhlreihe. Sechs Reihen ohne einen freien Platz – sehr schön, seine Leute haben kapiert, was wichtig ist im Leben – gefolgt von einer Reihe, in der nur vier Plätze belegt sind. Erst danach folgt das gemeine Volk: die Gemeinderäte, Elfriede Bartholomä, Martin Sickinger mit seiner Kanita (Pascal nennt sie heimlich Hanuta) und dieses hübsche Mädel, das als Sekretärin des Bürgermeisters eigentlich viel zu schade ist, Jessica. Ihr Mann Marcel, der Metzgerssohn, ist auch bei der Feuerwehr. Die halbe Feuerwehrreihe stört das Gesamtbild leider etwas, weil die vier so wie er am linken Rand sitzen und offensichtlich nicht auf die Idee gekommen sind, sich in der Mitte zu platzieren (das hätte links und rechts jeweils drei freie Sitze und einen harmonischeren Gesamteindruck ergeben), und doch, insgesamt ist es ein prachtvoller Anblick. Vierundsechzig Mannen beweisen, dass Kameradschaft, Zusammenhalt und Zuverlässigkeit noch etwas gelten in Schwäbingen und dass so eine saubere, schmucke Uniform einfach etwas hermacht. Auch breite Schultern machen etwas her. Sie haben zwar den einen oder anderen dünnen Hering dabei, den man nicht hat abwimmeln können, weil er darum gebettelt hat, bei der Feuerwehr mitzumachen, oder weil der Vater versprochen hat, er kauft fürs nächste Feuerwehrfeschtle ein paar Kästen Bier, aber die meisten Männer sind gut gebaut, auch, weil sie regelmäßig im top ausgestatteten Fitness-Raum der Freiwilligen Feuerwehr im Feuerwehrhaus trainieren.

Natürlich hat keiner so eine breite Brust und so gut ausgebildete Oberarmmuckis wie Pascal Fauser selbst (und keiner trainiert so viel wie er, nämlich täglich), aber es gibt ja auch einen Grund, warum er der Chef ist. Und warum es in Schwäbingen keine Frau bei der Feuerwehr gibt! Die können körperlich einfach nicht mithalten. Allein schon die schwere Ausrüstung! Anderswo mag das mittlerweile normal sein, aber da geht es doch letztlich nur drum, dass man politisch korrekt sein will und irgendwelche lächerlichen Debatten um Gleichberechtigung und so einen Quatsch führt. Man kann doch nicht ernsthaft auf die Idee kommen, eine Frau in ein Haus zu schicken, das hell in Flammen steht! Und der nervliche Druck, das halten die doch gar nicht aus. Das schwache Geschlecht heißt nicht umsonst so. In Schwäbingen ist die Welt noch so, wie sie sein soll: Die Männer gehen zur Freiwilligen Feuerwehr, die Frauen zu den Landfrauen.

Obwohl die Welt irgendwie kopfsteht. Es ist jetzt eine gute

Woche her, dass neunundfünfzig völlig überdrehte, um nicht zu sagen: hysterische Landfrauen aus dem Feuerwehrhaus getaumelt sind, während er mit drei Kollegen und dem Ausrüstungswart die Ausrüstung reinigte. Wenn er nicht gewusst hätte, dass es beim Landfrauenfrühstück nur Kaffee zu trinken gibt, er wäre sich sicher gewesen, dass die alle einen Schwips haben. Sie trugen lächerliche weiße Kappen auf dem Kopf, die sie albern in die Luft warfen, um sie dann unter großem Gelächter wieder aufzufangen.

Am erstaunlichsten aber war, dass die Landfrauen dieses blutjunge Mädle aus Norddeutschland umringten und immer wieder hochleben ließen, diesen jungen Hüpfer, der doch allen Ernstes bei der Bürgermeisterwahl kandidiert. Die einzige Landfrau, die offensichtlich nicht den Verstand verloren hatte und weder das alberne Mützchenwerfen noch das Hochleben mitmachte, sondern das Spektakel stattdessen mit leicht verkniffenem Mund verfolgte, war Grete Fauser, seine Mutter. »Ich ruf dich später an«, raunte sie ihm im Vorbeigehen zu, und was sie ihm kurz darauf am Telefon berichtete, war nicht weniger als eine Sensation, um nicht zu sagen: eine Revolution.

Am Donnerstagmorgen hatten die Landfrauen ins Feuerwehrhaus zu ihrem monatlichen Frühstück geladen, und am Donnerstagabend fand am selben Ort der wöchentliche Übungsabend der Freiwilligen Feuerwehr statt. Pascal Fauser hatte das übliche Programm durchgezogen, trotz oder gerade wegen der morgendlichen Rebellion. Erst ließ er seine Männer im Chor die Feuerwehrvorschrift herunterbeten, dann jagte er sie eine Stunde mit einem speziellen Zirkeltraining – Gewichte, Klimmzüge, Liegestütze und in den Pausen schnelle Sprints – kreuz und quer über den Hof, so lange, bis keiner mehr einen trockenen Faden am Leib trug. Im Anschluss ließ er sie dreimal üben, die tragbaren Leitern vom Dach des Löschfahrzeugs herunterzunehmen und in Stellung zu bringen, jedes Mal ein bisschen schneller, und als kleine Fleißübung mussten sie mehrmals hintereinander ihre Atemgeräte anlegen und ihre Funktionstüchtigkeit prüfen, während er bei jedem Mann die Zeit stoppte, die er dafür benötigte. Die Ergebnisse trug er fein säuberlich auf seiner von Hand geführten Liste ein und verlas sie zum Schluss laut, beim Langsamsten angefangen (ein bisschen Wettbewerb stachelt schließlich den Ehrgeiz an). Als Schmankerl zum Schluss ließ er sie Pamela (die Übungspuppe mit der üppigen Oberweite, die er nach Pamela Anderson benannt hat) über eine tragbare Leiter aus dem Obergeschoss des Feuerwehrhauses retten und beatmen. Seine Trainingsmethoden mochten anderswo als altmodisch gelten, die Freiwillige Feuerwehr Schwäbingen war in Bestform.

Erst beim gemeinsamen Bier, das ebenso selbstverständlich Teil des Übungsabends war wie die Übungen selbst, ließ Pascal die Bombe platzen und berichtete, was am Morgen bei den Landfrauen vorgefallen war. Die meisten Männer waren aber schon bestens informiert, weil auch ihre Ehefrauen beim Frühstück dabei gewesen waren. Leider schienen sie den Ernst der Lage kein bisschen zu begreifen.

»Leute«, sagte Pascal beschwörend, »kapiert ihr's nicht? Wenn die Landfrauen diese Anna unterstützen, kriegen wir ein Problem. Wer weiß, wie viele Leute sie dann mitreißen! Vor allem die Frauen! Das wird ein Erdrutsch! Am Ende gewinnt sie noch die Wahl! Allein dieser Marsch durch Schwäbingen heute Morgen!«

»Meine Frau ist bei den Landfrauen«, wandte Michael vorsichtig ein. »Die war heute beim Mittagessen total begeistert von ihr.« Einige andere Feuerwehrmänner nickten zustimmend. »Vielleicht wäre es nach vierundzwanzig Jahren ja auch einfach mal an der Zeit für frischen Wind in Schwäbingen?«

»Michael« – Pascal Fauser konnte nicht verhindern, dass seine Stimme einen drohenden Unterton hatte – »weißt du, was auf uns zukommt, wenn das Mädle Bürgermeisterin wird?«

»Nein, in ihrem Wahlprogramm steht nichts von der Feuerwehr. Ich habe extra geguckt. Da geht's um Klimawandel und Bürgerbeteiligung und so.«

»Eben. Es steht nix drin. Kein Wort. Die hat keine Ahnung von Rettungskräften. Die hat uns nicht mal auf dem Schirm!

Und keine Ahnung von der Technik, die wir benötigen, so als Frau. Kann man mit Bürgerbeteiligung einen Brand löschen?«

»Nein!«

»Und wer hat die neue Drehleiter bezahlt?«

»Na, der Helmut«, antworteten alle seine Mannen wie aus einem Mund.

»Der Helmut, richtig, genauer gesagt, die Stadtkasse. Und wer hat dafür gesorgt, dass unser Fitnessraum mit nagelneuen Geräten ausgestattet wird?«

»Der Helmut!« (Die richtige Antwort hätte lauten müssen: »Der Pascal!«, aber seine Leute wussten nicht, dass sie die Fitnessgeräte nur deshalb bekommen hatten, weil der Helmut bei der wöchentlichen Skatrunde im »Adler« zu sehr fortgeschrittener Stunde haushoch gegen ihn verloren hatte, und außerdem hatte er zu viel Bier intus, sodass ihm Pascal in seinem Augenblick der Schwäche und Niederlage abgenötigt hatte, der Feuerwehr eine Ruderbank, ein Laufband, ein Ergometer, einen Crosstrainer und eine Hantelbank aus der Stadtkasse zu finanzieren; ja, so rührend sorgte Pascal Fauser für seine Männer, und ein klitzekleines bisschen auch für sich, er hatte nämlich gerade auf Drängen seiner Frau seinen Fitnessraum daheim aufgeben und ein zweites Kinderzimmer daraus machen müssen).

»So. Und wenn der Helmut abgewählt wird, können wir uns dann drauf verlassen, dass so ein Mädel von einer einsamen Insel in der Nordsee, wo der Landregen jeden Brand sofort erstickt, die Feuerwehr Schwäbingen unterstützt?«

»Nein!«, brüllten fünfundsechzig Mannen im Chor. Er liebte es, wenn sie das taten, was er von ihnen erwartete.

»Aber – was ist …« Dieser Michael konnte einfach nicht die Klappe halten!

»Ja, Michael?« Pascal Fauser hatte dann doch noch einen etwas drohenderen Ton anschlagen müssen.

»Na, was, wenn wir dann alle unsere Frauen gegen uns haben?« Ziemlich viele Männer nickten oder wackelten zweifelnd mit den Köpfen. Ein Haufen Memmen, mehr war das nicht.

»Bei uns daheim ist das kein Problem«, warf Marcel ein. »Jessi ist schließlich die Sekretärin vom Bürgermeister. Und sie ist auch nicht bei den Landfrauen. Nur meine Mutter macht Stress. Sie streitet sich seit einer Woche mit meinem Vater. Es ist kaum mehr auszuhalten in der Metzgerei. Wir merken jetzt schon, dass uns die Kundschaft wegbleibt!«

»Da siehst du's!«, rief Michael. »Dramatische Folgen! Dabei ist der Mampfred nicht mal bei der Feuerwehr!«

»Michael.« Diese Diskussion musste Pascal sofort beenden. »Wer ist bei euch zu Hause der Chef?«

»Na, meine Frau«, antwortete Michael arglos und wie aus der Pistole geschossen, und vierundsechzig freiwillige Feuerwehrleute brachen in lautes Gequieke aus.

»Dann wird es höchste Zeit, dass sich das ändert!«, hatte Pascal Fauser erklärt, und alle nickten heftig, obwohl ihnen die Zweifel ins Gesicht geschrieben standen. Auch Melanie, Pascals Göttergattin, hatte schon kurz nach dem Frühstück von Annas Erfolg gehört, und zwar von Pascals Tante Marianne, Landfrau der ersten Stunde. Marianne hatte Melanie sogar in der Bank angerufen, um ihr brühwarm zu berichten, wie lächerlich sich Grete – seine Mutter und Mariannes Schwester – angeblich aufgeführt hatte, noch bevor seine Mutter ihn anrief, um ihre Version abzuliefern, aber Marianne mag Grete nicht, obwohl sie Schwestern sind, und Melanie und Grete mögen sich auch nicht und hetzen bei jeder Gelegenheit gegeneinander, und deshalb hatte Pascal nicht allzu viel darauf gegeben, als ihm Melanie am Nachmittag von dem Anruf erzählte. Melanie hält ihre Schwiegermutter für fortschrittsfeindlich, während Grete findet, dass Melanie zu Hause bleiben soll, um die Kinder zu versorgen, anstatt arbeiten zu gehen und das Geld in die Kinderbetreuung zu stecken. Das ist ja normal bei Schwiegertöchtern und Schwiegermüttern, dass sie sich nicht mögen. Im Zweifelsfalle hält er sich an seine Mutter, die kennt er einfach schon länger, und er ist sich ziemlich sicher, dass sich bei Melanie die Begeisterung für diese Anna bald legen wird, vor allem, nachdem ihm seine Mutter erzählt hatte, wie schwer sich dieses Mädle anfangs bei den Landfrauen getan hatte. Leider ist das Gegenteil der Fall gewesen; Melanie ist seither mehrmals sehr kurzfristig zu irgendwelchen konspirativen Treffen der Landfrauen marschiert, direkt nach der Arbeit, obwohl sie doch nicht einmal Mitglied ist! Sie hat immer gesagt, die Landfrauen sind ihr zu altbacken! Sie hat ihm nur sehr ausweichend geantwortet, als er gefragt hat, was sie da treiben, nur das Wort »Wahlkampfkomitee« ist gefallen. Anscheinend treffen sie sich bei Bettina Eisele oder bei Rosemarie, Gretes Vorgängerin, die mit dem Schlaganfall. Melanie hat darüber sogar das eine oder andere Mal versäumt, ihm Abendessen zu machen, und ihn beiläufig gebeten, sich selbst zu versorgen und die Kinder (ein Mädchen und ein Bub, wie es die Harmonie erfordert) ins Bett zu bringen. Er hat das mit einigem Befremden zur Kenntnis genommen, aber nichts gesagt, auch seiner Mutter gegenüber hat er es nicht erwähnt. Noch nicht. Die würde ihm klipp und klar sagen, dass das so nicht geht, dass er sich von Melanie auf der Nase herumtanzen lässt. Noch ist Pascal der Herr im Haus, aber auf Dauer wird er bestimmt keine Butterbrote zu Abend essen, das ist einfach nicht genug für einen gestandenen Mann wie ihn, der nicht kochen kann und dringend Kohlehydrate benötigt. Das bringt ihm die körperliche Balance und innere Harmonie komplett durcheinander! Wie soll er da sein Fitnessprogramm absolvieren?

An jenem legendären Donnerstag, der ihm immer in Erinnerung bleiben wird als der Tag in der Geschichte Schwäbingens, an dem das Unheil anfing, seinen Lauf zu nehmen, an jenem Donnerstag also haben die Landfrauen begonnen, Schwäbingen zu spalten. Man kann es nicht anders sagen. Die Harmonie, die einmal geherrscht hat, ist zerstört. Dieser Zug durch die Stadt, von dem ihm seine Mutter mit erstickter Stimme berichtet hat! Öffentlich den amtierenden Bürgermeister und damit indirekt auch die Feuerwehr zu brüskieren! Das war aber längst nicht alles. Die Geschichte zog immer mehr Kreise. Kurz vor dem

Übungsabend hatte ihn Martin Sickinger angerufen und ihm gesagt, dass schon eine gute Woche später, am Freitag, eine Wahlkampfveranstaltung stattfinden würde, organisiert vom *Schwäbinger Boten*, und natürlich ging er davon aus, dass die Freiwillige Feuerwehr geschlossen dazu antrat, um ihre Unterstützung für Helmut Bartholomä sichtbar zu machen. »Nach dem, was heute Ungeheuerliches in Schwäbingen passiert ist, ist die Lage ernst. Die Feuerwehr trägt Verantwortung. Ich sage nur: Fitnessgeräte«, hatte er am Ende des Telefonats fallen lassen und sein Ton hatte leicht eisig geklungen.

Martin Sickinger war damals nicht glücklich gewesen über den Alleingang seines Chefs, und er hatte Pascal beschworen, dass die ganze Geschichte diskret zu behandeln sei und die Fitnessgeräte im städtischen Haushalt als »Schutzhelme mit Visier« auftauchen würden.

Nach der Diskussion mit Michael hatte Pascal dann allen Feuerwehrleuten gesagt, dass sie zu der Vorstellung der Kandidaten kommen mussten, selbstverständlich in Uniform. Keine Ausrede, hatte er gesagt. Geburtstage, Hochzeitstage, was auch immer ihr an dem Abend geplant habt, ihr müsst es absagen. Niemand hatte es gewagt, zu protestieren. Nicht einmal Michael, der am Vormittag seine Mutter beerdigt hat. Nur einen hat er rausgelassen, aber erst, nachdem er ihm heute Morgen ein Foto von seinem positiven Corona-Test geschickt hat.

Ein paar Tage nach dem Übungsabend letzte Woche hat Pascal einen Anruf von Rosemarie Österle bekommen, die war vor seiner Mutter Vorsitzende der Landfrauen. Sie hat ihn ganz arglos gefragt, ob er mit den Mannen von der Feuerwehr beim Schwäbinger Bierfest für die Landfrauen Biertische und Bierbänke aufstellen kann. Das wäre normalerweise eine Selbstverständlichkeit gewesen. Die Sachen lagern im Feuerwehrhaus und gehören der Feuerwehr, und die Landfrauen greifen drauf zu, wenn sie es brauchen. So ist es guter Brauch in Schwäbingen. Aber erstens hat Rosemarie mit ihrer Anfrage die Autorität seiner Mutter untergraben, weil sie eigentlich nichts mehr zu melden hat, seit sie wegen ihres Schlaganfalls abgewählt worden ist, und zweitens kam raus, dass die Landfrauen (auch an seiner Mutter vorbei) beim Bierfest gezielt für Anna Freitag werben wollen. Da musste Pascal dann bedauernd Nein sagen. Das kann er sich echt nicht erlauben, so, wie die Dinge stehen.

Rosemarie war geschockt. Das ist noch nie vorgekommen in der langjährigen guten Freundschaft der Landfrauen mit der Freiwilligen Feuerwehr, dass die Feuerwehr den Landfrauen die Hilfe verweigert. Aber das ist eben die neue Situation, das muss auch Rosemarie begreifen. Die hat ihm dann ziemlich unfreundlich erklärt, er kann sich seine Bierbänke sonst wohin stecken.

Nun sitzen sie also geschlossen da, seine vierundsechzig wackeren Mannen und er. Leider gibt es ein ziemlich offensichtliches Problem. Die Landfrauen sind nämlich auch da, und sie hocken auf der anderen, der linken Seite der Stadthalle, ebenfalls dicht nebeneinander, in ihren grünen T-Shirts mit ihren Halstüchern, und ebenfalls vollständig und genauso aufrecht. Sechzig Frauen, symmetrisch verteilt auf sechs Reihen. Und damit nicht genug, die Reihe dahinter ist ebenfalls vollständig besetzt. Auch lauter Frauen, mit einer Ausnahme. Pascal kennt sie nicht alle persönlich, aber vermutlich ist es die komplette Sozialstation Schwäbingen, die da versammelt ist, denn in der Mitte trohnt Schwester Gabriele, klar zu erkennen an ihrem Diakonissen-Kopfschmuck, oder wie auch immer man das nennt.

Direkt neben ihr sitzt dieser türkische Kioskbesitzer. Davut. Seltsame Kombination, denkt Pascal, der Davut hockt direkt neben der Diakonisse? Und zudem hat er noch eine schwäbische Freundin, die Tina, die sitzt neben ihm. Mit der war er im Kindergarten. Ganz schönes Durcheinander! Er hat nichts gegen Türken, wirklich nicht. Aber so ein Ort wie Schwäbingen, wo der Name ja eigentlich Programm ist, der sollte halt schon schwerpunktmäßig Schwäbisch sein. Auch wenn Pascal ungern auf die Pizzeria verzichten würde.

Somit sind die Frauen mit Davut in ihren sieben Reihen den Männern zahlenmäßig um sechs überlegen, und symmetrischer angeordnet sind sie noch dazu. Am schlimmsten aber ist, seine eigene Frau sitzt fast genau in der Mitte der Landfrauen, in der fünften Reihe auf dem vierten Platz von links, und sie würdigt ihn keines Blickes, und sie trägt ebenfalls T-Shirt und Halstuch, ist also Mitglied geworden, ohne es ihm gegenüber auch nur zu erwähnen. Wie steht er denn jetzt da! Sie ist nicht die Einzige, die die Männer brüskiert. Keine einzige Landfrau ist herübergekommen, um einen der Feuerwehrleute zu begrüßen. Sie sind nicht feindselig, das wäre zu viel gesagt, sie haben freundlich herübergenickt, aber das war auch alles. Mit Ausnahme seiner Mutter. Seine Mutter hat sich als Einzige blicken lassen und ihn und die anderen Feuerwehrmänner herzlich begrüßt, bevor sie mit versteinertem Blick ihren Platz bei den Landfrauen eingenommen hat. Pascal Fauser weiß, welchen fürchterlichen inneren Kampf seine Mutter ausficht, und er ist deshalb voller Mitgefühl.

Es ist, als habe sich zwischen den Landfrauen und der Freiwilligen Feuerwehr ein tiefer, unüberbrückbarer Graben aufgetan, ein Graben, der Paare und Familien zerreißt und Schwäbingen tief spaltet. Wie mit dem Beil. Manfred, der Metzger, bei dem er immer samstags Rostbraten, Saiten und Leberkäs einkauft (das gehört sich so, einmal die Woche kaufen die Männer ein, samstags beim Metzger, keiner kann also behaupten, dass die Frauen den Haushalt alleine machen), hat sich mit seiner Frau überworfen, die begeisterte Anna-Anhängerin ist. Als er letzten Samstag im Laden war, haben sie kein Wort miteinander geredet. Diese Anna stürzt ganz Schwäbingen ins Chaos!

Oben auf dem Podium ziehen nun die Kandidaten für die Wahl ein wie Gladiatoren in die Arena, begleitet von höflichem Applaus. Angekündigt werden sie von diesem jungen Kerl, der die Artikel im *Schwäbinger Boten* schreibt. Zuerst kommt der Helmut, Pascal klatscht heftig, dreht sich zu seinen Mannen um und vergewissert sich, dass die kräftig mitklatschen. Dann folgt dieser Typ, der in ganz Baden-Württemberg bei jeder Wahl antritt, dann eine Frau, die Pascal nicht kennt, und schließlich der Spaßkandidat von »Die Partei« in einem Strampelanzug und mit einer Riesenbabyflasche unterm Arm. Da wird ein bisschen gelacht, aber auch nicht mehr. Alles im Rahmen. Bis diese Anna auftaucht. Denn jetzt flippen die Landfrauen und die Sozialstation geschlossen aus. Eben noch haben sie brav dagesessen, nun verwandeln sie sich innerhalb von Sekunden in ein fähnchenschwingendes Meer mit lächerlichen weißen Kappen auf dem Kopf, ein Meer, das im Chor »Anna, Anna« skandiert.

Pascal hat so was bisher nur im Fernsehen gesehen, beim Wahlkampf für die amerikanischen Präsidentschaftswahlen. Der Lärm ist unglaublich, die ganze Stadthalle reckt die Hälse, und Pascal merkt genau, wie das seine Leute verunsichert, er spürt die Unruhe in seinem Rücken, und er selbst mag seine wild wedelnde Gattin kaum anschauen, so peinlich ist sie ihm. Stattdessen sieht er seine Mutter an, die Arme, sie guckt gequält, er lächelt ihr aufmunternd zu und sie nickt dankbar zurück. Aufgeregtes Gemurmel in der nahezu voll besetzten Stadthalle ist die Folge dieses Spektakels, und die Unruhe und Überraschung spiegelt sich auch in den Gesichtern der anderen Kandidaten, während Anna fröhlich zu den Landfrauen hinunterwinkt. Nur diesem Lukas vom *Schwäbinger Boten* scheint für einen Moment das Gesicht zu entgleiten. Wieso grinst er über beide Backen?

19. KAPITEL

In dem Lukas sich bei der Vorstellung der Kandidaten in der Stadthalle zwischen zwei sehr unterschiedlichen Strategien entscheiden muss und ein sehr überraschender Besucher auftaucht

Lukas schaut hinunter auf die enthusiastisch wedelnden Landfrauen. Wie haben sie es bloß in der kurzen Zeit geschafft, weiße Fähnchen zu besorgen, auf denen in blauer Schrift »Anna« steht? Was natürlich in Kombination mit Annas weißen Schirmkappen mit der ebenfalls blauen Schrift auf ihren Köpfen – »Anna Freitag, die frische Brise aus dem Norden« – sehr professionell rüberkommt. Ein paar Landfrauen marschieren durch die fast voll besetzte Stadthalle und verteilen eifrig Fähnchen und Kappen ans Publikum. Ja, die sind wirklich gut organisiert! Gegen die kann Helmut Bartholomä einpacken. Der hat zwar die Freiwillige Feuerwehr geschlossen in der Stadthalle anrücken lassen, aber die Männer sitzen nur rum und gucken hilflos. Links unten die Feuerwehr, rechts die Landfrauen – der Sieg nach Punkten geht eindeutig an die Landfrauen. Lukas muss sich richtig zwingen, mit dem Grinsen aufzuhören, als Werner Schelkle den Platz in der ersten Reihe neben dem Kommandanten der Freiwilligen Feuerwehr einnimmt. Sie geben sich die Hand, von Mann zu Mann. Eben noch hat Werner die Kandidaten hinter der Bühne persönlich begrüßt, er wird die Veranstaltung auch eröffnen. Er hat schließlich geladen. Er trägt einen sehr eleganten Anzug, ohne Krawatte, aber mit Einstecktuch im Sakko. Schelkle liebt solche Auftritte, bestimmt fühlt er sich mal wieder wie Wolfgang Grupp. Der Patriarch von Schwäbingen! Der Mann, der Arbeit und Wohlstand in den Ort gebracht hat! Quer über der Bühne hängt ein großes Banner. »*Schwäbinger Bote.* Die Zeitung für Schwäbingen. Unabhängig, unbestechlich, unerreicht.« Zum Totlachen, denkt Lukas. Unabhängig, unbestechlich, unerreicht, das bin dann wohl ich, oder? Ob irgendjemand diesen Scheiß glaubt?

Die Landfrauen waren eine gute Ablenkung, sie helfen Lukas, sich souverän zu geben. Zumindest nach außen hin. Er trägt seine besten Jeans, Turnschuhe, ein weißes T-Shirt und ein beiges Leinensakko, sein einziges. Sein geliebtes Hipstermützchen hat er ausnahmsweise abgelegt. Außen hui, innen pfui. In ihm drin tobt es. Als Anna auf die Bühne kam und ihn mit diesem inszenierten Lächeln angeschaut hat, diesem künstlichen Mundwinkelauseinanderziehen, von dem er ganz genau weiß, dass es nicht echt ist, weil sie ganz anders gelächelt hat, als sie den Landfrauen zugewunken hat, viel warmherziger und fröhlicher, da hat Lukas das Gefühl gehabt, dass sich sein Herz in der Brust verknotet. Wenn nur er der Adressat dieses echten Lächelns wäre!

Er hat Anna hinter der Bühne brav die Hand geschüttelt, obwohl er sie eigentlich nicht anfassen wollte, aber er musste sie ja freundlich willkommen heißen, wie die anderen Bewerber auch. Natürlich war nichts so wie bei den anderen. Sein Puls raste, und er musste seine schweißnasse Hand vorher schnell an seiner Jeans abwischen. Ihr erstes Aufeinandertreffen seit dem Kuss! Anna schien geradezu von innen heraus zu leuchten. Ein Engel, mitten im Neonlicht der nüchternen Stadthalle. Ihr Blick ging durch ihn hindurch, als sei er aus Glas. Ohne Emotion, aber als sich ihre Hände berührten, da war es, als ginge ein elektrischer Schlag durch sie beide, und sie sind gleichzeitig zusammengezuckt. Nicht nur das, es kam ihm vor, als könne er Anna innerlich schreien hören: Warum hast du mich nicht angerufen! Hoffentlich hat Werner Schelkle von alldem nichts mitgekriegt, er hat sie natürlich argwöhnisch beobachtet. Danach ist Lukas ganz schnell aufs Klo gegangen, weil er so aufgewühlt war und sich beruhigen musste.

Seit Tagen zwingt sich Lukas, nicht an Anna zu denken. Das klappt super. So super, wie wenn jemand sagt, denk nicht an rosa

Elefanten. Jede Stunde denkt er im Schnitt dreiundzwanzig Mal an sie, nachts noch öfter, wenn er nicht schlafen kann, und er hat in Gedanken schon mindestens siebenhundertzweiundachtzig Mal gekündigt. Er denkt an Sonntagnacht und an den Kuss und daran, dass er sich nichts sehnlicher wünscht, als Anna wiederzusehen, und zwar nicht in einer Stadthalle. Er möchte sie in seine Arme reißen und küssen, bis zur Besinnungslosigkeit. Hundertmal hat er das Handy in die Hand genommen, um sie anzurufen, und dann hat er es in letzter Sekunde wieder beiseitegelegt. Er hat sogar schon eine Mail angefangen an Schelkle mit dem Betreff »Kündigung«. Dann ist ihm der Opa in den Sinn gekommen, und er hat den Entwurf wieder gelöscht.

Der ganze Abend wird ein einziger Balanceakt werden. Er will um alles in der Welt vermeiden, Anna in die Pfanne zu hauen, aber wenn er zu soft ist, kriegt er noch mehr Ärger mit Werner. Und das kann er sich nicht leisten, weil er seinen Job behalten muss, zumindest im Augenblick. Es hocken aber zum Glück auch ein paar Journalistenkollegen unten im Publikum, vom SWR und von der Regionalausgabe der *Ludwigsburger Kreiszeitung*. Das mit Anna hat sich offensichtlich rumgesprochen, und natürlich hat Lukas Pressemitteilungen verschickt. Zum ersten Mal seit Jahrzehnten ist die Bürgermeisterwahl in Schwäbingen spannend, das ist für die Presse natürlich ein gefundenes Fressen. Komischerweise hat Lukas auch zahlreiche Protestmails von irgendwelchen feministischen Gruppen aus Berlin bekommen, die sich über ihn und seine tendenziösen Artikel aufregen. Lukas hat keine Ahnung, wieso etwas, was in Schwäbingen passiert, nach Berlin durchgedrungen ist. Er würde die Mails gern beantworten, alles erklären, sich verteidigen, aber das geht natürlich nicht. Er hat sie alle gelöscht.

Die Kandidaten haben jetzt ihre Plätze auf der Bühne eingenommen, er muss sich konzentrieren. Lukas hatte den Geistesblitz, dass die fünf Bewerber nicht konferenzmäßig an Stühlen hinter Tischen sitzen, sondern auf Barhockern, damit man sie auch von weiter hinten gut sehen kann, und außerdem kommt das cool rüber. Werner war von der Idee begeistert, und er hat die Stühle noch schnell besorgt. Geld spielt schließlich keine Rolle. Die Hocker haben Füße aus glänzendem Chrom und weiße Plastikschalen als Sitz, mit Rückenlehne, damit es nicht zu unbequem ist. Vor jedem Hocker steht ein Mikro auf einem Ständer. Lukas selbst wird nicht sitzen, sondern die Veranstaltung im Stehen moderieren. Er hat ein Funkmikro, mit dem er sich frei bewegen kann. Das hat den Vorteil, dass er sich den Kandidaten besser einzeln zuwenden kann, und wenn ihm mal die Emotionen durchgehen, wegen Anna, dann kann er sich kurz vom Publikum abwenden. Und von Anna. So weit der Plan. Abgesehen davon hat er zwei Strategien im Hinterkopf. Die sind komplett unterschiedlich; er wird sich erst im allerletzten Moment für eine von beiden entscheiden. Und nur über eine Variante ist Werner Schelkle informiert.

Der kommt jetzt von vorne über die Treppe auf die Bühne, Lukas sagt enthusiastisch: »Meine Damen und Herren, bitte begrüßen Sie mit mir – Herrn Werner Schelkle!«, und positioniert sich dann am Rand. Werner mag es nicht, wenn man ihm die Schau stiehlt. Das Publikum klatscht, Werner nickt den Kandidaten zu, dann streckt er die Brust raus, badet im Applaus und greift erst nach einem Mikro, als es ganz still geworden ist. Aus dem wäre auch ein guter Schauspieler für eine schlechte Vorabendserie geworden, denkt Lukas.

»Liebe Mitbürgerinnen und Mitbürger! Herzlich willkommen! Mein Name ist Werner Schelkle, ich bin der Herausgeber des *Schwäbinger Boten* und Gastgeber des heutigen Abends.« Er macht eine bedeutsame Pause, alle lachen. Als ob es irgendjemanden im Saal gäbe, der nicht wüsste, wer er ist. »Ich freue mich, dass Sie meiner Einladung in die Stadthalle so zahlreich gefolgt sind! In zweieinhalb Wochen wählt Schwäbingen einen neuen Bürgermeister.« Wieder eine Pause. »Oder einen alten.« Gelächter. Pascal Fauser dreht sich mit wilden Klatschbewegungen zu seinen Mannen um, die Feuerwehr applaudiert frenetisch. »Oder …«, wieder Pause, und dann schüttelt Werner den

Kopf, mit weit aufgerissenen Augen, ungläubig, fassungslos, »eine … eine … Bürgermeisterin.« Seine Stimme ist nur noch ein Flüstern, er schluckt sichtbar. Du Arsch, denkt Lukas, denn jetzt wird richtig viel gelacht. Vor allem in den Reihen der Freiwilligen Feuerwehr, aber auch Helmuts Gemeinderäte, Elfriede, Jessi, Marcel und Martin Sickinger wollen sich schier ausschütten vor Lachen, sie nicken und winken sich gegenseitig begeistert zu. Allerdings: nach nur zwei Sekunden springen die Landfrauen geschlossen auf, wedeln heftig mit ihren Fähnchen und brüllen »An-na, An-na!«. Anna winkt so hoheitsvoll, als sei sie die Queen, Helmuts Anhänger gucken verdutzt. Werner Schelkle entgleiten die Gesichtszüge vor Ärger, aber nach einer Sekunde hat er sich wieder im Griff. Offenen Gegenwind ist er nicht gewohnt. Und dann auch noch von den Landfrauen! Die sind jetzt nicht gerade als Revoluzzer bekannt. Die Kollegen von der Presse sind sichtlich entzückt, sie springen auf, um Fotos von den Landfrauen zu schießen, und beugen sich dann wieder eifrig über ihre Notizblöcke.

»Heute Abend«, fährt Schelkle fort, »erhalten die fünf Kandidaten die Gelegenheit, sich Ihnen, den Schwäbingern, zu präsentieren, um Ihnen damit die Entscheidung zu erleichtern, wem Sie Ihre Stimme geben. Die Veranstaltung wird moderiert von Lukas Allgöwer, den Sie alle als unseren zuverlässigen Lokaljournalisten vom *Schwäbinger Boten* kennen. Der *Schwäbinger Bote* ist etwas ganz Besonderes. Fast alle Lokalzeitungen gehören mittlerweile großen Zeitungskonzernen. Aber unsere Zeitung gehört zu den wenigen unabhängigen, unparteiischen Zeitungen im Land!« Jetzt applaudiert wieder die Freiwillige Feuerwehr. Die Landfrauen hingegen reißen plötzlich statt Fähnchen Schilder in die Höhe. Offensichtlich sind sie ziemlich gut vorbereitet. Die Schilder sind an langen Stangen befestigt, und sie bewegen sie mit heftigen Bewegungen auf und ab. Stumm. Auf den Schildern steht in dicken Lettern, blau auf weißem Grund, nur ein einziges Wort: »BUH«. Dazu starren sechzig Landfrauen Lukas missbilligend und ziemlich unfreundlich an. Das kann natürlich nur er sehen und niemand sonst, aber es geht ihm durch Mark und Bein. Er ist es, der hier schweigend ausgebuht wird. Und Schelkle. Der ist sichtlich erschüttert, die Presse kann dagegen kaum mehr an sich halten vor lauter Begeisterung.

Im Publikum wird gelacht und getuschelt. Lukas zwingt sich, die Landfrauenblicke auszublenden. Das kann er jetzt echt nicht brauchen! Aus den Augenwinkeln sieht er gerade noch ein paar verspätete Ankömmlinge. Michelle positioniert einen Rollstuhl mit einer sehr aufrechten älteren Dame neben den Landfrauen. Michelles Mutter hat ihr Bett verlassen und sitzt im Rollstuhl? Jetzt wird es richtig interessant, denkt Lukas. Er kennt sie ja nur aus Erzählungen, aber sind Helmut und Rosemarie nicht Erzfeinde? Die Landfrauen haben Rosemarie bemerkt, winken ihr begeistert zu und strahlen vor Freude. Bis auf Grete Fauser. Die guckt säuerlich. Rosemarie greift nach einem BUH-Schild und wedelt wild in Lukas' Richtung. Michelle, vermutlich die schickste Frau in der Stadthalle, grinst Lukas an.

»Ich freue mich besonders«, fährt Schelkle fort, seine Stimme schwankt ein bisschen, »Sie alle im Anschluss im Foyer auf ein Gläsle Sekt einzuladen. Und nun wünsche ich uns allen einen informativen, anregenden Abend. Möge der Beste gewinnen!« Das »der« hat er noch einmal richtig betont, damit auch der letzte Depp kapiert, dass er Anna nicht wählen soll. Aber die Landfrauen haben ihre BUH-Schilder schon wieder gegen die Fähnchen getauscht und sind zum Wedeln aufgesprungen.

Die legen heute Abend wirklich einen sportlichen Auftritt hin. Sekt umsonst? Die Stadthalle hat im Foyer eine Bar, an der Getränke ausgeschenkt werden, aber das mit dem Sekt war nicht abgesprochen. Zumindest nicht mit Lukas. Vielleicht hat Werner sich das auch gerade erst einfallen lassen, weil er weiß, dass sich die Leute eher mit einem Glas Sekt bestechen lassen als mit einer Kappe oder einem Fähnchen? Schelkle schüttelt Lukas die Hand, er murmelt drohend »Viel Erfolg«, geht von der Bühne und setzt sich wieder neben den Kommandanten von der Feuerwehr. Lukas will gerade beginnen, als hinten am Eingang der Stadthalle ein paar verspätete Besucher auftauchen. Sie bleiben stehen, zögern und schauen sich zweifelnd um. Ach du meine Güte, denkt Lukas. Das sind doch die Straßenpunks aus der Fußgängerzone! Was machen die denn hier? Dann sieht er, dass Anna lächelt und winkt. Das echte Lächeln. Damit ist alles klar: Sie hat die Punks eingeladen.

»Bitte, kommen Sie doch herein!«, ruft Lukas spontan. »Wir haben noch gar nicht angefangen!« Das war vielleicht gut gemeint, aber es erweist sich mit Mikro als ziemlich schlechte Idee. Mehrere Hundert Besucherinnen und Besucher in der Stadthalle drehen sich wie auf Kommando nach hinten um und starren die Punks an. Jeder kennt sie natürlich, aber mit ihren zerrissenen Klamotten, Hundehalsbändern und Irokesenfrisuren sehen sie in der Stadthalle aus wie Wesen von einem anderen Planeten. Es wird mal wieder gewispert und getuschelt, und niemandem scheint es peinlich zu sein, die Punks mit offenem Mund anzustarren. Die sehen jetzt aus, als würden sie am liebsten so schnell wie möglich wieder verschwinden.

»Da hinten gibt es noch freie Plätze!«, ruft Lukas und deutet auf die Stuhlreihe hinter Schwester Gabriele und Davut. Nun springt Schwester Gabriele sogar auf und winkt den Punks. Die laufen daraufhin betont lässig durch die Gänge zu den freien Stühlen, wobei sie den Leuten, die sie anstarren, die Zunge rausstrecken. Einer ruft laut: »Was glotsch du so, Alter!« Jetzt sitzen also sechs, sieben Punks mit Irokesenschnitt in der Stuhlreihe hinter der Diakoniestation. Was für ein Anblick!

Die Leute dahinter recken die Hälse, weil ihnen die hochgestellten Haare der Punks und die Häubchen der Diakonissen die Sicht versperren. Man kann sie murren hören. Einer der Journalisten ist aufgestanden und glotzt ungeniert nach hinten. Lukas weiß, von welchem Schmierblatt er kommt. Wenn der jetzt zu den Punks marschiert und Fotos von ihnen macht, weil die ja so lustig aussehen zwischen den Diakonissen und all den braven Bürgern, dann gibt es Stress. Richtig Stress. Den hat Lukas längst.

Er schwitzt. Welche Variante? Welche Strategie? Mit der zweiten wird Werner Schelkle nicht glücklich sein.

»Ich möchte Sie bitten, sich zu setzen, damit wir anfangen können«, sagt Lukas schnell, und dann, in schärferem Ton: »Auch die Presse, bitte!« Der Schmierenjournalist setzt sich feixend hin. »Vielen Dank. Dann kann es jetzt losgehen.« Lukas macht eine Pause. Er wirft einen raschen Blick auf Werner Schelkle und dann auf die fünf Bewerber. Anna sitzt in der Mitte. Lukas findet, sie sieht einfach hinreißend aus, nicht einmal diese scheußliche Schlabberhose, die wahrscheinlich aus ökologischer Petersilie ist, und die Bluse, die keine Taille erkennen lässt, können sie verunstalten. Ihr einziges Zugeständnis an weiblichen Schick ist ein Hauch von Lippenstift. Sie schaut ihn herausfordernd, nein, schon beinahe frech an, und dieser Blick sagt ihm, dass sie mit den schlimmsten, den unverschämtesten Fragen rechnet. Und keine Angst davor hat. Lukas hält ihrem Blick stand, und er fleht sie innerlich an, ihm zu verzeihen. Für eine Sekunde gibt es nur sie beide. Wenn Anna mutig ist, muss es Lukas auch sein. Er weiß jetzt, für welche Strategie er sich entscheidet. Er wendet sich wieder ans Publikum.

»Zunächst möchte ich Ihnen die Spielregeln für heute Abend erklären. Jede Kandidatin, jeder Kandidat hat zehn Minuten Zeit, um sich und ihr beziehungsweise sein Wahlprogramm vorzustellen. In diesen zehn Minuten darf die Bewerberin oder der Bewerber nicht von Fragen oder Kommentaren unterbrochen werden. Wenn sich alle fünf vorgestellt haben, hat das Publikum Gelegenheit, an den hierfür im Saal aufgestellten Mikrofonen gezielt Fragen an einzelne Kandidatinnen oder Kandidaten zu stellen. Es sind nur sachliche Fragen erlaubt. Unsachliche, persönlich angreifende oder verunglimpfende Fragen werde ich nicht zulassen. Die zehn Minuten Redezeit werden von mir gestoppt. Dreißig Sekunden vor Ende gebe ich einen Hinweis. Wenn die Zeit abgelaufen ist, muss der Kandidat oder die Kandidatin sofort abbrechen.«

Die Bewerber wirken verwirrt und verärgert. Bis auf die Publikumsfragen war das so nicht abgesprochen. Mit niemandem. Auch nicht mit Werner Schelkle. Der guckt sehr finster, denn er ist von Variante 1 ausgegangen: Lukas stellt wohlwollende Fragen an Helmut, fiese an Anna. Die anderen drei spielen keine Rolle, da kann er fragen, was er will. Aber es wird keine gemeinen Fragen geben. Zumindest nicht von Lukas. Er wird die Karteikarten mit den fiesen Fragen – Frau Freitag! Sie sind ja so jung, sind Sie dem überhaupt gewachsen? Was machen Sie, wenn Sie Kinder kriegen? – in den Taschen seines Sakkos lassen. Strategie Nr. 2 hat er sich von der letzten Oberbürgermeisterwahl in Tübingen abgeschaut, die mit der Wiederwahl von Boris Palmer endete. Zur Hölle mit Werner! Lukas wird behaupten, dass er angesichts des Presseauflaufs in letzter Sekunde beschlossen hat, seinen Plan zu ändern, damit es keinen Wirbel in der überregionalen Berichterstattung gibt, wenn Anna ganz offensichtlich schlechter behandelt wird als die anderen Bewerber.

»Die Reihenfolge«, fährt Lukas unbeirrt fort, »haben wir vor der Veranstaltung ausgelost. Der Name von Amtsinhaber Helmut Bartholomä ist als Erstes gezogen worden.« Schallendes und durchaus berechtigtes Gelächter aus den Reihen der Landfrauen ist die Antwort. Natürlich gab es keine Auslosung. Lukas hat sich gedacht, wenn er Helmut zuerst schwätzen lässt, kassiert er hinterher weniger Kritik von Werner.

»Helmut, bist du so weit?«

Der Bürgermeister nickt. Er scheint nicht im Mindesten irritiert.

»Schön. Es beginnt Helmut Bartholomä, amtierender Bürgermeister von Schwäbingen. Die Zeit läuft.«

Lukas positioniert sich wieder am Rand der Bühne, Helmut legt los.

»Meine Damen und Herren, ich freie mich, dass ich seit vierundzwanzig Jahren zusammen mit meiner Frau Elfriede Bürgermeischder von Schwäbingen sein darf. Mir haben es in dieser Zeit zu einigem Wohlstand gebracht. In unserem schönen Schtädle kannsch du obends um zehne ohne Angscht spazieren gehen. Unsere Arbeitsblätze sind sicher, was auch an onserem Werner Schelkle liegt, mit dem ich seit Jahren gut und eng zusammenschaffe. Ond seine Gewerbesteuer können mir gut brauchen! Hehe! Witzle gmacht! Mir haben einen attraktiven Ortskern, gute Schulen und ein schönes Freibad. Mit Rutsche! Das habe ich vor zwanzig Jahren bauen lassen, damit die Jugend etwas hat, wo sie im Sommer hingehen kann.« So geht es weiter. Helmut macht so was im Schlaf, seine Wundertaten in Schwäbingen in den letzten vierundzwanzig Jahren herunterzuleiern.

Werner Schelkle schießt weiter Giftpfeile, weil Lukas die Taktik geändert hat, aber es ist ihm egal.

»Ond ich möchte die Gelägenheit nutzen, um eindringlich vor einem Wechsel an der Rathausspitze zu warnen«, fährt Helmut fort. »Mir brauchen politische Erfahrung, koin jugendlichen Leichtsinn. Des könnte alles gefährden, was mir uns aufgebaut haben. I sag bloß: Arbeitsblätz! Und ab und zu muss ja auch gefeiert werden. Am Sonntag zom Beispiel beim Schwäbinger Bierfest. A bissle Spaß muss halt au sein! Den lassen mir uns nicht nehmen!« Er dreht sich um und fixiert Anna. Die starrt sehr gelassen zurück. Irgendwann ruft Lukas »Noch dreißig Sekunden!«, aber Helmut ist natürlich nicht rechtzeitig fertig mit seinen Heldentaten, sodass Lukas ihm ins Wort fallen muss. Auch das wird Werner nicht gefallen.

Helmuts Fraktion applaudiert heftig, die Landfrauen sitzen mit verschränkten Armen da. Lukas ruft als Nächstes den Spaßkandidaten von »Die Partei« auf. Der kommt mit Schnuller im Mund ans Mikro und erzählt in seinem Nachthemd und mit seiner Babyflasche unter dem einen und einem Teddy unter dem anderen Arm zehn Minuten davon, dass ganz Schwäbingen kostenlosen Babybrei kriegt, wenn er die Wahl gewinnt. Außerdem will er einen lokalen Fernsehsender einrichten, auf dessen Kanal vierundzwanzig Stunden am Tag das »Sandmännchen« läuft. Er ist natürlich völlig durchgeknallt, und Lukas fragt sich, wieso jemand seine Zeit mit so etwas vergeudet, aber der Spaßkandidat ist ein guter Redner, harmlos und wenigstens amüsant. Es wird viel gelacht, am Ende bekommt er zumindest wohlwollenden Applaus. Als Nächstes tritt die Frau aus dem Nachbarort ans Mikrofon, im Flatterkleid mit Turban auf dem Kopf. Sie betreibt einen esoterischen Laden, erklärt, dass alle, die sich gegen Corona haben impfen lassen, innerhalb der nächsten zwei Jahre sterben werden und dass sie hofft, dass Donald Trump noch einmal Präsident wird. Da sie kaum ein Wort über Schwäbingen verliert, fällt der Applaus mager aus.

Mittlerweile ist allen klar, dass es hier nur um zwei Kandidaten geht: Helmut und Anna. Daran ändert auch der Dauerkandidat nichts mehr. Der hat sich zwar brav vorbereitet, spricht aber so monoton, dass Lukas befürchtet, dass das komplette Publikum in Tiefschlaf versinkt. Und dann kommt Anna. Die Landfrauen jubeln, als sie ans Mikro tritt. Anna ist klug genug, Helmut nicht persönlich anzugreifen. Stattdessen entwirft sie voller Leidenschaft die Vision einer modernen, ökologischen und lebenswerten Stadt, in der jede und jeder seinen Platz haben darf. Auch die Punks. Ihre Wangen glühen vor Eifer, sie ist rhetorisch brillant, ihre Handbewegungen unterstreichen das, was sie sagt, ohne dass es aufgesetzt wirkt. Was für ein Kontrast zu Helmuts blutleerem Vortrag! Nicht nur die Landfrauen applaudieren begeistert und schwenken ihre Fähnchen, es gibt auch viel Applaus und Zuspruch aus dem allgemeinen Publikum. Lukas ist wahnsinnig stolz auf Anna, weil sie sich so gut geschlagen hat. Dieser Abend wird ihr gewiss viele Stimmen einbringen. Dass die Punks begeistert grölen, ist vermutlich eher kontraproduktiv. Lukas vermeidet es, Werner Schelkle anzuschauen. Der schäumt wahrscheinlich, weil Anna so gut abgeschnitten hat.

Lukas marschiert in die Mitte der Bühne und dreht sich zu den fünf Kandidaten um, die alle wieder brav auf ihren Barhockern sitzen. Der Spaßkandidat nuckelt an seiner Babyflasche. »Ich bedanke mich bei Ihnen allen für Ihren Vortrag«, sagt er. Dann dreht er sich in Richtung Saal. »Nun hat das Publikum die Gelegenheit, an den Saalmikrofonen Fragen zu stellen. Bitte nennen Sie vorher Ihren Namen.«

»Lukas!«, blökt Helmut hinter ihm sofort voller Eifer ins Mikro. »Dürfen mir Kandidaten auch Fragen an die anderen Kandidaten stellen? Ich hätt a Frog an die Frau Freidich.« Lukas sieht aus den Augenwinkeln, wie Werner Schelkle mit drohendem Blick heftig nickt, trotzdem sagt er ruhig: »Das ist eigentlich nicht vorgesehen, Helmut. Es geht hier ja vor allem um die Fragen der Bürgerinnen und Bürger.«

»Ich habe kein Problem damit«, wirft Anna achselzuckend ein. Keine gute Idee, denkt Lukas, aber jetzt bleibt ihm keine andere Wahl. Helmut ist von seinem Stuhl heruntergerutscht, er steht vor dem Mikro wie ein eifriger Sechsjähriger, der es kaum erwarten kann, ein Weihnachtsgedicht aufzusagen.

»Wenn Frau Freitag nichts dagegen hat, dann stell bitte deine Frage, Helmut.«

»Mein Name isch Helmut Bartholomä.«

»Danke, das wissen wir, Helmut.«

»Frau Freidich! Hen Sie schomol a Bierfässle ogstocha?«

»Nein. Es war jedenfalls keine Pflichtveranstaltung im Studium«, antwortet Anna gelassen. »Und wenn Sie bitte meinen Namen korrekt aussprechen würden, Herr Bartholomä? Der lautet Freitag. Nicht Freidich.« Die Landfrauen recken zustimmend ihre Anna-Schilder in die Höhe.

»Helmut«, mahnt Lukas. »Sachliche Fragen, bitte!«

»Des isch eine sachliche Frage! Das Bierfescht isch eine städtische Veranstaltung, und der Fassanstich ibermorgen gehört zu den Pflichten des Bürgermeischders. Aber Frau Freidich, Sie sind halt au – a Frau! Ha, des reimt sich sogar! Luschdig, oder?«

»Zum Totlachen«, entgegnet Anna trocken.

»Hend Sie wenigschdens einen Mann, der wo dann für Sie das Fass anstechen kann?«

»Jetzt reicht's«, zischt Anna, rutscht ebenfalls vom Hocker und macht einen energischen Schritt auf Helmut zu. »Ich brauche keinen Mann, um mein Amt auszuüben!«

»Sie hen wohl koin. Koin Mann und koin Humor. Ohne Humor goht aber nix als Bürgermeischder em Schwobaland! Hehehe!« Helmut wiehert vor lauter Begeisterung über sich und seinen unschlagbaren Humor. Werner schlägt die Hände vors Gesicht und sinkt stöhnend auf seinem Stuhl zusammen, Anna hat sich mit vernichtendem Blick vor dem feixenden Helmut aufgebaut, und nun bricht ein Tumult aus. Die Landfrauen, die komplette Diakoniestation und die Punks hält es nicht mehr auf ihren Sitzen. Die Landfrauen wedeln mit ihren BUH-Schildern und sind nicht mehr stumm, sondern buhen laut. Anna buht auch, Helmut direkt ins Gesicht. Die Diakonissen buhen zwar nicht, aber es macht auch so ziemlichen Eindruck, wie sie sichtlich empört mit den Händen in die Seiten gestemmt nebeneinander aufgereiht sind wie eine graue Wand. Die Punks recken die Fäuste Richtung Bühne und brüllen: »Macho-Arsch! Macho-Arsch!«

Doch jetzt kommt auch in die Feuerwehrleute Bewegung. Pascal springt auf, gefolgt von all seinen Mannen. »Spaßbremsen, Spaßbremsen!«, intoniert er in Richtung der Landfrauen, und all seine Kumpane fallen ein, gefolgt von Helmuts Gemeinderäten, Martin, Elfriede und Jessica. »Machos! Machos!«, brüllen die Landfrauen zurück. Die Presse rast hektisch durch den Saal und schießt Fotos. Es ist ein einziges Gerenne, Geschrei und wildes Schilderwackeln, auch das allgemeine Publikum stimmt ein und brüllt und schreit, aber weil Lukas kein Wort versteht, weiß er nicht, wer auf Helmuts und wer auf Annas Seite ist. Beim Block der Landfrauen und beim Block der Feuerwehrleute ist die Sache klar. Sie gebärden sich wie gegnerische Anhänger beim Fußball. Leider gibt es keine Ordner wie im Stadion. Wer hätte auch gedacht, dass man welche braucht?

»Ruhe!«, brüllt Lukas. »Ruhe! Bitte setzen Sie sich alle wieder hin!« Nur langsam ebbt der Lärm ab. »Ich bitte sehr darum, dass auf der Bühne und im Saal die Grundregeln des gegenseitigen Respekts eingehalten werden! Von allen! Und ab jetzt nur noch sachliche Fragen. Sonst brechen wir die Veranstaltung ab!« Lukas bemüht sich, seine Stimme so autoritär wie nur möglich klingen zu lassen, und erstaunlicherweise funktioniert es. Fast schuldbewusst schleichen sich alle an ihre Plätze, die Diakonissen setzen sich, Anna rutscht wieder auf ihren Hocker, und die Punks haben offensichtlich genug und marschieren mit hocherhobenen Köpfen aus dem Saal, nicht, ohne noch ein paarmal »Helmut ist ein Macho-Arsch!« in Richtung Bühne zu singen. Lukas atmet tief durch. Helmut schaut ihn an wie ein Unschuldslamm, er klappt den Mund auf, um noch etwas zu sagen, aber Lukas schneidet ihm das Wort ab.

»Danke. Dann ist jetzt die Gelegenheit für das Publikum, Fragen zu stellen.«

Die erste Person, die zu einem Saalmikro rennt, ist ausgerechnet Jessica.

»Darf ich, Lukas?«, fragt sie artig. Sie ist top gestylt in einer knallengen Jeans, Stiefeletten und einem weit ausgeschnittenen Oberteil.

»Bitte«, antwortet er. Was soll er auch machen? Ganz offensichtlich haben sich Helmut, Martin und Jessica im Vorfeld abgesprochen.

»Mein Name ist Jessica Bäcker, und ich hätte eine Frage an Frau Freitag. Wie viele Einwohner hat Hallig Hooge?«

»Das variiert immer ein bisschen. Knapp hundert. Was für eine Rolle spielt das heute Abend?«, antwortet Anna sichtlich irritiert.

»Knapp hundert.« Jessica macht eine bedeutungsschwangere Pause. »Das sind nicht die besten Voraussetzungen, um einer Kommune mit zwanzigtausendundeinem Einwohnern vorzustehen, oder?« Das Publikum lacht. Helmut wirft Jessica eine Kusshand zu. Die Feuerwehr klatscht. Die Landfrauen recken empört ihre Schilder.

»Jessica, das ist eigentlich keine Frage!«, wirft Lukas ein, aber Anna hat schon nach dem Mikro gegriffen. Sie lächelt, offensichtlich hat sie sich wieder im Griff.

»Frau Bäcker. Nur zur Ergänzung, da Sie sich so für meinen Werdegang interessieren, ich habe dann eine Verwaltungsausbildung in Dagebüll gemacht. Das hat immerhin neunhundert

Einwohner.« Jetzt hat Anna die Lacher auf ihrer Seite. Super, denkt Lukas. »Und wissen Sie, was auf einer Hallig ein ganz wichtiges Thema ist? Der Zusammenhalt. Man braucht einander und bekämpft sich nicht. Das habe ich auf Hooge gelernt. Ich wüsste nicht, warum das einer schwäbischen Kleinstadt schaden sollte?«

Applaus brandet auf. Jemand ruft sogar »Bravo!«. Der Schuss ging nach hinten los, denkt Lukas erleichtert. Bloß, warum lässt sich Jessi so von Helmut instrumentalisieren? Der nächste Arm, der hochschnellt, ist ausgerechnet der von Michelles Mutter. Lukas stöhnt innerlich. Das geht ja lustig weiter.

»Ihre Frage, bitte«, sagt er in ihre Richtung. »Michelle, könntest du deiner Mutter das Mikro geben?«

Michelle läuft zum nächsten Ständer und reicht ihrer Mutter das Mikro.

»Ich bin die Rosemarie Österle und ich hätt da eine Frage an den Helmut Bartholomä.« Rosemarie macht eine Pause. Helmut feixt. »Ich tät gern wissen, warum so ein Granatenseckel wie du, Helmut, der Schwäbingen vierundzwanzig Jahre lang heruntergewirtschaftet hat, net einfach abtritt und Blatz macht für eine junge, moderne Frau, der es um unser Städtle geht und net drum, mit andre Goschuffreißer in die eigene Tasch zu wirtschaften?«

Jetzt bricht der nächste Tumult aus. Pascal springt auf, er rennt zur nächsten Landfrau, reißt ihr ein »BUH«-Schild aus der Hand und hüpft damit laut buhend auf dem Gang auf und ab wie ein Gummiball. Alle Feuerwehrleute brüllen mit. Buuh, buuuh, schallt es laut durch die Stadthalle. Die Landfrauen rufen »Anna, An-na!« und wackeln wild mit ihren Fähnchen.

»Frau Österle. Bitte keine Schimpfworte!«, mahnt Lukas. »Und außerdem war das keine sachliche Frage!«

»Granatenseckel? Des isch kein Schimpfwort. Das isch die Wahrheit!«, ruft Michelles Mutter. »Granatenseckel! Ond du, Lukas, warsch mal so ein netter Kerle! Ond jetzt schaffsch du mit dem Lumpenpack zusammen!«

»Ich antwort, au wenn sie mich Granatenseckel schimpft!«, blökt Helmut. »Rosemarie, wenn du hier in Schwäbingen das Sagen hättest, wären mir noch in der Steinzeit! Zum Glück isch jeder am richtigen Blatz. Die Landfrauen backen Kuchen, ond mir Männer machad Politik!«

Der Lärm, der darauf folgt, ist ohrenbetäubend. Es reicht jetzt. Gleich gehen sie sich an die Gurgel, denkt Lukas. »Ruhe!«, brüllt er. »Ruhe! Die Veranstaltung ist beendet, weil sich niemand an die Spielregeln hält!« Schlagartig wird es ruhig. Als hätte jemand den Stecker gezogen. Alle schleichen sich an ihre Plätze. Lukas atmet tief durch und vermeidet es, in Werner Schelkles Richtung zu blicken.

»Bitte. Darf ich eine letzte Frage stellen? An Frau Freitag?«

Am Mikrofon steht jetzt ein schlaksiger junger Mann. Er ist auffallend blond und Lukas hat ihn noch nie gesehen. Das muss natürlich nichts heißen. Er war schließlich viele Jahre weg, und auch wenn ihn die Geister der Vergangenheit ständig einzuholen scheinen, heißt das nicht, dass es nicht genug Leute gibt, die aus irgendwelchen Gründen von außerhalb nach Schwäbingen ziehen. Lukas zögert. Dann spürt er Werners drohenden Blick. Wahrscheinlich hofft er auf eine fiese Frage.

»Meinetwegen. Eine allerletzte Frage. Danach ist die Veranstaltung wirklich zu Ende, und Sie alle können der Einladung von Werner Schelkle folgen und bei einem Glas Sekt im Foyer Ihre Gemüter beruhigen. Ich bitte Sie aber noch einmal, respektvoll miteinander umzugehen!« Er macht eine Pause und sagt dann in Richtung des jungen Mannes: »Bitte nennen Sie kurz Ihren Namen, und stellen Sie Ihre Frage.«

»Mein Name ist Lennart. Lennart Petersen.«

»Schießen Sie los.« Komisch, denkt Lukas, er hat einen eindeutig norddeutschen Zungenschlag, und auch der Name klingt norddeutsch.

»Frau Freitag. Würden Sie, wenn Sie die Wahl verlieren, zurückgehen nach Hallig Hooge?«

»Es tut mir leid, Herr Petersen, das ist eine rein persönliche, spekulative Frage, die nicht den Regeln entspricht«, erklärt Lukas sehr bestimmt. Wer ist der Kerl? Er dreht sich zu Anna um. Sie ist von ihrem Hocker aufgesprungen, kreidebleich. Sie schnappt das Mikro und zischt:

»Ich beantworte die Frage. Nein, das würde ich nicht!«

»Auch nicht, wenn sich die … persönlichen Umstände gewisser Personen geändert hätten?«

»Auch dann nicht!«

»Anna! Die Hochzeit ist abgesagt!«

»Das ist mir völlig egal!«

»Ich heirate Marie nicht!«

»Was hat das mit mir zu tun?«

»Mir ist klar geworden, dass ich nicht sie liebe, sondern dich!«

»Und dafür hast du vier Jahre gebraucht?«

»Lieber spät als nie! Wir haben noch das ganze Leben vor uns!«

»Vergiss es!«

»Anna! ICH LIEBE DICH!« Dieser Lennart brüllt jetzt, so laut er kann.

»Dein Problem! Du kannst doch hier nicht einfach auftauchen und mir den Wahlkampf versauen!« In der Stadthalle ist es jetzt mucksmäuschenstill. Von einer Sekunde zur nächsten ist aus der Wahlveranstaltung ein Liebesdrama geworden, in dessen Mittelpunkt Anna steht. Schlimmer kann es für sie nicht kommen, denkt Lukas.

»Aber ich liebe dich!«, ruft Lennart Petersen erneut. »Ist das nicht viel wichtiger?«

»Nein! Das ist es nicht! Verschwinde. Geh zurück nach Hallig Hooge. Und zwar ohne mich! Ich will Bürgermeisterin in Schwäbingen werden!«

Na großartig, denkt Lukas. Er wirft einen Blick auf Werner Schelkle, der sich mit breitem Grinsen im Gesicht die Hände reibt. Fiese Fragen sind überflüssig geworden. Niemand wird sich jetzt an Annas flammende Rede erinnern. Sondern nur daran, dass ihr Ex-Lover in der Stadthalle aufgetaucht ist und die beiden sich eine kleine Schlammschlacht geliefert haben. Arme Anna.

»Die Veranstaltung ist beendet«, ruft Lukas. »Danke für Ihr Kommen, wir sehen uns im Foyer!«

»Scheiße!«, ruft Lennart, stopft das Mikro in den Ständer, dreht sich um und stürmt mit großen Schritten aus dem Saal. Anna steht da, als hätte ihr jemand eine übergebraten, mit weit aufgerissenen Augen. Die Landfrauen retten sie ein weiteres Mal, indem sie ihre weißen Fähnchen flattern lassen und »Anna, Anna!« skandieren. Helmut rutscht von seinem Stühlchen und geht breit grinsend an Anna vorbei, aber sie merkt es gar nicht. Nur sehr langsam steht das Publikum auf und geht zu den Ausgängen. Wahrscheinlich hoffen alle, dass noch etwas Spektakuläres passiert. Mir reicht's, denkt Lukas.

Minuten später steht er im Foyer. Das ist voller aufgeregt durcheinanderredender Menschen mit Sektgläsern in der Hand. Überall wird diskutiert und kommentiert, schließlich hat Schwäbingen so einen Abend noch nicht erlebt. Die Landfrauen stehen in einer Ecke, die Feuerwehrleute in der anderen. Die Kollegen von der Presse sind der Reihe nach zu Lukas gekommen, um alle in unterschiedlichen Varianten die gleiche Frage zu stellen: »Sag mal, was ist denn bei euch in Schwäbingen los?« Lukas hat ausweichend geantwortet. Und nun wappnet er sich für Werner Schelkle, der mit einem Sektglas in der Hand und einem heuchlerischen Lächeln im Gesicht auf ihn zukommt.

»Ich warne dich, Lukas.« Werner lächelt noch immer, aber seine Stimme hat einen bedrohlichen Unterton. »Ich warne dich. Zum letzten Mal. Jeder Depp hat gesehen, wie hingerissen du von dieser Anna warst! Und dass du keine Fragen gestellt hast, war ein Alleingang, der nicht im Geringsten dem entsprochen hat, was wir vorher ausgemacht haben. Du kannst von Glück sagen, dass sich das Mädel mit ihrem Ex-Lover selbst zerlegt hat. Wenn so was noch mal vorkommt, bist du deinen Job los. Ist das klar?« Lukas antwortet nicht, er nickt nur stumm. Es hat ja doch keinen Zweck, sich herauszureden. Schelkle ist ein schlauer Fuchs, und er weiß ganz genau, dass Lukas die Präsentation der Kandidaten in voller Absicht geändert hat, um Anna zu schützen.

Werner leert das Glas in einem Zug, marschiert in Richtung Sektbar davon, holt sich ein frisches Glas und steuert dann Helmut und Elfriede an. Er geht an Anna vorbei und nickt ihr zu, sie nickt knapp zurück. Sie sieht nicht aus wie jemand, der sich gerade selbst zerlegt hat, findet Lukas. Sie hat ein Glas Sekt in der Hand – er hätte nicht gedacht, dass sie Alkohol trinkt – und plaudert mit einem jungen Kerl, den Lukas noch nie gesehen hat. Dass sie gerade noch im Mittelpunkt eines filmreifen Liebesdramas stand, ist ihr kein bisschen anzumerken. Sie lacht und gestikuliert und sieht beinahe aus, als ob sie mit dem Kerl flirtet. Was heißt hier beinahe. Sie flirtet, dass es kracht. Wieso hat Lukas gedacht, dass Anna nicht flirtet? Und dass sie sich nur für Politik interessiert, nicht für Männer? Dieser Mann jedenfalls schaut sie mit unverhohlener Bewunderung an. Lukas gibt es einen Stich. Lukas Allgöwer, du bist der größte Idiot auf Erden, denkt er. Da hast du die tollste Frau der Welt vor der Nase, sie küsst dich sogar, und dann lässt du sie einfach davonlaufen.

20. KAPITEL

In dem sich Grete Fauser mit einem entsetzlichen Tabubruch auseinandersetzen muss und aus Versehen einen Vorschlag macht, der weitreichende Folgen für Schwäbingen haben wird

Es ist der Tag nach der turbulenten Vorstellung der Kandidaten, und das Wahlkampfkomitee der Landfrauen hat sich spontan per WhatsApp zur Krisensitzung verabredet. Aus gegebenem Anlass findet das Treffen nicht im Feuerwehrhaus statt – das käme im Moment vielleicht nicht so gut an –, sondern bei Bettina Eisele auf der Terrasse hinter dem Haus. Es ist ein schöner Spätherbstmorgen im ausklingenden September, Bettina hat Brezeln besorgt und Kaffee gerichtet. Grete war noch nie bei Bettina zu Besuch. An der Hauswand hängt eine ganze Galerie von Insektenhotels, es summt und brummt geradezu ohrenbetäubend, im Garten wachsen Blumen und Unkraut durcheinander und das Rasenstück ist nicht gemäht, weil Bettina und ihr Mann Superökos sind. Grete ist auch für öko, klar, wer ist das nicht bei den Landfrauen, aber dieses Theater um die Insekten! Wieso brauchen die jetzt sogar eigene Hotels? Früher ging's doch auch ohne! Und außerdem, sie würde sich bedanken, wenn der Nachbar nicht mäht und sich dann sein ganzes Unkraut in ihrem Garten aussät. Auch auf der Terrasse sprießt es überall zwischen den Steinplatten. Das hätte Bettina ja wenigstens noch wegmachen können, bevor der Besuch kommt. Gretes Mann hat so ein Ding, mit dem man das Unkraut abfackeln kann, das kann richtig Flammen werfen, da hat man dann längere Zeit seine Ruhe. Vielleicht sollte sie Bettina das empfehlen, aber Bettina weiß ja immer alles besser und hat bestimmt kein Interesse.

Sie sind zu acht; nicht alle Mitgliederinnen des Komitees hatten so kurzfristig Zeit. Zu Gretes Leidwesen konnten es sowohl ihre Schwester Marianne als auch ihre Schwiegertochter Melanie spontan einrichten. Marianne kann immer, klar, sie ist Rentnerin, hat ihren Siebzigsten längst hinter sich und macht nicht viel, außer in ihrem Garten zu schaffen, aber Melanie hat sich sogar extra den Vormittag von ihrem superwichtigen Job bei der LBBW-Bank freigenommen. Sie arbeitet nämlich normalerweise samstags (!) vormittags online, weil sie unter der Woche nicht auf ihre Stunden kommt. Für ihre armen, vernachlässigten Kinder nimmt sie sich nicht frei, tadelt Grete sie in Gedanken, für so eine alberne Sitzung des Wahlkampfkomitees aber schon. Aber was soll man auch von einer Frau erwarten, die nicht einmal den Namen ihres Mannes angenommen hat? Und die nicht auf die Idee kommt, dass ein Vollzeitjob jegliche Mutterbindung schon im Keim zerstört und damit die Entwicklung der Kinder hochgradig gefährdet?

Grete selbst war gar nicht scharf auf die Sitzung, nach dem Drama vom Vortag fühlt sie sich nervlich stark angeschlagen, aber sie muss ja hören, was da besprochen wird. Vor allem, um ihren Sohn zu informieren. Melanie erzählt ihrem Mann ja nichts. Nur deshalb ist Grete noch ins Wahlkampfkomitee eingestiegen, weil sie als Vorsitzende natürlich den Antrag im Briefkasten hatte, mit dem Melanie Mitglied bei den Landfrauen geworden ist. Melanie bei den Landfrauen, das passt Grete gar nicht, das ist ihr schwiegertochterfreier Raum gewesen, bis jetzt jedenfalls, es reicht schließlich, dass sie sich dort seit Jahrzehnten mit ihrer Schwester Marianne herumschlagen muss.

Melanie bei Familientreffen und Enkelbesuchen zu ertragen, ist mehr als genug. Bei jedem Besuch muss Grete erst von ihr die Süßigkeiten für ihre Enkel absegnen lassen. Noch im Flur. Es ist unendlich demütigend, aber für das Wohl der Kleinen erträgt Grete so manches. Und dann ist Melanie nicht nur Mitglied bei den Landfrauen geworden, sondern gleich durchmarschiert ins Wahlkampfkomitee! Eigentlich wollte sich Grete vom Komitee fernhalten, auch, um gegen das ganze Theater um diese Anna zu protestieren, aber jetzt, wo Melanie mitmischt, ändert sich natürlich alles. Grete hat sofort ihren Sohn angerufen und gefragt, was da läuft im Komitee, und der Trottel hatte mal wieder keine Ahnung. Er lässt sich ja alles gefallen von Melanie. Also ist Grete nichts anderes übrig geblieben, als selbst noch ins Komitee einzusteigen, obwohl es natürlich ein bisschen komisch aussieht, weil ja alle wissen, dass sie gegen Anna ist. Aber weil sie die Vorsitzende ist, hat sich keine getraut, was zu sagen, nicht mal Bettina. Die schenkt Kaffee ein und deutet auffordernd auf Brezeln und Butter.

»Wir müssen drastischere Maßnahmen ergreifen«, verkündigt sie, noch ehe Grete auch nur einen Schluck von ihrem Kaffee genommen hat. Grete kann es nicht fassen, dass Bettina gleich so unhöflich mitten hinein ins Thema springt. Sie müssen doch erst einmal die dramatischen Ereignisse des Vorabends durchhecheln! Noch schlimmer ist, dass alle anderen eifrig und zustimmend nicken.

»Ist es nicht schon drastisch genug?«, platzt es aus Grete heraus. »Reicht es nicht, dass sich Feuerwehr und Landfrauen, die jahrelang eng zusammengeschafft haben, plötzlich feindlich gegenüberstehen? Da muss man doch nicht noch einen draufsetzen!« Was hat sie gelitten am Vorabend! Dieses Schilderwackeln und Buh-Rufen, und sie mittendrin, die anklagenden Blicke ihres Sohnes auf sich spürend!

»Übertreib nicht, Grete. Nur weil es gestern Abend ein bisschen hoch herging und dein Sohn uns als Spaßbremsen bezeichnet hat! Hier geht es doch nicht um Feindschaft, sondern um eine sachliche, inhaltliche Auseinandersetzung wegen einer Wahl. Und es zeigt sich mal wieder, dass wir Frauen viel fortschrittlicher sind als die Männer im Ort. Die kuscheln mit dem Helmut und wollen, dass alles beim Alten bleibt. Klassisches Männerbündnis! Also müssen wir sie ein wenig zu ihrem Glück zwingen.«

»Sachlich? Inhaltlich? Davon war gestern Abend aber nichts zu merken!«, protestiert Grete. »Diese Anna spaltet den Ort! Sie spaltet sogar unsere Familien!« Sie wirft einen anklagenden Blick in Richtung ihrer Schwiegertochter, aber die hat nur Augen für

Bettina, sie strahlt sie an und klebt an ihren Lippen. Offensichtlich hat die sich in ihren Augen in eine Art Guru verwandelt. Peinlich. Und das alles hinter dem Rücken von Pascal, der Gretes Sohn und Melanies Mann in Personalunion ist!

»Grete! Falls du es noch net kapiert hasch, das hier isch das Wahlkampfkomitee«, haut ihr ihre Schwester Marianne jetzt unverblümt um die Ohren. »Wir haben darüber abgestimmt. Alle waren dafür. Du auch! Unser Ziel isch, dass Anna die Wahl gewinnt. Des haben mir ja gestern Abend klar nach außen kommuniziert.« Und wenn dir das nicht passt, kannst du ja gehen. Das sagt Marianne nicht laut, aber Grete kann jedes Wort mitsprechen, das ihrer Schwester im Kopf herumgeht. Hirnfürze! Nichts anderes!

Seit Grete denken kann, wird sie von ihrer älteren Schwester abgekanzelt. Und jetzt auch noch vor anderen Leuten! Schon als Kind war Marianne rebellisch und wollte lieber Rasen mähen, anstatt in der Küche zu helfen. Und dann hat sie sich mit vierzig eine Tätowierung machen lassen. Mit vierzig! Zum Geburtstag! »Der Schwabe wird mit vierzig gscheit, und ich lass mir ein Tattoo stechen«, hat sie damals frech grinsend erklärt. In Wahrheit hat sie das nur gemacht, um Grete zu ärgern, da ist sie sich hundertprozentig sicher. Eine Brezel-Tätowierung! Auf dem Unterarm! Und ihrem Mann hat's sogar gefallen! Grete schnappt nach Luft, aber sie hat viel zu lange mit einer schlagfertigen Antwort gewartet, und Bettina spricht schon weiter.

»Es wird sich nicht vermeiden lassen, dass die Auseinandersetzung um die Wahl in unsere Familien und Partnerschaften hineingetragen wird. Zumindest bis zum Wahltag. Wir sollten unser Potenzial mehr ausreizen.«

»Potenzial? Was für ein Potenzial?«, ruft Grete. Das Treffen läuft komplett aus dem Ruder, und an allem ist diese Bettina schuld. Nur gut, dass sie dabei ist!

»Wir müssen unsere Männer dazu bringen, dass sie Anna wählen. Das geht nur, wenn wir sie da kriegen, wo es richtig wehtut.« Bettina macht eine dramatische Pause. Es ist mucksmäuschenstill. Bettina wartet noch ein paar Sekunden, ehe sie weiterspricht.

»Lysistrata.« Ihre Stimme klingt beschwörend. Drama-Queen! Lysistrata? Das hört sich an wie ein Mittel zum Gurgeln bei Heiserkeit. Worauf zum Teufel will Bettina Eisele hinaus? Marianne und Doris Bäcker, die Frau des Metzgers, schauen total verwirrt.

»›Lysistrata‹. Das ist ein griechisches Drama von Aristophanes. Vielleicht hat es die eine oder andere von euch mal in der Schule gelesen?«

Grete kann sich dunkel an »Frühling lässt sein blaues Band« erinnern, an »Besen, Besen, bist's gewesen«, wegen der Kehrwoche, an Mörike und an Hesses »Unterm Rad«, aber von einem Arischtofelles hat sie noch nie gehört. Bettina Eisele ist nicht nur Deutschlehrerin am Gymnasium in Schwäbingen, sie ist sogar stellvertretende Rektorin. Und weil sie so öko ist, leitet sie die AG Ökologie in der Schule. Das alles lässt sie immer mal wieder raushängen, so wie jetzt. Eine Intellektuelle. Man sieht es auch an ihren Klamotten, sie trägt oft kurze bunte Röcke und dazu Pumps, dabei ist sie auch schon über sechzig und hat deutlich sichtbare Besenreiser oberhalb der Knie! Was will die überhaupt bei den Landfrauen? Es gibt zwar kaum mehr landwirtschaftliche Betriebe in Schwäbingen, und deshalb muss man schon lange nicht mehr in der Landwirtschaft sein, um bei den Landfrauen Mitglied zu werden. Und trotzdem! Ein bisschen Kontakt zur Krume ist schon schön. Deutschlehrerin passt jedenfalls kein bisschen. Natürlich hat Bettina nicht einmal Hennen, so wie Grete Fauser. Hennen gibt es auch nicht mehr viele, aber Gretes Hennen sind die schönsten in ganz Schwäbingen. Ihre braunen Eier sind legendär. Die schmeckt man raus aus dem Hefezopf.

»Die Frauen von Athen und Sparta tun sich zusammen, weil sie den Peloponnesischen Krieg beenden wollen«, fährt Bettina in dozierendem Ton fort. »Also verschanzen sie sich in der Akropolis und hecken einen Plan aus, um ihre Männer unter Druck zu setzen.« Wieder macht sie eine dramatische Pause. Die weiß wirklich, wie sie sich am besten in Szene setzt!

»Um ihre Männer zu zwingen, den Krieg zu beenden, treten sie –« Noch eine dramatische Pause. Mein Gott, was ist das, die Theater-AG der neunten Klasse? »… in einen Sexstreik!«

Die sieben Landfrauen, die Bettina lauschen, schreien auf, laut, schockiert und wie aus einem Mund. Hat sie wirklich Sex gesagt? Sex! In den vierzig Jahren, die Grete jetzt bei den Landfrauen ist, ist dieses Wort noch nie laut ausgesprochen worden. Bei den Landfrauen redet man über Erziehung, darüber, wie toll die eigenen Kinder sind, über Gesundheit, Garten, Kochen und Kuchenrezepte und immer mehr über Krankheiten, je älter sie werden. Viel zu wenig übers Häkeln. Aber bestimmt nicht über … über Sex! Der einzige Hinweis darauf, dass Landfrauen in ihrem Leben Sex haben, ist der gebastelte Storch, den man am Morgen nach der Hochzeit vor dem Haus vorfindet. Das ist bei ihnen allen aber bereits ein paar Jährchen her.

Einige Sekunden bleibt es totenstill. Kein Wunder. Bettina Eisele hat ein Tabu, nein, viel mehr als das, sie hat ein ungeschriebenes Gesetz gebrochen. Sex, das ist viel zu persönlich und mehr als peinlich. Das wird nicht gut ankommen bei den Landfrauen. Es wird Bettina das Genick brechen, freut sich Grete klammheimlich. Erst Schockstarre, dann überstürztes Ende des Treffens. Aber Bettina guckt nicht nur erstaunlich entspannt, sie grinst sogar, siegesgewiss. Als Erste räuspert sich Hanne.

»Also, bis mein Mann des überhaupt merkt, isch die Wahl vorbei«, erklärt sie lakonisch. »Wahrscheinlich isch sogar ’sganze Jahr vorbei. Was sag ich. Vielleicht sogar mein ganzes Läba.«

Nach einer Schrecksekunde bricht das komplette Wahlkampfkomitee – mit Ausnahme von Grete natürlich – in brüllendes Gelächter aus. Und plötzlich gibt es kein Halten mehr.

»Bei mir isch’s genauso!«, ruft Doris Bäcker. »Mein Mann isch immer viel zu abgschafft, wenn der aus der Metzgerei kommt! Und du willsch auch net kuscheln mit jemandem, der seine Händ’ den ganzen Nachmittag in Kutteln und blutiger Leber hatte!«

»Fragt mich mal, wann ich das letzte Mal Sex hatte!«, kreischt

Petra. »Ich verkauf um sechse die ersten Weckle, bin den ganzen Tag auf den Füßen und schlaf um zehne vor dem Fernsäh ein! Und das ist nicht der Fernsäh von meinem Klaus, weil wir unterschiedliche Programme angucken! Er ›Tatort‹, ich Rosamunde Pilcher!«

»Sex?«, quiekt Regine. »Was ist das? Wir schlafen getrennt, weil der Bernd so schnarcht. Ich kann mich nicht mal dran erinnern, wann wir uns das letzte Mal nackt gesehen haben! Und ich leg auch keinen Wert drauf, seit er in der Pandemie so eine Wampe gekriegt hat!«

Nach diesen erschütternden Bekenntnissen wird zunächst heftig gelacht, dann ebbt das Gelächter langsam ab und es herrscht erst einmal Stille. Ziemlich betretene Stille, weil im Sexleben der Landfrauen nicht wahnsinnig viel zu passieren scheint, weshalb es sich als Druckmittel nur bedingt eignet. Grete schaut von einer zu anderen. Will sie das alles wissen? Nein, das will sie nicht. Vor allem wird sie niemals etwas von ihrem eigenen Sexleben preisgeben! Weder Melanie noch Marianne haben bisher den Mund aufgemacht. Grete hofft inständig, dass das so bleibt. Marianne ist zum Glück Witwe.

»Ja, wie ist es denn bei euch, Bettina?«, fährt Regine eifrig fort. »Wenn du den Vorschlag gemacht hast, dann hast du doch sicher ein ganz heißes Sexleben?«

Bettina grinst. »Mein Mann will Anna sowieso wählen. Ich brauche also kein Druckmittel.«

»Du kannsch aber nicht mit so einem Thema anfangen und dich selbst nicht outen!«, ruft Hanne. Grete kann's nicht fassen. Regine, Hanne, Petra, Doris und Bettina wirken äußerst vergnügt. Auch Melanie und Marianne grinsen, obwohl sie sich bisher noch nicht geäußert haben. Die sind nicht betreten, die haben Spaß! Spaß an einem saupeinlichen Thema! Sie kommt sich vor wie bei albernen Teenagern. Am liebsten würde sie ganz schnell aufbrechen. Aber sie muss doch wissen, was diese Bettina im Schilde führt!

»Na schön«, sagt Bettina achselzuckend. »Wenn ihr es unbedingt wissen wollt. Wir haben einmal die Woche Sex. Samstagabend. Da gehen wir immer zusammen in unsere Sauna. Wir nehmen eine Flasche Sekt mit und leeren sie. Dann schlagen wir uns gegenseitig mit Birkenreisig. Alles andere ergibt sich von allein.«

»Sex! Mit Sekt! In der Sauna!«, ruft Doris atemlos.

»Einmal die Woche! In euerm Alter! Bei neunzig Grad!«, kreischt Hanne.

»Birkenreisig! Auf nackter Haut! Des isch ja Sadomaso!«, quiekt Regine.

»Wisst ihr, wir haben irgendwann gemerkt, dass wir keinen Sex haben, wenn wir uns nicht dazu verabreden. Das kann ich euch nur empfehlen. Anfangs kommt es einem komisch vor, aber dann merkt man, dass eine gewisse Routine hilfreich ist.«

Die anderen nicken eifrig.

»Aber dann musch ja auch über Sex reden!«, wirft Doris ein. »Und des als Schwabe!«

»Zumindescht oimol im Läba, bis die Verabredung steht!«, ruft Marianne, und wieder quieken alle vor Lachen.

»Und man muss natürlich alle anderen Termine sein lassen«, ergänzt Bettina, die Oberlehrerin, und nickt bekräftigend. »Verbindlichkeit ist ganz zentral.«

Grete schließt die Augen. Sie wünscht sich weit, weit weg. Dann müsste sie nicht hier sitzen und sich anhören, wie sich Bettina und ihr Mann gegenseitig mit Birkenreisig traktieren, was in ihrem Kopf entsetzliche, nicht zu kontrollierende Bilder auslöst, und sich von ihr Ratschläge für ein glückliches Sexleben geben lassen. An allem ist ihr Sohn schuld. Wäre sie nur nie in dieses schreckliche Wahlkampfkomitee gegangen! Grete springt auf.

»Ich muss jetzt heim zum Kochen.«

»Es ischt gerade mal viertel elfe, Grete!« Marianne klopft auf ihre Armbanduhr. »Ihr esst doch erst um Punkt eins!«

»Schon, aber ich muss noch einkaufen. Ich hab dem Ernst Maultaschen versprochen. Selbst gemachte! Das dauert.«

»Du hasch aber noch gar nichts erzählt.« Das war ja klar, dass ihre Schwester nicht lockerlässt. Sie scheint sich großartig zu amüsieren. Alle schauen Grete an. Grete läuft es eiskalt den Rücken hinunter.

»Das muss ja auch net sein«, ruft sie hastig. »Vor der eigenen Familie.«

»Ich habe kein Problem damit. Überhaupt kein Problem«, erklärt Melanie achselzuckend. »Also Pascal und ich …«

»Neeeein!«, kreischt Grete hysterisch. »Ich will nichts wissen über das Liebesleben von meinem Sohn! Und meines geht euch überhaupt nix an!«

Melanie guckt jetzt fast mitleidig. »Man merkt einfach, dass du eine andere Generation bist, Grete. Ihr seid halt arg verklemmt. Sex, das ist doch was Natürliches. Und du hast schließlich Kinder, also musst du ja zumindest zwei Mal in deinem Leben Sex gehabt haben.«

»Ich – bin – nicht verklemmt! Ich – bin – deine – Schwiegermutter!«, brüllt Grete und haut vor lauter Verzweiflung mit der flachen Hand auf den Gartentisch. »Mit der redet man über Rindsrouladen und Häkeln, nicht über Sex!« Sie springt wütend auf. Der Nachbar streckt seinen Kopf über den Zaun und Grete zuckt zusammen. Reinhold ist mit Ernst befreundet.

»Hallole, Grete«, sagt er und grinst anzüglich. »I geh gleich zum Ernscht zum Schachspielen. Soll ich ihm was von dir ausrichten?«

»Net nötig!« zischt Grete.

»Hock dich wieder hin, kloine Schweschder«, knurrt Marianne. »Wir haben jetzt kapiert, dass dir das Thema peinlich ist. Und nur, damit das klar ist, Melanie, das liegt an ihr, nicht am Alter!«

»Jetzt lassad uns doch zurück zum eigentlichen Thema kommen«, schlägt Doris vor. »Wenn mir alle sowieso keinen Sex haben, dann funktioniert des auch net als Druckmittel.«

Die versammelten Landfrauen nicken zustimmend.

»Du hast recht, wir müssen uns was anderes überlegen«, sagt Bettina. »Habt ihr vielleicht eine Idee?« Es wird ganz still. Alle denken angestrengt nach. Klappe halten, Klappe halten, denkt Grete fieberhaft, aber irgendwann gehen die Gäule mit ihr durch. »Ach, ihr seid doch so naiv!«, platzt sie heraus. »Wofür sind wir Landfrauen schließlich berühmt? Für unsere Koch- und Backkünste! Wenn wir unsere Männer da kriegen wollen, wo es wehtut, müssen wir das Kochen einstellen, nicht das Kuscheln! Was glaubt ihr, wie schnell sie klein beigeben, wenn ihnen die Mägen knurren!«

»Grete!«, ruft Melanie sichtlich entzückt. »Das ist eine super Idee! Pascal hat zwar nichts gesagt, aber ich weiß genau, wie entsetzlich er gelitten hat, als ich zwei-, dreimal abends nicht gekocht habe, weil ich zu den Landfrauen bin!«

»Mensch, Grete. Des hätt ich jetzt nicht von dir erwartet.« Marianne nickt anerkennend. Grete stöhnt innerlich. Wie dämlich war das denn? Jetzt hat sie genau das Gegenteil erreicht von dem, was sie wollte. Jetzt kriegt ihr Sohn nix mehr zu essen, und seine eigene Mutter ist dran schuld! Nur, weil sie den Mund nicht halten konnte! Und was macht sie mit ihrem eigenen Mann? Der isst doch so gern. Deshalb brauchen sie auch keinen Sex! In ihrer Ehe geht die Liebe wirklich durch den Magen!

»Ich finde, das ist eine hervorragende Idee. Die sind ja alle gewohnt, dass sie rundum versorgt werden. Wenn das plötzlich aufhört, werden sie es schnell spüren. Danke, Grete! Wenn ihr alle damit einverstanden seid, schicke ich nachher gleich eine Rundmail an alle Landfrauen«, sagt Bettina. »Am besten fangen wir sofort mit der Aktion an. Schließlich ist Wochenende, und wenn es morgen kein Sonntagsessen gibt, wird das besonders wehtun. Was genau soll ich schreiben?«

»Was schlägsch du vor, Grete?«, fragt Marianne hinterhältig. »War ja schließlich deine Idee. Und vor allem, wie überprüfen mir des? Wir sehen ja nicht, wo die nachher ihr Kreuzle machen.«

Es gibt kein Zurück. Wenn Grete jetzt zugibt, dass sie den Koch- und Backstreik nur vorgeschlagen hat, weil sie weiß, dass es funktionieren würde, es aber eigentlich gar nicht gutheißt, macht sie sich komplett unglaubwürdig, steht als Klugscheißerin da, wird aus dem Wahlkampfkomitee ausgeschlossen und verliert langfristig ihren Vorstandsposten.

»Die Landfrauen Schwäbingen treten mit sofortiger Wirkung in einen unbefristeten Koch- und Backstreik.« Ihre Stimme ist nur ein Flüstern. »Jeder in der Familie, der bei der Bürgermeisterwahl wahlberechtigt ist, muss es der normalerweise kochenden oder backenden Landfrau schriftlich geben, dass er Anna Freitag bei der Bürgermeisterwahl in Schwäbingen seine Stimme gibt. Dann kriegt er wieder was zu essen. Alle Nicht-Wahlberechtigten sind davon ausgenommen.«

Alle Mitgliederinnen des Wahlkampfkomitees applaudieren, während Grete denkt: Wenn das Pascal erfährt! Dass sie auch noch den Text formuliert hat! Was heißt hier wenn. Natürlich wird er es erfahren. Brühwarm. Von ihrer Schwiegertochter, seiner Frau.

»Was machen mir mit dem Bierfest?«, ruft Hanne plötzlich. »Des isch doch schon morgen! Wenn dann unsere Männer Zwiebelkuchen oder Lotteleskuchen wollen, kriegen sie dann welchen?«

»Natürlich net! Des isch doch sonnenklar!«, antwortet Marianne sehr bestimmt. »Sonst funktioniert's doch net!«

»Des wird aber hart«, murmelt Doris. »Des wird meinem Mann nicht gefallen. Für meinen schwäbischen Apfelkuchen gibt der alles. Und die Stimmung in der Metzgerei isch sowieso schon so schlecht.«

»Das isch ja die Idee, dass es den Männern nicht gefällt«, antwortet Marianne achselzuckend. »Er kann ja noch auf dem Bierfest unterschreiben, dass er Anna wählt. Dann kriegt er auch deinen Apfelkuchen.«

»Dann steht unser Plan. Das gehört gefeiert!«, ruft Bettina vergnügt. »Ich habe noch einen Sekt im Kühlschrank. Soll ich den holen, und wir stoßen auf unsere Aktion an?«

Alle bis auf Grete klatschen. Reinhold glotzt wieder über den Zaun.

»Ab jetzt lassen mir es uns gut gehen!«, ruft Doris in seine Richtung. »Keine stundenlange Sklavenarbeit in der Küche mehr!« Wieder applaudieren sie ausgelassen. Reinhold schüttelt den Kopf und verdreht die Augen.

»Wisst ihr was, Mädels?«, sagt Hanne eifrig. »Des war jetzt richtig schön.«

»Was genau meinscht du jetzt?«, fragt Regine.

»Na, dass wir nach all den Jahren, die wir uns schon kennen, endlich mal über Sex geredet haben.«

»Ja, gell? Ist doch eigentlich blöd, dass das so ein Tabuthema ist!« Doris, Marianne und Regine nicken zustimmend. Und als Nächstes sagen die, wir sollten regelmäßig über Sex reden, denkt Grete und erschauert. Oder sie planen gleich einen Tantra-Workshop fürs nächste Landfrauenfrühstück! Und sie sind doch keine Mädels mehr, sondern gestandene Frauen! Im Geiste reckt sie die Hände zum Himmel. Herr, schmeiß Hirn 'ra! Und an allem ist nur diese Anna schuld. Bettina grinst breit. Sie hat allen Grund dazu, schließlich ist sie die große Gewinnerin des Morgens. Wahrscheinlich wird sie jetzt anfangen, hinter Gretes Rücken nach Verbündeten zu suchen, um sie von ihrem Vorstandsposten zu kicken! Grete steht sehr bestimmt auf. »Danke für den Kaffee und die Brezel, Bettina«, sagt sie. »Ich muss jetzt wirklich los. Ich finde allein zur Tür.«

»Übrigens …«, hört sie die sehr laute Stimme ihrer Schwester in ihrem Rücken. »Das wollte ich jetzt vor der Grete nicht sagen, weil sie so prüde ist. Seit ich Witwe bin, weiß ich, dass man net unbedingt einen Mann braucht, um es sich gut gehen zu lassen. Habt ihr schon mal einen Dildo probiert?«

Grete flieht, das prustende Gelächter der Landfrauen im Ohr.

21. KAPITEL

In dem Lukas den Eindruck hat, von einem Happy End sehr weit entfernt zu sein, und gut gehütete Geheimnisse ans Licht kommen

Lukas starrt auf den Bildschirm. Wie soll er aus dem, was am Vorabend in der Stadthalle passiert ist, einen halbwegs verständlichen Zeitungsartikel für die Montagsausgabe des *Schwäbinger Boten* machen? Wie soll er dieses völlige Chaos zusammenfassen, und zwar so, dass er nicht noch mehr Ärger mit Werner bekommt? Er hat in der Stadthalle viele Kompromisse gemacht, Anna zuliebe. Das kann er sich nicht schon wieder leisten. »Privates Liebesdrama überschattet Wahlkampf von Anna Freitag«, tippt er als Überschrift. Würde Werner gefallen, geht aber gar nicht. »Ex-Lover brüskiert Anna Freitag öffentlich«. Er starrt auf die Textzeile, dann wirft er sich stöhnend über die Tastatur. Das ist doch fürchterlich! BILD-Zeitungs-Niveau! Er löscht die Überschrift erneut und schreibt stattdessen: »Kandidaten stellen sich und ihr Programm in der Stadthalle vor«. Aber das ist viel zu lasch. Das ist ja, als ob er für eine seriöse Zeitung schreiben würde. »Politische Programme und private Gefühle in der Stadthalle?« Das klingt auch völlig bescheuert!

Lukas hat mal wieder kaum ein Auge zugetan in der Nacht. Er hat sich vor der Stadthalle noch kurz mit Michelle unterhalten, während sie eine Zigarette geraucht hat. Sie schien als Einzige nicht besonders berührt, sondern eher amüsiert von dem turbulenten Abend und wirkte auch ihm gegenüber sehr entspannt, obwohl sie sich das erste Mal seit ihrer gemeinsamen Nacht mit dem darauffolgenden etwas ungemütlichen Morgen danach über den Weg gelaufen sind. Sie scheint das ernsthaft zu versuchen, dass sie Freunde bleiben, und Lukas ist froh darüber. Er hat sich schließlich schon genug Feinde gemacht. Rosemarie hingegen war in ihrem Rollstuhl, den Michelle vor sich hergeschoben hat, sichtlich pikiert, dass sie sich kennen, und hat Lukas komplett ignoriert, obwohl er sie freundlich mit Namen gegrüßt und betont hat, dass er sich freut, dass sie nicht mehr bettlägerig ist.

Es hat Lukas geholfen, mit Michelle zu reden, weil sie Distanz hat zu dem, was gerade in Schwäbingen passiert, und weil sie ihm vor allem keine Vorwürfe macht. Aber kaum war er zu Hause in seinem Dachzimmer, sind die Ereignisse in der Stadthalle wie ein bunter Strudel durch seinen Kopf gewirbelt und haben ihm einen wirren Traum beschert. In dem war er es, der Anna öffentlich seine Liebe erklärt hat, und natürlich hat sie ihn abblitzen lassen, und die ganze Stadthalle hat mit dem Finger auf ihn gezeigt und höhnisch gelacht, Helmut, Werner, Martin und Jessica, die Landfrauen mit Rosemarie vornedran und die Feuerwehr, die Diakoniestation und sogar Dieter die Dogge, sie alle haben gelacht, immer lauter, und als Lukas schweißgebadet aufgewacht ist, haben ihm die Ohren gedröhnt. Er ist dann ganz früh aufgestanden und war schon um halb acht im Sportbad im Nachbarort, um sich den Stress aus dem Kopf und dem Körper zu schwimmen. Geholfen hat es nicht viel.

Der Abend wird weitreichende Folgen haben, weil vorher verborgene Dinge plötzlich öffentlich geworden sind: Jeder weiß jetzt, dass die Landfrauen und die Diakoniestation im Streit mit der Freiwilligen Feuerwehr liegen, dass Rosemarie aus dem Krankenbett auferstanden ist, um Helmut den Kampf anzusagen, und dass Jessica gegenüber ihrem Ziehvater Helmut bedingungslose Loyalität empfindet. Es ist kein Geheimnis mehr, dass die Punks zu Annas Unterstützern gehören, weil sie sich nicht nur für die braven Bürger interessiert, was wiederum nicht allen braven Bürgern gefallen wird. Und jeder weiß, dass sie einen Ex-Lover hat, der sie gerne zurückhätte und dem offensichtlich nicht klar war, dass er mit seinem eher peinlichen Auftritt Anna und ihren Wahlerfolg gefährdet.

Und Anna? Flirtet. Und was genau soll davon jetzt in die Zeitung? Die Auseinandersetzung zwischen den Landfrauen und der Feuerwehr haben alle mitbekommen, die kann er nicht einfach unter den Tisch kehren. Aber wenn er darüber schreibt, treibt er die Spaltung Schwäbingens noch mehr voran. Ja, Schwäbingen ist jetzt gespalten, in eine Pro-Anna- und eine Pro-Helmut-Fraktion, und dafür hat es nicht einmal zwei Wochen gebraucht. Es ist kaum zu glauben. Es ist keine zwei Wochen her, dass Anna zum ersten Mal mutterseelenallein und verloren auf dem Marktplatz stand wie ein vom Himmel gefallenes Engelchen! Die Spaltung tut Schwäbingen zwar nicht gut, andererseits sieht es jetzt zum ersten Mal so aus, als ob Anna eine reelle Chance hat. Auch wenn natürlich offen ist, welchen Einfluss der filmreiche Auftritt von diesem Lennart hat. Der hat wohl zu viel »Notting Hill« geguckt, das war Jessicas Zweitlieblingsfilm, und Lukas kennt ihn in- und auswendig.

Der Ex-Freund hat offensichtlich gedacht, er kann Anna ohne große Umschweife zurückhaben, wenn er dafür extra aus Hallig Hooge anrückt. Es sah zwar nicht so aus, als ob Anna davon wahnsinnig beeindruckt war, bloß hätte sie natürlich niemals in aller Öffentlichkeit drauf eingehen dürfen. Dabei war sie davor so souverän Helmut gegenüber! Jetzt wird es heißen, typisch Frau. Lässt sich in aller Öffentlichkeit zu einem emotionalen Auftritt hinreißen. Lukas war jedenfalls ziemlich froh, dass sie sich offensichtlich nicht mehr für diesen Kerl aus dem hohen Norden und ihre Vergangenheit interessiert. Viel mehr gewurmt hat ihn diese Flirterei im Foyer. Da hätte Anna doch lieber Wahlkampf machen sollen, anstatt ihre Zeit mit einem Typen zu vergeuden! Spinnst du, denkt er dann, als er sich bei diesem Gedanken ertappt. Anna kann schließlich tun und lassen, was sie will, und sie kann flirten, mit wem sie will. Kannst du dich vielleicht dran erinnern, Lukas-Schätzchen, dass DU SIE vor den Kopf gestoßen hast, und nicht umgekehrt? Soll sie jetzt deinetwegen Single bleiben?

Ich dreh noch durch, denkt Lukas. Ich kann mich doch nicht nur mit mir und mit Anna beschäftigen! Es ist Wochenende, und der Opa ist schließlich auch noch da. Bestimmt sitzt er wieder in seiner Stube vor dem Fernseher. Carola hat zu Lukas gesagt, er solle mit dem Opa Volkslieder singen oder alte Fotos anschauen und mit ihm drüber reden, um ihn zu stimulieren, weil sich Demenzkranke am besten an das erinnern können, was lange her ist. Singen fällt schon mal flach, weil Lukas keinen Ton halten kann. Er klingt dann so wie Cameron Diaz in »Die Hochzeit meines besten Freundes«, das war Jessis Lieblingsfilm, knapp vor »Notting Hill«. Er kann sich auch nicht dran erinnern, dass er den Opa jemals hat singen hören.

Als Carola die Fotos angesprochen hat, ist Lukas ganz erschrocken, weil ihm zum ersten Mal bewusst geworden ist, dass er fast nichts über die Kindheit seines Opas weiß und noch nie Kinderfotos von ihm gesehen hat. Das ist eigentlich ziemlich seltsam, weil er nach dem Unfall der Eltern sehr oft mit dem Opa Fotos angeschaut hat, aber eben nicht vom Opa, sondern von Lukas' Kindheit und seiner eigenen Familie. Auf diesen Familienfotos taucht der Großvater natürlich immer mal wieder auf, zusammen mit der Großmutter, Gertrud. Die ist ein Jahr vor dem Unfall der Eltern sehr jung an einer zu spät erkannten Lungenentzündung gestorben. Der Opa hat immer gesagt, Gott sei Dank ist es ihr erspart geblieben, ihre Tochter und ihren Schwiegersohn zu Grabe zu tragen. Fotos von Lukas' Familie gibt es wirklich unzählige, natürlich sind die meisten digital, aber Kinder- und Familienfotos vom Opa, so richtig auf Papier, wie man es früher hatte? Die hat Lukas noch nie gesehen. Es hängen auch nirgends gerahmte Bilder in der Stube. Irgendwo müsste es doch zumindest Fotoalben geben. Der Opa war früher immer so ordentlich, bestimmt gibt es Familienalben mit sorgfältig eingeklebten Fotos in Schwarz-Weiß. Bloß wo?

Lukas schreibt irgendeinen Mist, um etwas für den Zeitungsartikel, den er nun mal liefern muss, hinzuschustern, und geht hinunter. Es gibt ein Holzregal in der Stube, darauf stehen aber nur Bücher und Bildbände. Der Opa sitzt wie erwartet vor dem Fernseher und guckt eine brasilianische Soap. Zum Glück haben sie keine unmittelbaren Nachbarn, bei der Lautstärke. Nirgends steht gebrauchtes Geschirr oder eine Kaffeetasse. Hat der Opa überhaupt was gegessen, oder hat er es vergessen?

»Hallo, Opa«, sagt Lukas, aber der Opa grummelt bloß zur Antwort. »Hast du was gefrühstückt? Soll ich dir einen Kaffee machen?«

»Das kann ich schon selbst.« Immerhin sagt er was.

»Sag mal, Opa, wo sind eigentlich deine Kinderfotos?« Der Opa reagiert nicht, aber Lukas ist sich ganz sicher, dass er ihn gehört hat.

»Opa?«

»Lass mich in Ruh. Ich will fernsehen.« Er schaut Lukas nicht einmal an. Obwohl es in letzter Zeit ja fast normal geworden ist, dass der Opa unfreundlich ist, muss Lukas schlucken. Vielleicht liegt es auch daran, dass Lukas sich im Augenblick nach nichts mehr sehnt als nach einem Ort, an dem er sich entspannen kann und zu Hause fühlt. Dieses ganze Durcheinander in ihm drin, es kostet so unendlich viel Kraft. Aber ist das überhaupt noch sein Zuhause, nach all den Jahren, die er woanders verbracht hat? Früher, da hatten sie es immer so schön, der Opa und er. Schön und lustig. Ohne den Opa hätte Lukas die Zeit nach dem Unfall nie überstanden. Einmal fuhr er sogar mit seinem Rad zu der Brücke, unter der die ICEs durchfahren. Er stand nur da und guckte hinunter auf die Gleise, und alles in ihm war Trauer und Verzweiflung und Sehnsucht nach den Eltern und nach dem Tod, und in fünf Minuten sollte der ICE nach Stuttgart unter der Brücke durchrauschen, und dann hat er gedacht, wenn ich jetzt auch noch tot bin, dann zerreißt es dem Opa endgültig das Herz. Das hat er ihm nie erzählt. Aber sonst alles. Von der Schule und den Lehrern, welche Noten er gekriegt hat und wie das Handballtraining beim Martin war.

Oft hat er auch Freunde zu Besuch gehabt, der Opa hat ihn immer dazu ermutigt. Sie haben hinter dem Haus im Garten gekickt, und irgendwann kam der Opa raus mit großen Gläsern Apfelschorle, die sie in einem Zug ausgetrunken haben. Lukas hatte nie Geheimnisse. Bis das mit Jessica anfing, das hat er für sich behalten. Er hat dann immer mehr Zeit mit Jessi verbracht und immer weniger mit dem Opa, und ein sauschlechtes Gewissen gehabt. Der Opa hat sich nie beklagt; nur irgendwann hat er ganz freundlich gesagt, er solle das Mädle doch mal mitbringen. Lukas dachte natürlich, er weiß nichts von ihr.

Jessi und der Opa mochten sich auf Anhieb. Sie hat sich als Teenie ständig mit ihrer Mutter gestritten und es daheim kaum ausgehalten, der Oberförster war ja tot, und sie haben dann viele Nachmittage beim Opa in seiner Stube verbracht. Lukas hat seine Hausis gemacht und Jessi meistens auch. Der Opa hat Waffeln für sie beide gebacken, dazu gab's frisches Apfelkompott, das er selbst mit der Flotten Lotte gemacht hat, aus den Äpfeln vom Apfelbaum hinterm Haus. Erst haben sie Waffeln mit Apfelkompott gegessen und dann Mensch-ärgere-dich-nicht gespielt, das war ihr Ritual. Eigentlich ist das ja ein Glücksspiel, aber der Opa hat fast immer gewonnen, und Lukas hat sich immer gefragt, wie er das gemacht hat. Vielleicht sollte er mal wieder mit ihm spielen? Spielregeln vergisst man doch bestimmt nicht so schnell? Aber jetzt sind erst einmal die Fotos dran. Lukas schlägt einen schmeichlerischen Ton an.

»Opa. Sag mir doch, wo die Fotos sind. Ich hab noch nie Kinderfotos von dir gesehen! Ich würde sie wirklich gern mal anschauen. Am liebsten mit dir zusammen.« Der Opa grunzt bloß. Warum macht er so ein Theater? »Bitte!« Er springt auf, erstaunlich behände, und verschwindet schimpfend aus dem Wohnzimmer. Es dauert eine ganze Weile, bis er zurückkommt. Von wegen Fotoalben. Er hat einen grauen Schuhkarton unter dem Arm und knallt ihn Lukas einfach auf den Esstisch, ohne Kommentar. Dann schlurft er zurück zu seinem Sessel und starrt wieder auf den Fernseher.

Der Karton ist total eingestaubt. Mit einem Papiertaschentuch aus seiner Hosentasche wischt Lukas den Staub vom Deckel weg. »Salamander Schuhe – neue Modelle« taucht unter dem Staub auf, dazu die Illustration einer Frau mit kurzem Kleid und Hut, es erinnert ihn an die Roaring Twenties des vergangenen Jahrhunderts. Vorsichtig lupft er den Deckel. Der Opa beobachtet ihn aus den Augenwinkeln. Lukas nimmt einen Stapel Fotos heraus. Die scheinen sogar chronologisch sortiert zu sein. Die ältesten zuoberst. Zuerst kommen Hochzeitsfotos, bestimmt von Gottfrieds Eltern. Dann die ersten Bilder mit einem Baby, dann eine Taufe, das muss Gottfrieds ältere Schwester Ruth sein, sie ist vor ein paar Jahren gestorben. Zwischen Ruth und Gottfried gab es zwei Totgeburten, das hat ihm Großtante Ruth einmal erzählt. Dann, endlich, kommen die ersten Fotos vom Opa. Er ist leicht zu erkennen. Er ist 1943 geboren, mitten im Krieg. Man sieht ihm an, dass er wenig zu essen bekommen hat. Das hagere Gesicht hat er bis heute behalten. Auf dem Einschulungsfoto ein paar Jahre nach Kriegsende ist ein schmales, ernstes Kind zu sehen, das eine einfache, selbst gebastelte Schultüte umklammert. Da sind auch Fotos von seinem Vater, er trägt einen langen Armeemantel und lächelt nicht. Fotos von der ganzen Familie gibt es keine. Lukas weiß nicht genau, wann sein Urgroßvater eingezogen wurde. Auf jeden Fall ist er in russische Kriegsgefangenschaft geraten und erst lange nach Kriegsende zurückgekehrt nach Schwäbingen. Jahrelang hat die Urgroßmutter ohne ihren Mann auskommen müssen. Lukas meint sich zu erinnern, dass seine Mutter ihre Großmutter nicht besonders mochte, weil sie herrisch und streng war. Ob der Krieg sie hart gemacht hat? Lukas schaut auf die Fotos und denkt, er müsste auf irgendwas kommen, aber er kommt nicht drauf.

»Sag mal, Opa …«

Der Opa dreht sich vom Fernseher zu ihm um und schaut ihn an, aber er braucht sehr lange, bis er reagiert.

»Was isch?«

»Wie lange war dein Vater eigentlich in Kriegsgefangenschaft?«

Der Opa starrt jetzt wieder auf den Fernseher und antwortet nicht.

»Opa?«

»Als ob ich des noch wüsste. Das isch so lang her.« Er klingt unwirsch.

»Du bist 1943 geboren. War dein Vater da nicht schon längst im Krieg? Oder hatte er zwischendurch mal Heimaturlaub?«

Der Opa schweigt und macht den Fernseher lauter. Nach ein paar Minuten steht Lukas auf, geht neben seinem Sessel in die Hocke und hält ihm das Foto von seinem Vater vor die Nase. Der Opa schlägt seinen Arm weg.

»Lass mich in Ruh!« Er ist böse. Richtig böse. Nein, nicht böse. Aufgewühlt. Lukas nimmt ihm sanft die Fernbedienung aus der Hand, was er ohne Protest geschehen lässt, schaltet den Fernseher aus, holt sich einen Stuhl und setzt sich vor ihn. Der Opa schweigt und starrt an ihm vorbei zum Fenster hinaus. Dann nimmt er Lukas das Foto aus der Hand und schaut darauf. Seine Augen füllen sich mit Tränen. Lukas hat den Opa noch nie weinen sehen.

»Opa!« Er ist ganz bestürzt und nimmt spontan seine Hand. Die ist eiskalt. Normalerweise mag es der Opa nicht, wenn er ihn anfasst, aber jetzt klammert er sich an seine Hand. Mit der anderen hält er weiterhin das Foto. Sein Blick darauf ist starr.

»Des isch net mein Vater«, flüstert er nach einer sehr langen Weile. Lukas antwortet nichts, er drückt nur seine Hand. »Als dein Urgroßvater aus dem Krieg zurückkam, war ich längst geboren.« Er lässt das Foto fallen, als hätte er sich die Finger daran verbrannt. »Mein Vater, mein richtiger Vater, war ein französischer Kriegsgefangener.« Wow. Das ist jetzt wirklich eine ziemliche Überraschung. Lukas ist bei seinem Opa aufgewachsen, und mehr oder weniger zufällig kommt raus, dass der jahrzehntelang ein dickes Geheimnis mit sich rumgetragen hat?

»Wieso hast du mir das nie erzählt?« Wieso hat es überhaupt nie jemand für nötig gehalten, das zu erwähnen? Seine Mutter zum Beispiel? Die muss es doch gewusst haben! Der Opa zieht seine Hand weg.

»Wieso net? Wieso net? Meinsch du vielleicht, des war schön für mich, als ich klein war? Franzosenkind! Bastard! Deine Mutter ist eine Hure! So haben sie mich gescholten! Meine Schulkameraden haben mich gehänselt. Alle haben es gewusst. Alle! Und überhaupt. Die alten Geschichten. Ich will da nicht drüber schwätzen!« Er greift nach der Fernbedienung, macht den Fernseher wieder an und stellt ihn noch lauter, so laut, dass Lukas beinahe die Ohren abfallen. Tränen laufen dem Opa übers Gesicht, er atmet heftig.

Lukas geht in die Küche, atmet tief durch, weil er auch so aufgewühlt ist, holt ein Taschentuch und gibt es dem Opa. Er schnäuzt sich laut, ohne ihn anzusehen. Lukas fühlt sich hilflos. Trauma. Carola hat richtig getippt. Aber mit so was kennt sich Lukas nicht aus. Was soll er jetzt machen? Ihn in den Arm nehmen? Den Fernseher wieder ausschalten und ihn weiter löchern? Lukas ist nicht gut mit so etwas. Vielleicht ist es am besten, ihn in Ruhe zu lassen, damit er sich beruhigt, obwohl ihm tausend Fragen auf der Seele brennen. Wer war der richtige Vater, weiß er seinen Namen, hat er ihn jemals kennengelernt? Gibt es Fotos von ihm? Hat die Urgroßmutter ihn geliebt? Wie hat ihr Mann reagiert, als er aus dem Krieg zurückkam? Hat sie ihm vorher einen Brief geschrieben? Hatten sie überhaupt Kontakt, als er in der Kriegsgefangenschaft war? Oder stand er eines Tages einfach vor der Tür, um festzustellen, dass seine Mutter ein Kind von einem anderen Mann geboren hatte? Alte Geschichten. Alle haben es gewusst. Alle, nur Lukas nicht. Wie kann das sein? Wieso hat seine Mutter nie ein Wort gesagt? Oder der Opa, später, als sie so viel Zeit miteinander verbracht haben? Er hat nie von früher erzählt. Lukas hat ihn aber auch nie so richtig danach gefragt. Er war viel zu sehr mit sich selbst beschäftigt. Er steht nur da, hilflos, schaut den Großvater an, der auf den Fernseher starrt und ins Taschentuch schnieft, und schämt sich. Er will ihm gern sagen, wie schlecht er sich fühlt und dass es ihm so leidtut, dass der Opa für etwas büßen musste, wofür er gar nichts konnte, und dass er ihn liebhat, aber er traut sich nicht.

22. KAPITEL

In dem Anna ihre Bewerbung einreicht und es dabei wieder zu diversen Zusammenstößen kommt

Es ist Montagmorgen kurz nach sieben Uhr, und Anna ist auf dem Weg ins Rathaus Schwäbingen. Es gibt schlimmere Morgen, um eine Bewerbung abzugeben, denkt sie. Für Anfang Oktober ist es immer noch ungewöhnlich warm, und die Fachwerkhäuser von Schwäbingen glänzen in der Morgensonne wie frisch gewaschen. Am Samstag ist die Stellenausschreibung für das Bürgermeisteramt im *Schwäbinger Boten* erschienen, und heute beginnt die Bewerbungsfrist. Das Kommunalwahlrecht sieht vor, dass alle Bewerbungen, die vor 7.30 Uhr abgegeben werden, als gleichzeitig eingereicht gelten. Das Los entscheidet dann, welcher Name oben auf dem Wahlzettel steht. Anna macht sich keine Illusionen. Sie weiß nicht, ob noch andere Bewerber persönlich auftauchen, aber sie ist sich ganz sicher, dass Helmut Bartholomä seine Bewerbung vor halb acht einreichen wird, und das Los wird auf wundersame Weise zu seinen Gunsten entscheiden. Die *pole position* wird er niemals hergeben. Anna wird damit leben müssen, dass es in diesem Wahlkampf nicht fair zugeht. Im Moment hat sie aber keinen Grund zur Klage. Das Bierfest am Sonntag ist großartig gelaufen, der Stand der Landfrauen war ein riesiger Erfolg, und die Zahl der Follower auf Instagram ist in die Höhe geschnellt. Natürlich sind die Leute vor allem wegen des großartigen Essens der Landfrauen gekommen, aber viele haben sich auch die Zeit genommen, sich mit Anna und ihrem Wahlprogramm auseinanderzusetzen.

Zum ersten Mal ist Anna in direkten Kontakt mit ihren potenziellen Wählerinnen und Wählern gekommen. Viele, vor allem junge Leute und Erstwähler, haben ihr zugehört und signalisiert, wie wichtig sie es finden, dass sich endlich jemand ernsthaft in der Gemeindeverwaltung mit dem Thema Klimawandel befasst. Anna hat viele Einzelgespräche geführt und ist euphorisch nach Hause gegangen. Wenn auch nicht auf direktem Wege. Sie hat Felix am Freitagabend in der Stadthalle kennengelernt, oder besser gesagt: Er hat sie angesprochen. Er arbeitet im Nachbarort bei einer Firma, die Komponenten für Solartechnik herstellt. Von der ersten Sekunde an war Anna klar, dass Felix' Augen nicht nur so glänzen, wenn er sie anschaut, weil er toll findet, was sie in Schwäbingen vorhat, sondern weil er sie selbst toll findet. Nach den beiden Katastrophen in Sachen Männer – erst Lukas, dann Lennart – tut ihr sein unverhohlenes Interesse an ihr unglaublich gut. Schließlich ist sie nicht nur Kandidatin, sondern auch Frau! Beim Bierfest ist Felix nicht von ihrer Seite gewichen, und da Anna überhaupt keine Zeit hatte, um die Leckereien der Landfrauen zu probieren, sind sie danach spontan in die »Pizzeria Napoli« gegangen, auf deren Karte sogar vegane Pizza und Ingwertee steht. Felix ist auch Veganer, und nicht nur das, sie teilen die gleichen Ansichten und werden von denselben Fragen umgetrieben.

Sie haben sich den ganzen Abend die Köpfe heißgeredet, über ökologischen Städtebau, Schwammstadt, Umstellung auf erneuerbare Energien, Wassermanagement und Bürger:innenbeteiligung. Die Zeit ist nur so verflogen, bis Claudio demonstrativ auf die Uhr geschaut hat, weil die anderen Gäste längst gegangen waren. Schon lange hat sich Anna nicht mehr mit jemandem so intensiv unterhalten, und es war wie ein Wohlfühlbad, mit jemandem zu sprechen, der ihre Ideale teilt und noch dazu fachlich so überaus kompetent ist. Als Felix sie dann zum Abschied geküsst hat, hat sie zwar nicht so wahnsinnig viel dabei empfunden, aber sie hatte auch nichts dagegen. Wohlfühlbad auch hier, ohne große Leidenschaft. Muss ja auch gar nicht sein. Er hat sie angestrahlt, als hätte er einen Goldklumpen gefunden.

Anna hat beschlossen, es einfach laufen zu lassen, sie hat keine Lust, sich mit irgendwelchen Gefühlsduseleien zu befassen. Man sieht ja, wohin das führt. Der eine, Lukas, küsst sie, dass ihr Hören und Sehen vergeht, und tut dann so, als wäre nichts passiert, der andere, Lennart, taucht plötzlich nach Jahren aus dem Nichts auf und bringt sie in aller Öffentlichkeit in eine unfassbar peinliche Situation. Anna wird noch immer wütend, wenn sie daran denkt. Auf beide. Zum Glück ist Lennart nach seinem öffentlichen Auftritt nicht mehr aufgetaucht. Und Lukas hat sie erstaunlicherweise nicht in die Pfanne gehauen in der Stadthalle. Das hätte wahrlich viel schlimmer kommen können. Felix ist ganz anders; irgendwie kontrollier- und vorhersehbar. Genau das ist es, was Anna jetzt braucht. Einen Mann, der sie bewundert und der ihr keine schlaflosen Nächte bereitet. Kein himmelhoch-jauchzend, zu Tode betrübt! Davon hat Anna wirklich genug gehabt. Man wird sehen, was draus wird. Felix wollte Anna nach Hause begleiten (ein echter Gentleman, nicht so wie Lukas, der sie einfach mitten in der Nacht im Regen stehen lässt!) und wäre vermutlich bereitwilligst mit ihr ins Bett gegangen, aber das war Anna dann doch einen Tick zu schnell.

Anna beschließt, dass sie nun genug über Männer nachgedacht hat und sich besser auf ihre Bewerbung konzentriert. Wenn sie nicht zufällig mit Helmut Bartholomä zusammentrifft, wird der Marktplatz um diese frühe Stunde so menschenleer sein, so wie bei ihrer ersten, völlig missglückten Wahlveranstaltung vor ein paar Wochen. Ich hätte jemanden mitnehmen sollen, der bezeugen kann, dass ich meine Bewerbung vor halb acht in den Briefkasten am Rathaus eingeworfen habe, denkt sie. Jetzt ist es zu spät.

Anna ist nur noch ein paar Schritte von ihrem Ziel entfernt, als sie Blasmusik hört. Blasmusik? Morgens um Viertel nach sieben? Sie biegt auf den Marktplatz ein. Von wegen menschenleer! Anna bleibt einen Moment stehen. Der Marktplatz sieht aus wie ein Wimmelbild aus dem Bilderbuch. Auf den Stufen des Rathauses steht die Stadtkapelle in voller Montur, bestimmt fünfundzwanzig Mann und Frau hoch, nebst Dirigent. Die Kapelle hat gestern beim Schwäbinger Bierfest aufgespielt, zünftige Märsche, wie man sie von einer Stadtkapelle erwarten kann. Nun spielt sie aber seltsamerweise sehr laut und auch ein bisschen schief »Jingle Bells«. Vor der Kapelle, Rücken an Rücken mit dem Dirigenten, steht Martin Sickinger hinter einem Stehtisch, auf dem ein großer Pappkarton thront, auf dem wiederum in großen, handgeschriebenen roten Lettern »Städtischer Briefkasten Schwäbingen« zu lesen ist. Rechts vor dem Stehtisch haben sich die Mitglieder der Freiwilligen Feuerwehr positioniert, sie stehen stramm in sechs Reihen, hübsch uniformiert und mit den Helmen unterm Arm. Links davon und ein wenig unsortierter stehen die Landfrauen in ihren grünen T-Shirts mit den passenden Halstüchern.

Anna hatte keine Ahnung, dass sie kommen; das muss Rosemaries Werk sein. Anna setzt sich jetzt wieder in Bewegung, und nun haben die Landfrauen sie entdeckt, und kaum hat die Blaskapelle den letzten Ton von »Jingle Bells« gespielt, stimmen die Landfrauen, dirigiert von Bettina Eisele, ein Volkslied an: »Kein schöner Land in dieser Zeit als hier das unsere weit und breit …« Hell und mehrstimmig erklingen die Frauenstimmen.

Die Landfrauen haben kaum ein paar Takte gesungen, als die Blaskapelle wieder einsetzt, nun tatsächlich mit einem strammen Marsch. Gegen die Blasinstrumente ziehen die Landfrauen lautstärkemäßig zwar den Kürzeren, sie lassen sich jedoch nicht beirren. Sie singen nun nicht mehr, sie brüllen, worauf der Dirigent der Kapelle signalisiert, noch etwas lauter zu spielen. Mehrstimmiges Volkslied gegen Marschmusik, das klingt derart schief und laut, dass Anna sich die Ohren zuhalten muss, während sie aufs Rathaus zumarschiert, aber niemand scheint bereit, nachzugeben. Es ist eine unbeschreibliche Katzenmusik.

Nun tritt Helmut Bartholomä aus dem Rathaus, mit großer Geste, einem Umschlag in der Hand und der eindeutigen Botschaft, dass er hier im Rathaus der Chef ist und sich diesen Posten nicht nehmen lassen wird. Er scheint sich nicht im Mindesten über den Lärm zu wundern, läuft an der Stadtkapelle vorbei, winkt den Musikern und den Feuerwehrleuten zu, ignoriert die Landfrauen und positioniert sich vor dem selbst gebastelten

Briefkasten. Neben dem steht jetzt Lukas mit dem Handy im Anschlag. Wo kommt der auf einmal her? Mit einer weit ausholenden Handbewegung lässt Helmut den Umschlag in den Papp-Briefkasten fallen, während Lukas eifrig fotografiert. Dann öffnet Martin Sickinger den Briefkasten, entnimmt theatralisch den braunen Umschlag und knallt mit großer Geste einen Stempel drauf, was ebenfalls von Lukas dokumentiert wird. Danach positioniert sich der Bürgermeister neben seinem Ersten Beigeordneten, und Lukas schießt weitere Bilder. Er ist nicht der einzige Vertreter der Presse. Ein paar Meter hinter dem Rathaus steht ein Auto des SWR, und mehrere Journalisten wuseln herum und machen Fotos von Helmut Bartholomä, Martin Sickinger, den Landfrauen, der Stadtkapelle und den Feuerwehrleuten. Und nun auch von Anna, wie sie auf das Rathaus zusteuert. Anna lächelt, holt ihre in einem recycelten Umschlag steckende Bewerbung aus ihrer recycelten Tasche und hält sie in die Höhe in Richtung der Landfrauen, schließlich sind in dem Umschlag auch ihre Unterstützungsunterschriften, obwohl sie die eigentlich erst am Ende der Bewerbungsfrist einreichen müsste. Die Landfrauen applaudieren und stimmen ein Lied an, das Anna von der Schule kennt, »Bunt sind schon die Wälder«. Die Stadtkapelle kontert mit »O Tannenbaum«. Anna hält den Umschlag über den Papp-Briefkasten.

»Darf ich ein Foto machen?«, brüllt Lukas, um den Lärm zu übertönen.

»Sonst fragst du ja auch nicht!«, brüllt Anna zurück und lässt den Umschlag in den Schlitz fallen, während Lukas fotografiert.

Martin Sickinger nimmt den Umschlag heraus.

»Sieben Uhr neunundzwanzig. Aber grad noch rechtzeitig!«, ruft er und knallt den Eingangsstempel drauf. Hinter ihm ist jetzt Jessica Bäcker aufgetaucht. Martin Sickinger überreicht ihr feierlich die beiden Umschläge. Er macht eine ausladende Geste, und sowohl die Landfrauen als auch die Stadtkapelle verstummen auf einen Schlag. Die Stille nach dem unerträglichen Lärm ist Balsam, und Anna atmet tief durch.

»Als Erschder Beigeordneter der Stadt Schwäbingen verkünde ich hiermit, dass die Bewerbungen von Helmut Bartholomä und Anna Freidich zum gleichen früheschden Eingang eingegangen sind!«

Alles applaudiert, die Presse fotografiert. Lukas lässt plötzlich sein Smartphone sinken und wedelt mit der freien Hand heftig um Annas Gesicht herum.

»Was machst du da?«, ruft Anna irritiert.

»Da ist eine Wespe!«, ruft Lukas. Die aufgescheuchte Wespe, die Anna kein bisschen gestört hat, lässt von ihr ab und stürzt sich auf Lukas. Der fuchtelt wild weiter, was die Wespe noch wütender macht. Lukas reißt Martin Sickinger einen Umschlag aus der Hand. Ihre Bewerbung. Die Wespe macht eine kurze Pause auf dem improvisierten Briefkasten, dort wird sie von Lukas erschlagen und flutscht in den Schlitz. Martin Sickinger dreht den Karton um, die tote Wespe fällt Anna vor die Füße.

»Du hast ein Leben zerstört, Lukas«, ruft Anna hitzig. »Das war völlig unnötig. Und dann auch noch mit meiner Bewerbung als Tatwaffe!«

»Das war eine gottverdammte Wespe!«, verteidigt sich Lukas. »Ich wollte dir bloß helfen!«

»Du? Ausgerechnet du willst mir helfen! Darauf kann ich verzichten!«

»Dann entschuldige bitte, dass ich eines von Millionen nervender, stechender Viecher erschlagen habe! Sicher kommt jetzt das ökologische Gleichgewicht von Schwäbingen völlig durcheinander!«

»Wespen sind Nutzttiere! Ist ein Wespenleben etwa weniger wert als ein Schweineleben, nur weil du kein Schnitzel daraus machen kannst?«

Lukas stöhnt. »Bist du eigentlich vierundzwanzig Stunden am Tag, sieben Tage die Woche, moralisch und politisch korrekt?«

»Ich bringe jedenfalls niemanden ohne Grund um! Und ein bisschen mehr allgemeine politische Korrektheit würde Schwäbingen bestimmt nicht schaden!«

Helmut Bartholomä, Martin Sickinger und Jessica Bäcker haben die Wespen-Auseinandersetzung mit immer größer werdenden Augen verfolgt. Anna ist das schnurzpiepegal. Sie lässt Lukas stehen, dreht sich auf dem Absatz um, marschiert zu den Landfrauen und wird von ihnen aufs Herzlichste begrüßt. Sie hätte sich ja denken können, dass sie wieder mit Lukas zusammenprallt. Und das bestimmt nicht zum letzten Mal.

Wenn es eilt und Lukas sowieso einen Termin im Rathaus hat, so wie heute, dann schreibt er seine Artikel für den *Schwäbinger Boten* gleich vor Ort. Es gibt einen kleinen Raum, in dem der Kopierer steht und der ansonsten nicht benutzt wird. Den hat ihm Martin Sickinger mal angeboten. Meist ist Lukas dort ungestört, weil im digitalen Zeitalter immer weniger kopiert wird. Er arbeitet ganz gern dort, weil es im Dachzimmer beim Opa auch nicht gerade gemütlich ist. Nach dem turbulenten Morgen braucht Lukas eine ganz Weile, bis er sich auf den Artikel konzentrieren kann. Dann aber vergisst er die Zeit. Es ist schon beinahe halb eins, als er den Artikel und die Fotos vom Morgen an Werner Schelkle schickt. Von zwölf bis vierzehn Uhr ist das Rathaus geschlossen, da ist Mittagspause, hoffentlich kommt er überhaupt unten zur Tür raus.

Lukas ist schon an der Treppe, da hört er ein seltsames Geräusch. Er bleibt stehen. Alles ist still. Er muss es sich eingebildet haben. Nein. Da ist es wieder. Es fiept. Ganz eindeutig. Es klingt wie ein Hamster. Das Fiepen wird jetzt lauter und geht in Quieken über. Wieso soll es im Rathaus von Bad Schwäbingen entlaufene Hamster geben? Lukas folgt den Geräuschen. Sie kommen eindeutig aus dem Sekretariat. Jessica hat Hamster. Aber doch nicht in ihrem Büro! Außerdem ist das viel zu laut für einen kleinen Hamster. Irgendwo in seinem Kopf beginnt eine Warnleuchte zu blinken. Lass gut sein, Lukas, warnt sie, geh einfach nach Hause, aber die Neugier siegt. Ausnahmsweise ist die Tür zum Vorzimmer geschlossen. Er öffnet sie und geht einen Schritt hinein. Einer zu viel, merkt er.

Shit. Shit. Es ist Jessica, die wie einer ihrer Hamster quiekt. Sie liegt rücklings auf ihrem Schreibtisch, die nackten Beine weit gespreizt. Mit den Händen klammert sie sich an die Schreibtischkante. Zwischen ihren Beinen vollführt Helmut rhythmische Bewegungen, er hat seine Hände unter ihre Pobacken geschoben, die Anzughose hängt wie eine Fußfessel zwischen seinen Knöcheln. Sehen können ihn beide nicht, Helmut bewegt sich mit dem Rücken zu ihm, und Jessicas Augen sind mit Helmuts Krawatte verbunden. Helmut Bartholomä ist der letzte Mensch auf Erden, der noch Krawatte trägt.

Jessica fiept, Helmut grunzt, und Lukas steht da wie angewurzelt und starrt wie hypnotisiert abwechselnd auf Helmuts nackten, von zartem Flaum bedeckten Hintern, der sich mal auf ihn zu- und dann wieder von ihm wegbewegt wie eine Schaukel auf dem Spielplatz, und auf Jessicas beeindruckend weit gespreizte Beine. Sie hat früher Ballett gemacht. Lukas ist völlig fasziniert, weil die beiden so routiniert und aufeinander eingespielt wirken wie im Job. Als sei Sex auf dem sorgfältig aufgeräumten Schreibtisch auch nichts anderes, als Helmut Akten zur Unterschrift vorzulegen. Lukas muss schnellstens verschwinden, sofort. Die Abstände zwischen den Geräuschen werden kürzer. Bloß raus hier, schnell! Er macht einen Schritt rückwärts und die alte Holzdiele unter ihm knarzt.

»Isch da wer?« Helmut hält inne. Jessica stößt einen kleinen Schrei aus, er klingt mehr nach Schreck als nach Hamster.

Lukas will hastig aus dem Zimmer verschwinden, stolpert und reißt dabei das Usambaraveilchen neben der Tür von seinem Ständer, es kracht auf den Parkettboden, der Keramiktopf zerspringt in tausend Teile. Das Letzte, was er sehen kann, ist Jessica, die panisch an der Krawatte über ihren Augen zerrt. Er wirft die Tür hinter sich zu und rennt die Treppe hinunter, vorne raus zum Rathaus und dann weiter, vom Marktplatz in die Fußgängerzone, er rennt, als sei der Teufel hinter ihm her, jetzt ist er vom Rathaus aus nicht mehr zu sehen. Das Sekretariat ist ja zum Glück fensterlos. Es ist ziemlich unwahrscheinlich, dass Helmut oder Jessica es rechtzeitig zu einem Fenster geschafft haben, das nach vorn rausgeht.

Lukas bleibt keuchend stehen. Jessica und Helmut. Keiner von beiden hat ihn gesehen, da ist er sich ganz sicher, oder hat Jessica ihn doch im letzten Moment erkannt? Auf jeden Fall wissen jetzt beide, dass es einen Zeugen gibt. Einen Zeugen, den sie nicht kennen und von dem sie nicht wissen, was er mit dem, was er gesehen hat, anstellt.

Von wegen Vaterfigur.

23. KAPITEL

In dem die Freiwillige Feuerwehr Schwäbingen kurz vor dem Kollaps steht, und an allem ist nur der Streik der Landfrauen, nein: diese Anna Freidich schuld!

»So geht des net!«, brüllt Pascal Fauser. Dann denkt er, er sollte vielleicht ein bisschen einfühlsamer sein. In gemäßigterem Ton sagt er: »Ich tret euch gleich alle in den Arsch! Wir sind hier doch net beim Sitztanzen im Seniorenheim Schwäbingen!«

Noch nie hat er seine Mannen beim wöchentlichen Übungsabend so lustlos erlebt. Lustlos, schlapp und langsam. In Zeitlupe traben sie in voller Montur über den Hof des Feuerwehrhauses. Sie lupfen kaum ihre Füße vom Boden! Niemand lacht oder schwätzt nebenher, wie sonst. Bleich sind sie, alle miteinander. Bleich und ganz schmal im Gesicht. Nach nur fünf Tagen! Bis auf Marcel und ihn. Im Falle von Marcel weiß jeder, dass Jessica beim Streik der Landfrauen nicht mitmacht. Sie kocht jeden Mittag, wenn sie vom Rathaus kommt. Und selbst wenn sie streiken würde, könnte Marcel sich an das warme Mittagessen halten, das seine Mutter für die Wärmetheke im Metzgersladen zubereitet. Selbst wenn Doris Bäcker Landfrau und passionierte Anhängerin von dieser Anna ist, wird sie ja wohl kaum ihrem Mann und Sohn das Essen im eigenen Laden verweigern. Bei ihm jedoch weiß keiner, dass ihn Grete, seine Mutter, heimlich bekocht. Er glaubt nicht, dass Melanie Verdacht schöpft. Er stellt es schließlich geschickt an.

Gegen fünfzehn Uhr kommt Melanie von ihrem Job in der LBBW-Bank am Hauptbahnhof in Stuttgart zurück. Sie beginnt immer sehr früh, um den Berufsverkehr zu vermeiden. Mittagessen kriegen die Kinder in der Kita. Pascal holt sie dort nachmittags ab. Soll keiner behaupten, er würde Melanie alles überlassen! Die macht nachmittags normalerweise Haushalt und kocht dann auf halb sieben für die ganze Familie. Anfangs wollte Melanie, dass sie sich beim Kochen abwechseln, das hat sie sich aber ziemlich schnell abgeschminkt, nachdem er das Essen immer hat anbrennen lassen. Vielleicht ein klitzekleines bisschen mit Absicht. Pascal ist wirklich ein moderner Mann (manche Männer würden es ja gar nicht aushalten, dass ihre Frau deutlich mehr verdient), er trägt regelmäßig den Müll raus, aber Kochen ist einfach nicht seins.

Manchmal denkt er, Melanie hat sich das alles irgendwie anders vorgestellt, als sie ungeplant schwanger wurde. Pascal hat damals gleich gesagt, jetzt wird geheiratet! Er ist schließlich ein Ehrenmann. Außerdem hätte Nicht-Heiraten die ganze Ordnung und Harmonie gestört, auf die er so viel Wert legt. Er ist auch Melanie zuliebe Feuerwehrkommandant geworden, damit einer von beiden vor Ort ist, wenn es ein Problem mit den Kindern gibt. Bis Melanie im Notfall von Stuttgart zurück ist, das kann je nach Verkehr bis zu einer Stunde dauern. Sie haben also eine total gleichberechtigte Beziehung. Tagsüber hat Pascal eigentlich nicht so viel zu tun. Das ist der Ausgleich für die Einsätze mit der Feuerwehr, die sind zwar nicht so häufig, aber oft mitten in der Nacht.

Einmal haben sie sogar einen Brandstifter gehabt, der kam aus den eigenen Reihen, davon hat sich Pascal bis heute noch nicht erholt. Um drei holt er die Kinder ab, dann kümmert sich Melanie um sie, während sie den Haushalt macht, sie hat sie schließlich den ganzen Morgen nicht gesehen. Gegen fünf geht er normalerweise ins Fitnessstudio im Feuerwehrhaus und ist dann pünktlich um halb sieben zum Essen daheim. Bloß, jetzt ist eben Landfrauen-Kochstreik, und Melanie kocht nur für sich und die Kinder. So lange, bis er diesen lächerlichen Wisch unterschreibt, dass er statt dem Helmut diese Anna wählt. Bis dahin gibt's nix zu essen, das hat ihm Melanie letzten Samstag sehr ruhig erklärt, als sie von der Sitzung der Landfrauen bei dieser Bettina Eisele, dieser Emanze mit den kurzen Haaren, zurückkam. Die spinnen doch, die Landfrauen! Das ist Erpressung!

Seit diese Anna aufgetaucht ist, drehen sie komplett durch. Und das Essen riechen und nix davon kriegen, das ist geradezu Folter! Wie würde Melanie reagieren, wenn er plötzlich sagt, er holt die Kinder nicht mehr von der Kita? Ganz klar, die Frauen in Schwäbingen diskriminieren ihre eigenen Männer. Ist das überhaupt erlaubt? Am schlimmsten war's am Sonntag beim Bierfest. Da konnte man von jeder Bierbank aus den Zwiebelkuchen der Landfrauen riechen. Der Geruch hat sogar den Geruch der roten Würste überlagert! Er hat sich dann ganz unschuldig in die Schlange gestellt, die ging ja um den halben Marktplatz rum. Nirgendwo sonst war so ein Andrang. Okay, eigentlich war das nicht ganz korrekt, weil das ja der Werbestand war für diese Anna, aber seine eigene Frau war am Stand! Familie geht über Politik. Das muss doch selbst der Helmut einsehen. Als er endlich dran war, hat er sich den Feuerwehrhelm ganz tief ins Gesicht gezogen, aber Melanie hat ihn nur völlig entgeistert angeguckt.

»Kannst du mir mal verraten, was du hier willst?«, hat sie gefragt. »Meinst du vielleicht, ich erkenne dich nicht unter deinem Helm?«

»Hat er das Formular unterschrieben?«, wollte Hanne wissen.

»Nein, natürlich nicht«, hat Melanie gesagt. »Und er hat sich geweigert, Biertische für uns aufzustellen. Zum Glück hat Anna Davut gefragt, und der hat uns mit den Tischen aus seinem Laden ausgeholfen.«

»Dann gibt's au nix«, hat Marianne triumphierend trompetet. Seine Frau und seine Tante! Gegen ihn verbündet! Und daneben stand der Dönermann. Ausgerechnet! Der hat gar nix gesagt, bloß blöd gegrinst. Er hat Flyer verteilt und irgendwelche Taschen aus recycelten Tetra Paks, auf denen stand »Anna Freitag, die frische Brise aus dem Norden«. Diese Anna macht ja einen auf Weltretterin. Pascal hat sich geschlichen, unendlich gedemütigt, er hat sich ein letztes Mal umgedreht und einen sehnsüchtigen Blick auf das Büfett geworfen. Zwiebelkuchen! Kartoffelkuchen! Zwetschgenkuchen! Apfelkuchen! Hefezopf, mit und ohne

Zibeben! Riesige Stücke, und alles umsonst! Und neuen Wein dazu! Es war eine einzige Pracht, und die Leute haben sich drum gerissen. Sogar die Punks aus der Fußgängerzone haben auf einer Bierbank gehockt und Zwiebelkuchen gemampft und sehr zufrieden ausgesehen!

Er hat sich dann beim TSV Schwäbingen ein Schweinehalsweckle geholt. Und mit den Kameraden von der Freiwilligen Feuerwehr, die alle so frustriert waren wie er, viel zu viele Halbe getrunken. Schweigend und düster haben sie nebeinandergehockt. Das traurigste Bierfest aller Zeiten. Wenn die Stadtkapelle mal Pause hatte, konnte man diese Anna hören, viel zu laut, wie sie am Stand der Landfrauen ihr Wahlprogramm angepriesen hat. Peinlich. Saupeinlich! Der Helmut, der hat so ein Anbiedern nicht nötig! Noch peinlicher war dieser junge Typ, der der Anna nicht von der Seite gewichen ist. Wie ein Hündchen ist er hinter ihr dreingedackelt. Der ist nicht aus Schwäbingen, da ist sich Pascal sicher. Er meint, ihn am Freitag in der Stadthalle gesehen zu haben. Legt die sich jetzt kurz vor der Wahl noch einen neuen Lover zu? Den alten will sie offensichtlich nicht mehr, das weiß ja jetzt ganz Schwäbingen. Das war auch saupeinlich.

Das Bierfest ist jetzt vier Tage her. Vier Tage reichen aus, um zu verhungern. Aber Pascal ist schlauer als Melanie. Täglich nimmt er ein paar Scheiben Brot und Schinken zum Feuerwehrhaus mit, damit es so aussieht, als würde er sich davon ernähren. Tatsächlich verfüttert er alles komplett an die Enten im Feuerwehrteich. Es sind nur drei, deshalb haben die schon deutlich zugelegt (vier Enten wären ihm lieber, wegen der geraden Zahl, aber wo soll er jetzt so schnell eine vierte Ente hernehmen?).

Pascal hat sein tägliches Fitnesstraining schweren Herzens um zwanzig Minuten gekürzt. Das ist ja eigentlich Arbeitszeit, er muss schließlich topfit sein. Die zwanzig Minuten reichen, um gegen 18.15 Uhr auf dem Rückweg vom Fitnessraum im Feuerwehrhaus bei seiner Mutter in die Küche zu stürzen, schnell ein warmes Essen in sich hineinzustopfen und dann nach Hause zu fahren, als sei alles wie sonst auch. Er kaut auf den letzten Metern immer einen Kaugummi, damit er nicht nach Essen riecht. Manchmal gibt ihm seine Mutter auch noch die Reste in einer Tupperdose mit, die lässt er dann im Auto und vertilgt sie am nächsten Morgen, wenn Melanie bei der Arbeit ist und die Kinder in der Kita. Zum Glück haben sie zwei Autos. Die handgeschabten Spätzle seiner Mutter schmecken selbst kalt und zum Frühstück! Niemand darf jemals von seinem Verrat erfahren, weder Melanie noch seine Mannen. So gut gegessen hat er schon lang nicht mehr!

Melanie kocht immer sehr gesund, der Kinder wegen. Oft fleischlos, oder sie macht irgendwelchen weißen Fisch, der total viel Alpha und Omega enthält. Manchmal kocht sie Viehfutter. Findet jedenfalls Pascal (auch wenn er es nie laut aussprechen würde, außer vor seiner Mutter). Dann macht sie Falafel oder irgendwelche veganen Würstchen aus Lupinen. Lupinen sind Milchviehfutter! Für die Kinder vielleicht geeignet, aber doch nicht für einen gestandenen Mann, der jederzeit bereit sein muss für schwere körperliche Einsätze, um Schwäbingen vor einer Feuersbrunst zu retten!

Seine Mutter hingegen hat ihn in den letzten Tagen geradezu aufgepäppelt. Am Sonntag, dem ersten Streiktag, gab's Rindsrouladen mit breiten Nudeln und Gurkensalat, am Montag Kässpätzle mit gemischtem Salat, am Dienstag geschmälzte Maultaschen mit Kartoffelsalat und am Mittwoch Schupfnudeln mit Kraut. Die Schupfnudeln waren natürlich selbst gemacht, nicht aus der Packung! Grete kocht alle seine Lieblingsessen, grad hintereinander weg. Linsen, Spätzle und Saiten fehlen noch, die hat sie ihm für morgen versprochen. »Es isch so schön, mal wieder für dich zu kochen!«, ruft sie jeden Tag aufs Neue und strahlt. »Der Ernst isst ja nicht viel. Aber du, du bisch einfach ein solider Esser!« Er tut Grete also eigentlich einen Gefallen. Er gibt ihrem Leben wieder einen Sinn! Vor allem, weil sie gerade so leidet bei den Landfrauen.

Pascal freut sich, dass er sie ein bisschen davon ablenken kann.

Heute fiel das Essen etwas bescheidener aus, es gab nur eine Scheibe Fleischkäs mit Spiegelei, damit er nicht zu voll ist vor dem Übungsabend. Weil er nach dem Training sicher wieder Hunger kriegt, hat ihm seine Mutter noch eine Portion Ofenschlupfer mit Vanillesoße mitgegeben. Pascal fühlt sich wieder wie ein Kind. Jeden Tag, wenn er von der Schule kam, hat er sich aufs Essen gefreut. Aus seiner Sicht kann der Streik der Landfrauen noch eine Weile so weitergehen!

Pascal pfeift auf der Trillerpfeife. »Fünfzig Liegestütze!«, brüllt er. »Ihr könnt ausnahmsweise die Helme abnehmen!« Fünfunddreißig Feuerwehrleute ziehen sich die Schutzhelme vom Kopf und werfen sich auf den Boden. Fünfunddreißig von sechzig! Alle anderen fehlen. Die meisten unentschuldigt. Das hat es noch nie gegeben, seit Pascal vor vier Jahren von Helmut Bartholomä in einer feierlichen Zeremonie zum hauptamtlichen Feuerwehrkommandanten ernannt worden ist. Sogar die Stadtkapelle hat gespielt. Leider gab es da den *Schwäbinger Boten* noch nicht, sonst hätte er sich das Foto ausgeschnitten und eingerahmt.

»Wartet auf mich!« Maik spurtet mit mehr als zwanzig Minuten Verspätung über den Hof. Er wirkt gar nicht schlapp, im Gegenteil, er kommt in voller Montur und mit hoher Geschwindigkeit angerannt und wirft sich sofort auf den Boden. »Sorry, Pascal!«

»Eins, zwei, drei …«, fängt Pascal laut und streng an zu zählen. Nach fünf Liegestützen geben die ersten auf. Keuchend liegen sie am Boden. Nach fünfundzwanzig sind noch drei im Rennen, nach neunundzwanzig nur noch Maik und Marcel. Beide schaffen die fünfzig Liegestütze sichtlich ohne Probleme. Zwei von sechsunddreißig Kameraden!

»Leute!«, jammert Pascal. »Was soll ich bloß mit euch anstellen!«

Seine Mannen liegen auf dem Rücken und japsen wie Fische auf dem Trockenen. Ein paar wenige hocken zumindest auf dem Asphalt. Aufgestanden ist keiner.

»Frag das deine Mutter!«, ruft Michael. »Die hat des doch alles angezettelt mit dem Kochstreik!«

»Des war ein Versehen!«, verteidigt Pascal Grete achselzuckend. Sie hat ihm alles erklärt. Sie ist nur zu dem Treffen gegangen, um Melanie zu überwachen. Dann ist das alles irgendwie außer Kontrolle geraten. Die eigentliche Drahtzieherin ist diese Bettina, nicht seine Mutter. Trotzdem hat seine Mutter ein schlechtes Gewissen und hat ihm deshalb den Kochdeal angeboten.

»Ein Versehen? Seit Tagen mach ich mir wegen des Versehens deiner Mutter irgendwelches Zeugs in der Mikrowelle heiß. Es schmeckt scheußlich, und nach zwei Stunden hab ich wieder Hunger!«, klagt Michael. »Ich fühl mich voll leer! Und das Bierfest am Sonntag. Alle haben umsonst Zwiebelkuchen gegessen, und mir haben nichts gekriegt und mussten für das weitaus schlechtere Essen vom TSV auch noch bezahlen!«

»Bei mir gibt's fast nur noch Döner«, wirft Rainer düster ein. »Döner mit scharf und allem. Der Erkan macht zwar einen ordentlichen Döner, aber nach dem dritten Döner geht dir das voll auf den Magen!«

»Ich hab mir gestern bei Claudio eine Pizza mit Salami geholt«, ergänzt Frank. »Ich war nicht der Einzige. Ich war in einer Schlange mit zehn anderen Feuerwehrmännern und hab ewig gewartet!« Einige nicken zustimmend.

»Pizza isch net schlecht und Döner auch net, aber net jeden Abend. Außerdem geht des verdammt ins Geld«, kommentiert Hermann. »Gut essen, mit Beilagen und Nachtisch und so, und zwar jeden Tag, das isch einfach wichtig. Es hält Leib und Seele zusammen. Ich fühl mich richtig krank! Deswegen kann ich auch net gscheit trainieren!«

»Wir verkaufen gerade mindestens fünfundzwanzig Mittagessen am Tag mehr als sonst«, erklärt Marcel. »Gut fürs Geschäft, aber meine Mutter sagt, ab kommenden Montag verkauft sie nicht mehr an Feuerwehrmänner. Sonst funktioniert das nicht mit dem Streik. Der nächste Riesenkrach mit meinem Vater ist vorprogrammiert.«

»Sie verkauft nicht mehr an uns?«, ruft André entsetzt. »Ich war jeden Tag bei euch in der Metzgerei und hab Mittagessen geholt! Seit Beginn des Streiks! Was soll ich denn dann essen?«

»Mir ist es ja auch nicht recht. Wir haben endlich mal wieder ordentlich Umsatz gemacht mit dem Mittagstisch. Ich sag euch, bei uns ist vielleicht eine Stimmung! Meine Mutter und mein Vater reden kaum mehr miteinander«, sagt Marcel.

»Wieso siehst du eigentlich so fit aus, Maik?«, fragt André.

Maik zuckt mit den Schultern und grinst. »Ganz einfach. Weil ich kochen kann.«

»Du kannsch was?«, brüllen fünfunddreißig entgeisterte Feuerwehrleute im Chor.

»Kochen. Hat mir schon immer Spaß gemacht. Als Kind hab ich meiner Mutter immer beim Backen geholfen, und in der Schule war ich der einzige Junge in einer Koch-AG. Ich hab null Problemo. Vielleicht solltet ihr mal ein bisschen moderner werden, Jungs! Das ist doch von vorgestern, immer nur die Frauen kochen zu lassen! Ich koch richtig gut! Mein Rostbraten mit Bratkartoffeln und gemischtem Salat ist legendär!«

»Dann weiß ich ja, wo ich ab sofort mein Essen herkrieg!«, ruft André, und alle johlen.

»Es sind halt nicht irgendwelche Frauen«, seufzt Frank. »Es sind die Landfrauen! Es würde Jahre dauern, bis wir so gut kochen und backen können!«

»Für mich isch die Sache klar«, erklärt Michael. »Wenn ich heut heimkomm, unterschreib ich den Wisch!«

»Spinnsch du?«, ruft Pascal entsetzt. »Ich hab dem Helmut versprochen, dass niemand von uns einknickt!«

»Weisch du was, Pascal? Dein Helmut kann mich mal. Und du auch! Ich bin doch net bescheuert! Dann mach ich mein Kreuzle halt bei der Anna. Des sieht sowieso keiner! Ich brauch was zu essen, und zwar was Gscheites. Keine Pizza und keinen Döner und auch keinen Metzgersfraß!«

»Fraß? Das ist kein Fraß!«, protestiert Marcel. »Das ist hochwertige Hausmannskost aus allerbestem Rind, Schwein und

Huhn von alteingesessenen Schwäbinger Betrieben! Meine Mutter macht keinen Fraß!«

»Doch! Es ist völlig überteuerter, versalzener Fraß! Und die Göckele sind voller Antibiotika! Es traut sich bloß keiner, dir das ins Gesicht zu sagen!«

Beide sind jetzt aufgesprungen und stehen sich drohend gegenüber.

»Wenn du das nicht sofort zurücknimmst, dann zerteil ich dir's Gesicht, als wären's zwei Schweinehälften!«, brüllt Marcel. »Du hast meine Mutter beleidigt!«

»Fra-aß! Fra-aß!«, schreit Michael hämisch und hüpft albern auf und ab. Marcel ballt die rechte Hand zur Faust. Pascal weiß aus Erfahrung, dass er gleich zuschlagen wird. Marcel hat sich manchmal null unter Kontrolle und vermutlich keine Hemmungen, Michael die Nase zu brechen. Der hört abrupt auf zu hüpfen, er weicht zurück, der hat jetzt plötzlich richtig Schiss. Pascal springt blitzschnell hinter Marcel, packt seinen rechten Arm, dreht ihn mit geübtem Griff auf seinen Rücken und tritt ihm in die rechte Kniekehle. Marcel knickt ein und schreit auf vor Schmerz.

»Weißt du was, Pascal? In Zukunft kannst du deine Scheißbrände selbst löschen!« Michael verpasst dem Schutzhelm zu seinen Füßen einen kräftigen Tritt. Dann schlüpft er aus der Jacke seiner Uniform und lässt sie fallen, und zum Schluss zieht er auch noch Stiefel und Hose aus. Nun steht er in Breitripp-Unterhose, T-Shirt und Socken vor Pascal. Der hat Marcel losgelassen und ist viel zu baff, um irgendwas zu sagen. Michael dreht sich ohne ein weiteres Wort um, stapft zu seinem Auto und braust davon.

»Noch jemand?«, fragt Pascal drohend. Insgeheim geht ihm aber die Düse. Dieser Kochstreik wird allmählich existenzbedrohend. Wenn noch mehr Feuerwehrmänner hinschmeißen, hat er nicht mehr genug Leute im Brandfall! Und die, die er hat, sind zu schlapp, und dann klappt auch der Einsatz nicht!

»Mir langt's auch«, ruft Hermann. »Wenn du es zur Bedingung machst, dass wir nicht für Anna Freitag stimmen dürfen, wenn wir bei der Feuerwehr sind, dann geh ich. Wo sind wir denn! Ich fand die gar net schlecht bei der Veranstaltung letzten Freitag. Und beim Bierfest, da war sie richtig gut! Wir sind doch net in einer Diktatur, wo dir vorgeschrieben wird, wo du dein Kreuzle machen musst!«

»Der Hermann hat recht«, stimmt André zu. »Das geht wohl etwas zu weit, dass uns vorgeschrieben wird, wen wir bei der Bürgermeisterwahl wählen!«

»Aber der Helmut bezahlt uns die Ausrüstung!«, protestiert Pascal schon fast flehentlich. Seine Felle schwimmen ihm davon!

»Woher weißt du denn, dass diese Freitag uns nicht finanziert, wenn sie die Wahl gewinnt? Bloß, weil in ihrem Programm nix drüber steht! Die Feuerwehr gehört zur Grundversorgung einer Gemeinde. Wir sind schließlich auch für den Katastrophenschutz zuständig! Und außerdem gibt's ja noch den Gemeinderat, an dem kommt sie nicht ohne Weiteres vorbei!«, wirft Rainer ein. Immer mehr Mannen nicken zustimmend, und Pascals Panik nimmt zu. Klar wird die Feuerwehr das Nötigste an Ausrüstung kriegen. Aber er muss doch sein hübsches Fitnessstudio auf dem neuesten Stand halten! Und die Scheine, die ihm der Helmut manchmal nach dem Skat diskret zugeschoben hat, ein Hunderter hier, ein Fuffi da, was wird aus denen? Zum Glück hat er Melanie nie davon erzählt!

»Machen mir's doch ganz einfach!«, ruft Hermann. »Wer ist dafür, dass die Mitgliedschaft bei der Freiwilligen Feuerwehr Schwäbingen nix damit zu tun hat, für wen man bei der nächsten Bürgermeischderwahl stimmt? Hand hoch!«

»He, wart mal, so schnell geht das nicht!«, protestiert Pascal.

»Kannsch du noch mal wiederholen, Hermännle?«, bittet André. »Wie genau lautet jetzt die Frage?«

»Noch mal für Doofe, mir stimmen drüber ab, dass du wählen kannsch, wen du willsch!«, ruft Hermann ungeduldig.

»Und wieder essen!«, ergänzt Rainer, und alle johlen.

»Net so schnell!«, protestiert Pascal erneut. Aber es ist schon zu spät. Alle Feuerwehrleute sind aufgesprungen. Fünfunddreißig Arme recken sich in die Höhe. Sogar der von Maik. Obwohl der kochen kann. Nur Marcel stimmt nicht dafür.

»Bisch du dagegen?«, ruft Hermann ihm zu.

»Ich enthalte mich«, antwortet Marcel, ohne irgendjemanden anzusehen. »Der Helmut ist schließlich der Chef von meiner Frau.«

»Damit isch's entschieden! Jeder kann wählen, wie er will! Und jeder kann ab sofort wieder gekocht kriegen, wenn er will!« Die Feuerwehrleute johlen und klatschen. Helme werden geworfen und jubelnd wieder aufgefangen.

»Aber es sind doch noch nicht mal alle da!«, entfährt es Pascal wütend.

»Wer heut nicht zum Übungsabend gekommen ist, isch selbst schuld«, erklärt Hermann. »Oder zu schwach! Und mir sind mehr als die Hälfte. Oder willst du die Freiwillige Feuerwehr dichtmachen, Pascal?« Die Drohung in seiner Stimme ist nicht zu überhören.

»Das isch Erpressung!«, schreit Pascal wütend.

»Nein, das isch Demokratie!«, ruft Hermann. Alle lachen. Sie lachen Pascal aus. Das ist ihm in all den Jahren noch nie passiert. Der totale Autoritätsverlust! Die Ordnung ist komplett gestört! Der Kommandant, Zielscheibe von Spott und Häme! Pascal ist nicht blöd. Er hat jetzt nur noch eine Chance: Er muss gute Miene zum bösen Spiel machen. Er kann es sich nicht leisten, dass ihm weitere fünfunddreißig Feuerwehrleute davonlaufen! Er holt tief Luft.

»Na schön. Wenn ihr es so wollt? Dann macht eben jeder sein Kreuzle, wo er will. Aber ich bin net verantwortlich! Das habt ihr entschieden! Und für heut lassen wir es gut sein mit dem Training und trinken gleich unser Feierabendbier.«

Fünfunddreißig Feuerwehrleute klatschen.

»Du bisch ein guter Verlierer und Kamerad, Pascal!«, ruft Hermann. »Und ein guter Kommandant!« Wieder wird applaudiert. Sie sammeln ihre Helme ein und schlendern hinüber zum

Feuerwehrhaus. Die Stimmung ist viel gelöster, denkt Pascal, es wird gelacht und geplaudert. Er hält Marcel am Arm zurück.

»Warte«, sagt er. Marcel bleibt stehen. Das schlechte Gewissen steht ihm ins Gesicht geschrieben. Pascal wartet einen Moment, bis die anderen sie nicht mehr hören können.

»Hör zu, Marcel. Ich warn dich. Du hasch schon öfter die Beherrschung verloren. So was kommt mir nicht mehr vor, hörst du? Einem Kameraden Gewalt anzudrohen! Beim nächsten Mal fliegst du raus!«

»Es tut mir leid«, murmelt Marcel. »Ich weiß, dass ich übers Ziel hinausgeschossen bin. Ich hab mich nur so wahnsinnig provoziert gefühlt.«

»Ja, der Michael hat dich provoziert, und das geht so auch net. Trotzdem, du musch lernen, das mehr zu kontrollieren. Sonst passt du nicht zu uns. Wir müssen uns in jeder Situation hundertprozentig auf unsere Kameraden verlassen können! Haben mir uns verstanden?«

Marcel nickt stumm und schleicht in die andere Richtung zu seinem Auto. Erst will Pascal ihm hinterherrufen, er soll doch mitkommen zum Bier, dann lässt er es bleiben. Vielleicht besser so.

Eine Stunde später schließt Pascal das Feuerwehrhaus ab. Der letzte Kamerad fährt gerade vom Parkplatz. Pascal geht zum Feuerwehrteich, weil er die heutige Portion Brot und Schinken noch nicht an die Enten verfüttert hat. Zwei Enten klettern aus dem Teich und laufen schnatternd auf ihn zu. Mittlerweile sind sie richtig zahm. Pascal wirft ihnen Brotbrocken und Schinkenstückchen hin und schaut sich suchend nach der dritten Ente um. Schließlich findet er sie ein Stückchen weiter im Gras. Sie liegt auf der Seite und rührt sich nicht. Pascal stupst sie mit dem Stiefel an. Sie ist ganz eindeutig tot. Da hilft auch kein Beatmen mehr. Vielleicht ist ihr das verschimmelte Brot vom Vortag nicht bekommen? Pascal konnte ja nicht ahnen, dass Enten solche Sensibelchen sind! Morgen wird er im Rathaus Bescheid geben, dass das Abfallamt die Ente entsorgen soll. Manchmal kommen die Kinder von der Kita hierher, die müssen die tote Ente nicht unbedingt sehen. Natürlich wird er nicht sagen, dass er sie gefüttert hat. Sie ist ihm nach dem Übungsabend aufgefallen, wird er behaupten. Hoffentlich erwischt es nicht noch eine Ente, jetzt, wo die Harmonie wieder so schön hergestellt ist. Zwei Enten, ein Pärchen. Da fällt ihm auf, dass es ausgerechnet den Erpel erwischt hat. Übrig geblieben sind die beiden Weibchen. Die haben jetzt ein Problem, aber das ist nicht seins. Besonders traurig wirken sie nicht.

Er muss auch Helmut anrufen. Nicht wegen der Ente. Der wird stinkesauer sein, dass die Jungs eingeknickt sind. Aber er wird verstehen, dass Pascal nicht riskieren konnte, die Freiwillige Feuerwehr Schwäbigen dichtzumachen! Eine Berufsfeuerwehr kann sich die Stadtkasse nicht leisten. Pascal ist auf seine Freiwilligen angewiesen! Das wird auch Helmut einsehen. Hofft Pascal jedenfalls. Er selbst wird ihm natürlich versichern, dass er Melanies erpresserischen Zettel niemals unterschreiben wird. Das gut funktionierende Arrangement mit seiner Mutter wird er einfach weiterlaufen lassen. Pascal setzt sich ins Auto und vertilgt noch schnell den Ofenschlupfer mit der Vanillesoße. Den hat seine Mutter vorsorglich in eine Warmhaltedose gepackt, er ist sogar noch ein klein bisschen warm. Leider muss er dann einen Kaugummi hinterherschieben. Schade um den guten Geschmack!

Ein paar Minuten später ist Pascal zu Hause. Es ist kurz nach halb zehn, und im Haus ist es ganz still und dunkel. Er checkt sein Handy. Er wird Michael anrufen und ihn darum bitten, zurückzukommen, und ihm sagen, dass diese ganze Eskalation mit Marcel völlig unnötig und letztlich seine Schuld war, aber erst am nächsten Tag. Er hat eine Voicemail von seiner Frau erhalten. Ihr Ton ist ziemlich spitz.

»Ich bin schon im Bett, ich muss um fünf Uhr aufstehen. Bitte sei leise! Schau bitte noch mal nach den Kindern! Vorher habe ich deiner Mutter einen Besuch abgestattet. Ab sofort ist Schluss mit der heimlichen Kocherei. Glaubst du vielleicht, ich kriege es nicht mit, wenn deine Mutter bei Doris Bäcker drei

Rindsrouladen kauft, obwohl sie offiziell im Kochstreik ist? Für morgen hat sie sechs Saitenwürstchen besorgt. Die wird sie wohl kaum alleine essen! Du kannst dich entscheiden. Zwischen Linsen und Spätzle und Saiten von deiner Mutter – und mir!«

Das ist aber noch nicht alles. Auf dem Küchentisch liegt ein ausgedrucktes Formular mit dem Briefkopf des Landfrauenvereins Schwäbingen. »Hiermit schwöre ich, Pascal Fauser, bei allem, was mir lieb und teuer ist, dass ich bei der Bürgermeisterwahl in Schwäbingen Anna Freitag im ersten und, falls erforderlich, auch im zweiten Wahlgang meine Stimme geben werde. Meine Unterschrift wird den Kochstreik mit sofortiger Wirkung beenden«, steht darauf.

Melanie hat nicht nur seinen Namen, sondern auch das Datum von heute schon handschriftlich eingefügt, ein Kuli liegt bereit. Pascal Fauser schließt für einen Moment die Augen. Dann nimmt er den Kuli und unterschreibt.

24. KAPITEL

Die Zeit ist nur so dahingerast, und endlich ist er da – der Tag des ersten Wahlgangs, auf den mittlerweile ganz Schwäbingen hinfiebert. Haben sich Werner und Helmut wieder fiese Sachen ausgedacht? Wer gewinnt, Helmut oder Anna? Auf jeden Fall kein guter Tag für Lukas …

Selten hat sich Lukas so vor einem Abend gefürchtet. Am liebsten hätte er einfach gekniffen und wäre schwimmen gegangen. Einfach so tun, als sei es ein ganz normaler Sonntag. Er ist ein Feigling, das ist ihm schon klar. Niemand hat ihn schließlich zu irgendetwas gezwungen. Wenn Anna die Wahl verliert, ist das zumindest in Teilen seine Schuld. Er hat ein böses Spiel mitgespielt und die Öffentlichkeit durch seine Artikel bewusst getäuscht. Das wiegt so schwer, dass er es kaum aushält. Sein Magen fährt Achterbahn.

Es ist 17.58 Uhr, in zwei Minuten schließen die Wahllokale, dann wird vor Ort ausgezählt und das Ergebnis wird von jedem Wahllokal per Telefon für die Hochrechung durchgegeben. Die Hochrechnung wird so gegen halb sieben erwartet. 18 Uhr, ein Gong ertönt, Annas Schicksal ist besiegelt. Der Wahlleiter sitzt in einer Ecke an einem Tisch. Er ist umgeben von Laptops, Handys und Beamer, schiebt das eine hierhin und das andere dorthin, plustert sich auf und guckt total wichtig. Immer mehr Leute strömen in den Saal, Gemeinderäte, Journalisten aus den Nachbargemeinden, auch der SWR mit einem kleinen Team. Es ist schließlich genug passiert, um aus einer unbedeutenden Provinzwahl ein Medienereignis zu machen. Ein paar Kollegen schlendern herüber und begrüßen Lukas, man hat sich erst vor Kurzem in der Stadthalle gesehen, sie versuchen ihn schon wieder auszuhorchen, der Small Talk lenkt ihn ab. Nur nichts anmerken lassen, denkt er. Eigentlich ist doch alles cool. Es sieht ihm ja keiner an, was für ein Kampf in seinem Inneren tobt.

Die normalen Bürger von Bad Schwäbingen sind schon längst da, sie stehen hinten in der Halle locker in kleinen Grüppchen zusammen und unterhalten sich angeregt, der Platz vorne ist frei für die Kandidatinnen und Kandidaten mit ihrer Entourage. Fünf nach sechs hat Helmut Bartholomä seinen großen Auftritt, im Anzug mit Krawatte (ist das nicht die Krawatte, mit der er Jessica die Augen verbunden hat?) marschiert er als Erster winkend in den Saal ein wie ein Gladiator in die Arena von Verona, sichtlich den Applaus genießend. Erst mit einem Meter Abstand folgen Elfriede Bartholomä, danach sein älterer Sohn, dessen Namen Lukas verdrängt hat, dann Martin Sickinger, der Seite an Seite neben dem Kämmerer läuft. Die beiden scheinen eifersüchtig darüber zu wachen, nicht vom anderen überholt zu werden, und machen immer wieder seltsame Hüpfer. Dann kommen Helmuts Mitarbeiter, schließlich seine Gemeinderäte und ganz zum Schluss die Freiwillige Feuerwehr, in voller Montur und mit Helmen unter dem Arm, angeführt von Pascal Fauser. Es sieht so aus, als habe Helmut vorher Nümmerchen verteilt, wer sich wo aufstellen soll. Bestimmt haben Martin und der Kämmerer erbittert gestritten, wer von beiden wichtiger ist, und Helmut hat dann als Kompromiss angeordnet, dass sie nebeneinander laufen. Kindergarten. Ob sich die Feuerwehr und die Landfrauen wieder in die Haare kriegen?

Die Gruppe zieht nach rechts außen in die Halle vor die große Leinwand, auf der die Hochrechnung angezeigt wird. Im Moment steht dort nur »Herzlich willkommen zum ersten Wahlgang der Bürgermeisterwahl in Bad Schwäbingen«. Elfriede Bartholomä trägt ein eng anliegendes geblümtes Kleid, das so weit ausgeschnitten ist, dass ihre üppigen Brüste Helmut die Show stehlen. Der Sohn ist ein schnöseliger Kerl in Jackett und Jeans. Soweit sich Lukas erinnert, studiert er in Konstanz Wirtschaftswissenschaften. Erst jetzt taucht Werner Schelkle auf, allein, wahrscheinlich, damit die enge Allianz zwischen ihm und

Helmut nicht ganz so augenscheinlich wird. Als ob das nicht sowieso alle wüssten.

Anna ist nirgends zu sehen. Alle schauen wie gebannt auf den großen Bildschirm. Da endlich rauscht er herein, der wilde, laute Haufen all derer, die in den letzten Wochen auf Annas Seite gewechselt sind. Was für eine Mischung! Da ist der komplette Landfrauenverein Schwäbingen, einheitlich gekleidet in grüne T-Shirts mit buntem Halstuch, schwäbisch-bodenständig, adrett und proper, aber natürlich mit Annas weißer Kappe auf dem Kopf und den »Anna«-Fähnchen in der Hand. Angeführt werden sie von einem Dreiergespann: Bettina Eisele, Melanie Hannemann und Rosemarie, deren Rollstuhl von Michelle im todschicken Hosenanzug geschoben wird. Grete Fauser, Schwiegermutter von Melanie und Mutter von Pascal, läuft mit gesenktem Haupt ganz hinten. Mit den Landfrauen kommen, sehr aufrecht, die Diakonissen in ihren grauen Kleidern und den weißen Hauben, Davut und seine Freundin, Claudio, der Wirt der »Pizzeria Napoli« mit seiner Frau, dazwischen die Gruppe schwarz gekleideter Punks mit ihren Piercings und Irokesenfrisuren und dann noch ein paar junge Leute, die Lukas bei den *Fridays-for-Future*-Demos gesehen hat. Ein junger Mann macht eifrig Fotos. Manche tragen einen Button, es gibt sogar die eine oder andere Regenbogenfahne, niemand hat einen Anzug an. Der Applaus im Saal fällt deutlich zurückhaltender aus, und Lukas sinkt der Mut.

Anna geht nicht voraus wie Helmut, sie ist in der Mitte, sie ist das Herz, ihr Anblick ist für Lukas schwer zu ertragen. Sie platziert sich mit ihrer Truppe auf der linken Seite des Saals, die Presseleute eilen herbei und fotografieren sie inmitten des wogenden Haufens. An ihrer Seite ist dieser … dieser Kerl. Lukas muss sich zwingen, wegzuschauen. Dann wird es auf einen Schlag ganz still.

Der Bildschirm wechselt, und wie von Geisterhand erscheinen Namen und Prozentsätze. Beifall brandet auf, begleitet von aufgeregtem Gemurmel. Helmut Bartholomä hat 48,4 Prozent, also die Mehrheit ganz knapp verfehlt. Und Anna – Anna hat nur 25,3 Prozent bekommen. Lukas' Herz sinkt. Das ist nicht wenig für eine Newcomerin, aber nur ein paar Prozent mehr als der Spaßkandidat von »Der Partei«, der keinen Finger krumm gemacht und den Leuten Babybrei versprochen hat! Er ist nicht einmal erschienen, und Anna hat geackert wie blöd. Das ist einfach nicht fair. Die Eso-Tante aus dem Nachbarort hat gerade mal zwei Prozent und die anderen Kandidaten zusammengenommen auch. Die Wahlbeteiligung liegt bei lächerlichen 35 Prozent.

In Helmut Bartholomäs Ecke des Saals johlt es anhaltend. Auch wenn das Johlen vielleicht nicht so enthusiastisch ausfällt, weil ein zweiter Wahlgang erforderlich ist. Helmut lässt sich nichts anmerken, er gibt den strahlenden Sieger, stellt sich mit Elfriede und seinem Sohn für die Fotografen auf und lässt sich die Hand schütteln und auf die Schulter klopfen von allen, die sich um ihn drängen. Auch wenn noch nichts entschieden ist, denken sie bestimmt, hier ist der alte und der neue Bürgermeister, mutmaßt Lukas, und es ist wichtig, auf der richtigen Seite zu stehen. Martin drückt Helmut einen Blumenstrauß in die Hand. Der schaut in Lukas' Richtung, auffordernd, ungeduldig. Schließlich hätte er jetzt Fotos machen müssen, von ihm, dem Sieger des heutigen Abends, das ist sein Job, aber er steht einfach bloß da. Lukas ist der Einzige, der sich nicht eindeutig einem Lager zugeordnet hat. Werner Schelkle durchbohrt ihn mit Blicken, irritiert. Der Journalist vom SWR und sein Kameramann nehmen Helmut beiseite, um ihn vor laufender Kamera zu interviewen.

Lukas merkt, dass ihm eine Träne über die Wange läuft. Er hat sich kein bisschen im Griff. Ist vielleicht kein Wunder nach der Anspannung der letzten Wochen. Der Opa, Anna, das viele Alleinsein, das ist alles zu viel gewesen. Als Siebenjähriger hat Lukas mal geheult, als er sich die Playmobil-Ritterburg zu Weihnachten gewünscht und sie nicht gekriegt hat. Na ja, und dann natürlich, als die Eltern ums Leben kamen. Aber sonst? Wie viel Prozent mehr hätte Anna Freitag bekommen, wenn Lukas nicht gewesen und die Berichterstattung neutral und fair gewesen wäre? Noch hat sie nicht verloren, aber diesen Abstand zu Helmut wird sie niemals aufholen. Eine zweite Träne folgt der ersten.

Anna steht da, eng umringt von ihrem Unterstützerkreis. Sie murmeln betroffen, sie schütteln Annas Hand, umarmen sie und legen ihr den Arm um die Schulter. Anna ist von ihnen umgeben wie von einem schützenden Kokon, sie hüllen sie ein in Sympathie, Freundschaft und Mitgefühl. Der Unterschied zu Helmuts Altherrentruppe ist frappierend. Lukas wünscht sich in diesem Moment nichts mehr auf der Welt, als Teil dieser, ihrer Gruppe zu sein. Anna ist in ihrem Zirkel und schaut weder in seine Richtung noch in die Richtung von Helmut Bartholomä. Dann beginnt der Typ neben Anna, rhythmisch zu klatschen. »An-na«, »An-na«, und die anderen fallen ein. »An-na«, »An-na«. Die Landfrauen wedeln dazu heftig mit ihren Fähnchen. Es ist nicht einmal laut, aber plötzlich macht sich ein Lächeln auf den Gesichtern von Annas Unterstützern breit, und aus dem Lächeln wird ein Strahlen. Dann werfen sie auch noch ihre albernen Kappen hoch. In ihrer Mitte beginnt Anna ebenfalls zu lächeln, und dann strahlt auch sie. Ein paar seiner Pressekollegen machen Fotos.

Lukas hält es nicht mehr aus. Er läuft in Annas Richtung und der Kreis um sie herum teilt sich wie das Meer um Moses. Alle schauen ihn an, niemand sagt ein Wort. Langsam erstirbt das rhythmische Klatschen. Jetzt hat Anna ihn gesehen und auch sie schaut Lukas jetzt an. Sie wirkt nicht böse. Nur unendlich traurig. Ihm fällt ein, wie er sie zum ersten Mal auf dem Marktplatz gesehen und gedacht hat, sie sei ein vom Himmel gefallener Engel. Genau so sieht sie jetzt aus. Als sei sie nicht von dieser Welt.

»Anna«, stammelt er. »Es tut mir leid.«

Anna schweigt. Die anderen starren ihn voller Vorwurf an. Vor allem Rosemarie in ihrem Rollstuhl.

»Na, bist du jetzt zufrieden?«, knurrt der Typ neben ihr. Er steht sehr nah bei Anna. Zu nah, wie Lukas findet.

»Es tut mir leid!«, wiederholt er, etwas lauter und gereizt. »Ich wollte das nicht!«

»Das kommt leider ein bisschen spät«, zischt der Typ. Er

macht einen wütenden Schritt auf ihn zu, als wolle er ihn schlagen. Verdient hätte er es.

»Lass gut sein, Felix«, murmelt Anna leise und legt ihm die Hand auf den Arm. Und da hält Lukas nichts mehr.

»Es tut mir leid!«, brüllt er, so heftig, dass er vor seiner eigenen Lautstärke erschrickt. Auf einen Schlag ist es in der Stadthalle totenstill geworden. »Ich bin mitverantwortlich für dieses beschissene Ergebnis!«

Er dreht sich um und geht langsam auf die andere Seite der Halle. Seine Pressekollegen rennen aufgeregt hinter ihm drein. Das Interview ist beendet, Helmut und Elfriede stehen wie Anna in der Mitte ihrer Unterstützer, umringt von Gemeinderäten, Martin und natürlich Werner Schelkle. Nur Jessica fehlt. Auch hier teilt sich der Kreis. Helmut blickt Lukas sichtlich schockiert entgegen, aber Werner lächelt nur milde, als sei er ein kleines Kind in der Trotzphase.

»Diese beiden« – Lukas deutet mit dem Zeigefinger auf Helmut und Werner –, »diese beiden Herren …« Er macht eine Pause. Man kann eine Stecknadel fallen hören. Er hat die Aufmerksamkeit, die er haben will. »Werner Schelkle, Helmut Bartholomä und Martin Sickinger haben mir aufgetragen, ich zitiere wörtlich, ANNA FREITAG KAPUTT ZU SCHREIBEN!«

Er steht im Blitzlichtgewitter seiner Kollegen. Das ist zur Abwechslung mal eine ganz neue Erfahrung. Dann zischt Werner: »Das ist Verleumdung. So etwas habe ich, haben wir nie gesagt. Wir sind doch kein Schmierblatt! Morgen hörst du von meinen Anwälten! Und deinen Job bist du los!«

»Keine Sorge«, sagt Lukas. »Ich habe heute Morgen meine fristlose Kündigung in deinen protzigen Briefkasten geworfen, Werner.« Zum ersten Mal duzt er ihn. Es fühlte sich nicht so triumphal an wie gedacht.

Helmut ist blass geworden. Er hebt die Hand und ballt sie zur Faust.

»Bass bloß uff, Lukas! Man schlägt net uff die Hand, die einem die Spätzle schabt!«

»Lukas! I bin brudal enttäuscht von dir!«, ruft Martin.

Plötzlich tritt Elfriede Bartholomä einen Schritt vor. Sie starrt Lukas an, ungläubig.

»Helmut«, ruft sie laut, guckt aber immer nur Lukas an. »Helmut, isch des wahr, was der Lukas gerade gesagt hat?« Sie schaut ihn an, als wolle sie von ihm eine Bestätigung, und Lukas nickt.

»Nadierlich net!«, schreit Helmut wütend. »Der Kerle will sich bloß wichdigmacha!«

»Helmut, I frag dich noch mal«, Elfriede klingt jetzt drohend. »Isch des wahr? Hend ihr dem Lukas gesagt, er soll des jonge Mädle kabutt schreiba? Lüg mich net an!«

Es ist totenstill in der Stadthalle. Lukas fragt sich, ob es jetzt so laufen wird wie bei Petrus und Jesus. Beim dritten Mal gibt er's zu, und dann kräht der Hahn. Aber es geht schneller. Helmut starrt Elfriede an, ohne ein Wort, dann senkt er unendlich langsam den Kopf und blickt beschämt zu Boden. Wie ein kleiner Junge, der Schokolade im Mundwinkel hat, aber behauptet, keine Süßigkeiten gemopst zu haben. Elfriede reißt Helmut den Blumenstrauß aus der Hand und schlägt ihn ihm links und rechts um die Ohren.

»Du bisch so ein Grasdackel!«, kreischt sie.

Helmut lässt sie gewähren, er steht völlig verdattert einfach nur da, während Blumenköpfe und Blätter um ihn herumfliegen und der SWR Helmut, Elfriede und Lukas filmt. Elfriede tobt und schimpft. Bis ihr Kleid wegen ihrer wilden Bewegungen an den Schultern reißt und ihre üppigen Brüste herausploppen. Schockierte spitze kleine Schreie kommen jetzt aus ihrem Mund. Elfriede versucht, ihre Brüste mit den Resten des Blumenstraußes zu bedecken, dann gibt sie es auf, lässt die letzten Stiele fallen und stürmt entblößt und mit wogenden Brüsten aus dem Saal wie eine griechische Göttin. Der Sohn zögert einen Moment, wirft verzweifelte Blicke zwischen seinem Vater und seiner Mutter hin und her und rennt dann hinter Elfriede drein.

Lukas dreht sich um und läuft wieder zu Anna. Sie muss sich doch jetzt freuen! Er hat sich schließlich rehabilitiert, und sie auch, und noch dazu öffentlich! Und Helmut hat mehr oder weniger alles zugegeben! Was nicht bedeutet, dass er deshalb automatisch den zweiten Wahlgang verliert.

Anna sieht Lukas an. Nein, sie sieht ihn gar nicht. Sie schaut durch ihn hindurch, als sei er aus Glas. Wie an dem Abend, als sich die Kandidaten vorgestellt haben.

»Anna!«, fleht Lukas. »Verzeih mir!«

Anna reagiert nicht. Und in dem Moment überwältigen ihn die Gefühle. Sie steht da, so enttäuscht und gleichzeitig so tapfer. Sie hat die Haare frisch gewaschen und die Locken stehen um sie wie ein Glorienschein. Sie trägt ein blaues Kleid, das erstaunlicherweise so etwas wie Figur erkennen lässt. Der weiche Stoff fließt um ihre schmale Taille, sie sieht wunderschön aus. Anna. Sein Engelchen. Und endlich, endlich wird ihm alles klar.

»Anna!«, schreit es aus ihm heraus. »Anna! Ich liebe dich!« Und damit stürzt er auf sie zu und küsst sie mitten auf den Mund. Anna stammelt: »Ich liebe dich auch, Lukas, und ich verzeihe dir natürlich, dass du so ein Arschloch warst.« Sie küssen sich leidenschaftlich, und alle um sie herum applaudieren. Die Geschichte verbreitet sich wie ein Lauffeuer in der ganzen Welt, und Schwäbingen ist so ergriffen, dass Anna Freitag im zweiten Wahlgang 100 Prozent der abgegeben Stimmen erhält. Das war zumindest der Plan.

Leider läuft es in echt nicht ganz so gut.

Dieser Felix und der Fotograf werfen sich Lukas in den Weg und drängen ihn zurück wie zwei gut trainierte Bodyguards. Anna sagt nicht: Lasst gut sein, lasst ihn durch. Sie sieht ihn nur an, und sie hat wieder diesen antrainierten emotionslosen Blick drauf. Die bitterste aller Wahrheiten trifft ihn wie ein Peitschenhieb: Er ist ihr völlig gleichgültig. Sie hat ihn komplett abgehakt.

»Weißt du was, Lukas?«, sagt sie schließlich höflich. »Wie Felix schon erwähnt hat, das kommt einfach ein bisschen spät. Wenn du mich jetzt bitte in Ruhe lassen würdest. Es sei denn, du musst noch ein paar Bilder für deinen nächsten lügnerischen

Zeitungsbericht machen. Dann stehe ich dir natürlich gerne zur Verfügung.«

»Ich habe gerade gekündigt!«, ruft Lukas verzweifelt. »Deinetwegen!« Er ist so wütend auf Anna. Er hat seinen Job hingeschmissen wegen ihr, er hat sich öffentlich blamiert wegen ihr, und es reicht ihr alles nicht. Und Anna sieht ihn an und sie sieht Felix an, und endlich kapiert er, was hier läuft. Es ist zu spät. Er dreht sich um und stürmt aus dem Saal.

Zehn Minuten später ist er zu Hause. Der Opa sitzt vor dem Fernseher und schaut die Landesschau, in ohrenbetäubender Lautstärke. Lukas sieht sich selbst, und er sieht Elfriede Bartholomä, die mit einem Blumenstrauß in der Hand weit ausholt, dann bricht der Film ab und ein Reporter mit Mikrofon steht vor der Stadthalle.

»Sapperlot«, murmelt der Opa. Und dann dreht er sich zu Lukas um und sagt: »I glaub, es wird Zeit, dass du mir erzählsch, was los isch.«

25. KAPITEL

In dem Anna die Nerven verliert, mit ungeahnten Folgen

Anna. Bist du noch bei uns? Anna?« Felix drückt Annas Hand, und sie fährt schlaftrunken hoch. Für einen kurzen Moment ist sie eingenickt, vor ihrer mittlerweile kalt gewordenen veganen Pizza mit frischem Gemüse. Ist ja auch kein Wunder. Nach der zugigen Stadthalle ist es hier bei Claudio in der »Pizzeria Napoli« wohlig warm, sie sitzt auf einer gepolsterten Bank, und die Anspannung und der Stress der letzten Wochen fordern ihren Preis. Und die Interviews, die sie in der Stadthalle geben musste. Wie die Hyänen haben die Reporter sie belauert, während die Fotografen versucht haben, sie mit besonders enttäuschtem oder, noch besser, mit verzweifeltem Gesichtsausdruck abzulichten. Wahrscheinlich hofften sie sogar, dass Anna öffentlich in Tränen ausbricht, so als Frau. Sie sind um sie herumgeschlichen, sie sind ihr auf Schritt und Tritt gefolgt, ständig war eine Kamera auf sie gerichtet. Warum das schlechte Abschneiden, Frau Freitag? Schwäbingen ist wohl doch noch nicht bereit für einen politischen Wechsel? Wieso haben Sie nur ein Prozent mehr als der Spaßkandidat? Sie hatten doch so viel Unterstützung? Allein an der schlechten Presse kann es ja nicht liegen, oder? Anna hat es geschafft, Haltung zu bewahren, ihr einstudiertes Lächeln aufzusetzen, sachliche Statements abzugeben, und alle haben bewundernd gesagt, dass sie es super gemacht hat in dieser schwierigen Situation. Jetzt aber, wo sie unter sich sind, raubt ihr die Enttäuschung jede Energie. Sie fühlt sich wie nach einer neunstündigen Bergwanderung mit schwerem Rucksack. Jeder Muskel tut weh. Natürlich hat Anna nicht damit gerechnet, dass sie im ersten Wahlgang gewinnt. Aber doch zumindest damit, dass sie ein deutlich besseres Ergebnis einfährt! Dass ihre Anstrengungen so wenig honoriert werden, und nicht nur ihre, sondern die von allen, die mit ihr gekämpft haben, das ist ganz schön bitter.

Sie haben die Pizzeria komplett in Beschlag genommen. Für eine Wahlparty, die keine ist. Wobei alle anderen weitaus weniger geknickt wirken als Anna. Eigentlich ist die Stimmung sogar richtig gut. Was natürlich auch daran liegen kann, dass Claudio ein paar Flaschen Prosecco für alle aufgemacht hat, weil er findet, dass sie gerade jetzt den Kopf nicht hängen lassen sollten. Der Prosecco wird in großen Schlucken getrunken, es wird viel gelacht. Wie bei einem Leichenschmaus, bei dem man allmählich vergisst, dass der Anlass eigentlich ein trauriger ist.

»Alles in Ordnung?« Felix schaut Anna mitfühlend an. Er hat natürlich nur genippt an seinem Prosecco. »Soll ich dir noch was Antialkoholisches zu trinken bestellen?«

»Nein, danke, ich bin erwachsen.« Wie zum Trotz trinkt sie in einem Zug ihr halbes Glas Prosecco leer. Sie hört selbst, wie schroff sie klingt, viel schroffer als beabsichtigt. Felix ist sichtlich vor den Kopf gestoßen. »Entschuldige«, schiebt sie schnell hinterher. »Ich bin einfach völlig fertig.« Felix nickt verständnisvoll und drückt ihre Hand. Er ist immer so wahnsinnig verständnisvoll. Das ist ja eine sehr angenehme Eigenschaft bei einem Mann. Im Prinzip. Aber gerade jetzt geht es Anna tierisch auf den Wecker. Gerade jetzt hat sie wahnsinnige Lust, sich mit jemandem ganz laut zu streiten. So richtig rumzubrüllen, um ihren ganzen Frust und Ärger abzulassen. Mit Felix kann man nicht streiten, weil Felix ist total konstruktiv. »Lass uns einen Melisse-Ayurveda-Tee trinken, einen veganen Bananen-Haferflockenkeks dazu essen und in aller Ruhe darüber reden«, sagt er, wenn Anna kampflustig ist, und tätschelt ihr besänftigend den Arm, als sei sie ein Hund. Eigentlich hat Anna ja überhaupt nichts gegen vegane Bananen-Haferflockenkekse, aber so, wie Felix es sagt, macht es sie total aggressiv.

Wenn Lukas jetzt hier wäre. Den würde sie in Grund und Boden brüllen, und der würde das aushalten. Wenn das, was er vorhin in der Stadthalle gesagt hat, nur einfach ein bisschen früher gekommen wäre! Nicht nur sein öffentliches Bekenntnis, dass Helmut und Werner sie gezielt fertigmachen wollten. Was im Prinzip ja jeder weiß, der einigermaßen selbstständig denken kann. Anna wusste es spätestens, seit er es ihr bei ihrem nächtlichen Zusammenprall gestanden hatte. Trotzdem, es öffentlich zu machen, hat natürlich eine ganz andere Dimension. Mit seinem öffentlichen Liebesbekenntnis hat er dann noch einen draufgesetzt. Das zweite, das Anna in kurzer Zeit erhalten hat. Erst Lennart, dann Lukas. Beide Male in der Stadthalle. In beiden Fällen hat sie es nicht geahnt. Oder doch? Hat Lukas sie geküsst und dann kalte Füße bekommen, und jetzt tut es ihm leid? Und wenn schon. Es hat sie erschüttert, das auf jeden Fall, aber eigentlich wäre es ihr lieber gewesen, er hätte es für sich behalten. Er ist so ein Idiot.

Vielleicht hätte es was werden können mit ihnen beiden, aber diese Kehrtwende, die kommt jetzt einfach zu spät. Selbst wenn sie öffentlich war. Er hat Anna Schaden zugefügt, viel zu lange. Er wusste ganz genau, was er tut, und er hat trotzdem weitergemacht, auch nach dem Kuss. Dieser Kuss hätte alles verändern können. Hat er aber nicht. Das hat ihr so wehgetan, als er dann einfach so tat, als sei nichts zwischen ihnen passiert, als hätte nicht sogar die Erde aufgehört, sich zu drehen, für mindestens fünf Sekunden. Und eine Woche später erscheint der *Schwäbinger Bote* mit der Schlagzeile »Privates Liebesdrama überschattet Wahlkampf von Anna Freitag?« BILD-Zeitungs-Niveau! Ausgerechnet von dem Mann, in den sie sich beinahe verliebt hätte!

Sie hat sich entschieden, und sie wird keine, keine, keine einzige Sekunde mehr darüber nachdenken, was gewesen wäre, wenn … Wenn aus dem Kuss damals mehr geworden wäre. Schluss damit! Sie muss sich jetzt auf das Wesentliche konzentrieren und schauen, wie sie die nächsten zwei Wochen bis zum zweiten Wahlgang durchsteht. Helmut Bartholomä und Anna sind in der Stichwahl, weil sie die meisten Stimmen bekommen haben, die anderen Kandidat:innen sind draußen. Das ist jetzt ganz automatisch so, mit dem geänderten Kommunalwahlrecht. Selbst wenn Anna am liebsten kneifen würde, sie muss in die zweite Runde. Die Frage ist, zu wem die Stimmen des Spaßkandidaten gehen. Wenn es ihr gelingt, die zu kriegen, und Lukas' Offenbarungseid vielleicht doch dazu führt, dass sich ein paar von Helmut Bartholomäs Anhängern wegen seiner schmutzigen Kampagne enttäuscht von ihm abwenden, hat sie eine reelle Chance. Dafür muss sie noch mal alle Kräfte mobilisieren und alle motivieren, die ihr dabei helfen können. Und wenn sie verliert, dann wird sie Schwäbingen und Lukas den Rücken kehren. Dann hält sie hier nichts mehr.

Wenigstens haben Felix und sie sich gefunden. Felix wird bleiben, auch nach der Wahl, er ist jetzt der Mann an ihrer Seite, der Mann, der ihr in den letzten Wochen beigestanden hat. Es hat sie selbst überrascht, wie schnell das gegangen ist, aber bei ihm gibt es auch nicht diese emotionale Achterbahn wie mit Lukas. Niemals würde er sie so verraten, wie Lukas es getan hat. Er ist vielleicht ein kleines bisschen langweilig, aber dafür einfühlsam, rücksichtsvoll und emanzipiert. Er achtet auf seinen ökologischen Fußabdruck, er hat kein Auto und würde niemals das Licht in einem Raum brennen lassen, wenn er hinausgeht. Sie weiß nicht, ob Lukas ein Auto hat, aber er lässt bestimmt das Licht brennen! Und er isst garantiert Fleisch! Und bestimmt fliegt er auch! Und er bringt Wespen um, das würde Felix niemals tun! Felix und sie teilen dieselben Werte und kämpfen für eine enkelgerechte, bessere Welt. Und das ist es doch, was auf Dauer zählt und eine Beziehung ausmacht! Gemeinsame Werte! Felix wäre niemals so einen dreckigen Deal eingegangen wie Lukas. Wenn sie ihn ein bisschen besser kennenlernt, findet sie ihn bestimmt weniger langweilig.

Nach dem Wahlkampf brauchen sie einfach Zeit füreinander. Vielleicht fahren sie zusammen irgendwohin. Mit dem Zug natürlich. Ein paar Tage Urlaub. Ruhe und Erholung, gute Gespräche und leckeres veganes Essen. Nein, das ist nicht langweilig! Es wird natürlich eine Umstellung, nach dem ganzen Trubel. Aber dann wird sie es genießen, da ist sich Anna ganz sicher. Felix steht jetzt auf und hebt sein Glas, und sie muss sich zusammenreißen, der Prosecco ist ihr zu Kopf gestiegen. Also setzt sie sich aufrecht hin, schüttelt die Erschöpfung ab und lächelt ihr offizielles Anna-Freitag-Lächeln. Obwohl sie lieber heulen würde. Nur gut, dass sie das Lächeln anknipsen kann wie einen Lichtschalter, egal, wie mies sie sich fühlt. Felix klopft mit einem Teelöffel an das Glas mit seinem Pfefferminztee.

»Liebe Freundinnen und Freunde.« Felix klingt feierlich. Das Stimmengewirr erstirbt. »Wir haben gekämpft, und wir haben verloren.« Bedauerndes Raunen. »Aber ich möchte mich an den schönen Spruch halten, der Oscar Wilde zugeschrieben wird: ›Am Ende wird alles gut. Und wenn es nicht gut ist, dann ist es noch nicht das Ende.‹« Jetzt wird begeistert geklatscht und gejohlt, Jonas, der eifrige junge Mann, fotografiert eifrig für Facebook und Insta. »Liebe Freundinnen und Freunde, es ist noch nicht das Ende. Noch lange nicht! Das Blatt hat sich gewendet, seit diese Marionette namens Lukas öffentlich zugegeben hat, dass die Wahl von Anfang an manipuliert worden ist. Wirft das ein gutes Licht auf den amtierenden Bürgermeister?«

»Nein!« Alle brüllen, und es erinnert Anna ein bisschen an die abendlichen Zusammenkünfte im Sommerlager, früher, auf der Hallig Langeneß.

»Wirft es ein gutes Licht auf den wichtigsten Arbeitgeber im Ort?«

»Nein!« Das Gebrüll wird noch lauter.

»Und wirft es ein gutes Licht auf die angeblich unabhängige Presse in Gestalt von diesem Trottel?« Jetzt tobt die ganze Pizzeria. Trottel. Es fühlt sich irgendwie total falsch an, dass Felix Lukas lächerlich macht. Man kann Lukas viel vorwerfen, aber er ist kein Trottel. Bloß, Anna kann ihn nach allem, was passiert ist, wohl schlecht öffentlich verteidigen, oder? Sie hofft, dass Felix jetzt ganz schnell das Thema wechselt. Aber Felix macht weiter. »Und dann behauptet dieser Trottel auch noch, dass er in Anna verliebt ist! Davon hat man bisher nicht viel gemerkt!« Alle brüllen jetzt vor Lachen. Anna möchte Felix am liebsten den Mund verbieten, das ist alles viel zu privat, und wie Felix Lukas bloßstellt, das ist hässlich. Sie wirft ihm flehende Blicke zu, sie tippt seinen Arm an, aber er kriegt es gar nicht mit, so hingerissen ist er von seinen eigenen Worten.

Resigniert schaut sie ihn an, wie er da steht und so eifrig und engagiert ist für ihre Sache, ohne zu merken, dass ihr gar nicht wohl dabei ist. Er hat ihr auch schon gesagt, dass er die nächsten zwei Wochen Urlaub nehmen wird. Eine Woche davon ist Resturlaub, aber für die zweite opfert er seine Weihnachtsferien. Sie können also gar nicht mehr zusammen wegfahren, zumindest dieses Jahr nicht. Auch dabei ist Anna nicht wohl. Zehn Tage Urlaub! Er hat sie nicht gefragt, ob ihr das überhaupt recht ist, und erst jetzt wird ihr klar, dass es ihr nicht passt, sie sich aber nicht getraut hat, ihm das ehrlich zu sagen. Es wird bedeuten, dass sie die nächsten zwei Wochen jede Minute miteinander verbringen werden, und bei dem Gedanken fühlt sich Anna plötzlich, als würde sie keine Luft bekommen, aber das kann sie Felix doch nicht sagen, er opfert sich schließlich für sie auf. Das ist doch alles andere als selbstverständlich, dass ein Mann einer Frau beruflich so den Rücken stärkt!

»Liebe Freundinnen und Freunde«, fährt Felix fort, »wir haben jetzt noch zwei Wochen Zeit. Und diese Zeit werden wir nutzen! Wir werden kämpfen, und wir werden diesen Kampf gewinnen. Den Kampf gegen die alten weißen Herren, gegen die verkrusteten Strukturen, den Machtmissbrauch und die Korruption der Presse. Ja, wir werden ein Zeichen setzen. Ein Zeichen für Toleranz, Diversität, einen Neuanfang, Gleichberechtigung und Klimagerechtigkeit. Wir werden die Zeitenwende in Schwäbingen einläuten! Mit unserer Anna!« Er packt Annas Arm und reißt ihn hoch. »Anna! Freitag!«, brüllt er. Er steht da, sein Gesicht glüht, und die Pizzeria tobt. Zeitenwende, ist das Wort nicht ein bisschen zu groß für den Anlass? Anna ist auch dabei nicht wohl, aber das ist jetzt nicht der Moment. Sie haben so hart gekämpft. Ihre Freizeit und ihr Geld geopfert, für sie, und jetzt schauen sie sie alle so erwartungsvoll an.

»An-na! An-na!«, fängt Felix an, die anderen fallen ein, der Chor wird immer lauter, und Anna steht auf. Sie ist so müde, dass sie schwankt. Wie gerne würde sie sich hinlegen und einfach schlafen, schlafen. Aber da sitzen sie alle, Davut und seine Freundin, Bettina und viele Landfrauen, ein paar der Punks, Schwester Gabriele, Michelle und neben ihr im Rollstuhl Rosemarie. Ihre Blicke treffen sich, und in Rosemaries Blick liegt unendlich viel Mitgefühl, als könne sie in Anna hineinschauen und ihre Gedanken lesen, all ihre Zweifel und inneren Nöte. Sie lächelt und nickt Anna aufmunternd zu. Anna muss ganz schnell den Blick abwenden, weil sie es nicht aushält. Es wird totenstill. Jonas' Handy ist wieder auf Anna gerichtet, und am liebsten würde sie ihn bitten, sie einfach in Ruhe zu lassen. Aber das geht natürlich nicht. *The show must go on.* Sie atmet tief ein.

»Ich möchte nicht viel sagen. Ich bin zu erschöpft. Ich möchte euch nur danken. Egal, wie es ausgeht: Es war jede Sekunde wert. Anfangs dachte ich, was ist das bloß für ein schrecklicher Ort hier. Alle waren gegen mich. Seit ich euch kennengelernt habe, denke ich, dass Schwäbingen der wundervollste Ort auf der ganzen Welt ist. Und das ist er euretwegen.« Nein, das ist keine Wahlkampflüge. Es ist die volle Wahrheit. Aber nun bricht ihr die Stimme und die Tränen kommen, sie hat sich nicht mehr im Griff, aber es ist ganz egal, weil ein Beifallssturm lostobt und weil Felix »Hoch soll sie leben« anstimmt. Alle singen mit, alle liegen sich in den Armen, sie brüllen »Hoch! Hoch! Hoch!«, dieser bunte, chaotische, wilde Haufen, der in den letzten Wochen zu ihren Freundinnen und Freunden geworden ist, und nun skandieren sie wieder im Chor »An-na, An-na!«, und Felix packt schon wieder ihren Arm und reißt ihn hoch, am liebsten würde sie ihm wütend eine kleben, sie ist doch keine siegreiche Boxerin im Ring, sie kann einfach nicht mehr, und alles verschwimmt, alles ist zu viel. Sie reißt sich los, schnappt den Mantel, der auf der Bank liegt, und quetscht sich am Tisch vorbei, ohne Felix anzuschauen, und schon gar nicht Rosemarie, nur weg hier, niemanden mehr sehen müssen, die Decke über den Kopf ziehen, sie rennt aus der Pizzeria hinaus, brennende Blicke in ihrem Rücken, eine Mischung aus Erstaunen, Anteilnahme und Mitgefühl, und sie hat nur einen Wunsch: dass Felix ihr nicht folgt.

26. KAPITEL

In dem Lukas zu einem konspirativen Treffen aufbricht, ohne zu ahnen, dass er damit eine Kettenreaktion auslöst

Lukas hat dem Opa alles erzählt. Von Anfang an. Wie er Anna das erste Mal auf dem Marktplatz gesehen hat, und alles, was danach passiert ist. So viel Zeit ist gar nicht vergangen, aber es gibt viel zu erzählen. Der Opa hat zugehört, ohne ihn ein einziges Mal zu unterbrechen. Richtig zugehört. So wie früher. Überhaupt war alles fast wie früher. Der Fernseher war aus, der Opa hat zugehört, und er war freundlich, das erste Mal seit langer Zeit. Vielleicht lag es daran, dass er sich die Geschichte mit seinem richtigen, dem französischen Vater von der Seele geredet hat? Sein Trauma, wie Carola sagen würde. Kann sein, es hält nicht lang, aber für diesen einen Abend war es schön. Als Lukas fertig war, hat der Opa erst einmal gar nichts gesagt. Und nach einer Weile hat er gemurmelt: »Domm gloffa.« Dann war er wieder still. Und dann hat er gesagt: »Bleder Hond.« Lukas fragt nicht nach, wer der blöde Hund ist. Helmut? Oder Werner? Wahrscheinlich meint der Opa ihn, Lukas. Dann ist er aufgestanden und in die Küche gegangen und hat eine Flasche Trollinger und zwei Henkelgläser geholt und beiden eingeschenkt. Lukas war jetzt nicht so wahnsinnig scharf auf den Trollinger, ein Bier wäre ihm lieber gewesen, aber er wollte den Opa nicht vor den Kopf stoßen.

»Zum Wohl.« Der Opa hat einen Schluck Trollinger genommen und Lukas auch, und dann war erst mal wieder Ruhe.

»Du magsch des Mädle«, stellt der Opa sachlich fest.

Lukas nickt düster. »Ich fürchte bloß, es ist zu spät.«

»Kann schon sein«, sagt der Opa. »Aber du kannsch trotzdem versuchen, es wiedergutzumachen.« Dann gibt es wieder eine lange Pause, in der sie beide am Trollinger nippen.

»Wenn du jetzt nemme schaffschs, dann verdiensch du auch kein Geld.« Der Opa hat gerade wirklich einen lichten Moment.

Lukas nickt, er will im Augenblick nicht darüber nachdenken. Werner war nicht knauserig, und Lukas hat wenig ausgegeben, er zahlt ja auch keine Miete, weil ihn der Opa nicht lässt, ein paar Monate kommt er schon klar. Der Opa schlurft zu seiner Kommode, zieht eine Schublade auf und wühlt darin herum. Dann zieht er ein uraltes rotes Sparbuch hervor, das in einer Plastikhülle steckt. Er hält es hoch.

»Wenn du knapp bei Kasse bisch. Ich hätt' da noch ein bissle was auf dem Sparbüchle.«

Hurra, denkt Lukas. Endlich weiß er, wo das Sparbuch ist, und kann herausfinden, wie es um die Ersparnisse des Opas steht, falls er Pflege braucht.

»Opa, das ist ganz lieb. Aber das ist dein Geld. Wir sollten bloß bei Gelegenheit mal mit dem Sparbuch auf die Bank gehen. Wahrscheinlich hast du dir schon lange keine Zinsen mehr gutschreiben lassen, oder?«

Der Opa klappt das Sparbüchle auf und runzelt die Stirn. »Guck du«, sagt er. »I säh's net ohne Brille.«

Lukas beugt sich über das Sparbuch. »Ach herrje«, entfährt es ihm. »Das ist ja noch in D-Mark!«

Der Opa zuckt mit den Schultern. »Ich hab das Geld nie gebraucht.«

»Da ist ziemlich viel drauf«, sagt Lukas ehrfürchtig. »Hunderteinundzwanzigtausend Mark. In Euro ist es natürlich viel weniger.« Und trotzdem, mit den Zinsen von all den Jahren ist doch wenigstens ein Polster da, falls der Opa Pflege braucht. »Nächste Woche gehen wir zur Bank.« Er gibt dem Opa das Sparbuch zurück, und der legt es sorgfältig wieder in die Kommode.

»Du meldesch dich, wenn du Geld brauchsch, gell?«

Lukas nickt. Der Opa sieht fast enttäuscht aus.

»Opa?«

»Was isch?«

»Danke. Das ist sehr lieb von dir.«

Sie sind beide wieder still. Dann legt Lukas seine Hand auf die des Opas. Er räuspert sich.

»Das wollt ich dir überhaupt längst sagen. Dass ich dich sehr gernhab. Du hast so viel für mich getan, als die Eltern gestorben sind. Du warst immer für mich da. Jetzt bin ich für dich da. Egal, was passiert. Gell, Opa? Das weißt du?«

Der Opa nickt. Lukas sieht ihm nicht an, was er denkt.

»Mein Vater, also net der richtige Vater. Der, der aus dem Krieg heimkam«, sagt er schließlich leise.

»Ja?«

»Der hat mich net mögen. Weil ich net sein Sohn war.«

»Und die Mutter?«

»Die schon. Aber halt bloß heimlich. Sie hat Angst gehabt vor dem Vater. Wenn der Vater da war, hat sie mit mir geschumpfen, und sie hat nie was gesagt, wenn er mich schlimm verhauen hat. Und wenn er net da war, hat sie mich in den Arm genommen und geweint und gesagt, es tut ihr leid. Und nachts kam sie manchmal zu mir ins Zimmer und hat mir einen Kuss gegeben. Sie hat gedacht, ich schlaf, aber ich hab immer gewartet, und wenn sie gekommen ist, hab ich mich schlafend gestellt.« Das war seit Wochen die längste Rede des Opas. Er lächelt jetzt sogar ein bisschen, wenn auch wehmütig. Lukas drückt seine Hand, ohne etwas zu sagen. Nach ein paar Momenten zieht der Opa die Hand weg, nimmt die Fernbedienung und schaltet den Fernseher wieder an.

Spät am Abend, als Lukas längst oben in seinem Dachzimmer ist, klingelt sein Handy.

»Lukas? Ich muss mit dir reden. Es ist dringend. Können wir uns morgen treffen? An einem neutralen Ort? Auf keinen Fall im Rathaus.«

»Das trifft sich gut. Ich wollte sowieso mit dir sprechen.«

Am nächsten Morgen schwingt sich Lukas aufs Rennrad und tritt mit aller Kraft in die Pedale, er ist schon viel zu spät dran für die drei Kilometer. Er gerät ins Schwitzen. Die frische Luft und die Bewegung tun ihm gut, und das erste Mal seit Wochen ist sein Kopf nicht dumpf und vernebelt wie nach zu viel Alkohol, sondern wach und frei. Auch die Magenschmerzen sind wie weggeblasen. Erst jetzt, im Vergleich, wird ihm klar, wie sich die letzte Zeit angefühlt hat. Er hat gelitten wie ein Schwein unter seiner eigenen Unehrlichkeit. Dass er darüber Anna verloren hat, ist ganz allein seine Schuld. Niemand hat ihn schließlich zu etwas gezwungen. Leider kommt die Erkenntnis zu spät. Er macht sich keine Illusionen, für Anna ist er erledigt. Das hat sie ihm ja gestern unmissverständlich klargemacht.

Ich hab's versaut, und ich werde es bis ans Ende meines Lebens bereuen, denkt er. Was für ein Trottel war ich eigentlich, nicht zu merken, dass ich mich in sie verliebt habe? Und zwar nicht nur so ein bisschen. Sondern so richtig! Es kommt ihm vor, als sei er die letzten Wochen vor einem Schrank gestanden, zu dicht, um die Tür zu öffnen. Als er Anna gestern gesehen und das ganze Ausmaß ihrer Niederlage und seinen Anteil daran begriffen hat, ist die Schranktür plötzlich aufgegangen, peng, blaues Auge, und die ganzen Gefühle aus dem Schrank sind über ihn hergefallen wie böse Geister. Sehnsucht vor allem. Nach ihrer Nähe und ihrem Lachen, ja, sogar nach ihrer fürchterlich übertriebenen Moral. Das blaue Auge stammt von diesem Felix. Lukas hat nun wirklich keine besonders hohe Meinung von sich, aber ausgerechnet dieser Waschlappen? Das ist echt bitter. Und in so kurzer Zeit. Die haben sich doch bei der Vorstellung der Kandidaten in der Stadthalle erst kennengelernt!

Das Einzige, was ihm jetzt noch bleibt, ist, alles zu tun, damit Anna die Wahl gewinnt, und sich nicht weiter wie ein Arschloch zu benehmen. Damit wird er jetzt gleich anfangen. Selbst wenn Anna für ihn verloren ist, er will sich wieder in die Augen schauen können. Und nach dem zweiten Wahlgang wird er aus Schwäbingen verschwinden, alles hinter sich lassen und ein neues Leben beginnen. In Berlin zum Beispiel. Das macht man doch, wenn man sich neu erfinden will, oder?, denkt er. Man geht nach

Berlin. Das einzige Problem ist der Opa. Er hat ihm gestern Abend versprochen, dass er sich um ihn kümmert. Das wird er auch. Ins Heim wird er ihn bestimmt nicht stecken. Aber wenn das mit der Demenz so weitergeht, braucht er professionelle Betreuung. Lukas kann das auf Dauer nicht leisten, und er kann auch nicht seinetwegen in Schwäbingen bleiben. Das ist einfach zu viel verlangt, und das würde der Opa bestimmt auch nicht wollen.

Auf dem Wanderparkplatz steht nur ein einziges Auto. Die Fahrertür geht auf. Lukas lehnt das Rad keuchend gegen die Holzumzäunung. Zu wenig Training, definitiv. Das wird sich ab jetzt radikal ändern. Alles wird sich ändern.

Jedes Mal, wenn er Jessica begegnet, denkt er, dass sie immer noch so toll aussieht wie damals, als sie Teenies waren und alle Jungs mit ihr gehen wollten und er das Rennen gemacht hat. Sie hat außerdem ein Händchen dafür, sich echt gut anzuziehen. Figurbetont und irgendwie cool. Für Schwäbinger Verhältnisse jedenfalls. Dass Helmut auf sie abgefahren ist, ist wirklich kein Wunder. Und dann ist sie auch noch mehr als dreißig Jahre jünger als er, das muss seinem Ego ja unheimlich geschmeichelt haben. Warum sie sich auf ihn eingelassen hat, darüber will er lieber nicht nachdenken. Jetzt hat Jessica Ringe unter den Augen und ist richtig grau im Gesicht. Sie kommt langsam auf ihn zu.

»Hallo, Lukas. Wie geht's dir?«, fragt sie und lächelt ein bisschen verkrampft. »Nach allem, was gestern passiert ist?« Erst jetzt fällt ihm wieder ein, dass er Jessi in der Stadthalle gar nicht gesehen hat. Hat sie Helmut aus dem Weg gehen wollen? Egal. Sie wird trotzdem über jedes noch so kleine Detail informiert sein.

»Ich bin sehr erleichtert, dass ich gekündigt habe«, antwortet er. »Was Anna betrifft, könnte ich mich in den Hintern beißen, dass ich die Spielchen von Helmut und Werner so lange mitgespielt habe. Aber ich glaube, ich sollte lieber dich fragen. Wie es dir geht, meine ich.«

Das verkrampfte Lächeln fällt in sich zusammen. »Ich halte das nicht mehr aus, Lukas.« Ihre Stimme ist nur ein verzagtes Flüstern. Lukas weiß nicht, was er tun soll. Wenn er sie in den Arm nimmt, fängt sie bestimmt an zu heulen. Also schaut er sie nur fragend an und wartet ab.

»Diese Lügen. Das Gemauschel. Diese lächerliche Geschichte mit dem zwanzigtausendundersten Einwohner. Helmut und Werner. Und nun auch noch die Geschichte mit dir und Anna.«

»Das hast du doch alles gewusst, oder? Du warst schließlich ganz nah dran.«

Sie nickt. »Schon. Aber das ganze Ausmaß ... ich wollte es nicht wahrhaben. Dass es gezielt drum ging, Anna fertigzumachen. Ich wollte einfach nur, dass alles so bleibt, wie es ist! Helmut ist schließlich Bürgermeister, seit ich denken kann. Vielleicht hatte ich auch Angst um meinen Job, wenn Anna die Wahl gewinnt. Jetzt schäme ich mich, dass ich so feige war.«

»Ich bin auch nicht stolz auf mich, das kannst du mir glauben.« Lukas macht eine Pause. »Und dann ist da auch noch die Sache mit dir ... mit dir und Helmut.«

Panik flammt in Jessis Augen auf.

»Du warst das«, wispert sie. Er nickt. Rote hektische Flecken breiten sich in ihrem Gesicht aus. »Wenn sich das rumspricht ...«

»... gewinnt Anna den zweiten Wahlgang, Helmut ist die längste Zeit Bürgermeister gewesen und zwei Ehen sind zerstört.«

»Das sind sie sowieso, zumindest meine«, erklärt Jessica und klingt bitter. »Marcel und ich streiten bloß noch. Glaub mir, ich könnte das total gut verstehen, wenn du unsere Affäre öffentlich machst. Helmuts Ansehen würde es massiv schaden, viele würden ihn aus Prinzip nicht mehr wählen, und du könntest dich bei Anna rehabilitieren, oder?«

»Ich habe darüber nachgedacht. Aber ich werde es nicht tun.«

»Warum nicht? Helmut hätte die Strafe, die er verdient. Und Anna wiederum braucht jede Unterstützung, die sie kriegen kann.«

Lukas schüttelt den Kopf. »Sie weiß nichts von der Geschichte, und sie würde so eine schmutzige Kampagne niemals gutheißen. Sie will Bürgermeisterin werden, weil sie ein tolles Wahlprogramm hat und ihr die Leute das zutrauen, nicht auf Helmuts, deine oder Elfriedes Kosten. Und ich werde nicht die gleichen miesen Methoden anwenden wie Helmut und Werner. Wieso sollte ich dich fertigmachen und deine Familie zerstören? Das ist deine Privatangelegenheit. Wenn ich dich so anschaue, glaube ich, du bist schon genug gestraft.«

Jetzt kommen die Tränen. Sie laufen über Jessicas hübsches, im Augenblick sehr graues Gesicht. Sie wirft sich in seine Arme, sie schluchzt und scheint gar nicht mehr aufhören zu wollen. Lukas hält sie fest und streichelt ihr über den Rücken, was soll er denn sonst machen. Sie klammert sich an ihn wie eine Ertrinkende, ihre wohlgeformten Brüste pressen sich in seinen Oberkörper. Erinnerungen werden wach. Ihre Brüste haben ihn wahnsinnig gemacht, als er siebzehn war und genau hier, auf diesem Parkplatz, seine Hände zum ersten Mal unter ihr bauchfreies Top schob und zitternd auf ihren Push-up-BH legte, tollpatschig, gierig und keuchend vor Erregung. Jessica war achtzehn und weitaus erfahrener, sie schob seelenruhig ihren BH hoch, und nach einer Weile nahm sie seine Hand und führte ihn in das kleine Wäldchen hinter dem Parkplatz. Die Erinnerungen kriechen langsam Richtung Unterleib. Es ist sicher besser, Jessica loszulassen, denkt er, aber er will nicht schon wieder ein gefühlloses Arschloch sein. Endlich wird sie ruhiger.

»Hast du eigentlich mal überlegt, wie das gewesen wäre, wenn wir damals zusammengeblieben wären?«, murmelt sie an seinem Hals. Ach du liebe Güte. Nein, hat er nie. Aber ist es das, was Jessis lädiertes Ego jetzt gerade brauchen kann?

»Ach, du weißt ja, wie wir Männer sind. Wir denken nicht so viel über Gefühlskram nach«, weicht er ihr diplomatisch aus.

»Marcel war immer eifersüchtig auf dich. Ich glaube, er ist es immer noch.«

»Marcel? Aber das ist doch völliger Quatsch. Weiß er das mit Anna nicht?«

»Jetzt schon. Das weiß ja seit gestern ganz Schwäbingen. Marcel war gestern auch in der Stadthalle, er hat es mir erzählt. Ich war nicht dort, ich konnte es nicht ertragen.« Endlich lacht sie leise. »Wahrscheinlich sind Männer immer eifersüchtig auf den ersten Freund. Nicht, weil es einen Grund dafür gibt. Mehr so aus Prinzip.« Aus Prinzip? Jessi hat Lukas entjungfernt, nicht umgekehrt. Sie hat vorher mit verschiedenen Kerls rumgemacht. Dass irgendjemand auf ihn eifersüchtig sein soll, ist eine seltsame Vorstellung. Und er kennt Marcel doch kaum!

»Was hast du jetzt vor?« Er schiebt sie sanft von sich weg.

»Ich habe Helmut heute Morgen meine Kündigung auf den Schreibtisch gelegt und ihn um einen Auflösungsvertrag gebeten. Nach allem, was gestern vorgefallen ist, wird sich hoffentlich niemand darüber wundern.«

»Wie hat er reagiert?«

»Er war nicht da. Er hat sich auch nicht abgemeldet. Ich arbeite jetzt seit acht Jahren für ihn, aber das ist noch nie passiert. Wahrscheinlich hat ihm Elfriede die Hölle heißgemacht und er ist völlig durch den Wind. Sobald er auftaucht, werde ich die Affäre beenden, und dann werde ich Marcel die Wahrheit sagen. Und danach lasse ich mich krankschreiben, damit ich nicht mehr ins Rathaus muss und mit Helmut alleine bin.«

»Bist du sicher, dass du Marcel die Wahrheit sagen willst? Machst du damit nicht mehr kaputt als nötig?«

Hier spricht der Beziehungsspezialist, denkt er, haha. Nach allem, was ich mit Anna versemmelt habe. Aber Jessica sieht ihn so hilfesuchend an, als sei er Dr. Sommer persönlich.

»Ich weiß nicht. Meinst du nicht, ehrlich währt am längsten?«

»Liebst du Helmut denn?«

»Lieben?« Sie schnaubt. »Quatsch. Er war einfach immer für mich da. Von klein auf. Frag mich nicht, wie ich in die Geschichte reingeschlittert bin. Ich verstehe mich ja selbst nicht. Jetzt empfinde ich nur noch Ekel. Und ich schäme mich.« Die hektischen Flecken ziehen sich jetzt hinunter bis zu ihrem Hals.

»Geht das schon lange?« Wieso frage ich das, denkt er, irritiert über sich selbst, das ist doch alles schon peinlich genug und geht mich nichts an. Aber irgendwie will er es begreifen. Begreifen, warum Jessi, die quirlige, attraktive Jessi, die jeden Typen haben kann, mit Helmut Sex hatte.

»Eine Weile.« Mehr scheint sie nicht sagen zu wollen.

»Willst du deine Ehe retten?«

»Natürlich!« Sie klingt jetzt völlig verzweifelt. »Ich hab immerhin zwei kleine Kinder! Die brauchen ihren Vater!«

»Und du? Brauchst du Marcel? Oder geht es nur um die Kinder?« Er kommt sich jetzt richtig gut vor, so als Ehetherapeut. Mal was anderes.

»Marcel ist manchmal ein bisschen schroff, aber er meint's nicht so. Er würde mich niemals betrügen. Im Moment durchlaufen wir eine schwierige Phase, aber das liegt sicher vor allem an mir, weil er spürt, dass da was nicht stimmt. Außerdem ist er aus der Freiwilligen Feuerwehr geflogen, angeblich, weil er sich zum wiederholten Mal aggressiv gegenüber seinen Kameraden verhalten hat, aber Marcel sagt, der Fauser, der Kommandant, hat ihn auf dem Kieker, und der Rauswurf war total ungerecht. Ich kann's nicht beurteilen, mir gegenüber war Marcel nie aggressiv, nur schlecht gelaunt, aber es hat sein Ego stark angekratzt. Und in der Metzgerei ist die Stimmung auf dem Tiefpunkt, das setzt ihm auch zu. Es würde ihm das Herz brechen, wenn er von der Geschichte mit Helmut erfahren würde. Er ist schon sehr eifersüchtig. Vielleicht würde er sogar durchdrehen.«

Nach leidenschaftlicher Liebe klingt das zwar nicht gerade, aber vielleicht hat Lukas da auch zu romantische Vorstellungen. Und das soll alles Jessis Schuld sein? Aber wer kann schon von außen in eine Beziehung hineinschauen. Sobald Kinder da sind, scheint das mit der Romantik bei den meisten Leuten sowieso ganz schnell vorbei zu sein. Wahrscheinlich ist es besser, erst gar keine Kinder zu kriegen, wenn sie die Beziehung ruinieren.

»Na, dann ist es doch ganz einfach. Du brichst ihm nicht das Herz. Und Elfriede auch nicht. Das bleibt zwischen dir und mir. Punkt.« Er fühlt sich super, so als edler Ritter. Lange genug ist er der Verräter gewesen. Jessica sieht ihn an, und auf einmal wirkt sie viel weniger grau.

»Danke, Lukas«, flüstert sie. »Du bist echt ein guter Freund.«

»Sag das gerne Anna«, murmelt er düster.

»Es ist noch nicht zu spät. Ich werde von nun an alles tun, um Anna zu unterstützen. Und dich.« Sie drückt ihm einen Kuss auf die Backe, und dann umarmt sie ihn fest. Weitaus beschwingter als vorher geht sie zum Auto und fährt davon, wie immer viel zu schnell. Lukas hat früher immer Schiss gehabt, wenn er bei ihr im Auto saß.

Er geht sehr langsam zu seinem Rad. Das muss er jetzt alles erst einmal verdauen. Die nächsten paar Stunden fährt er einfach nur durch die Gegend, ziellos. Er will nichts mehr denken, nichts mehr planen, nichts mehr bereuen. Einfach nur Rad fahren, seinen Körper spüren, vergessen. Es funktioniert nicht. Anna. An-na. Der Chor, der am Tag zuvor Annas Namen skandiert hat, hallt in seinem Kopf wider, unaufhörlich, ohne Gnade. Anna, An-na, wie ein pochender Kopfschmerz. Er kann nicht vergessen, wie sich das gestern angefühlt hat. Diese verschworene Gemeinschaft von Annas Unterstützern. Er war ausgeschlossen, er war der Gegner, der Feind, und es hat sich einfach beschissen angefühlt. Unendlich einsam.

Er hat es nicht nur mit Anna versaut, er hat es mit allen versaut. Außer mit Michelle, aber die zählt nicht. Bevor die ganze Geschichte mit Anna passierte, ist er auch allein gewesen, aber da hat es ihm nichts ausgemacht. Jetzt ist es ihm komischerweise nicht mehr egal, dass der Opa der Einzige ist, der ihn noch mit Schwäbingen verbindet. Aber der Opa ist nicht mehr derselbe, und er wird immer weniger er selbst sein. Ich glaube nicht, dass ich dabei zusehen kann, denkt Lukas. Es tut einfach zu sehr weh. Sobald die Wahl durch ist und ich ihn gut versorgt weiß, haue ich ab.

Er fährt, bis seine Muskeln brennen, sein Hintern schmerzt und seine Radklamotten bis auf die letzte Faser durchgeschwitzt sind. Dann radelt er nach Hause, komplett dehydriert, weil er seine Trinkflasche vergessen hat. Heute wird ihm nichts anderes übrig bleiben, als beim Opa in seinem leicht modrig riechenden Bad zu duschen. Er stellt das Rad ab und geht ins Haus. Der Fernseher läuft, aber der Opa ist nirgends zu sehen. Bestimmt taucht er gleich auf. Lukas stürzt erst einmal mehrere Gläser Leitungswasser hinunter. Allmählich wird er nervös. Der Opa ist doch hoffentlich nicht weggelaufen und findet nicht mehr nach Hause? Carola hat ihn gewarnt, dass das früher oder später passieren kann. Mach dich nicht verrückt, Lukas, sagt er sich. Jetzt gehst du erst mal ins Bad, und wenn er danach nicht aufgetaucht ist, kannst du ihn immer noch suchen gehen. Allzu weit wird er nicht kommen, und er ist bekannt wie ein bunter Hund. Man wird dich anrufen oder den Opa zurückbringen. Vielleicht ist er auch einfach nur eine Runde spazieren gegangen? Er kann ihn schließlich nicht einsperren. Er hat das Recht, wie ein normaler Mensch behandelt zu werden.

Lukas holt sich eines der ausgefransten Handtücher aus dem Bad, geht hinauf in sein Dachzimmer, zieht sich aus, wickelt sich das Handtuch um die Hüften und geht mit den verschwitzten Klamotten unter dem Arm wieder hinunter. Er stopft gerade die Radklamotten in die Waschmaschine, als es klingelt. Hoffentlich bringt jemand den Opa heim! Nur mit dem Handtuch um die Hüften eilt er durch den Hausflur zur Tür.

Vor ihm steht Marcel. In der Hand hält er das große Messer, mit dem er normalerweise Schweinehälften zerteilt. An dem Messer klebt noch frisches Blut. Marcels Blick ist eine Mischung aus Hass und Wut. So, wie er Lukas anschaut, und so, wie er das Messer hält, gibt es nur eine Erklärung für sein plötzliches Auftauchen: Er, Lukas, ist das nächste Schwein.

27. KAPITEL

In dem wir noch einmal einen kleinen zeitlichen Sprung zurück machen, um festzustellen, dass Jessica nicht im Mindesten ahnt, dass sich ihr Mann am Ende seiner Mittagspause mit einem großen, um nicht zu sagen: einem sehr großen Messer auf den Weg zu Lukas machen wird

Scheiße!«, brüllt Marcel. Lucy fängt an zu heulen. Noah wartet ein paar Sekunden ab, dann stimmt er in das Geheule ein.

»Super, Marcel«, sagt Jessica sarkastisch. »Echt super.«

»Ich muss gleich wieder in die Metzgerei. Einfach nur in Ruhe Mittag essen zu wollen, das ist doch nicht zu viel verlangt!«, zischt Marcel über die Köpfe der brüllenden Kinder hinweg.

»Sie ist zwei, Marcel. Zwei! Da passiert das halt.«

Gleich wird sie auch anfangen zu heulen. Aber Marcel darf nicht erfahren, wie beschissen es ihr geht. Sie steht ganz schnell auf, bleibt eine Sekunde vor der Spüle stehen und tut das, was sie immer tut: Sie reißt sich zusammen. Sie nimmt einen Lappen und putzt die Sauerei aus Flädle, Möhren und Brühe auf dem Esstisch weg, die Lucy produziert hat, indem sie mit viel Schwung mehrmals mit ihrem Löffel in ihre Flädlessuppe gepatscht hat. Dann macht sie Lucys Hand sauber, gibt ihr einen Kuss und streicht Noah übers Haar.

»Ist ja gut, ihr zwei. Hört auf zu weinen und esst brav weiter.« Langsam verstummt das Geheule. Beide lieben Flädle, und so kriegt sie auch die Möhren in sie rein. Noah löffelt langsam weiter. »Willst du noch Flädle, Lucy?« Lucy nickt heftig. Jessica füllt etwas Suppe in ihren Kinderteller. Sie funktioniert. Sie ist schließlich Mutter. Eine Mutter im tiefsten Schwaben, wo die Dinge noch so sind, wie es sich gehört. Früher haben die Mütter hier »nur« den Haushalt, den Garten und die Kinder versorgt. Heute arbeiten sie zusätzlich, tragen aber immer noch die Hauptlast der Familie und nennen das Emanzipation. Emanzipation heißt nichts anderes, als zu funktionieren. Weil, das Betreuungssystem funktioniert ja auch nicht. Jessi funktioniert also, und sie verdrängt, zumindest für die Mittagessenszeit, dass ihr Leben nach außen hin total ereignislos wirkt, in Wahrheit aber ein völliges Durcheinander ist, weil sie eine Affäre mit ihrem dreißig Jahre älteren Chef hatte und vielleicht immer noch ein klitzekleines bisschen in ihren Ex-Freund verknallt ist, der wiederum zwei Jahre jünger ist. Das muss jetzt einfach warten. Vor allem deshalb, weil sie ihr Ehemann – in den sie im Moment von allen drei Männern am wenigsten verliebt ist, aber er ist halt der Vater ihrer Kinder – finster anstarrt. Der darf auf keinen Fall wissen, wie es in ihr ausschaut.

»Was ist los?«, fragt sie nervös. Ob er etwas ahnt? Es muss ihn doch wundern, dass sie gestern nicht in der Stadthalle gewesen ist, um an der Seite ihres Chefs zu sein. Wenn er sich gewundert hat, dann hat er sich zumindest nichts anmerken lassen. Sie hat gesagt, geh du ruhig ohne mich, für die Kinder ist das nichts, ich bleib daheim. Er musste sich natürlich blicken lassen, zusammen mit den anderen Einzelhändlern, das gehört dazu, die waren schließlich alle auf der Seite von Helmut, von Davut mal abgesehen.

Der Eklat in der Stadthalle kam dann ja in der *Landesschau*. Dass sie heute Morgen nicht gearbeitet hat, hat sie Marcel nicht gesagt. Auch nicht, dass sie gekündigt hat. Sie muss sich erst noch eine Begründung überlegen. Heute Abend, wenn er von der Metzgerei kommt, muss ich's ihm sagen, denkt sie. Ich könnt behaupten, dass ich erschöpft bin. Burn-out bei Müttern, Riesenthema. Er wird sich aufregen, weil ich es nicht mit ihm besprochen hab und weil dann das Geld fehlt, grad jetzt mit den hohen Preisen und der Inflation und so, aber im Moment gibt es ja Jobs im öffentlichen Dienst ohne Ende. Nur nicht in Schwäbingen, das ist für alle Zeiten erledigt. Dann muss sie halt ein paar Kilometer fahren. Die Pause zwischen Marcel und Jessica zieht sich.

»Nichts ist los«, antwortet er endlich. »Wie war's heute Morgen im Rathaus?«

»Auch nicht anders als sonst«, murmelt sie.

Marcel löffelte stumm seine Suppe weiter, ohne sie anzusehen. Als er fertig ist, holt er sich Lucy auf den Schoß und beginnt, mit ihr zu schäkern. Sie fängt sofort an zu glucksen. Sie ist ein totales Papa-Kind. Einerseits ja schön. Aber zuweilen ärgert es Jessi schon, sie macht die ganze Arbeit, er dagegen ist manchmal total ungeduldig und hat Lucy, wenn überhaupt, zweimal gewickelt insgesamt, aber sie strahlt ihn trotzdem immer an. Ungerecht ist das. Total ungerecht.

Sie kann fast nichts essen. Dass Lukas sich so viel Gedanken um sie macht, ja, sie sogar zu schützen versucht, heißt das nicht, dass sie ihm noch was bedeutet? Er hätte sie auch nicht in den Arm nehmen müssen. Wie wäre ihr Leben wohl verlaufen, wenn sie mit ihm mitgegangen wäre? Damals. Weg aus Schwäbingen? Raus aus der Enge. Zu spät. Der will doch niemanden mit zwei kleinen Kindern. Vor allem jetzt. Der hat andere Sorgen, zum Beispiel einen neuen Job. Oder? Sie wird sich einfach mal wieder mit ihm verabreden. Nicht jetzt, wo er keinen Kopf hat. Liebeskrank, wie er ist, wegen dieser Anna.

Ganz Baden-Württemberg weiß das jetzt, aus der *Landesschau*. Aber da ist nichts mehr zu holen, das hat er in den Sand gesetzt, und die hat ja wohl auch einen anderen, jemanden aus ihrem Umfeld. Veganer, Autohasser, wahrscheinlich klebt er sich auch auf Straßen fest. So was passt einfach nicht nach Schwäbingen! Mit dem ist sie gestern in der Stadthalle gewesen, hat Jessi gehört. Armer Lukas, die haben ihn ganz schön in die Pfanne gehauen, Werner und Helmut. Das wird nichts mehr werden mit Anna, das weiß Lukas selbst, egal, ob sie Bürgermeisterin wird oder nicht. Irgendwann heilt die Zeit auch diese Wunde. Und vielleicht, oder ist das totaler Quatsch … so langfristig betrachtet. Er wird ja hierbleiben, er muss sich schließlich um den Opa kümmern. Und so viel Auswahl gibt's jetzt auch nicht in Schwäbingen. Er und Jessi. Sie haben gute Zeiten gehabt. Super Zeiten!

Mit seinem Opa. Und überhaupt. Marcel schiebt Lucy ziemlich abrupt von seinem Schoß. Natürlich fängt sie gleich wieder an zu brüllen. Jessica sagt nichts, sie schaut Marcel nur anklagend an und streckt die Arme nach Lucy aus. Sie kommt herbeigelaufen und versteckt ihren Kopf in ihrem Schoß.

»Ich muss los«, sagt Marcel, ohne sie anzusehen.

»Aber du hast doch noch Zeit, bis die Metzgerei um halb drei wieder aufmacht!«

»Ich muss vorher noch was erledigen.« Natürlich sagt er ihr nicht, was es ist. Minuten später verlässt Marcel grußlos das Haus. Jessi atmet tief durch. Es ist so viel angenehmer ohne ihn.

»Wollt ihr in den Sandkasten?«, fragt sie die Kinder. Der Oktobertag ist warm und sonnig. Die Kinder johlen und stürzen hinaus in den Garten. Jessi folgt ihnen langsam. Das mit Lukas, das muss sie sich aus dem Kopf schlagen. Die Kinder brauchen ihren Vater.

28. KAPITEL

In dem wir zurückkehren zu Lukas und Marcel, der noch immer mit einem großen Schlachtermesser in der Haustür steht

Lukas weiß, wahre Helden würden jetzt entweder etwas Schlagfertiges sagen oder Marcel mit einem eleganten Karate-Fußtritt gegen den Arm treten, sodass das Messer elegant durch die Luft segelt und in größtmöglichem Abstand zu Marcel in eine Ecke schlittert. Dann hechten sie beide danach, und er gewinnt. Bloß: Er ist kein Held. Er hat eine Scheißangst und nicht den geringsten Zweifel, dass Marcel es ernst meint. Der hasserfüllte Blick, und wie er das Messer umklammert, sodass seine Knöchel an der Hand ganz weiß hervortreten! Auch wenn Lukas nicht die geringste Ahnung hat, warum Marcel aufgetaucht ist. Er steht nur mit dem Handtuch um die Hüften vor ihm und schlottert vor Angst. Keine Klamotten anzuhaben macht es noch schlimmer. Schutzlos. Ausgeliefert. Marcel richtet jetzt die riesige Messerklinge auf seine nackte Brust, und zwischen der Spitze und seinem Herzen liegen nur ein paar Zentimeter. Lukas weicht automatisch ein Stück zurück in den Flur, mit hocherhobenen Händen, aber Marcel folgt ihm. Wenn bloß der Opa nicht auftaucht! Reden. Es heißt doch immer, man soll reden. Aber Lukas ist viel zu aufgeregt, um auch nur einen vernünftigen Satz rauszubringen.

»Ma… Maaarcel…«, stottert er beschwörend. »Waaa… rum…«

»Stell dich nicht so blöd.« Seine Stimme ist eiskalt und klingt kein bisschen verhandlungsbereit.

»Aber… ich versteh nicht…«

»Man hat euch beobachtet.«

Lukas steht immer noch auf dem Schlauch. »Wer hat wen beobachtet?«

»Noch mal von vorn. Hältst du mich für blöd? Du brauchst

dich nicht dumm zu stellen. Dich und Jessi natürlich! Du bist hier auf dem Land, da gibt's keine Geheimnisse. Es gibt immer Leute, die einen beobachten. Und das, was sie sehen, weitertratschen. An die Leute, die's betrifft. Hast du das etwa vergessen, in deiner Großstadt?«

»Mich und Jessi?« Und jetzt endlich fällt der Groschen. »Du meinst, wir hätten was miteinander, Jessica und ich?« Er ist immer noch eifersüchtig. Das hat Jessi gesagt, und sie hat recht. Scheiße. Scheiße. »Ich hab Jessi nicht angerührt, seit wir uns getrennt haben! Seit fast zehn Jahren!«

»Du lügst!« Die Messerspitze rückt ein wenig näher. Lukas sieht das Blut auf der Klinge. Das ist doch hoffentlich von einem Schwein? Gleich wird ihm schlecht.

»Marcel, bitte glaub mir! Ich bin in Anna verliebt!«

»Na und? Die hat dich abblitzen lassen. Ich war dabei, gestern, in der Stadthalle! Dein Stolz ist verletzt. Das hält so ein Typ wie du doch nicht aus! Also probierst du's jetzt da, wo du glaubst, bessere Karten zu haben: bei deiner Ex. Meiner Frau!« Lukas stöhnt vor lauter Verzweiflung. So kann man es natürlich auch sehen. Marcel ist krank. Krank vor Eifersucht, aber vermutlich wird ihn das nicht besonders interessieren.

»Wenn ihr nichts miteinander habt, wieso trefft ihr euch dann auf einem Wanderparkplatz?«, zischt Marcel. »Kilometerweit weg von Bad Schwäbingen? Wieso geht ihr nicht einen Kaffee trinken, für alle sichtbar in der Fußgängerzone? Und wieso haltet ihr euch fest im Arm und knutscht? Weil ihr euch heimlich trefft! Und weil ihr glaubt, ihr könnt mich verarschen! Wie lange geht das schon?« Die Messerklinge rückt noch ein kleines bisschen näher, ihre Spitze ist jetzt fast an seinem Hals.

»Wir haben nicht geknutscht, verdammt! Jessica war verzweifelt. Ich habe sie getröstet!« Kaum hat er das gesagt, wird ihm klar, wie bescheuert das klingt.

»Kannst du mir mal erklären, warum meine Frau nicht zu mir kommt, wenn sie verzweifelt ist, und noch vor einer halben Stunde beim Mittagessen so getan hat, als sei alles in bester Ordnung? Obwohl ich genau sehe, dass sie geheult hat? Wieso lügt sie mich an, behauptet, ins Rathaus zur Arbeit zu gehen, und stattdessen trifft sie sich mit dir? Wieso tröstest du meine Frau? Findest du nicht, das ist mein Job?«

»Ja, natürlich!« Lukas ist in einer Scheißsituation. Er hat Jessi versprochen, sie nicht zu verraten, aber vor ihm steht ihr durchgeknallter, eifersüchtiger Ehemann mit einem Schlachtermesser in der Hand. Und er hat verdammt noch mal keine Lust, wegen Jessica zu sterben. Er wird es Marcel sagen müssen. Aber was, wenn er ihm nicht glaubt? Wenn er denkt, er erfindet das nur, um von sich abzulenken?

»Leg das Messer weg, Marcel. Dann erkläre ich dir alles in Ruhe! Aber mit so einem Ding an meinem Hals kann ich nicht klar denken!«

»Es gibt also doch was zu erklären!«

»Ja, aber nicht das, was du meinst!«

In dem Augenblick geht die Haustür auf, und da steht der Opa. Er steht da und kapiert gar nichts, er guckt bloß zwischen Marcel und Lukas hin und her, total verwirrt. Verwirrt und ängstlich. Und Lukas weiß bloß eins, dass dem Opa nichts passieren darf. Und deshalb wirft er sich jetzt impulsiv auf Marcel, und sie ringen miteinander. Marcel ist stärker als er, schließlich zerteilt er regelmäßig Schweinehälften, aber bei Lukas mobilisiert die Angst um den Opa all seine Kräfte. Sie kämpfen, sie keuchen, und Lukas schafft es irgendwie, Marcel mit der Faust einen in die Fresse zu hauen.

Marcel gibt ein wütendes Brüllen von sich, er taumelt, das Messer liegt auf dem Boden, aber bevor Lukas danach hechten kann, hat Marcel es schon wieder geschnappt. Er schwingt es wie einen Säbel, und Lukas will ausweichen, aber vor lauter Panik springt er zur falschen Seite und läuft quasi direkt in das Messer hinein, und dann ist da ein brutaler Schmerz in seinem rechten Arm, und auf einmal ist da nur noch Blut. Sehr viel Blut. Das Blut und der Opa sind das Letzte, was er sieht. Und der Arm, der nicht mehr da ist, wo er sein sollte.

29. KAPITEL

In dem es zu einer unerwarteten Aussprache zwischen Mutter und Tochter kommt, zumindest aus Sicht der Tochter

Michelles Smartphone klingelt. Die Nummer, die aufleuchtet, ist die Festnetznummer vom Haus.

»Mutter, sei nicht albern«, bellt sie ins Telefon. »Wieso rufst du mich auf dem Handy an?«

»Ich möcht gern mit dir reden.« Michelles Herz fängt an zu klopfen. Mit dir reden, das klingt so, als ob es persönlich wird. Sie ist nicht gut darin, vor allem nicht mit ihrer Mutter.

»So feierlich?« Sie gibt ihrer Stimme einen spöttischen Unterton, in der leisen Hoffnung, ihre Mutter wiegelt ab und meint, sie braucht nur irgendwas Banales, etwas von der Apotheke oder eine Packung Mon Chéri, und Michelle soll es für sie besorgen.

»Ja. Können mir einen Termin machen? Ich kann dir auch eine Anfrage per SMS schicken.«

Es ist also wirklich wichtig. Michelles Herz klopft noch ein wenig schneller. »Ich sitze fünfundzwanzig Meter von dir weg!«, protestiert sie. Sie haben nicht einmal nach Rosemaries Schlaganfall »persönlich« geredet. Da ging's nur um Medizinisches und Organisatorisches.

»Ich weiß, aber ich möchte, dass du dir Zeit nimmsch dafür und nicht von der Arbeit abgelenkt wirst. Also, wann passt es dir? Ich bin zeitlich ziemlich flexibel.«

Trotz Rosemaries Selbstironie wird Michelle noch nervöser. Was hat ihre Mutter mit ihr zu bereden? Normalerweise reden sie nicht. Sie streiten. Es ist anstrengend, aber es hat eine gewisse Routine. Sie wissen beide, wo die wunden Punkte der anderen sind, und schlachten es genüsslich aus. Michelle schaut auf ihren elektronischen Kalender. Sie hat in fünf Minuten ein Meeting mit einem Neukunden, das wird mindestens eine Stunde dauern. So lange hält sie es nicht aus, sie will jetzt sofort wissen, was ihre Mutter mit ihr zu bereden hat.

»Dann am besten gleich. Ich habe in einer Dreiviertelstunde ein Kundengespräch. Reicht das?« Sie braucht die Sicherheit, dass das Gespräch zeitlich begrenzt ist.

»Ich denk schon«, antwortet Rosemarie.

»Gut. Dann sofort.« Während sie spricht, schreibt Michelle eine Nachricht an den Kunden, ob sie um eine Stunde verschieben können. »Willst du einen Espresso?«

»Igitt. Ein normaler Kaffee wär mir lieber. Hast du was Süßes dazu?«

»Natürlich nicht. Ich lieg ja nicht den ganzen Tag faul im Bett oder im Rollstuhl rum und futtere Süßigkeiten, so wie du.«

Michelle wartet weder auf eine schlagfertige Antwort von Rosemarie noch auf eine Rückmeldung von ihrem Kunden, springt auf, lässt einen Espresso und einen Kaffee aus der Maschine, gibt reichlich Milch in den Kaffee und marschiert mit beiden Tassen zum Zimmer ihrer Mutter. Mit dem Ellenbogen drückt sie die Türklinke herunter. Rosemarie sitzt aufrecht im Rollstuhl am Couchtisch, wie fast immer in den letzten Wochen, sie hat mit der Fernbedienung die Fenster weit geöffnet, ein Windstoß fährt durchs Zimmer.

»Stört dich das offene Fenster?«

»Natürlich nicht.« Die Kastanie leuchtet mit ihren gelben, vom Herbst gefärbten Blättern ins Zimmer hinein, sie vertreibt die Atmosphäre von Krankheit und Siechtum, die Rosemarie noch immer umgibt, auch wenn es ihr viel besser geht. Die Temperatur ist perfekt, spätsommerlich, aber nicht zu warm.

Wann habe ich das letzte Mal einen Herbstspaziergang gemacht, überlegt Michelle. Nicht Gassigehen im Schweinsgalopp mit Dieter, sondern einen entspannten Spaziergang in der Natur? Ihre täglichen Fitnesseinheiten absolviert sie auf dem Crosstrainer und Rudergerät, einmal die Woche macht sie mit dem Auto Großeinkauf beim Edeka im Industriegebiet. In Schwäbingen ist sie kaum unterwegs, nur ab und zu beim Bäcker oder in der Apotheke. Sie reicht ihrer Mutter die Kaffeetasse, zieht einen Stuhl heran und nippt an ihrem Espresso.

Rosemarie schnappt ihre freie Hand und hält sie fest. Michelle zuckt zusammen, sie fühlt sich überrumpelt, und es kostet sie große Überwindung, die Hand nicht wegzuziehen. Wann hat sie ihre Mutter das letzte Mal berührt? Wer hat sie überhaupt berührt in letzter Zeit? Außer Lukas.

»Michelle«, beginnt Rosemarie, sie redet langsamer als sonst. »Ich hab sehr viel nachgedacht in den letzten Wochen.«

»Trotz deines aufregenden Lebens?«, spottet Michelle, damit es nicht noch ernster wird.

»Nun, ganz unaufgeregt war es ja net in letzter Zeit. Und ist es noch.«

»Es tut dir gut, nicht wahr?«

»Ja. Ich bin sehr glücklich, dass Anna noch im Rennen ist. Mir werden jetzt noch mal richtig schaffen.«

»Dass ihr das hingekriegt habt. So viele unterschiedliche Leute zu mobilisieren. Darauf könnt ihr stolz sein.«

»Ich und viele andere haben sicher einen Anteil dran. Du auch. Aber letztlich ist es Anna selbst, mir unterstützen sie bloß. Ich wünsch mir so sehr, dass sie's schafft. Dass endlich ein anderer Wind weht in Schwäbingen! Aber darüber wollte ich net mit dir sprechen.«

»Sondern?« Michelles Hand ist feucht, aber ihre Mutter scheint es nicht zu bemerken. Sie will zurück an die Arbeit, so schnell wie möglich.

»Die Geschichte mit Anna war der Auslöser, über mich und die Zeit, die mir noch bleibt, nachzudenken.«

»Du kommst mir ehrlich gesagt noch ziemlich lebendig vor. Und weiter?«

»Ich wollt dir vorschlagen, zurück nach München zu gehen.«

»Willst du mich loswerden?« Michelle ist geschockt. Damit hat sie nicht gerechnet. »Nach allem, was ich für dich getan habe?« Sie wollte diesen Satz nicht sagen, aber er rutscht ihr einfach so raus. Rosemarie grinst und sieht aus wie ein Lausbub.

»Des sagen normalerweise die Eltern zu den Kindern, net umgekehrt.«

»Es tut mir leid. Das war blöd.«

»Nein, war es nicht. Es stimmt – nach allem, was du für mich getan hast. Und genau deshalb, weil du es getan hast. Michelle, du hast jetzt deine Strafe abgesessen.«

»Welche Strafe?« Natürlich weiß Michelle, was ihre Mutter meint, aber das würde sie niemals zugeben.

»Die Strafe dafür, dass du mich an dem Abend meines Schlaganfalls nicht angerufen hast. Glaubst du, ich weiß net, wie schuldbewusst du dich deshalb fühlst?«

Sie haben nie darüber gesprochen. Kein einziges Mal. Es war ein Tabu, das beide krampfhaft vermieden haben. Michelle sagt gar nichts. Sie spürt nur, dass ihr die Tränen kommen.

»Michelle«, sagt Rosemarie, und ihre Stimme ist ganz sanft. »Michelle. Ich geb dich frei. Ja, ich hab dir Vorwürfe gemacht, und du hasch es gespürt, auch wenn wir nie drüber geschwätzt haben. Aber es isch, wie es isch. Ich kann leben damit. Schwester Gabriele hat mich darauf angesprochen. Sie hat mir ins Gewissen geredet, immer wieder, sie hat gesagt, der Schlaganfall isch schließlich nicht deine Schuld, das Timing war doch reiner Zufall, es hätte genauso gut einen Tag nach einem Anruf von dir passieren können. Ich soll dir vergeben, hat sie gemeint, und vor allem soll ich es dir sagen. Natürlich isch das ihr Job, so als Diakonisse. Christliche Vergebung. Aber ich habe viel darüber nachgedacht, und es hat lange gedauert, ich habe viel mit ihr und mir gerungen. Jetzt bin ich endlich so weit, dass ich es dir sagen kann: Sie hat recht.« Rose macht eine Pause, und Michelle kann die Tränen jetzt nicht mehr aufhalten. Ihre Mutter drückt ihre Hand, ganz fest. »Michelle, mein liebes Kind, älles isch gut. Ich möcht, dass du dein Leben wieder lebst, dein eigenes Leben, und nicht hier sitzt und auf meinen Tod wartest.«

»Mutter!«, ruft Michelle empört, während ihr gleichzeitig die Tränen übers Gesicht laufen. Sie verwünscht sich dafür, aber sie ist machtlos. Nur Schwächlinge heulen. Sie zieht ihre Hand weg und schnäuzt sich. Nach all den Monaten kommt das alles zu plötzlich. Am liebsten würde sie aus dem Zimmer rennen. Es kostet sie große Überwindung, sitzen zu bleiben. Und gleichzeitig spürt sie, wie es sich anfühlen könnte, ohne die Last zu leben, die sie seit Monaten drückt.

»Lass uns ehrlich miteinander sein«, fährt Rosemarie fort. »Bisch du in Schwäbingen glücklich?«

»Nein.«

»Du bisch es nicht, und du wirst es niemals sein. Du musch hier raus. Es ist nicht deine Welt. Du bist nur hier, weil du dich dazu verpflichtet fühlst. Aber ich will nicht, dass du dich für mich opferst. Es wird Zeit, dass ich aufhöre, mich selbst zu bemitleiden.«

»Ich hatte nie den Eindruck, dass du dich bemitleidest!«

»Doch. Früher haben mich Leute, die im Alter verbittert wurden, wahnsinnig genervt. Und plötzlich wurde ich selbst so. Eine verbitterte alte Frau. Ich hab damit gehadert, dass sich mein Leben so schnell und so radikal verändert hat, und ich wollt es nicht akzeptieren. Ich hab mich für unverwundbar gehalten, ich war mir sicher, ich bleibe bis ins hohe Alter körperlich total fit. Und dann war von heut auf morgen alles vorbei, und es war so praktisch, dir die Schuld dafür zu geben. Du hasch es vielleicht nicht gemerkt, aber ich hab mich aufgegeben. Bis die Anna aufgetaucht isch. Die letzten Wochen, als mir hier das Wahlkampfbüro hatten, haben mir gezeigt, dass man selbst vom Bett aus noch etwas bewegen kann. Es ist ja nur der Körper, der nimmer will. Anna hat mich gefragt, ob sie weiterhin herkommen darf, ob ich sie berate, wenn sie die Wahl gewinnt und net klarkommt mit den Allmachtsdackeln in der Stadtverwaltung. Natürlich hab ich Ja gesagt. Ich fühl mich gebraucht, Michelle. Du darfsch gehen.«

Michelle spürt, wie bei dem Gedanken, zurück in ihr geliebtes München zu dürfen, eine unfassbare Woge der Freude über sie schwappt. Abends wieder um die Häuser ziehen. Schick essen gehen. Leute treffen. Wieder all das tun, was sie so schmerzlich vermisst hat, erst in der Pandemie, dann in Schwäbingen. Aber noch ist das, was auf ihr lastet, nicht weg. Selbst wenn Rosemarie ihr keine Vorwürfe mehr macht, sie ist schließlich für sie verantwortlich.

»Und du?«

»Es ist alles organisiert. Schwester Gabriele hat eine polnische Pflegerin gefunden, ich habe schon ein paarmal mit ihr telefoniert. Sie kann kaum Deutsch, aber sie klingt sehr nett. Sobald du dein Okay gibst, steigt sie ins Flugzeug. Allerdings müsstest du finanziell einiges zuschießen, ich stemme das nicht mit Rente und Pflegeversicherung. Deswegen kann ich das nicht ohne dich entscheiden.«

»Natürlich, Mutter«, sagt Michelle. Geld verdienen, darin ist sie gut.

»Dieses Aufopfern für mich, es hat uns beiden nicht gutgetan.«

Langsam sickert es bei Michelle ein. Die imaginären Ketten, die sie an Schwäbingen binden, das eiserne Band, das um ihren Hals lag, es ist gesprengt. Sie ist jung, sie ist clever, die Pandemie ist vorüber, die Welt steht ihr offen. Glücksgefühle durchströmen sie.

»Vielleicht gehe ich gar nicht zurück nach München. Vielleicht gehe ich nach New York. Zumindest für ein paar Monate. Ich hatte da ein Angebot, vor der Pandemie. Das gibt's natürlich nicht mehr, aber vielleicht könnte ich irgendwie dran andocken. Wäre das schlimm?«

Rosemarie lächelt. »Natürlich wäre es schlimm. Ich würde dich entsetzlich vermissen. Schlimm, aber nicht unmöglich. Natürlich kann Schwäbingen nicht mit New York mithalten. Zwei Kinder in Amerika, das wäre hart. Aber es ist dein Leben.«

»Man kann auch beim Skypen streiten«, grinst Michelle.

»Das ist sehr beruhigend. Mehrere Monate, ohne mit dir zu streiten, das käme mir schon sehr lange vor. Man muss schließlich in Übung bleiben.« Und plötzlich lachen sie gleichzeitig los, und endlich schafft es Michelle, ihre Espressotasse abzustellen und ihre Mutter in den Arm zu nehmen, und nun heulen sie beide. Michelle fühlt sich so froh und so leicht wie schon lange nicht mehr, und gleichzeitig beinahe wehmütig, weil sie ihren Abschied aus Schwäbingen plant.

»Vergessen«, sagt sie plötzlich. »Was machen wir mit Dieter? Ich kann ihn nicht mit nach München nehmen. Und schon gar nicht nach New York.«

»Auch darüber haben wir gesprochen. Die polnische Pflegerin mag Hunde.«

»Das heißt nicht, dass sie automatisch ein Kalb wie Dieter mag.«

»Schwester Gabriele hat ihr ein Video geschickt. Sie hat gesagt, sie findet ihn süß.«

»Dann hat sie Sinn für Humor. Oder will sie ihn in Scheiben schneiden und grillen?«

»Schwester Gabriele kommt weiterhin einmal am Tag, weil die Polin nicht alle pflegerischen Aufgaben abdecken kann. Sie würde ihren Einsatz bei mir so legen, dass ich als Letztes dran bin. Dann kann sie anschließend eine Runde mit Dieter Gassi gehen. Dieter liebt Gabriele abgöttisch.«

»Und ihr könnt noch ein Fläschchen Sekt leeren.«

»Das natürlich auch. Und den neuesten Klatsch durchhecheln. Wie du siehst, ist alles geregelt. Ich muss mir noch überlegen, ob ich dein scheußliches Betonwohnzimmer mit Dynamit sprenge und anschließend wieder gemütlich einrichte, aber das eilt nicht.«

»Du hast alles perfekt organisiert. Du brauchst mich nicht mehr«, sagt Michelle. Sie staunt darüber, und gleichzeitig ist sie fast ein bisschen enttäuscht.

»Mir sind gute Freundinnen geworden, Gabriele und ich. Und Anna und ich auch. Aber niemanden tu ich so mögen wie dich, meine Tochter. Natürlich brauch ich dich.«

»Das hast du noch nie zu mir gesagt«, murmelt Michelle.

»Dass ich dich lieb hab? Du weisch ja, wie mir Schwaben sind. So was kommt uns schwer über die Lippen. Ein entsetzliches

Versäumnis. Ich hab's immer gedacht. Immer.« Sie drückt Michelle ganz fest. Wahrscheinlich sollte Michelle jetzt sagen: »Ich liebe dich auch, Mutter.« Stattdessen flieht sie. Sie löst sich aus der Umarmung und stürzt aus dem Zimmer, zurück zu ihrem Computer und an ihre Arbeit, weil das ist nun wirklich zu viel Gefühl auf einmal. Sie schlägt die Tür zu Rosemaries Zimmer hinter sich zu, das leise Gelächter ihrer Mutter im Ohr.

30. KAPITEL

In dem wir endlich erfahren, wie es Lukas nach der Messerattacke ergangen ist

Es ist Lukas ein bisschen peinlich, dass ihm ausgerechnet sein einundachtzigjähriger dementer Großvater das Leben gerettet hat. Er ist froh, dass fast niemand die Wahrheit kennt. Nur Jessica, der Opa und er selbst wissen, was wirklich passiert ist. Und natürlich Marcel. Gegenüber der Krankenversicherung und der Polizei hat Lukas beteuert, dass es keine Fremdeinwirkung gab. So richtig geglaubt haben sie ihm nicht, schließlich muss man das erst mal hinkriegen, dass man sich selbst beinahe den Arm absäbelt. Vor allem, wenn nicht mal klar ist, womit, denn das Messer ist natürlich auch verschwunden. Er kann sich an nichts mehr erinnern, an gar nichts, hat er beteuert, als die Polizei im Katharinenhospital in Stuttgart aufgetaucht ist, um ihn zu befragen, und er hat so getan, als würde er sich selbst am meisten drüber wundern. Retrograde Amnesie, wie das im Fachjargon heißt.

Natürlich war einer der beiden Polizisten ein früherer Schulkamerad. Paul hat kein Latein gehabt wie Lukas, er war zwei Klassen unter ihm und schon immer ein totaler Blödmann. Lukas ist sich sicher, dass er nur Polizist geworden ist, weil er gedacht hat, er könne dann mit Blaulicht und quietschenden Reifen in Schwäbingen Schwerverbrecher jagen. »Retrograde was? Des isch hochgradiger Schwachsinn, Lukas«, hat er streng gesagt. »Des war kein Schweizer Taschenmesser, des muss ein richtiges Hackebeil gewesen sein. So was hat dein Opa net in der Küchenschublade! Und des löst sich net oifach in Luft auf. Ich bin jetzt extra aus Schwäbingen nach Stuttgart gefahren. Stau ohne Ende, von den Parkgebühren gar nicht zu reden. Die zahlt mir keiner. Also verarsch mich net. Vor allem nicht nach dem, was in letzter Zeit vorgefallen isch!«

Lukas hatte den Eindruck, Paul spielt auf Werner Schelkle an. Konkret, dass der irgendwelche killerartigen Typen auf ihn angesetzt hat, um sich zu rächen. Aber er hat sich nicht drausbringen lassen und ist bei seiner Version geblieben, obwohl Paul wie in einem schlechten »Tatort« immer wieder gefragt hat, wen Lukas da zu schützen versucht. Auf Marcel kam er nicht. Wie auch. Er kann nicht ahnen, dass Lukas hartnäckig schweigt, weil er weiterhin ein heimlicher Heiliger sein wird. Der Retter der Witwen und Waisen, sozusagen. Er hat Jessis Affäre für sich behalten, und er wird auch Marcel nicht verpfeifen, Anna und vor allem Jessi zuliebe. Das wäre doch für sie und ihre Kinder eine Tragödie, wenn er ins Gefängnis käme! Lukas ist ja noch am Leben, bleibende Schäden gibt's vermutlich keine, und Jessi muss das direkt mit Marcel regeln. Ihr Ding. Anna kriegt zwar von seinen Heldentaten nichts mit, aber er macht das trotzdem für sie. Quasi als innere Reinigung. Weil, beim Wahlkampf kann er ihr jetzt nicht mehr helfen, er wird noch eine ganze Weile außer Gefecht sein.

Den Arm hat es ganz schön erwischt. Das dauert. Den Opa sollen sie erst gar nicht befragen, hat er zu Paul dem Blödmann gesagt, das würde den viel zu sehr aufregen in seinem Alter, und das kann kein Mensch verantworten, und außerdem ist er dement und kann sich sowieso an nichts mehr erinnern. So haben sie es jedenfalls abgesprochen, der Opa und er, als der Jessi ins Krankenhaus begleitet hat und die Zimmernachbarn bei Untersuchungen waren.

Natürlich kann sich der Opa noch genau dran erinnern, wie Lukas da ohnmächtig im Flur in einer großen Blutlache vor ihm am Boden lag, kurz nachdem er zur Haustür reinkam. So weit ist die Demenz dann doch noch nicht fortgeschritten, und seit er das mit seinem Vater erzählt hat, scheint es ihm viel besser zu gehen. An den Kampf kann er sich auch erinnern, bloß nicht an die Details.

Nach dem Kampf stand Marcel zitternd und wie gelähmt vor ihm, sagt der Opa, und hat bloß gewimmert, dass er Lukas nur warnen, aber nicht verletzen wollte. Dass Lukas geradezu in das Messer reingesprungen ist. Der Opa war zu Tode erschrocken, so hat er es Lukas berichtet, aber nicht wegen Marcel mit seinem Schlachtermesser, sondern wegen dem vielen Blut. Er hat Marcel angeherrscht, er soll sofort einen Krankenwagen rufen, und dann hat er Lukas den Arm mit einem Geschirrtuch abgebunden. Sonst wär der Arm jetzt amputiert, meinte die Ärztin. Marcel hat dann tatsächlich mit dem Handy einen Notruf abgesetzt, und dann ist er panisch davongerannt. Mit dem Messer. Ein Metzger mit Messer fällt nicht auf. Der kann einfach durch Schwäbingen laufen, mit einem blutigen Messer in der Hand, auch wenn das Blut von einem Menschen stammt, und seinen Laden aufschließen und Ripple und Leberkäs verkaufen, und keiner findet was dabei. Und das ist genau das, was er gemacht hat, der Marcel.

Der Opa hat den Sanis erst mal nichts gesagt und sich blöd gestellt, was ziemlich schlau war. Er kennt den Marcel ja und weiß, dass er mit Jessi verheiratet ist. Überhaupt hat sich der Opa in der ganzen Geschichte total clever und kein bisschen dement verhalten. Das findet Lukas schon ziemlich bemerkenswert. Offensichtlich hat die Notsituation seine ganzen Kräfte und Fähigkeiten mobilisiert.

Als Lukas nach einer Not-OP und zwei Tagen künstlichem Koma wieder aufgewacht ist, saß Jessi an seinem Bett. Eine völlig übermüdete, sehr bleiche Jessi. Anna wäre ihm lieber gewesen, klar, aber das konnte er Jessi natürlich nicht sagen, das wäre ziemlich unhöflich gewesen. Vor allem, nachdem sich rausstellte, dass sie seit mehr oder weniger achtundvierzig Stunden ununterbrochen an seinem Bett hockte. Und das mit zwei kleinen Kindern daheim. Und dann auch noch weit entfernt, im Katharinenhospital in Stuttgart, weil das Kreiskrankenhaus meinte, ihre Chirurgie sei nicht gut genug ausgestattet für einen so komplizierten Fall, und sie könnten den Arm nicht retten. Also haben sie Lukas mit dem Hubschrauber nach Stuttgart geflogen. Schöner Scheiß, findet Lukas. Da fliegt man einmal im Leben mit dem Hubschrauber, und dann kriegt man nichts, aber auch gar nichts davon mit.

Als Lukas zu sich kam, saß also Jessi an seinem Bett. Erst kapierte er gar nichts.

»Mein Gott«, stammelte sie, packte seine gesunde linke Hand und quetschte sie so sehr, dass Lukas zusammenzuckte, weil auf dem Handrücken eine Kanüle festgeklebt war, was Jessi vor lauter überbordender Gefühle nicht zu bemerken schien. »Mein Gott, Lukas. Endlich! Wie fühlst du dich? Ich gebe der Schwester Bescheid.« Sie drückte auf eine Klingel. Lukas brauchte eine ganze Weile, um zu begreifen, dass er an Schläuchen hing und in einem Krankenhausbett lag, und um sich daran zu erinnern, was passiert war. Dann dauerte es noch einmal ein paar Minuten, bis er seinen aktuellen Zustand einordnen konnte: Er lebte, sein Arm war noch dran, steckte aber in einem Monsterverband von der Schulter bis zu den Fingerspitzen, sodass er ihn null bewegen konnte, und er hatte Scheißschmerzen.

»Wie geht es dir?«, fragte Jessica noch einmal. Lukas musste einen langen Moment überlegen.

»Es ist ziemlich beruhigend, am Leben zu sein«, murmelte er schließlich. »Ich bin doch am Leben?«

Jessica beugte sich über ihn. Jetzt gingen die Gefühle endgültig mit ihr durch. Tränen liefen ihr übers Gesicht und tropften auf sein Krankenhausnachthemd; sie schluchzte. Lukas fand, dass sie viel zu nah an ihm dran, viel zu aufgeregt und entsetzlich anstrengend war. Außerdem roch sie total nach Schweiß. Das nervte ihn total. Er wollte eigentlich nichts als seine Ruhe.

»Soll ich zur Polizei gehen?«, flüsterte sie, etwas ruhiger. »Er hätte dich beinahe umgebracht. Was für ein Idiot. Ich gehe zu Paul. Ich hätte schon längst was gesagt. Aber ich war mir nicht sicher, ob du das überhaupt willst.«

»Nein, lass die Polizei aus dem Spiel. Und vor allem Paul.« Jedes Wort war mühsam.

»Marcel hat gesagt, er wollte dich nicht verletzen oder gar umbringen, er wollte dir nur eine Lektion erteilen. Weil er gedacht hat, dass wir uns heimlich treffen. Wahrscheinlich war ich halt komisch in letzter Zeit wegen der Affäre mit Helmut, und deshalb hat er Verdacht geschöpft. Dann hat er die Nerven verloren. Aber das ist mir egal. Er hätte dir beinahe den Arm amputiert. Er hat's mir erst abends gestanden. Ist in die Metzgerei gegangen, als ob nichts wäre. Stell dir das vor! Abends kam er dann angeschlichen, klitzeklein und reumütig. Stand wohl unter Schock. Meinte er jedenfalls. Ich hab einen hysterischen Anfall gekriegt, bin sofort zu deinem Opa gefahren, und der hat mir alles erzählt. Da hatten sie gerade vom Kreiskrankenhaus angerufen, dass sie dich nach Stuttgart ins Katharinenhospital geflogen haben. Ich hab alles stehen und liegen gelassen und bin losgerast.« Jessica war atemlos. Lukas konnte ihr kaum folgen, sein Kopf funktionierte nicht, Jessica war ihm viel zu hysterisch, außerdem waren da die Zimmernachbarn, und dabei war ja alles *top secret.* »Ich lass mich scheiden«, flüsterte Jessi noch.

Dann tauchte die Schwester in der Tür auf und warf sie raus, weil Lukas nicht sprechen sollte. Lukas war sehr erleichtert, dass er jetzt endlich schlafen durfte, aber kurz drauf kam die Ärztin, um ihm zu erklären, was mit seinem Arm los war. Die war natürlich die Allererste, die wissen wollte, wie der Unfall passiert war, und nicht die Letzte, die er anlog, er könne sich an nichts erinnern. Sie war jung und hatte einen Nasenring und Tattoos am Handgelenk. Lukas fühlte sich plötzlich sehr alt.

»Es muss ein sehr scharfes Messer gewesen sein«, erklärte sie. »Das war in gewisser Weise von Vorteil, weil der Schnitt so glatt war, dass man den Arm relativ problemlos wieder annähen konnte. Solche Messer bekommt man normalerweise nur im Großhandel. Als Schlachter, zum Beispiel. Also, wenn ich es nicht besser wüsste, würde ich sagen, es war ein Stechmesser. Das benutzen Metzger, um den Venenschnitt auszuführen, um das Tier ausbluten zu lassen. Und Sie erinnern sich wirklich an nichts, Herr Allgöwer? Auch nicht an die Minuten vor dem Unfall?« Ihr Tonfall war skeptisch.

»Wieso kennen Sie sich so gut mit Messern aus?«, fragte er, um einen Moment Zeit zu gewinnen.

»Mein Vater war Metzger. Also, was ist passiert?«

»Ich war Rad fahren. Dann wollte ich duschen. An mehr kann ich mich leider nicht erinnern, sorry.«

»Sie wollten duschen. Soso. Und stattdessen fallen Sie plötzlich im Flur mit dem rechten Arm in ein rasierklingenscharfes Messer. Und das löst sich dann einfach so in Luft auf?« Sie kniff die Augen zusammen und guckte noch skeptischer, sagte aber nichts mehr. Nur, dass Lukas noch mindestens sechs Tage dableiben musste. Dann direkt in die Reha, ohne Zwischenstation. Das war natürlich keine gute Nachricht, fand Lukas, wegen dem Opa. Und wegen Annas Wahlkampf.

»So, Ihre Freundin darf jetzt wieder zu Ihnen«, sagte die Ärztin am Schluss.

»Freundin? Welche Freundin?«, fragte er. Er stand komplett auf dem Schlauch.

»Ist das etwa nicht Ihre Freundin, die die ganze Zeit bei Ihnen war?«

»Doch, doch«, antwortete er hastig. »Ich bin noch nicht wieder ganz bei mir.« Am liebsten hätte er gesagt, nein, das ist nicht meine Freundin, und ich bin müde, sagen Sie ihr bitte, sie soll gehen, aber er wollte Jessi nicht bloßstellen, die Ärztin guckte auch so schon ziemlich streng, bevor sie davonmarschierte.

Dann kam Jessi wieder ins Zimmer.

»Du hast dich als meine Freundin ausgegeben?«

»Klar. Sonst hätten die mich nicht hier reingelassen.« Jessi schien das kein bisschen seltsam zu finden. Dann brach sie wieder in Tränen aus und warf sich aufs Bett, halb auf ihn drauf, und flennte in seine Krankenhausdecke. Mit den Fingern umkrallte sie seinen gesunden Arm. Das konnte er echt nicht brauchen. Erstens lag sie auf seinen Schläuchen, und zweitens war ihm das einfach zu viel, so kurz nach dem Koma.

»Wären wir nur damals zusammengeblieben«, heulte sie. »Dann wär das alles nicht passiert!«

»Pscht«, warnte er, wegen der anderen beiden Patienten im Zimmer. »Ich muss jetzt wirklich schlafen, Jessi. Am besten fährst du nach Hause. Du hast schließlich Kinder. Die brauchen ihre Mutter.« Es war ein bescheuerter Satz, aber er wollte sie einfach loswerden.

»Soll ich wirklich gehen?«

Lukas hatte das Gefühl, dass sie irgendwie enttäuscht war, aber er verstand nicht, warum. Vielleicht hatte sie mehr Dankbarkeit erwartet, weil sie bei ihm gewacht hatte. Wahrscheinlich hatte sie auch einfach Schiss vor zu Hause. Und das mit dem Zusammenbleiben meinte sie bestimmt nicht ernst, sie war nur einfach mit den Nerven am Ende.

»Ganz sicher«, bekräftigte er. »Oder hast du Angst vor Marcel? Hast du ihm von Helmut erzählt?«

Sie schüttelte den Kopf, und endlich ging sie, nicht ohne ihn vorher noch einmal sehr intensiv in den Arm zu nehmen.

Endlich durfte Lukas schlafen.

Das alles ist jetzt ein paar Tage her und es geht ihm schon viel besser. Der Arm heilt, wenn auch nur langsam, die Schmerzen sind nicht mehr so schlimm, und die Polizei lässt ihn in Ruhe. Je besser sich Lukas fühlt, desto mehr Sorgen macht er sich. Zum einen natürlich um den Opa. Der war richtig liebevoll und ganz besorgt bei seinem Besuch. Fast so wie früher. Aber es ist ihm dann ziemlich schnell zu viel geworden und er wollte, dass Jessi ihn heimbringt, zurück nach Schwäbingen.

Jetzt, wo er Lukas das Leben gerettet hat, kann er den Opa natürlich nicht alleine zurücklassen. Aber wahrscheinlich hätte er das sowieso nicht übers Herz gebracht. Was will er denn in Berlin? Da gehen doch nur die hin, die sich für cool halten. Lukas ist aber kein bisschen cool. Bloß, wenn er nicht nach Berlin geht, dann muss er in Schwäbingen Geld verdienen. In Schwäbingen, wo er geächtet ist. Deshalb fallen alle Jobs mit Kundenkontakt weg. Vielleicht kann er ja irgendeine Arbeit vom Homeoffice aus machen? Seit Corona ist das doch normal geworden.

Ein, zwei Tage die Woche irgendwo hinfahren ginge ja auch noch.

Die Reha ist jetzt nicht mehr das Problem. Jessi hat versprochen, dass sie jeden Tag nach dem Opa schaut und ihm entweder Mittagessen bringt oder ihn zu sich nach Hause zum Essen holt. Der Opa kann zwar halbwegs kochen, aber Lukas macht sich Sorgen, dass er es vergisst, und er mag Jessica ja immer noch sehr, das sollte also klappen. Außerdem kocht sie super, Maultaschen und Kässpätzle und Sauerbraten und so, richtig schwäbisch halt, das schmeckt ihm. Und Waffeln mit Apfelkompott, so wie früher.

»Das ist das Mindeste, was ich tun kann«, hat Jessi mit tränenerstickter Stimme gesagt, als Lukas sich bei ihr bedankt hat. Lukas hat den Eindruck, dass sie nur noch am Heulen ist. Sie hat Marcel rausgeschmissen, er wohnt wieder bei seinen Eltern. Nah dran an der Metzgerei, die Marcel mal erbt. Er hat ihnen nur gesagt, dass er eine Ehekrise hat. Das ist die offizielle Version für Eltern, Verwandschaft und Freunde: Ehekrise. Und für den Kindergarten. So richtig wundern tut sich niemand, meint Jessi.

Lukas hat jetzt viel Zeit zum Nachdenken. Zu viel Zeit. Und in seinem Kopf gibt es eigentlich nur noch ein Thema: Anna. Am kommenden Sonntag findet der zweite Wahlgang statt, und er liegt hier im Krankenhaus, ans Bett gefesselt, mit einem Verband, der ihm fast keine Bewegungsfreiheit lässt, und kilometerweit von Schwäbingen entfernt. Es bleiben nur noch wenige Tage, und er ist komplett draußen. Er würde Anna so gerne helfen, aber das Einzige, was er tun kann, ist, sich über sein Handy auf dem Laufenden zu halten.

Seit dem Eklat beim ersten Wahlgang hat der Wahlkampf in Schwäbingen noch mehr mediale Aufmerksamkeit bekommen. Deutlich mehr. Es gab sogar einen kurzen Bericht in den *Tagesthemen* über Anna. Nur noch sie und Helmut sind im Rennen. Frau gegen Mann, jung gegen alt, klimabewegt gegen wirtschaftsfreundlich, das gibt was her als Story. Und dann noch der Konflikt zwischen Landfrauen und Freiwilliger Feuerwehr! Wie ein antikes Drama, hat eine Zeitung behauptet. Es sieht fast so aus, als ob jetzt die ganze Republik gebannt auf Schwäbingen und den Ausgang der Wahl schaut. Zum Totlachen.

Lukas taucht natürlich auch in den Berichten auf. Mal als Schurke, mal als Held. Es ist ihm egal. Er hat auch Interviewanfragen erhalten und Einladungen in Talkshows, die Journalisten sind ja alle Kollegen und haben seine Handynummer. Er hat die Nachrichten erst gesehen, als er aus dem Koma aufgewacht ist; geantwortet hat er niemandem. Es weiß ja keiner, dass er in Stuttgart im Krankenhaus liegt. Wahrscheinlich denken alle, er sei untergetaucht, um dem Rummel zu entgehen, nach seinem öffentlichen Liebesbekenntnis.

Alles, was am Wahlsonntag passiert ist, ist sehr weit weg, dabei ist es erst eine gute Woche her. Der *Schwäbinger Bote* ist eingestellt worden. Es gab noch eine letzte Ausgabe. Die bestand eigentlich nur aus einer gemeinsamen Stellungnahme von Helmut und Werner, dass das alles erstunken und erlogen ist, was Lukas in der Stadthalle behauptet hat, und dass sie ihn wegen Verleumdung verklagen. Ach ja, und Anna wurde immer fair behandelt, und natürlich wünschen sie ihr viel Glück für den zweiten Wahlgang. Dazu gab es noch ein Interview mit einer griechischstämmigen Frau, die gesagt hat, dass es keinen schöneren Arbeitsplatz auf der ganzen Welt gibt als am Fließband von Miss Nightingale und dass sie sich große Sorgen macht, dass sie kein Geld mehr verdient, wenn Anna Bürgermeisterin wird und mit irgendwelchen völlig überzogenen Umweltstandards daherkommt, weil ihre arme dreizehnköpfige Familie auf Kreta den Hungertod stirbt, wenn sie kein Geld mehr schicken kann.

Lukas wollte es gar nicht so genau wissen, die Drohungen von Helmut und Werner lassen ihn kalt, aber Jessi hat ihm die Zeitungsausgabe mitgebracht und daraus vorgelesen. Sie nervt ihn gerade ziemlich mit ihren »Ich-tue-Buße-für-Marcel«-Besuchen, aber er schafft es auch nicht, ihr zu sagen, dass sie ihn gern mal ein paar Tage in Ruhe lassen kann. Jessi hat den letzten

Schwäbinger Boten in die Schublade seines Containers gelegt, aber er hat die Zeitung nicht mehr angerührt. Das ist aus und vorbei.

Für Anna, ja, für die interessiert er sich brennend, aber von ihr erzählt Jessi nicht viel. Lukas verfolgt deshalb wie besessen auf Insta und Facebook jeden Post von Schwester Gabriele und liest jeden Kommentar dazu. Sie sind schwer aktiv, Anna und ihre Unterstützer, sie scheinen noch einmal alles zu geben, unermüdlich. Davut hat seinen Kiosk einen ganzen Tag geschlossen und bei seinem Kumpel Erkan im Dönerladen Wahlkampf bei der türkischen Community gemacht, mit breitem Grinsen und zusammen mit seiner schwäbischen Freundin. Und natürlich mit Anna. Es gibt ein tolles Video, wie sich die Leute im Dönerladen um sie drängen, Anna legt den Arm um zwei Frauen mit Kopftuch, danach hat sie einen veganen Döner in der Hand, den Erkan extra für sie gemacht hat.

Wenn nicht dieser blöde Felix direkt neben Anna stehen würde, würde sich Lukas das Video wieder und immer wieder anschauen, nur, um sie zu sehen, wie sie da an dem veganen Döner kaut und ihr die Locken wegen der Wärme im Dönerladen an der Stirn kleben. Er schaut das Video und möchte ihr zurufen, wie sehr er sie vermisst, wie sehr ihm das alles leidtut, und plötzlich räuspern sich seine Zimmernachbarn und schauen ihn so komisch an, und da merkt Lukas, dass er es laut gesagt und keineswegs nur gedacht hat. Er hat sich kein bisschen in Griff.

Als Nächstes findet er ein Interview mit Anna in der Mediathek, er kennt den Journalisten, der sie befragt hat, er ist seriös und gut vorbereitet. Anna ist souverän und überzeugend, ja, sie wird immer besser, und Lukas ist total happy. Auch über die Aktion der Landfrauen, über die in der *Landesschau* berichtet wird. Die haben noch mal Zwiebelkuchen gebacken und auf dem Wochenmarkt verteilt, mit Anna-Fähnchen drauf. Man sieht, wie sich die Leute schon beinahe balgen um den Kuchen, so wie beim Bierfest, weil niemand so gut backt wie die Landfrauen, und mehrere Kamerateams von irgendwelchen Fernsehsendern hektisch um Anna herumspringen.

Sogar Michelle hat Kuchen verteilt, ihre Mutter sitzt im Rollstuhl neben ihr, sie trägt eine der albernen weißen Schirmkappen und wedelt mit einem Fähnchen. Michelle macht Wahlkampf und lässt sich mit ihrer Mutter filmen, und beide schauen sich immer wieder an und sehen richtig glücklich aus zusammen. Nicht zu fassen, denkt Lukas, das sind ja Entwicklungen. Und dieser schreckliche Felix, ganz vornedran, und immer an Annas Seite, beschützend, fast schon besitzergreifend. Als ob sie nicht ohne den klarkäme.

Anna selbst sieht die meiste Zeit wahnsinnig gestresst aus. Sie hat jetzt wieder ständig dieses künstliche Lächeln im Gesicht. Wenn man sie nicht kennt, merkt man es vielleicht nicht, aber Lukas sieht ganz genau: Es geht ihr nicht gut. Es bricht ihm schier das Herz, sie so zu sehen. Hoffentlich steht sie das durch, den ganzen Stress und Medienrummel. Er weiß nicht, wie oft er schon regungslos aufs Handy gestarrt hat, draußen, auf dem Flur, wenn er alleine war. Hunderte Mal hat er ihre Nummer aufgerufen und dann doch nicht gewählt. Vor allem nachts, wenn er nicht schlafen kann und auf dem Gang auf und ab läuft, wie ein Tiger im Käfig, trotz Schmerzen im Arm und bis ihn die Nachtschwester anraunzt, er solle gefälligst verschwinden und seine Bettruhe einhalten.

Wahrscheinlich würde Anna gar nicht ans Telefon gehen. Und selbst wenn sie rangehen würde. Was würde er dann sagen? Ich liebe dich, Anna. Ich liebe dich, mehr als mein Leben. Ich weiß, es klingt fürchterlich kitschig, aber ich kann an nichts denken als an dich und dein Lächeln. Das echte, nicht das künstliche. Ich vermisse dich, ich vermisse dich bei jedem Atemzug, ich vermisse dich unendlich. Es tut mir alles so leid. Ich wollte es wiedergutmachen, ich wollte dir helfen, aber dann kam etwas dazwischen. Ein Unfall. Die Wahrheit kann er ihr ja nicht sagen. Aber was würde es überhaupt bringen, Anna anzurufen? Er hat ihr gesagt, dass er sie liebt. Wahrscheinlich glaubt sie ihm nicht, oder es interessiert sie nicht. Sie hat jetzt diesen Felix, er ist es, den sie anlächelt. Mit dem echten Lächeln, nicht dem für die Kameras. Der ist ja auch kein Verräter, so wie Lukas. Und auch kein solcher Versager.

Hier liege ich, denkt Lukas, und verfolge wie besessen, was Anna tut, dabei hilft ihr das kein bisschen. Er ist ans Bett gefesselt, er ist weit weg, er hat nur einen tauglichen Arm, und außer Schreiben kann er sowieso nicht viel. Lukas zermartert sich das Hirn, aber ihm will einfach nichts einfallen, um Anna zum Wahlsieg zu verhelfen.

Und da trifft ihn aus heiterem Himmel ein Geistesblitz.

Lukas löst vorsichtig das Klebeband, mit dem der intravenöse Zugang auf seinem Handrücken befestigt ist. Dann zieht er den Zugang heraus, was ganz schön wehtut, und setzt sich auf den Bettrand. Jede Bewegung ist mühsam mit dem Monsterverband. Er wird sich dran gewöhnen müssen. Seine Zimmernachbarn schlafen tief und fest, er hört sie beide schnarchen. Das Krankenhausnachthemd ist hinten offen, und es fühlt sich ziemlich kalt an am Hintern. Mist, denkt Lukas, ich habe gar nichts anzuziehen. Überhaupt nichts. Ich habe ja nur ein Handtuch getragen, als das alles passiert ist. Ich hab nicht einmal Schuhe! Jessica war so durcheinander, dass sie ihm nicht einmal einen Schlafanzug oder eine Jogginghose mitgebracht hat. Nur das Handy. Er hat auch kein Geld. So geht das nicht.

Er schleicht mit dem Handy ins Bad und macht das Licht an. Kein Empfang. Er geht zurück ins Zimmer und weiter zur Tür. Vorsichtig späht er hinaus in den schwach beleuchteten Flur. Die Nachtschwester ist nirgends zu sehen. So schnell er kann, läuft Lukas bis zum Ende des Flurs und drückt mit der gesunden Hand auf den Schalter. Der Arm schmerzt, wenn er sich bewegt. Die Tür schwingt auf, jetzt ist er im Treppenhaus. Es dauert eine Weile, bis Michelle verschlafen antwortet.

»Michelle? Hier ist Lukas. Ja, ich weiß, dass es drei Uhr nachts ist. Aber ich brauche deine Hilfe. Kannst du mich im Katharinenhospital abholen? Nein, nicht morgen. Jetzt. Sofort?«

31. KAPITEL

In dem Jessica ihre Beziehung zu Lukas ziemlich anders interpretiert als er, woraus sich ein fundamentales Missverständnis ergibt

Er hat Anna mit keinem Wort erwähnt. Mit keinem einzigen! Das ist es, was Jessica optimistisch stimmt. Bei keinem ihrer vielen Besuche am Krankenbett hat Lukas nach Anna gefragt. Es kann dafür nur einen einzigen Grund geben: Er hat sie abgeschrieben. Anna würde ihm niemals verzeihen, dass er sie wochenlang im *Schwäbinger Boten* schlechtgemacht hat, und außerdem hat sie ja diesen veganen Typen, der ihr nicht von der Seite weicht. Als Marcel Jessi die Attacke gestanden hat – er nannte es »Unfall« –, konnte sie erst gar nicht denken. Da war nur eine grenzenlose Wut, und dann diese wahnsinnige Angst um Lukas. Sie hat die Beherrschung verloren und ist auf Marcel losgegangen, sie hat mit ihren Fäusten auf ihn eingetrommelt, und er stand nur da, mit hängenden Armen, und ließ es sich gefallen. Nichts als ein trauriges Würstchen, dieser Metzgerssohn.

»Aber wieso diese Heimlichtuerei auf dem Parkplatz, als hättet ihr was miteinander«, hat Marcel noch gestammelt. »Wir sind gute Freunde, sonst nichts!«, hat sie gerufen. Klar hätte sie die Geschichte mit Helmut auspacken können, um Lukas zu entlasten, aber das hätte doch keinem mehr geholfen, auch Lukas nicht. Im Gegenteil, es hätte alles nur noch schlimmer gemacht. Vor allem für Elfriede. Und klar hätte sie zur Polizei gehen können. Aber wenn er dann in den Knast kommt? Das geht gar nicht. Verdient hätte er es zwar. Aber die Kinder! Und vor allem die Metzgerei. Kann ja sein, die Kundschaft boykottiert den Laden, und dann wird es finanziell schwierig mit dem Unterhalt.

Wegen ihrer lautstarken Auseinandersetzung sind die Kinder aufgewacht, sie standen plötzlich da in ihren Schlafanzügen, mit großen, erschreckten Augen klammerten sie sich an ihre Kuscheltiere. »Kümmer dich um deine Kinder!«, hat Jessi gerufen, und dann ist sie zu Lukas' Opa gerast und hat sich alles erzählen lassen. Von Gottfrieds beginnender Demenz war in dem Moment gar nichts zu merken. Er hat sich an jede Kleinigkeit erinnert, und Jessi ist zu Tode erschrocken, als er ihr aufgeregt erzählt hat, dass der Notarzt gesagt hat, dass Lukas möglicherweise seinen Arm verliert. Sie hat angefangen, am ganzen Leib zu zittern. Gottfried hat sie dann in den Arm genommen, total lieb, und sie haben sich ganz fest umarmt, vereint in der Sorge um Lukas, und dann hat er noch gemurmelt, er hätte sie so gern als Schwiegertochter gehabt. Da hat Jessi komplett die Fassung verloren und angefangen zu heulen. Auch wenn Schwiegertochter nicht ganz passt, aber wenn sogar der Opa findet, dass Jessi und Lukas hätten zusammenbleiben sollen! Und dass er sich dran erinnert, trotz Demenz!

Sie hat Gottfried versprochen, sich um Lukas zu kümmern und ihn auf dem Laufenden zu halten, und dann ist sie wieder nach Hause gerast. Marcel hat mit den Kindern mit der Murmelbahn gespielt, als wäre nichts gewesen. Wie ein Zombie. Jessi hat ein paar Sachen für Lucy und Noah zusammengesucht, Klamotten, Spielsachen und Windeln, und dann hat sie sie ins Auto gepackt und ist zu ihren Eltern gefahren. Die Kinder haben geheult, sie wollten nicht weg, sie fanden das toll, endlich hat Marcel mal mit ihnen gespielt. Zur Schlafenszeit. Macht er ja sonst nie.

Marcel hat sie kommentarlos gehen lassen. Ihren Eltern hat sie nur gesagt, dass sie eine Mega-Ehekrise haben und dass sie wegmuss und nicht weiß, wie lange. Ihre Mutter hat nichts kommentiert, sie hat ihr nur diesen Blick zugeworfen, diesen »Ich-habe-es-schon-immer-gewusst«-Blick. Sie hat Marcel noch nie gemocht. Jessi hat die Kinder umarmt, sie haben schon wieder geheult, sie waren komplett überfordert, aber darauf konnte Jessi, die Supermutti, jetzt einfach mal keine Rücksicht nehmen. Sie ist wie eine Wahnsinnige mit ihrem Corsa nach Stuttgart gefahren und hat sich als Lukas' Freundin ausgegeben, es bestand ja keine Gefahr, dass irgendjemand anderes diese Rolle für sich in Anspruch nehmen würde, und dann ist sie achtundvierzig Stunden nicht von Lukas' Bett und Seite gewichen. Florence Nightingale persönlich, sie hat seine Hand gehalten und darauf gewartet, dass er aufwacht. Natürlich hat sie auch die Arztgespräche geführt, sie musste ja dem Opa regelmäßig berichten, und sie hat geheult vor lauter Erleichterung, als sie erfahren hat, dass der Arm dran ist und dran bleibt. Irgendwann hat sie Marcel eine WhatsApp geschickt, dass sie nicht weiß, wann sie heimkommt, dass sie ihn dann aber nicht sehen will. Er soll aus dem Haus verschwinden.

Achtundvierzig Stunden sind lang. Jessi hatte reichlich Zeit, Lukas zu betrachten, ausführlich zu heulen und über sie beide nachzudenken, und sie hat beschlossen, dass die ganze Geschichte zwar einerseits das tragische Aus ihrer Ehe bedeutet, diese Ehe andererseits aber schon vorher am Ende war. Marcels Messerattacke hat wie ein Katalysator gewirkt. Mit jemandem, der so wahnsinnig eifersüchtig ist wie er, kann man sein Leben nicht verbringen.

Zugebenermaßen wäre das alles nicht passiert, wenn Jessi nicht die Affäre mit Helmut gehabt hätte. Marcel ist zwar ein grober Klotz, aber er hat gespürt, dass da was nicht stimmt. Seit Wochen hat sie ihn abgewiesen, wenn er mit ihr schlafen wollte. Ohne Erklärung. Dass er aber aus Jessis Treffen mit Lukas auf dem Parkplatz die falschen Schlüsse gezogen hat, dafür kann Jessi nun wirklich nichts.

Das Ende, da ist sich Jessi ganz sicher, ist ein Neuanfang: Lukas und sie sind füreinander bestimmt. Es hat sich total natürlich angefühlt, sich als seine Freundin auszugeben. Keiner der Ärzte oder Schwestern hat daran gezweifelt. Für Jessi war es wie ein Vorgriff auf das, was kommen wird. Es ist nur eine Frage der Zeit, bis Lukas kapiert, dass die letzten Jahre, die sie getrennt voneinander verbracht haben, ein einziger Irrtum gewesen sind. Sie muss nur ein wenig Geduld haben, bis Lukas wieder gesund ist und sich Anna vollständig aus dem Kopf geschlagen hat. So wahnsinnig kinderlieb ist er ihr zwar nie erschienen, aber das wird sich gewiss rasch ändern, wenn sie erst einmal zusammenleben. Niemand kann Lucys Charme auf Dauer wiederstehen. Dieses winzige Zimmerchen unterm Dach, in dem Lukas bei seinem Opa haust, wird er doch sicher gern gegen ein freistehendes Haus im Neubaugebiet tauschen, das sogar über einen Whirlpool im Garten verfügt. Und natürlich wird ihm Jessi helfen, sich um seinen Opa zu kümmern, schließlich kennen sie sich schon ewig und er mag sie sehr, das weiß sie und das weiß auch Lukas, das ist doch auch ein Argument.

Vielleicht können sie Gottfried sogar ins Haus holen, damit hätte Jessi kein Problem. Im Moment ist es natürlich blöd, weil weder sie noch Lukas einen Job haben, und Marcel hat einen Monsterkredit für das Haus aufgenommen und die Zinsen gehen hoch, aber Jessi findet sicher schnell wieder was und kann sie beide über Wasser halten, und Marcel muss ihr ja auch Unterhalt zahlen. Noch wirft die Metzgerei genug ab, in einer schwäbischen Kleinstadt kommen noch immer reichlich Fleisch und Wurst auf den Tisch. Obwohl Marcel immer klagt, sie würden zu wenig Umsatz machen. Vielleicht kann sie ja Vollzeit arbeiten, und Lukas wird Hausmann? Damit hätte Jessi auch kein Problem, sie ist schließlich eine moderne, emanzipierte Frau, und Lukas ist dafür sicher aufgeschlossen.

Helmut hat ihre Kündigung zuerst wortlos zur Kenntnis genommen, als sie nachmittags, während Marcel versuchte, Lukas umzubringen, noch einmal ins Rathaus gegangen ist. Sie hat ihm stumm einen Brief auf den Schreibtisch gelegt. Ganz korrekt adressiert. Herrn Bürgermeister Helmut Bartholomä, Stadtverwaltung Schwäbingen. Er hat natürlich sofort Bescheid gewusst. Er ist aufgesprungen und um den Schreibtisch herumgerannt, er hat sie am Arm gepackt und ein verzweifelter Wortschwall brach aus ihm heraus, Jessi verstand kein Wort, aber in dem Augenblick kam Martin Sickinger herein. Der klopft ja nie. Jessi hat sich losgerissen und ist grußlos zur Tür raus, an Martin vorbei, der sie mit offenem Mund anstarrte. Soll Helmut sich eine Erklärung ausdenken. Ihre privaten Sachen hatte sie morgens schon ausgeräumt. Hoffentlich muss sie nie mehr zurück ins Rathaus!

Anschließend ist sie schnurstracks zu ihrem Hausarzt gegangen und hat sich wegen Depressionen für zwei Wochen krankschreiben lassen. Sie hat jetzt also alle Zeit der Welt, um sich um Lukas zu kümmern. Der war ihr gegenüber vielleicht ein klein bisschen reserviert, findet Jessi, aber das ist logisch, er hat schließlich ein traumatisches Erlebnis gehabt, und Jessi kann zwar nichts dafür, aber trotzdem war es nun mal ihr Mann, der Lukas angegriffen hat, das muss er erst verarbeiten. Das wird schon, mit der Zeit.

Soweit Jessi weiß, hat Lukas seit ihrer Trennung keine feste Beziehung gehabt. Von einer Freundin hat er nie was erzählt. In all den Jahren! Da kann es nur einen Grund dafür geben, er ist immer noch in Jessi verliebt und hat es bloß nicht gemerkt. Wenn er es nicht wäre, hätte er sich doch nicht so ritterlich verhalten ihr gegenüber, oder? Er hat versucht, sie zu schützen, ihre Ehe zu retten, er hat ihr Glück über sein eigenes gestellt, ganz uneigennützig. Er hat weder ihre Affäre öffentlich gemacht, noch will er wegen Marcel zur Polizei gehen. Das macht man doch nur, wenn man Gefühle hat! Und obwohl er weiß, dass Jessi an der Quelle sitzt, dass sie ihm erzählen kann, was in Schwäbingen passiert, was mit Anna passiert: Er hat nicht nach ihr gefragt! Die letzte Ausgabe des *Schwäbinger Boten* musste Jessica ihm geradezu aufdrängen. Jessi hat Anna immer wieder gesehen, man kommt ja nicht an ihr vorbei, so intensiv macht sie gerade Wahlkampf, und sie hätte Lukas einiges berichten können.

Zum Beispiel, dass sie gar nicht sicher ist, ob Anna noch mit diesem Felix zusammen ist. Am Wahlabend ist Anna aus der »Pizzeria Napoli« gerannt, wo sie und ihre Anhänger gefeiert haben. Vor der Pizzeria hat ein Fotograf gelauert, und das Foto, das er geschossen hat, kam im allerletzten *Schwäbinger Boten*: Anna mit panischem Blick aus der Pizzeria laufend, und in ein paar Metern Abstand dieser Felix. Dazu diese Schlagzeile. Lukas hätte das Bild anschauen können. Aber er hat die Zeitung nicht aufgeschlagen, und er hat nicht nach Anna gefragt. Und das sagt doch alles, oder?

32. KAPITEL

In dem wir endlich erfahren, wie es Anna in der Zwischenzeit ergangen ist, und ihr erstes Zusammentreffen mit Lukas seit seinem Unfall mal wieder zum Fiasko wird

Lukas ist seit Tagen verschwunden. Erst dieser hochdramatische Auftritt in der Stadthalle, und dann ist er abgetaucht. Niemand hat ihn gesehen, niemand scheint etwas von ihm zu wissen. Anna hat Michelle nach ihm gefragt, ganz beiläufig, und die hat auch nichts von ihm gehört. Sie hat gleich angeboten, ihm eine Nachricht zu schicken, »ohne dich zu erwähnen, natürlich«, aber Anna hat hastig abgelehnt.

Lukas, dieser Feigling, hat Anna gedacht. Ich hab's ja gewusst. Diese Riesenszene in der Stadthalle war nichts als Show. Das hat der doch nicht ernst gemeint, dass er sie liebt. Sonst hätte er sich noch mal gemeldet. Nicht öffentlich, sondern persönlich. Mit einer Nachricht oder einem Anruf. Weil, dass Anna auf seine Kehrtwende nicht sofort reagiert und das alles erst einmal verdauen muss, das kann er sich ja denken. Sie sind doch nicht in Hollywood! Und dass er abgetaucht ist, wahrscheinlich aus Scham, und sich nicht mehr gemeldet hat, heißt, das war nur aus dem Affekt heraus. Und überhaupt. Selbst wenn. Sie kennen sich kaum. Sie haben sich gerade einmal geküsst! Wie kann er da so sicher sein. Dass er sie liebt? Das ist doch verrückt. Er ist verschwunden, sie liebt ihn sowieso nicht. Und deshalb braucht sie auch keine Sekunde mehr darüber nachzudenken.

Sie denkt im Moment sowieso nicht nach. Auch nicht über Felix, sie hat andere Sorgen. Die ganze Welt weiß, dass er am Wahlabend ihr hinterhergerannt ist, weil das Foto dick und fett vorne auf der letzten Ausgabe des *Schwäbinger Boten* abgedruckt wurde. Sie mit panischem Blick vor der Pizzeria, Felix hinter ihr, in der offenen Tür. Schlimmes Foto, noch schlimmere Schlagzeile. »Anna Freitag – Trennung nach Wahlschlappe?« Sie war so naiv, sie hätte sich ja denken können, dass da ein Reporter lauert. Ausnahmsweise war das Foto nebst Schlagzeile nicht von Lukas. Wäre ja auch komisch gewesen, er hatte ja gekündigt. Zum Glück ist der Reporter gleich abgehauen, sodass sie Felix anbrüllen konnte, dass sie doch vor ihm weggelaufen ist, weil er ihr tierisch auf die Nerven geht, und dass er sie verdammt noch mal in Ruhe lassen soll. Selbst da war er noch verständnisvoll. So verständnisvoll, dass sie es nicht geschafft hat, ihm klarzumachen, dass das doch überhaupt keinen Zweck hat mit ihnen beiden. Sie wollte es ihm sagen, mitten auf der Straße vor der Pizzeria, aber Felix hat sie unterbrochen, er hat mal wieder ihren Arm getätschelt und nur gesagt, sie solle sich beruhigen und sich jetzt vor allem auf den Wahlkampf konzentrieren.

»Wir reden nach dem zweiten Wahlgang. Du bist mit den Nerven runter, du kannst nicht klar denken. Okay, Anna? Wir ziehen das durch. Und hinterher sehen wir weiter. Aber jetzt brauchst du deine ganze Energie für den Wahlkampf. Und wenn ich plötzlich nicht mehr auftauche, dann kommt das bestimmt ganz blöd rüber. Dann heißt es, die wechselt ständig die Männer.«

Anna hat Felix ungläubig angestarrt, dass sie so etwas aus seinem Mund hört.

»Das meine ja nicht ich«, hat er sich beeilt zu sagen. »Ich sage nur das, was die Leute tratschen werden!«

»Und das interessiert dich? Was die Leute tratschen? Oder die BILD?« Anna konnte es immer noch nicht fassen.

»Es sollte dich aber interessieren!«, hat Felix leidenschaftlich gerufen. »Du kannst dir keine Fehler mehr erlauben! Wenn jetzt auch noch dieses Foto veröffentlicht wird!« Und Anna war so beeindruckt, dass sie nicht mehr widersprochen hat. »Und außerdem«, hat Felix noch hinterhergeschoben, ganz leise, »möchte ich dich nicht verlieren. Und dich alleine lassen, ausgerechnet jetzt, wo du mich so dringend brauchst.« Und dann hat er sie geküsst, und Anna war wieder versöhnt.

Sie ziehen es jetzt also durch. Felix begleitet sie zu jedem öffentlichen Auftritt, lächelnd, winkend, unterstützend. Er ist unerschütterlich, und er scheint vollkommen sicher zu sein, dass alles gut wird, nicht nur mit der Wahl, sondern auch mit ihnen beiden, es liegt nur an der Anspannung. Er weicht ihr nicht von der Seite, Tag und Nacht, und Anna denkt immer mal wieder, es macht sie wahnsinnig, nein, *er* macht sie wahnsinnig, aber sie ziehen es durch.

Sie waren in Altenheimen und Berufsschulen, mit den Landfrauen auf dem Wochenmarkt und mit Davut bei einem Dönerimbiss. Anna hat Interviews gegeben, Kappen verteilt, Gespräche geführt, Fototermine absolviert. Jonas hat alles fotografiert, und Schwester Gabriele hat alles gepostet. Seit Claudio, der Wirt von der »Pizzeria Napoli«, Anna seine Unterstützung angeboten hat, treffen sie sich abends immer in großer Runde im Nebenzimmer der Pizzeria und besprechen, was am nächsten Tag ansteht. Die Zahl ihrer Follower und Fans ist stetig gestiegen. Von Tag zu Tag steigen ihre Chancen, und von Tag zu Tag fühlt sich Anna ausgebrannter.

Niemals hätte sie gedacht, dass diese Wahl in einem kleinen schwäbischen Kaff derart viel Aufmerksamkeit bekommt. Es scheint beinahe so, als ob Helmut und sie einen Kampf ausfechten, in dem es um viel mehr geht als nur um Schwäbingen. Es geht um grundlegend unterschiedliche Positionen. Positionen, die sich unversöhnlich gegenüberstehen, und Anna fühlt sich zunehmend instrumentalisiert. Sie ist nicht mehr sie selbst, sie steht für etwas, und Helmut für etwas anderes. Querdenker, Linke, Rechte, die »Letzte Generation«, die Antifa, Umweltverbände, die IHK, die AfD, der BUND, der Hasenzüchterverein Schwäbingen, Gewerkschaften, der Landrat, Greenpeace, Reichsbürger, sie alle haben sich irgendwie eingeklinkt und drangehängt, in ihren sozialen Medien oder auf anderen Wegen, die einen bei Anna, die anderen bei Helmut. Ist es das wirklich wert? Immer wieder ist Anna kurz davor, alles hinzuschmeißen. Aber Michelle, Schwester Gabriele und Rosemarie machen ihr

Mut. Sie beschwören sie, durchzuhalten. Um Schwäbingens willen.

»Das wird sich beruhigen«, sagt Rosemarie. »Wenn du die Wahl gewinnst, ist der Rummel vorbei.«

»Bleib einfach du selbst«, erklärt Michelle. »Lass dich von niemandem in irgendwas reinziehen. Du schaffst das!«

»Es gibt so viele, die an dich glauben«, ergänzt Schwester Gabriele. »Du machst ihnen Mut, du kümmerst dich um die Außenseiter. Niemand hat sich bisher für die Punks in Schwäbingen interessiert!«

Davut, ihre Eltern und Miriam und Alina schicken ihr jeden Tag eine aufmunternde Nachricht, Michelle macht ihr starken Espresso (unfassbar, den trinkt sie jetzt regelmäßig, ebenso wie Rotkäppchen-Sekt), und Schwester Gabriele bringt Mon Chéri für Rose und vegane Schokolade für Anna mit. Und nicht nur sie. Ständig und überall tauchen von irgendwoher Landfrauen auf und stecken Anna Brezeln, Apfelkuchen, Zwetschgenkuchen oder selbst gebackene Laugenweckle zu. Das ist ihre Rettung, denn vor lauter Terminen würde sie völlig vergessen, dass sie ab und zu etwas essen sollte. Tatsächlich ist es Anna mittlerweile sogar egal, ob das, was man ihr mitbringt, vegan oder nur vegetarisch ist. Fleisch und Wurst sind nach wie vor tabu, das haben mittlerweile alle um sie herum kapiert, auch wenn sie es ziemlich seltsam finden, dass man freiwillig auf Rostbraten, Leberkäsweckle und sogar Maultaschen verzichtet, wo da das Fleisch doch so gut drin versteckt ist.

Anders sieht es bei Backwaren aus. Bei ihrem ersten, mittlerweile legendären Auftritt bei den Landfrauen hat Anna noch dankend abgelehnt, als man ihr eine Butterbrezel anbot. Aber irgendwann ist sie von einem Besuch im Altenheim zu einem Termin am Stand in der Fußgängerzone gehetzt, und sie hat gedacht, sie kippt gleich um vor lauter Hunger, und dann kam eine Landfrau mit einer riesigen Tüte ofenwarmer Butterbrezeln anmarschiert. Jeder, der am Stand geholfen hat, hat sich eine genommen. Nur Anna und Felix haben dankend abgelehnt. Aus

Prinzip. Weil sie vegan leben. Aber als alle um sie herum voller Genuss in ihre Brezeln bissen und die so gut rochen und so lecker aussahen, da hat sie sich ganz schwach gefühlt. Und dann, beinahe gegen ihren Willen, musste sie doch in die Tüte greifen, eine Brezel nehmen und hineinbeißen in den weichen, weißen Bauch und in die krossen Knusperärmchen, auch wenn Felix ganz kritisch die Nase rümpfte, und damit war es um sie geschehen. Seither ist sie brezelsüchtig. Auch darüber denkt sie nicht nach. Dieser Wahlkampf stellt nicht nur ihr ganzes Leben, sondern auch ihre Prinzipien auf den Kopf. Sie trinkt Kaffee und Alkohol und isst tierische Produkte. Nach der Wahl wird alles wieder anders, beschwört sie sich selbst, ich kehre zu meinen Prinzipien zurück und serviere Felix ab, aber im Moment fehlt mir dazu die Kraft.

Nicht nur Schwester Gabriele und die Landfrauen sind Annas Rettung, auch Rosemarie. Rose begleitet sie, so oft es ihre Kräfte zulassen, zu ihren Terminen, und sie ist mittlerweile zu einer richtigen Ikone geworden, einem Symbol für Kampfgeist, Durchhaltevermögen und Frauenpower, weil sie trotz ihrer körperlichen Einschränkungen so aufrecht in ihrem Rollstuhl sitzt und Anna rückhaltlos unterstützt. Das bringt Anna viele Sympathien ein, wenn sie zu dritt zu einem Termin gehen, Felix den Rollstuhl schiebt und Rose mit allen quatscht, in breitestem Schwäbisch. Viel wichtiger für Anna ist aber, dass Rose ab und zu einfach stumm ihre Arme in ihre Richtung ausstreckt, wenn sie merkt, dass sie völlig erschöpft ist, und dann beugt sich Anna über den Rollstuhl und Rose drückt sie ganz fest.

»Du bisch stark«, flüstert sie ihr dann ins Ohr.

Anna muss jedes Mal beinahe heulen. Aber Gefühle darf sie sich jetzt nicht erlauben, vor allem nicht in der Öffentlichkeit. Gefühle, Beziehungen und Prinzipien müssen warten. Es geht jetzt nicht ums Private, auch wenn alles Private argwöhnisch beäugt, hinausposaunt und kommentiert wird. Es geht um etwas Größeres, und vor allem darum, all die Menschen, die mit ihr kämpfen, nicht zu enttäuschen.

»Lukas, das ist unverantwortlich.« Carola hat den Verband abgemacht und starrt auf Lukas' Arm. Lukas erschrickt auch, als er den Kopf dreht und die Wunde sieht, zum ersten Mal. Ihm wird beinahe schlecht.

»Hilfst du mir trotzdem? Nicht als Ärztin. Als Freundin.« Carola schnaubt.

»Als Freundin? Das ist ganz schön viel verlangt.«

»Ich weiß. Ich bitte dich trotzdem darum.«

»Als Ärztin müsste ich dich sofort wieder ins Katharinenhospital einweisen lassen.«

»Das geht nicht. Ich habe hier in Schwäbingen etwas zu erledigen.«

»Diese Anna. Um die geht es, nicht wahr?« Carola guckt immer noch eisig. »Ich war in der Stadthalle. Beim großen Lukas-Allgöwer-Showdown. Allein gegen Schwäbingen.« Jetzt grinst sie spöttisch.

»Dann weißt du ja Bescheid«, antwortet Lukas. Er will mit der Achsel zucken, aber die Schulter reagiert nicht. Hoffentlich sind da die Nerven nicht futsch.

Carola seufzt. »Aber wie das hier passiert ist, das ist geheim, Cowboy? Ich würd's schon gern wissen. Keine Sorge. Es gibt eine ärztliche Schweigepflicht.«

Lukas zögert, dann erzählt er Carola in knappen Worten die Sache mit Marcel. Wenn er schon ihre Hilfe einfordert, hat sie es verdient, die Wahrheit zu erfahren.

Carola hört konzentriert zu und wimmelt zwischendurch die Sprechstundenhilfe ab, als die mit einem Rezept in der Hand hereinmarschieren will.

»Es geht mich nichts an. Aber ich halte es für falsch, diesen Marcel nicht anzuzeigen. Rennt mit einem Schlachtermesser in Schwäbingen herum und greift dich tätlich an? Aufgrund eines vagen Verdachts, du würdest ihn mit seiner Frau betrügen? Der ist ein Risiko für die Öffentlichkeit.«

»Er sagt, er wollte mich bloß erschrecken.«

»Bist du dir da sicher?«

»Nein. Aber ihn verpfeifen? Das kann ich Jessi nicht antun. Sie hat zwei kleine Kinder.«

»Bist du wirklich nicht mehr in sie verknallt?«

»Absolut«, antwortet Lukas gereizt. Warum denkt alle Welt, er sei noch in Jessi verknallt?

»Na schön. Dein Ding. Ich lege dir jetzt einen dünneren Verband an. Dann gebe ich dir ein Rezept für eine Orthese, die gibt dir mehr Bewegungsfreiheit. Du holst sie jetzt sofort im Sanitätshaus, dann kommst du wieder hierher, meldest dich an der Rezeption, und die zeigen dir, wie man das Ding korrekt anlegt. Du lässt es Tag und Nacht dran. Duschen fällt flach. Alle zwei Tage will ich dich morgens um acht hier sehen. Kontrolle und Verbandswechsel, falls nötig. Ich warne dich aber, kann sein, dass sich der Heilungsprozess verzögert, wenn du keine Ruhe gibst. Und dass es vielleicht nicht hundertprozentig wird wie vorher.«

»Das Risiko gehe ich ein.«

»Gehst du wenigstens in die Reha?«

»So war's geplant. Ich weiß natürlich nicht, ob das ein Problem ist, dass ich abgehauen bin.«

»Na schön. Dann verschwinde jetzt. Draußen warten noch andere Patienten. Besorg dir Schmerztabletten. Möglichst starke. Du wirst sie brauchen.«

»Carola?«

»Ja?«

»Danke. Und es tut mir leid. Wegen damals, meine ich.«

»Das Thema ist durch. Wir sehen uns in zwei Tagen. Acht Uhr. Keine Sekunde später.« Carola hält ihm die Tür auf, und in ihren Mundwinkeln erkennt Lukas die Spur eines Lächelns.

In der Apotheke nebendran holt Lukas sich eine Packung Ibuprofen, lässt sich ein Glas Wasser geben und schluckt gleich eine. Er ist erschöpft, er hat Schmerzen und kann nicht klar denken. Außerdem muss er ständig niesen. Bestimmt hat er sich erkältet, als er im Katharinenhospital darauf gewartet hat, dass Michelle ihn abholt. Er hat sich in einer dunklen Ecke des Foyers versteckt, damit ihm niemand komische Fragen stellt, und ist hinausgehuscht, als Michelle in ihrem Porsche vorfuhr. Nicht, dass Lukas wusste, dass sie einen fährt, er hat nie gesehen, was bei ihr in Schwäbingen in der Garage steht, aber er hätte es sich denken können.

Der Sicherheitsdienst hat ein bisschen verdutzt geguckt, als Lukas barfuß an ihm vorbeihastete und in den Porsche sprang und dabei einen nackten Hintern entblößte. Natürlich musste er auch Michelle die Wahrheit sagen. Man kann sich schlecht mit einem Monsterverband am Arm und nur mit einem Krankenhausnachthemd bekleidet mitten in der Nacht vom Katharinenhospital abholen lassen, ohne Erklärungen abzugeben.

Michelle saß im Hosenanzug und perfekt geschminkt in ihrem Porsche, morgens um vier, ließ die Klimaautomatik Warmluft rauspusten, stellte die Sitzheizung auf höchste Stufe und hörte sich alles kommentarlos an. Sie ist eine erstaunliche Frau, dachte Lukas. Kann total zickig sein, und dann holt sie einen mitten in der Nacht aus dem Krankenhaus ab, lässt sich eine Räuberpostille erzählen, scheint sich kein bisschen darüber zu wundern und wirft einem auch nicht vor, dass man sie aus dem Bett geholt hat.

Michelle brachte Lukas nach Hause, holte ihm seinen alten verschlissenen Bademantel aus dem Dachzimmer und machte in der Stube einen starken Kaffee für sie beide. Irgendwann wachte der Opa auf. Obwohl Lukas versuchte, ihm zu erklären, wer die fremde Frau in seiner Stube war, so früh am Morgen, schien er es nicht zu begreifen. Sie machte ihn sichtlich nervös, sodass sich Michelle schnell verabschiedete. Das war blöd, weil Lukas eigentlich noch nach Anna hatte fragen wollen, aber dafür war keine Zeit mehr. Er hatte danach erfolglos versucht, noch ein bisschen zu schlafen, und sich um acht Uhr zu Carola in die Praxis geschleppt, zur großen Begeisterung der Sprechstundenhilfe.

Lukas macht alles so, wie es ihm Carola aufgetragen hat, dann geht er mit der Orthese an Arm und Schulter wieder nach Hause. Die Orthese ist eine große Hilfe, sie stützt den Arm und Lukas fühlt sich nicht mehr komplett lahmgelegt. Die nächsten drei Stunden verbringt er am Computer. Es ist anstrengend, er kann nur mit einer Hand tippen und muss immer wieder Pause machen, aber irgendwie kriegt er es hin, auch wenn die Schmerzen immer schlimmer werden, je länger er tippt. Er speichert das Dokument auf einem Stick, ruht sich ein paar Minuten aus und geht dann hinunter zum Opa, der mal wieder vor dem Fernseher hockt.

»Opa? Kannst du bitte den Fernseher kurz leiser machen? Ich brauche deine Hilfe.«

Erstaunlicherweise macht der Opa den Fernseher sofort aus und schaut ihn fragend an. »Schee, dass du wieder daheim bisch.« Er lächelt.

»Ja, das finde ich auch. Opa, ich habe dir doch von Anna erzählt. Bevor ich im Krankenhaus war. Weißt du noch?«

Lukas kann geradezu sehen, wie es im Hirn vom Opa rattert. Nach einer langen Weile sagt er: »Des Mädle. Die, wo du magsch. Die, wo in der *Landesschau* war.«

Lukas nickt. Wenn sich der Opa nicht erinnert hätte, wär's schwierig geworden. Er hat natürlich keine Ahnung von Wahlkampf, deshalb erklärt ihm Lukas sehr ausführlich, dass sie von Haus zu Haus gehen werden, und dann sagt Lukas den Leuten in Schwäbingen, wie sich das tatsächlich zugetragen hat mit Anna, dem Bürgermeister, Werner und ihm. Ein langer Bußgang wird das, Lukas wird immer und immer wieder erzählen müssen, wie mies er sich verhalten hat. Spaß wird das keinen machen, aber es ist die einzige Methode, mit der er Sympathien für Anna erzeugen kann. Gottfried muss als Geheimwaffe mit. Viele Leute kennen ihn, vor allem im Ortskern, wo die alten Schwäbinger aus Gottfrieds Generation wohnen, die normalerweise eher geneigt sind, Helmut zu wählen. Lukas will ihre Stimmen für Anna. Wenn der Opa mitgeht, werden sie die Tür aufmachen und Lukas anhören, Gottfried zuliebe. Lukas hofft, dass der Opa kapiert, wie das laufen soll. Er hört konzentriert zu. Dann grinst er und fängt schließlich an zu lachen.

»Heiserwahlkampf«, sagt er spitzbübisch.

»Ja, genau, Häuserwahlkampf. Woher weißt du das?«

»Hab ich doch vor Jahrzehnten schon gmacht. Für die Bundestagswahl 1976. Ich hab's net verhindern können, dass Helmut Schmidt die Wahl verloren hat. Er isch aber trotzdem Kanzler geblieben.«

»Das hab ich ganz vergessen, dass du auch mal politisch engagiert warst. Hilfst du mir, Opa? Schaffst du das? Oder wird dir das zu viel?«

»Wenn du des Mädle magsch und du wiedergutmachen willsch, was du versaut hasch, dann helf ich dir. Isch doch klar.«

Und so kommt es. Lukas fährt am späten Nachmittag mit dem Bus in den Nachbarort zu einer kleinen Druckerei, den Stick in der Hosentasche. Simon, der Besitzer, war in Lukas' Parallelklasse. Bei ihm lässt Lukas den zweiseitigen *Schwäbinger Boten* drucken, in einer Auflage von sechstausend Stück. Es frisst ein ziemliches Loch in seine Ersparnisse, aber das ist es ihm wert. Simon ist nicht gerade begeistert von dem Auftrag.

»Lukas. Du verwendest das Layout einer Zeitung, deren Redakteur du nicht mehr bist, schlimmer, die es nicht einmal mehr gibt? Das wird Werner Schelkle nicht gefallen.«

»Das ist mir bewusst.«

»Dann musst du mir das schriftlich geben.«

Lukas unterschreibt, es ist ihm egal, dass er sich strafbar macht. Ihm ist ja auch das seitenlange Schreiben von Werners Rechtsanwalt egal, in dem es irgendwie um Verleumdung geht.

Auf den zwei Zeitungsseiten des fingierten *Schwäbinger Boten* erzählt Lukas seine Geschichte. Wie er verzweifelt war, weil er keinen Job gefunden hat. Wie Werner Schelkle ihn nach Schwäbingen geholt hat. Wie er regelmäßig in der Villa antanzen musste. Wie Werner von Anfang an seine Artikel zensiert hat, um Helmut und die Unterwäscheproduktion in einem möglichst positiven Licht erscheinen zu lassen. Wie Werner, Helmut und Martin ihn unter Druck gesetzt haben, um Anna schlechtzumachen.

Lukas verteidigt sich nicht. Er beschreibt einfach alles so, wie es war, sachlich und emotionslos. Der Artikel endet damit, dass Lukas sich öffentlich für sein Verhalten entschuldigt, gefolgt von einer Lobeshymne auf Anna. Als Foto oben auf der ersten Seite verwendet er das Bild, das er löschen sollte, aber nicht gelöscht hat. Anna, die strahlende Königin im Triumphzug der Landfrauen vor dem Metzgerladen.

Ganz unten auf der zweiten Seite steht fett gedruckt: »Bitte geben Sie Anna Freitag am kommenden Sonntag Ihre Stimme!« Und darunter, kleiner, steht noch etwas. Er hat lange darüber nachgedacht. Aber was hat er schon zu verlieren?

Lukas schläft zum ersten Mal seit der Messerattacke. Erschöpft, aber irgendwie auch glücklich. Er wird tun, was er tun muss, auch wenn Anna für ihn verloren ist, und er hat nur noch vier Tage Zeit dafür. Am nächsten Morgen ziehen sie los, der Opa und er.

»Des isch a netts Mädle. Die hat so ebbes Ehrlichs. Des hat mr heutzutage selda«, sagt der Opa, wenn die Haustür aufgeht. Oder: »Alte Bäsa kehren nicht immer gut.« Oder auch nur: »Renate, der Helmut isch ein Halbseckel. Den kannsch net wählen.«

Der Opa kennt einfach jeden in Alt-Schwäbingen. Den einen hat er irgendwann einmal eine Versicherung verkauft, bei den anderen handelt es sich um entfernte Verwandte, die Lukas noch nie gesehen hat, oder er trifft eine alte Schulkameradin aus der Volksschule. Kein einziges Mal wird die Tür zugeknallt. Oft werden sie zum Kaffee eingeladen, was Lukas höflich ablehnt, auch wenn es ihn schmerzt, weil der Opa nicht abgeneigt wäre, allein, die Zeit fehlt.

Je erschöpfter Lukas wird, desto mehr blüht der Opa auf. Er trifft Leute wieder, die er seit Jahren nicht gesehen hat, und weil er sie seit seiner Kindheit kennt, kann er sich noch gut an sie erinnern, trotz Demenz. Manche können kaum laufen oder stehen, aber das ist egal: Die Freude auf beiden Seiten ist groß, und dass der Opa nicht glücklich war als Kind, scheint überhaupt keine Rolle zu spielen.

Wenn sie ein paar Stunden unterwegs waren, bringt Lukas den Opa nach Hause, damit er sich ausruhen kann. Er achtet darauf, dass er sich etwas kocht, oder er macht ihm eine Suppe warm. Das Tagesessen beim Metzger zu holen und dort möglicherweise Marcel zu begegnen, ist doch zu viel verlangt. Am besten läuft es, wenn der Opa bei der letzten Station zu einem Viertele eingeladen wird. Dann lässt er ihn dort hocken und zieht noch einmal los. Er trägt seinen *Schwäbinger Boten* aus, bis er nicht mehr kann und sich dann spät doch noch etwas zu essen macht, weil er es tagsüber vergessen hat.

Am Samstagabend ist Schluss. Lukas ist völlig erschöpft. Dem Arm hat so viel Umtrieb nicht gutgetan, Carola hat leider recht gehabt. Sie hat ihn bei der Kontrolle auch immer wieder ermahnt, er solle einen Gang runterschalten. Lukas hat die Woche nur mit hoch dosierten Schmerztabletten überstanden, vielleicht bleibt ihm ein dauerhafter Schaden, aber das ist ihm egal. Er hat getan, was er konnte, für Anna, es war sein Weg, Abbitte zu tun, und das ist es, was zählt. Und der Opa ist richtig aufgeblüht, er ist viel gesprächiger geworden.

Nun kann Lukas nach Hause gehen und sich ausruhen. Ob die Wähler am nächsten Tag Anna oder Helmut ihre Stimme geben, steht nicht mehr in seiner Macht. Lukas selbst hat per Brief abgestimmt, er wird am Wahltag nicht aus dem Haus gehen. Schon gar nicht in die Stadthalle. Es würde ihm viel zu sehr wehtun, Anna in Fleisch und Blut zu sehen. Stattdessen schaut er sich die Fotos an, die Schwester Gabriele mehrmals am Tag von ihren Wahlkampfauftritten postet, obwohl er es kaum erträgt, weil es praktisch kein Bild ohne diesen Felix gibt. Was will sie von diesem Milchgesicht? Er, Lukas, könnte der Mann an Annas Seite sein, aber er hat es versaut.

Der Opa ist schon vorausgegangen, noch macht sich Lukas keine Sorgen, dass er den Weg nicht alleine findet. In einem kleinen türkischen Lädchen, das auch am späten Samstagnachmittag geöffnet hat, kauft er Milch, ein bisschen Obst, ein paar Dosen Bier und Schokolade, um seine Stimmung zu heben. Als er aus dem Laden tritt, kommt ihm Jessica entgegen.

»Lukas!«, ruft sie. »Ich wollte dich gerade besuchen! Meine Eltern waren im Schwarzwald, das hatten sie schon ewig geplant, ich konnte die Kinder nicht abgeben. Was machst du denn für Sachen. Du solltest doch im Bett liegen!« Vor ein paar Tagen ist sie umsonst ins Katharinenhospital gefahren, weil er ihr nicht gesagt hat, dass er sich selbst entlassen hat, und hat ihm daraufhin eine halb besorgte, halb empörte Nachricht auf der Mailbox hinterlassen, die er sofort genervt gelöscht hat.

»Hast du das noch nicht gesehen?«, fragt Lukas und drückt ihr einen *Schwäbinger Boten* in die Hand. Bis ins Neubaugebiet haben sie es nicht geschafft, der Opa und er.

»Nein.« Jessi guckt staunend auf seine selbst gebastelte Ausgabe. »Bist du auf dem Weg nach Hause? Ich komme kurz mit.«

Lukas überlegt kurz. Sie hat abgenommen, denkt er, sie ist ganz schmal im Gesicht, es geht ihr nicht gut und sie würde sicher gern ein bisschen quatschen. Aber er ist unendlich müde, und vor allem will er nicht über Marcel reden. Er schüttelt den Kopf. »Ich muss mich ausruhen.«

»Aber … ich habe dich seit Dienstag nicht gesehen! Ich weiß ja gar nicht, wie es dir geht. Und was passiert ist in den letzten Tagen! Und dann noch das hier!« Sie klopft vorwurfsvoll auf den *Schwäbinger Boten.*

Lukas seufzt. »Jessi. Ich komme klar. Hör auf, mich zu bemuttern.«

»Bemuttern? Du denkst, ich bemuttere dich?« Ihre Augen füllen sich mal wieder mit Tränen. Was ist bloß los mit ihr, denkt Lukas. Früher hat sie nie geheult. Das ist mir jetzt echt zu viel, nach dieser Woche.

»Ich wollte es dir nicht auf der Straße sagen«, stammelt Jessica. »Aber dann geht es eben nicht anders. Mir ist im Krankenhaus klar geworden, dass … also, dass ich dich immer noch liebe. Damals konnte ich mich nicht entscheiden zwischen hierbleiben und weggehen. Heute weiß ich, dass es der größte Fehler meines Lebens war!« Sie schluchzt und versucht mal wieder, Lukas zu umarmen. Der macht einen Schritt zurück.

»Nein, Jessi«, sagt er ganz ruhig. »Du hast niemals ernsthaft gerungen zwischen mir und Schwäbingen. Du wolltest immer hierbleiben. Du wärst auch nicht glücklich geworden anderswo. Dazu bist du hier viel zu sehr verwurzelt.«

»Aber ich habe dich geliebt. Wirklich geliebt! Und Marcel … ich glaube, ich habe ihn nie richtig gewollt. Er war mehr so eine pragmatische Entscheidung. Jemand, mit dem man in Schwäbingen ein Haus bauen und Kinder kriegen kann.«

»Siehst du, und genau das hättest du mit mir nicht machen können. Glaub mir, Jessi, es war richtig, dass wir uns damals getrennt haben. Du redest dir das alles schön, im Nachhinein.«

»Und du hast mich nicht vermisst?«, flüstert Jessica. Lukas seufzt.

»Natürlich habe ich dich vermisst. Am Anfang. Aber irgendwann habe ich mich dran gewöhnt.« Er holt tief Luft. Jetzt hilft nur noch Klartext. »Ich habe kein einziges Mal gedacht, dass die Trennung ein Fehler war, Jessi. Und ich bin nicht mehr in dich verliebt. Schon lange nicht mehr. Und ich glaube, du redest dir das auch nur ein. Weil es die einfachste Lösung zu sein scheint.«

Jessi steht bloß da, hilflos, mit herunterhängenden Armen, und schaut ihn an, während ihr die Tränen weiter über das Gesicht laufen. Sie scheint nicht besonders überzeugt von dem, was Lukas sagt.

»Du musst jetzt nach vorn schauen. Das mit Marcel auf die Reihe kriegen. Und dich um deine Kinder kümmern. Wenn ich dir dabei irgendwie helfen kann, sag es mir. Als Freund. Okay?« Ich bin die Lachnummer, denkt Lukas. Jessi, Michelle, Carola. Ich scheine vor allem damit beschäftigt zu sein, stereotype Sätze wie »Lass uns Freunde bleiben« zu den Frauen in meinem Leben zu sagen.

»Bist du ganz sicher?«, murmelt Jessi.

Lukas nickt.

»Darf ich dich wenigstens noch einmal umarmen? Als Freund. Ein allerletztes Mal?«

»Wenn du auf den Arm aufpasst.« Jessi umarmt ihn. Sie tut das ein wenig leidenschaftlicher, als man das bei einem Freund normalerweise so macht. Lukas lässt sie gewähren, es ist ja das letzte Mal.

Und genau in den wenigen Sekunden, in denen Jessi sich an ihn presst, als sei er ihr Lover, nicht nur ein guter Freund, taucht hinter ihr ein Trupp auf. Ein Trupp von Frauen mit weißen Kappen auf den Köpfen. »Anna Freitag, die frische Brise aus dem Norden«. Es sind die Landfrauen, und Anna mittendrin. Neben ihr läuft dieser bescheuerte Felix und schiebt einen Rollstuhl, in dem Rosemarie sitzt. Lukas hat Anna seit dem Wahlabend nicht gesehen, er hat die ganze Woche für sie geackert, und nun taucht sie plötzlich auf, aus dem Nichts, ausgerechnet in dem Moment, in dem Jessi ihn umarmt, und er sieht den Schock, den Ärger und die Verachtung in dem Blick, der ihn durchbohrt, und er schiebt Jessi hastig von sich weg, aber es ist schon zu spät.

33. KAPITEL

Der zweite Wahlgang, das große Finale. Behält Schwäbingen seinen alten Bürgermeister oder bekommt es eine neue Bürgermeisterin? Und was wird aus Anna und Lukas?

Die Situation ist dieselbe wie vor zwei Wochen, und doch ist alles ganz anders. Die Stadthalle platzt aus allen Nähten. Unzählige Übertragungswagen sind davor geparkt, drinnen wimmelt es nur so von Menschen. Nicht nur die Schwäbinger Bürger, sondern auch Schaulustige von außerhalb und unzählige Presseteams rangeln um die besten Plätze. Reporter halten denen, die einen Sitzplatz ergattert haben, Mikrofone unter die Nase und fragen sie, wer ihrer Meinung nach die Wahl gewinnt. Es geht laut und chaotisch zu. Am Eingang gibt es Taschenkontrollen. Kurz vor achtzehn Uhr müssen die Türen geschlossen werden, wegen Überfüllung. So etwas hat die Stadthalle, hat Schwäbingen noch nie erlebt. Martin Sickinger hat Anna zwei Tage vor der Wahl angerufen.

»Ich muss Sie vorwarnen, Frau Freidich. Am Sonndich goht's rund. Bloß, dass Sie sich drauf einstellen. Vielleicht sollten Sie gucken, dass jemand nach Ihnen guckt.«

»Wie stellen Sie sich das vor, Herr Sickinger? Soll ich mir einen Bodyguard zulegen?«, hat Anna spöttisch geantwortet.

»Mir haben Security bestellt. Wenn Sie wollen, kann oiner von dene Kerle auf Sie uffbassa. Für älle Fälle. Die Leut werden immer komischer. Übergriffiger.«

»Danke, das wird nicht nötig sein. Ich habe keine Angst.«

»Isch ja nur ein Angebot. Wenn Sie sich's anders überlegen …«

»… dann geb ich Frau Bäcker Bescheid, danke.«

»Frau Bäcker ischt nicht mehr bei uns. Rufen Sie mich auf dem Handy an, jederzeit, jetzt haben Sie ja meine Nummer.«

Interessant, hat Anna gedacht. Martin Sickinger ist ganz besorgt. Sondiert er schon einmal vor, falls sie die Wahl gewinnt? Und Jessica Bäcker ist nicht mehr im Rathaus? Darüber wollte sie nicht nachdenken. Weder über sie noch über Lukas noch über die Kombination aus beiden. Die sie gestern Abend live erlebt hat. Sie hätte drauf verzichten können. Aber nun weiß sie endgültig, dass Lukas nicht zu trauen ist. Lukas, der Lügner. Er behauptet, sie zu lieben, dann taucht er ab, und dann stolpert sie mitten auf der Straße über ihn, in inniglicher, leidenschaftlicher Umarmung mit Jessica Bäcker? Inniglich und leidenschaftlich! Es kann ihr ja eigentlich völlig egal sein, wen Lukas anlügt und wen er umarmt, trotzdem hat es sie erschüttert. Das hat aber überhaupt nichts damit zu tun, dass sie noch etwas für ihn empfindet oder dass Frau Bäcker verheiratet ist, es ist nichts als verletzter Stolz. Und weil es sie so eiskalt erwischt hat. Auf jeden Fall ist Anna froh, dass Jessica Bäcker nicht in ihrem Vorzimmer sitzen wird, sollte sie die Wahl gewinnen. Dann müsste sie womöglich noch damit leben, dass Lukas sie vom Büro abholt, direkt vor ihrer Nase.

Der Ausgang der Stichwahl ist völlig offen. Während Anna und ihre Mitstreiter in den letzten zwei Wochen Tag und Nacht an der Basis um Stimmen gekämpft haben, haben Helmut Bartholomä und Werner Schelkle harte Geschütze aufgefahren, die sie weitaus weniger Zeit und Mühe gekostet haben. Anna weiß von einer Landfrau, deren Tochter bei Miss Nightingale arbeitet, dass Werner Schelkle extra eine Betriebsversammlung einberufen hat, nur um scheinheilig-bedauernd zu verkünden, dass er radikal Arbeitsplätze abbauen muss, wenn Anna die Wahl gewinnt, weil sie ihm dann kostspielige Umweltauflagen aufzwingen wird. Helmut Bartholomä hat an die komplette städtische Belegschaft und alle Unternehmen in Schwäbingen eine vertrauliche Mail mit ähnlichem Inhalt verschickt: dass Anna radikale Klimaaktivistin ist, was im Umkehrschluss bedeutet, dass sie der Wirtschaft in Schwäbingen Steine in den Weg legen wird, wo sie nur kann, wenn sie Bürgermeisterin wird. Sie wird die öffentlichen

Ausgaben reduzieren, was wiederum heißt, dass sie auch im Rathaus Stellen abbauen wird. Eine andere Landfrau, deren Mann bei der Freiwilligen Feuerwehr ist, hat ihr berichtet, dass Helmut Bartholomä außerdem behauptet, sie würde das Budget der Feuerwehr für mindestens fünf Jahre einfrieren. Es gibt keinen Zweifel, mit Annas Wahl wäre Schwäbingen dem Untergang geweiht.

Das ist alles Verleumdung und Unterstellung, aber wie soll sich Anna dagegen wehren? Wenn alle zweitausendvierhundert Angestellten bei Miss Nightingale, die städtischen Bediensteten, die Mitglieder der Freiwilligen Feuerwehr und ihre wahlberechtigten Familienmitglieder Helmut ihre Stimme geben, kommt Anna niemals auf die 3584 Stimmen, die sie für die absolute Mehrheit braucht.

Anna hat kaum geschlafen in der Nacht. Immer wieder ist sie aufgestanden und unruhig durch die kleine Wohnung gelaufen. Sie hat Felix gebeten, bei sich zu Hause zu übernachten, und ausnahmsweise hatte er Verständnis. Der Tag hat sich gezogen wie Kaugummi, bis sie endlich um die Mittagszeit ihre beiden Freundinnen vom FAWB am Bahnhof abholen konnte, die extra gekommen sind, um ihr zur Seite zu stehen, später kam Felix dazu. Sie haben unzählige Tassen Tee und Kaffee getrunken (mit Felix konnten Miriam und Alina nicht besonders viel anfangen), bis es endlich halb sechs war und die Landfrauen, Michelle, Rosemarie, Schwester Gabriele mit sieben weiteren Diakonissen und die Punks Anna, Felix und ihre Freundinnen vor ihrem Haus im Neubaugebiet abholten (zum großen Schock ihrer schwäbischen Vermieterin, die zwar schon einmal eine Diakonisse, aber noch nie einen Punk aus der Nähe gesehen hat). Mit weißen Kappen auf dem Kopf, Fähnchen in der Hand und von einem Pressetross begleitet, zogen sie durch Schwäbingen. Wie schon einmal. Was ist nicht alles passiert seither!

Und nun warten sie in der Stadthalle vor der Leinwand auf die Hochrechnung. Anna steht mit ihrem Pulk auf der linken Seite, Helmut hat sich mit Elfriede, seinen Söhnen, seinen Gemeinderäten, der Freiwilligen Feuerwehr und dem Unterhosenfabrikanten auf der rechten Seite positioniert. Die gleiche Besetzung wie vor zwei Wochen. Nur Lukas fehlt. Anna ertappt sich dabei, wie sie nach ihm Ausschau hält. Als ob sie jetzt nicht andere Sorgen hätte!

Rechts neben ihr sitzt Rosemarie im Rollstuhl, sie drückt immer wieder Annas schweißnasse Hand. Neben dem Rollstuhl steht Michelle und nickt ihr aufmunternd zu. Freundinnen werden sie wohl nie werden, dafür leben sie in zu unterschiedlichen Welten, aber sie mögen sich. Michelle hat sich von der neutralen Beobachterin, die sie anfangs war, immer mehr zu einer aktiven Unterstützerin von Anna entwickelt, weil sie glaubt, es ist allein ihr zu verdanken, dass sie sich viel besser mit ihrer Mutter verträgt. Links steht Felix, und hinter ihr ihre beiden Freundinnen Miriam und Alina. In regelmäßigen Abständen legen sie ihr die Hände auf die Schultern, damit sie weiß, dass sie bei ihr sind.

Die Punks unterhalten sich angeregt mit den Diakonissen. Sie haben sich irgendwie angefreundet, nachdem Schwester Gabriele sie zu Kaffee und Zwetschgenkuchen ins Diakonissenmutterhaus eingeladen hat, was offensichtlich deshalb funktioniert hat, »weil wir alle Menschen ohne Vorurteile als Gottes Geschöpfe behandeln«, was die Punks nicht gewöhnt sind. Claudio ist mit der kompletten Belegschaft der »Pizzeria Napoli« gekommen und hat schon angekündigt, dass alle zur Wahlparty eingeladen sind, egal, wie es ausgeht. Er quatscht mit Davut und seiner Freundin. Anna ist eingebettet in Freundschaft, Liebe und Solidarität und fühlt sich doch jämmerlich allein. Wenn ich die Wahl verliere, was mache ich dann, denkt sie bang. Sie hat keinen Plan B. Wenn sie verliert, wird sie dann einfach weiterziehen und sich woanders bewerben? Hunderte Kilometer entfernt? All diese Menschen einfach zurücklassen, die ihr in wenigen Wochen so ans Herz gewachsen sind? Wenn sie ganz ehrlich ist, dann ist der Einzige, den sie nicht vermissen würde, Felix. Kein gutes Zeichen.

Als könne sie ihre Gedanken lesen, sagt Rosemarie leise: »Egal, wie's ausgeht. Du wirsch uns nicht einfach vergessen, nicht wahr, Anna? Du wirsch …« Sie bricht ab, sichtlich bewegt, und Anna beugt sich zu ihrem Rollstuhl hinunter. Auch sie hat einen Kloß im Hals. »Nein, Rose«, murmelt sie in ihr Ohr. »Ich werde dich nicht vergessen. Dich nicht und die anderen auch nicht.« Und dann umarmen sie sich, und das ist der Grund, warum Anna das Aufleuchten des vorläufigen Wahlergebnisses auf der großen Leinwand verpasst und nur den vielstimmigen Schrei hört, der die Stadthalle erschüttert wie ein Erdbeben und sich vor der Stadthalle fortsetzt, wo das Ergebnis auf einem Monitor übertragen wird, und weil Felix sie dann mit lautem Triumphgeschrei aus Rosemaries Armen in die seinen reißt, dauert es noch ein paar Sekunden, bevor sie endlich mit eigenen Augen sieht, dass sie laut Hochrechnung 56 Prozent der Stimmen bekommen und Helmut Bartholomä nach vierundzwanzig Jahren aus dem Amt gekippt hat.

Die nächsten Minuten sind für Anna wie ein Traum, an den man sich nach dem Aufwachen nicht mehr richtig erinnern kann. Alles passiert irgendwie gleichzeitig und doch in Zeitlupe. Umarmungen, Händeschütteln, Gelächter, Hochleben, »Anna«-Rufe, die Presse, die versucht, in dem Durcheinander Fotos zu machen, und sie von allen Seiten mit Fragen bombardiert, Helmut Bartholomä, der ihr knapp und mit säuerlichem Gesicht gratuliert. Elfriede Bartholomä wirkt seltsam vergnügt, umarmt Anna spontan und sieht aus, als würde sie sich ehrlich freuen. Martin Sickinger ist extrem jovial und bietet Anna sofort seine Unterstützung an, »schließlich brauchat Sie jemand, der wo sich im Rathaus auskennt, hehe.«

Anna lässt alles mit sich geschehen, sie kann es nicht glauben, weil sie nicht wirklich geglaubt hat, dass sie es schafft. Erst als ihre beiden Freundinnen sie gleichzeitig umarmen, wird aus dem Staunen echte Freude. Felix reißt ihren Arm hoch, wie damals in der Pizzeria. »Anna Freitag, die neue Bürgermeisterin von Schwäbingen!«, posaunt er, und auch wenn sie Felix mal wieder peinlich findet, endlich verwandelt sich ihre Anspannung in ein strahlendes Lächeln.

Felix lässt sie los, denn nun drängen sich die Landfrauen um Anna, jede will ihr gratulieren, jede will sie umarmen. Bis auf

Grete Fauser, die am Rand steht, fast schon schmollend. Anna geht auf sie zu, und nun lächelt sie, wenn auch ein klein wenig peinlich berührt, und schüttelt Anna die Hand.

Plötzlich kämpft sich jemand durch die Menge. Jemand, der eigentlich auf der anderen, der falschen Seite steht. Felix mimt den Bodyguard und stellt sich Jessica Bäcker in den Weg. Sie diskutieren heftig miteinander. Lukas' neue Freundin. Was will die denn hier?, denkt Anna ärgerlich. Hoffentlich hat sie nicht Lukas im Schlepptau!

»Frau Freitag! Bitte. Nur ganz kurz!«, ruft Jessica ganz laut und winkt. Die Neugier siegt.

»Lass sie durch!«, ruft Anna. Jetzt steht sie vor ihr. Auch ihr kräftiges Make-up kann nicht verbergen, dass sie bleich und erschöpft wirkt.

»Gratuliere zur Wahl!«, ruft sie atemlos. »Ich muss Ihnen was sagen. Es ist wichtig! Und privat.« Sie versteht sie kaum in dem Höllenlärm, ein paar Leute beobachten sie neugierig. Anna tippt mit dem Zeigefinger auf ihr rechtes Ohr. Jessica kommt ihr jetzt ganz nahe, ihre Wangen berühren sich, sie kann ihr Parfum riechen, und dann ist Jessicas Mund an ihrem Ohr und ihre Hand legt sich darüber. Es ist intim, aber nicht unangenehm.

»Frau Freitag. Da ist nichts zwischen Lukas und mir. Mein Mann hat ihn mit dem Messer angegriffen und schwer verletzt, weil er geglaubt hat, wir hätten eine Affäre. Aber ich hatte nix mit Lukas, sondern mit Helmut Bartholomä. Lukas hat versucht, mich zu schützen. Er ist ein Held. Für mich wenigstens. Leider liebt er net mich. Sondern Sie.« Sie tritt einen Schritt zurück.

Anna ist nach diesem erstaunlichen Bekenntnis wie vom Donner gerührt. Jessica hatte eine Affäre mit dem Bürgermeister! Und Lukas ist verletzt? Davon hat sie gestern gar nichts mitgekriegt, weil Jessica ihn verdeckt hat. Anna kann das alles gar nicht so schnell verdauen. Sie schauen sich an, in dem ganzen Rummel und Lärm, und Anna rutscht gegen ihren Willen heraus: »Ich glaube nicht, dass er es ernst meint.«

Jessica verdreht die Augen. »Frau Freitag! Jetzt mal im Ernst.

Was soll der arme Kerl denn noch machen, damit Sie ihm endlich glauben? Lukas hat sich selbst aus dem Krankenhaus entlassen, damit er für Sie Wahlkampf machen kann! Und was ist damit?« Aus ihrer Handtasche zieht sie ein zusammengefaltetes Blatt Papier. Es ist der *Schwäbinger Bote*, der seit ein paar Tagen überall herumfliegt. Es ist nur eine Seite, beidseitig bedruckt. Anna hat sie mit Todesverachtung vom Briefkasten direkt in den Papiermüll befördert, ohne sie zu lesen. »Also, wenn des an mich gerichtet wär, in einer Auflage von sechstausend Stück, da tät ich aber net lang zögern!«

Sie hält ihr die Zeitung unter die Nase und tippt ganz unten auf die Seite. »Bitte geben Sie Anna Freitag am kommenden Sonntag Ihre Stimme«, liest Anna ungläubig. Wieso macht der *Schwäbinger Bote* Wahlwerbung für sie?

»Net des«, ruft Jessica Bäcker ungeduldig. »Des drunter!«

Da steht, etwas kleiner, »Anna! Ich liebe dich noch immer! Lukas«.

Staunend blickt sie auf die Zeile und dann wieder auf Jessica Bäcker, die sie kopfschüttelnd anschaut, als sei sie etwas schwer von Begriff. Und endlich, endlich sickert die Botschaft ein. Lukas ist kein Feigling. Und auch kein Lügner. Anna wird es plötzlich ganz wohlig warm. Sie spürt, wie sich Freude in ihr Herz und ein ungläubiges Lächeln in ihr Gesicht stehlen. Das echte. Weil, nun wird es allerhöchste Zeit, dass auch Anna aufhört, sich selbst zu belügen.

»Worauf warten Sie noch? Er wohnt bei seinem Opa. Kirchstraße 4. Viel Glück«, sagt Jessica leise. Und dann, ganz laut: »Und wenn Sie mich haben wollen, Frau Freidich … ich tät gern für Sie schaffen, im Rathaus.« Sie lächelt jetzt auch, wie befreit, und sehr fröhlich.

»Danke!«, ruft Anna. Spontan umarmt sie Jessica. Dann lässt sie sie los und kämpft sich zu Felix durch. »Felix«, ruft Anna atemlos. »Ich muss jetzt los.«

Sie sieht an seinem schockierten Gesichtsausdruck, dass sie zum ersten Mal seit Wochen zu ihm durchdringt.

»Du musst los? Jetzt? Wohin? Anna! Du hast die Wahl gewonnen! Ich hab eine Liste gemacht von allen Presseleuten, die dich interviewen wollen. Und du musst dich bei deinen Fans bedanken! Wir brauchen ein Foto für Insta, ganz schnell! Du kannst jetzt nicht schon wieder einfach abhauen!«

»Doch. Es tut mir leid, Felix. Du bist nicht in mich verliebt, sondern in eine Idee. Die Idee von einer besseren Welt. Das ist an sich keine schlechte Sache, bloß, es hat nichts mit mir zu tun. Danke für alles.« Sie tätschelt ihm ein bisschen den Arm, und dann lässt sie ihn mit offenem Mund stehen.

Sie lässt sie alle stehen. Ihre Freundinnen, die Landfrauen, die Presse, alle, die sie beglückwünschen wollen. Sie quetscht sich durch sie hindurch, ohne nach links und rechts zu schauen, und dann stürzt sie aus der Stadthalle. Mitten hinein in die Menge der Schaulustigen, die sie johlend und klatschend begrüßen. Mitten hinein auch in die Horde der nicht akkreditierten Journalisten, die sich auf sie werfen wie Hyänen, mit Mikrofonen, Handys und Kameras. Anna wühlt sich durch und wieder heraus. Ein paar Meter weiter lehnt ein altes, verbeultes Fahrrad an einem Mülleimer. Ein Hollandrad, ohne Schloss, wahrscheinlich steht es schon seit Monaten hier herum. Anna packt das Rad, sie schwingt sich drauf und fährt einfach los. Der vordere Reifen ist fast platt, es eiert und quietscht, aber es fährt. Ein paar Journalisten rennen neben Anna her.

»Frau Freidich! Bloß kurz!«

»Anna! Hierherschauen, bitte!«

»Frau Freitag! Wohin so schnell?«

Anna tritt in die Pedale, und das Rad nimmt Fahrt auf. Mit Hollandrädern kennt sie sich aus, damit ist sie auf der platten Hallig aufgewachsen, und endlich geht den Journalisten die Puste aus, und plötzlich ist Anna ganz allein. Aus den Straßen werden Gassen, und aus dem Asphalt wird Kopfsteinpflaster, und es ist menschenleer und dunkel, und niemandem scheint aufzufallen, dass hier die zukünftige Bürgermeisterin von Schwäbingen ihrem persönlichen Glück auf einem verbeulten Hollandrad hinterherjagt. Anna ist auf dem Kirchplatz, dann in der Kirchstraße. Hausnummer vier, unzählige Male ist sie an dem alten Häuschen vorbeigelaufen, ohne zu ahnen, dass Lukas hier wohnt. Sie springt vom Rad, lehnt es an den Gartenzaun, rennt zur Haustür und klingelt Sturm. Drinnen brennt Licht. Es dauert eine Weile, bis die Tür aufgeht. Vor ihr steht ein alter Mann in zerschlissenen Hausschuhen.

»Sie sind bestimmt der Opa von Lukas«, keucht Anna. »Ich bin Anna.«

»Ich weiß. Sie send des Mädle, des wo mei Lukas mag. Kommen Sie rein. Er hockt in der Stube vorm Fernsäh.«

Er tritt zur Seite. Anna läuft an ihm vorbei, folgt dem Geräusch eines sehr laut laufenden Fernsehers durch den Hausflur und gelangt zu einer Tür, die angelehnt ist. Sie holt tief Luft, drückt die Türe auf und landet in einem spartanisch eingerichteten Wohnzimmer. Auf dem Bildschirm des Fernsehers sieht Anna sich selbst, wie sie mit ihren Mitstreitern jubelt. Und sie sieht Lukas, wie er gebannt auf den Bildschirm starrt und über das ganze Gesicht strahlt. Sein rechter Arm steckt in einer Orthese. Er hat sie noch nicht bemerkt.

»Lukas?«, murmelt sie, fragend, leise, fast schüchtern. Was will ich eigentlich hier, denkt sie. Was, wenn er es sich anders überlegt hat? Er springt auf und ist in zwei großen Schritten bei ihr. Er schaut sie nur an, ungläubig, staunend, so wie Anna vor nicht einmal einer halben Stunde nicht glauben konnte, dass sie die Wahl gewonnen hat, und dann wird aus dem Staunen unbändige Freude, genau wie bei Anna. Ihr Herz klopft zum Zerspringen. Lukas legt ihr ganz leicht einen Finger auf die Wange und streicht darüber. Es fühlt sich an wie die Berührung einer Feder.

»Da bist du ja endlich, mein Engel«, sagt er, ganz leise, und in seinem Blick, seiner Stimme und seiner Berührung liegt so viel Zärtlichkeit, dass es Anna beinahe überwältigt. »Ich warte schon so lange auf dich.«

EPILOG

Es ist Donnerstag. Vier Tage sind vergangen, seit Anna Freitag aus Hallig Hooge in Schwäbingen, einem Zwanzigtausendundein-Seelen-Ort irgendwo in Schwaben, in der Stichwahl zur Bürgermeisterin gewählt worden ist. Am Morgen hätten sich die Landfrauen eigentlich zum Frühstück getroffen, und für den Abend war wie an jedem Donnerstag die Übungseinheit der Freiwilligen Feuerwehr geplant.

Es ist alles abgesagt worden. Das Feuerwehrhaus ist schon den ganzen Tag verwaist. Nun ist es Abend, und die Straßen sind leer, was nicht am Wetter liegen kann, weil die Temperaturen mitten im November noch beinahe spätsommerlich anmuten. Es ist nahezu gespenstisch ruhig in Schwäbingen.

Hinter zahlreichen verschlossenen Türen herrscht jedoch Geschäftigkeit. Die Landfrauen stehen schon seit Stunden in der Küche, um ein herbstliches Menü vorzubereiten: Als Vorspeise gibt es Kürbissuppe, gefolgt von Rehrücken mit Rahm-Pfifferling-Soße, handgeschabten Spätzle und gemischtem Salat, und zum Nachtisch Vanilleeis mit heißen Zwetschgen. Dazu gibt es reichlich Rotkäppchen-Sekt (Aperitif), einen Trollinger mit Lemberger (Hauptspeise) und nach oder zum Nachtisch einen Zwetschgenschnaps. Sie haben sich viel Mühe gegeben, die Schwäbinger Landfrauen. Im Vorfeld haben sie sich klare Regeln auferlegt: Die Handys werden weggelegt, der Fernseher bleibt aus, das Festnetz wird auf Anrufbeantworter gestellt. Die Landfrauen haben gekocht, und sie sitzen mit ihren Männern am Tisch. Nur mit diesen, denn so war es ausgemacht. Wer im gleichen Haushalt wohnt, ist für diesen Abend aus dem Haus verbannt worden. Alle Landfrauen kochen dassselbe, alle bleiben daheim, niemand lässt sich stören, denn es ist der *Große Abend der Versöhnung* in Schwäbingen. Die Landfrauen haben eine

Verabredung mit ihren Männern, von denen die meisten bei der Freiwilligen Feuerwehr sind.

Am Anfang ist es ein wenig schwierig, die Situation scheint ein wenig künstlich. Wann ist man überhaupt das letzte Mal zu zweit gewesen, ohne sich von der Familie, dem Handy oder dem Fernseher ablenken zu lassen? Es fühlt sich beinahe an wie ein verunglücktes Blind Date. Eine Verabredung mit einem Unbekannten, mit dem man sich kein zweites Mal treffen wird. Die Gespräche stocken. Zu viel ist passiert, zu viel wurde gestritten, zu viel hat sich aufgestaut, zu wenig wurde geredet. Aber das köstliche Mahl, die Zuwendung und der Alkohol lösen die Zunge, und von Gang zu Gang wird das Gespräch flüssiger, und nun, endlich, wird auch gelacht. Zögerlich anfangs, dann ein wenig mehr.

Was für eine verrückte Geschichte das mit Anna und dem Bürgermeister war! Wie viele absurde Dinge sind in Schwäbingen passiert! Es gibt noch vieles zu berichten, was das Gegenüber gar nicht weiß. Hast du das überhaupt mitbekommen, weißt du darüber Bescheid? Erst jetzt, im Blick zurück, entdecken beide Seiten die Komik, die in den letzten Wochen steckt, und so manches wird nun auch – endlich! – verziehen. Manches wird ein wenig übertrieben, um es ein kleines bisschen interessanter zu machen. Am Ende werden viele verschiedene Versionen davon existieren, wie die wildesten Wochen in der Geschichte Schwäbingens verlaufen sind, und keiner wird mehr so exakt wissen, was genau sich ereignet hat. Aber letztlich spielt es auch keine Rolle. Viel wichtiger sind doch die Versöhnung, das Lachen und der gemeinsame Blick in die Zukunft.

Wie wird es weitergehen, wenn der neue Bürgermeister von Schwäbingen Anna Freitag heißt? Was werden Helmut und Werner tun? Und Martin Sickinger? Der Alkohol tut das Seine, und nun schleicht sich verstohlen eine Hand über den Tisch. Die Landfrau streicht dem Freiwilligen Feuerwehrmann scheinbar gedankenverloren über den Rücken, wenn sie die leer gegessenen Teller in die Küche trägt, und dieser drückt ihr wie nebenbei einen Kuss auf die Wange nach dem Nachtisch und bedankt sich für das gute Essen. Wann hat man sich überhaupt das letzte Mal angefasst?

Nicht alle haben sich an die Anweisungen gehalten. Bettina Eisele hat darauf verzichtet, das aufwendige Menü zu kochen, hat eine Pizza in den Ofen geschoben und hockt jetzt mit ihrem Mann mit ein paar Flaschen Tannenzäpfle in der Sauna, das Birkenreisig wird gleich zum Einsatz kommen.

Natürlich steht auch Michelle nicht in der offenen Küche, in der sie kein einziges Mal gekocht hat. Am Nachmittag hat sie ihre Sachen gepackt. Am nächsten Morgen in aller Frühe wird sie Dieter zum letzten Mal umarmen, ein Taxi zum Bahnhof Schwäbingen nehmen, mit dem Zug nach Frankfurt-Flughafen fahren und nach New York fliegen. Jetzt sitzt sie im Sessel neben dem Rollstuhl ihrer Mutter, sie trinken Rotkäppchen-Sekt, stopfen Mon Chéri in sich hinein, plaudern und lachen viel, und Michelle stellt verwundert fest, dass nicht nur ihrer Mutter der Abschied schwerfallen wird.

Dr. Carola Schaub hat zufälligerweise von Marianne, die bei ihr Patientin ist, von der Landfrauen-Aktion erfahren, sich die Rezepte geben lassen und spontan ihren netten Nachbarn, der Single zu sein scheint und sie immer sehr freundlich grüßt, zum Abendessen eingeladen. Nach einer Stunde ist der Hauptgang im Ofen verschmort, weil sie sich so angeregt unterhalten haben, dass Carola den Rehrücken schlicht vergessen hat.

Doris Bäcker hat ihren Mann dazu gebracht, den Metzgerladen eine Stunde früher zu schließen, und ihn dazu verdonnert, sich vor dem Essen gründlich zu duschen. Zu Marcel hat sie gesagt, er solle gefälligst verschwinden und vor 23 Uhr nicht wieder in seinem Elternhaus auftauchen. Marcel hockt im Nachbarort im Spaßbad in der Spätsauna. Er hat seinen Eltern noch nicht gebeichtet, dass er von der Polizei befragt worden ist und mit einer Anzeige wegen schwerer Körperverletzung rechnen muss, weil Paul, der Polizist, vielleicht doch nicht so blöd ist, wie Lukas meint. Er kam auf die clevere Idee, nachzuforschen, von wessen Handy der Notruf abgesetzt worden ist, mit dem der Krankenwagen zu Lukas Allgöwer gerufen wurde.

Elfriede Bartholomä ist zwar nicht bei den Landfrauen, aber sie kocht ihrem Mann, dem sie endlich verziehen hat, das herbstliche Drei-Gänge-Menü, um ihn aufzumuntern, denn seit der Wahlschlappe ist sein Ego stark angeschlagen. Helmut Bartholomä sitzt kleinlaut am Tisch. Er wird Elfriede beim Rehrücken mitteilen, dass er nicht nur aus der Lokalpolitik, sondern ganz aus dem Berufsleben scheidet und sich frühpensionieren lässt. Die Kleintierzüchter haben ihn gefragt, ob er den Vorsitz des Vereins übernimmt. Helmut hat noch nicht zugesagt, aber er kann sich gut vorstellen, sich von nun an mit Riesenschecken, Teddykaninchen und Buschmannhasen zu befassen, anstatt sich weiter mit diesem undankbaren Schwäbingen und seinen renitenten Bürgern, pardon, Bürgerinnen herumzuärgern. Diese schreckliche Anna hat sein politisches Lebenswerk zerstört und sein Vermächtnis ruiniert, und das alles, ohne Schwäbisch zu können. Elfriede hingegen wartet bis zum Nachtisch, um ihrem Mann, der schon immer der Meinung war, man solle Lokalpolitik, nein, Politik überhaupt lieber den Männern überlassen, mitzuteilen, dass sie gefragt worden ist, ob sie im Nachbarort für die Bürgermeisterwahl kandidieren will.

Ja, es ist der Abend der Versöhnung, der Abschiede und Neuanfänge, und an allem ist nur das Wahlkampfkomitee schuld. Grete Fauser hat gedacht, nun ist endlich alles vorbei und es kehrt Ruhe in Schwäbingen ein. Ein wenig schockiert war sie zwar, als sie von ihrem Sohn Pascal einen Anruf bekommen hat. In seiner Eigenschaft als Kommandant der Freiwilligen Feuerwehr hat er sie als Vorsitzende der Landfrauen ganz offiziell darum gebeten, einen wöchentlichen Kochkurs einzurichten. Dieser Wunsch sei mit großer Mehrheit von den Kameraden an ihn herangetragen worden.

Die Landfrauen sollen der Feuerwehr Kochen und Backen beibringen? Das bringt doch alles durcheinander! Zum Glück wird Pascal niemals so gut kochen wie seine Mutter und ihre

Kochkünste in Anspruch nehmen, bis sie das letzte Schnäpperle tut. Er konnte schon als Kind Salz und Zucker nicht unterscheiden. Kaum hatte sie seinen Anruf verdaut, traf sie beinahe der Schlag, als die Rundmail von Bettina Eisele eintrudelte, die diese ganz offiziell im Auftrag des Wahlkampfkomitees an alle Landfrauen geschickt hat. Für den Inhalt der Mail ist allein Bettina verantwortlich, da ist sich Grete hundertprozentig sicher.

»Liebe Landfrauen von Schwäbingen«, stand in der Mail zu lesen, »das Wahlkampfkomitee hat seine Arbeit erfolgreich beendet und löst sich hiermit auf. Die vergangenen Wochen waren für uns alle nicht einfach, aber wir sind stolz auf unseren Erfolg. Wir freuen uns auf Anna Freitag, unsere neue Bürgermeisterin! Wir möchten euch nun einladen, mit euren Männern einen Abend der Versöhnung zu feiern, damit wir diese Zeit der Unruhe und Trennung zu einem guten Ende bringen – genauso, wie die Frauen im griechischen Drama ›Lysistrata‹ von Aristophanes ihre Männer auf die Akropolis einladen, um Frieden zu schließen.« (Akropolis? Lysistrata? Klugscheißerin!, denkt Grete an dieser Stelle wütend. Und sie ahnt schon, was als Nächstes kommt, nein – ihr graut davor). »Wir schlagen euch deshalb vor, eure Männer kommenden Donnerstag mit einem herbstlichen Menü zu bekochen, dessen Menüfolge wir noch gemeinsam festlegen. Wir haben die Freiwillige Feuerwehr Schwäbingen gebeten, den Übungsabend auszusetzen, damit alle Männer am Essen teilnehmen können. Wir empfehlen, Handys und Fernseher auszuschalten. Wie es nach dem Essen weitergeht, kann jede Landfrau für sich entscheiden. Aber vielleicht fällt euch ja was Nettes ein. Die Frauen im griechischen Drama beenden an diesem Abend jedenfalls ihren Sexstreik. Herzlich grüßt im Namen des ganzen Komitees Bettina Eisele.«

Es ist unfassbar. Das Wahlkampfkomitee beendet seine Arbeit mit einem Paukenschlag, indem es die Landfrauen Schwäbingen ganz offen zu einer Sexorgie auffordert? Dass die nicht gemeinsam im Feuerwehrhaus stattfindet, ist noch alles! Diese Bettina ist einfach untragbar! Von Melanie gar nicht zu reden. Die hat

Grete gleich am Montagabend angerufen und sie gefragt, ob sie die Kinder nehmen kann, damit sie sich mit ihrem Sohn einen Lustigen machen kann! »Du wirst ja sowieso nicht mitmachen«, hat sie in leicht anzüglichem Ton gesagt. »Doch, doch, natürlich mache ich mit«, hat Grete sich beeilt zu antworten und bei sich gedacht, was für eine Frechheit! »Beim Kochen. Du wirst dir einen anderen Babysitter suchen müssen.« Das Herbstmenü ist ja in Ordnung, damit ist Grete Fauser einverstanden. Aber das danach? Das ist viel zu lange her. Das braucht man doch nicht mehr, wenn man gerade den dreiundvierzigsten Hochzeitstag hatte! Ernst scheint es ja auch nicht zu fehlen! Dem hat es sichtlich geschmeckt. Grete steht auf und will Nachtischschüsseln und Schnapsgläser abräumen. Dieses lächerliche Fernsehverbot!

»Des langt grad noch für die Tagesthemen«, erklärt sie.

»Der Fernsäh bleibt heut aus«, antwortet Ernst sehr bestimmt. Er steht auf und nimmt Grete an der Hand.

Sie fängt an zu schwitzen.

»Ich muss die Küche machen!«, protestiert sie.

»Die machen mir zusammen«, antwortet Ernst. »Später.« Er grinst und sieht plötzlich wieder aus wie der Siebzehnjährige, den sie im letzten Jahrhundert in der Tanzstunde Bäuerle näher kennengelernt hat, nachdem er ihr beim Langsamen Walzer kräftig auf die Zehen getreten ist. Und dann beugt er sich zu Grete, küsst sie auf die Wange und murmelt ihr »Lysistrata« ins Ohr.

Nacht senkt sich über Schwäbingen. Nacht, Vergessen und Verzeihen, aber keine Ruhe. In den ehelichen Betten herrscht Betrieb wie seit Jahren, nein, Jahrzehnten nicht mehr. Nur in den ehelichen? Anna und Lukas haben mit dem Opa das Drei-Gänge-Menü der Landfrauen gekocht. Anna verzichtet auf den Rehrücken, sie begnügt sich mit Spätzle mit (vegetarischer) Soß und Salat. Sie hat zum ersten Mal in ihrem Leben Spätzle geschabt, der Opa hat es ihr gezeigt. Er hat nicht vergessen, wie man einen Spätzlesteig macht und von einem Holzbrettle ins kochende Wasser schabt. Die Spätzle sind viel zu dick geworden, und das mit den Eiern ist so eine Sache als Veganerin, aber was macht das schon. Sie haben es sich schmecken lassen, auch Anna. Sie haben über alles gesprochen, was geschehen ist, und der Opa bringt zwar alles ein wenig durcheinander, aber Jessica wird es ihm sicher geduldig erklären, wieder und wieder. Sie wird sich die nächsten drei Wochen um ihn kümmern, weil Lukas am nächsten Morgen in die Reha fährt, während Anna gleichzeitig ihre Eltern auf Hallig Hooge besucht und sich in der guten Nordseeluft von den Strapazen des Wahlkampfes erholt.

Dann werden beide zurück nach Schwäbingen kommen, und Lukas wird versuchen, einen Job zu finden, während Anna den Halbseckel von Bürgermeister ablösen wird. Der Opa hat versichert, dass er unbedingt noch eine Weile am Leben bleiben will, damit er das noch erlebt. Eine Personalfrage hat Anna schon geklärt, Jessica Bäcker wird an ihre Arbeitsstelle im Rathaus zurückkehren. Rosemarie hat Anna angeboten, bei ihr zu wohnen, bis Anna eine eigene Wohnung gefunden hat, schließlich steht Michelles Zimmer leer, und Anna hat dankbar angenommen.

Frieden herrscht in Schwäbingen. Alles hat sich zum Guten gewandt. Nun liegen die zukünftige Bürgermeisterin und der ehemalige Lokalreporter in Lukas' schmalem Bett, das zum Glück so weit weg ist vom Opa, dass er sie nicht hören kann. Anna muss ein wenig aufpassen mit Lukas' verletztem Arm, ein Hinderungsgrund ist das nicht. Sie lächelt Lukas an, mit dem echten Anna-Lächeln, das Lukas so an ihr liebt. Er schaut Anna immer wieder an, staunend, immer wieder hält er beim Kuscheln und Küssen inne. Er wühlt mit seiner gesunden Hand in ihren wuscheligen Locken und blickt in ihre strahlenden Augen, er flüstert ihre Liebesworte ins Ohr, um sicherzugehen, dass diese Anna in seinem Jugendbett keine Fata Morgana ist.

Er weiß nicht genau, wie es weitergehen wird. Der Opa ist dement, er hat keinen Job und einen ziemlich schwer verletzten Arm. Auch für Anna wird es nicht leicht werden, sie muss erst Erfahrung sammeln, man wird ihr Steine in den Weg legen und fiese Mails schicken, und sie wird seine Hilfe brauchen. Doch alles wird sich weisen. Im Augenblick zählt nur, dass Lukas sich in einen Engel verliebt hat. Er ist vom Himmel gefallen und ausgerechnet in seinem Bett gelandet, wenn auch auf Umwegen. Mitten in Schwäbingen, einem kleinen Ort irgendwo in Süddeutschland, in dem es von nun an anders zugehen wird, weil ein Engel Bürgermeisterin geworden ist.

DAS SCHWÄBINGER PERSONAL

(nicht alphabetisch, sondern total willkürlich)

20.001 Schwäbinger Bürgerinnen und Bürger

Anna Freitag, Heldin
Lukas Allgöwer, Held

Gottfried Allgöwer, Großvater von Lukas

Helmut Bartholomä, amtierender Bürgermeister von Schwäbingen
Elfriede Bartholomä, seine Frau
ein eingebildeter namenloser Sohn

Martin Sickinger, sein Erster Beigeordneter
Kanita, seine Frau

Werner Schelkle, Eigentümer und Chef einer Unterwäschefabrik, die die Marke »Miss Nightingale« produziert (gibt's beim Discounter)

Jessica Bäcker, Sekretärin des Bürgermeisters
Marcel Bäcker, Metzgerssohn und Mann von Jessica
Noah und Lucy, ihre Kinder

Davut, Betreiber eines Kiosks
Tina, seine Freundin, von der man eigentlich nur weiß, dass sie Schwäbin ist, im Gegensatz zu Davut

Schwester Gabriele, Diakonisse, Leiterin der Sozialstation Schwäbingen, sowie weitere aufrechte Diakonissen

Rosemarie Österle, ehemalige Vorsitzende der Landfrauen Schwäbingen
Michelle Österle, ihre Tochter

Grete Fauser, Vorsitzende der Landfrauen Schwäbingen (noch nicht lange)

Ernst Fauser, ihr Mann

Pascal Fauser, ihr Sohn

Melanie Hannemann, ihre Schwiegertochter

Marianne Müllerschön, ihre ältere Schwester mit Brezel-Tätowierung

Manfred Bäcker, der führende Metzger von Schwäbingen (der zweite geht demnächst pleite)

Doris Bäcker, seine Frau

Marcel Bäcker (s. o.)

Bettina Eisele, eine Landfrau

Ihr namenloser Mann, von dem man nur weiß, dass sie einmal die Woche mit ihm Sex in der Sauna hat

Hanne, Petra und Regine, Landfrauen im Wahlkampfkomitee, und weitere Landfrauen der Landfrauen Schwäbingen, insgesamt 60

Michael, Hermann, Rainer, Frank, André, Maik und weitere Männer der Freiwilligen Feuerwehr Schwäbingen, insgesamt 65

Miriam und Alina, Mitgliederinnen des FAWB (Feministischer Arbeitskreis für werdende Bürgermeisterinnen)

Dr. Carola Schaub, hat gerade die einzige Hausarztpraxis in Schwäbingen übernommen

Claudio, der Wirt der Pizzeria Napoli; und ja, das ist der Claudio von Bridgit (das ist ein Insiderwitz für die, die das schwäbische Kabarett von Elisabeth Kabatek kennen, und wer es nicht kennt, dem sei es wärmstens empfohlen)

Paul, ein Polizist, nicht der allerhellste

Felix, junger Solartechniker aus dem Nachbarort

Jonas, Aktivist und Fotograf

eine Gruppe namenloser Straßenpunks

Dieter, eine viel zu große, aggressive Dogge

Drei Enten (bzw. am Ende nur noch zwei)

EIN WORT ZUM SCHLUSS

Liebe Leserinnen und Leser,

dies ist mein zehnter Roman. Man sollte meinen, es habe sich eine gewisse Routine eingestellt. Doch für keinen Roman habe ich so viele Anläufe benötigt und so oft die Erzählperspektive gewechselt, und außerdem konnte ich mich nicht zwischen Präsens und Präteritum entscheiden. Das lag auch, aber nicht nur, an den äußeren Umständen, wie einem nicht geplanten Umzug. Vielleicht war der Grund auch der, dass es nach zwei Ausflügen nach Cornwall, die mich sehr glücklich gemacht haben, eine Weile gedauert hat, bis ich wieder zurückgefunden habe in die Heimat … Am Ende ist dieser Roman Monate später erschienen als geplant – umso erleichterter und glücklicher bin ich, dass Sie ihn jetzt (vermutlich) in Händen halten! Großer Dank gebührt deshalb meiner wunderbaren Lektorin Michaela Kenklies, die sich von alldem nicht hat aus der Ruhe bringen lassen. Sie hat das Manuskript auch mit leichter Hand und sehr viel Einfühlsamkeit überarbeitet – was für ein Glück, dass ich dich habe, Michaela! Mein Dank gilt außerdem meiner treuen Freundin Eva Schumm für ihr ehrliches und konstruktives Feedback, meiner Schwester Ursula Kern, die das Apfelkuchenrezept beigesteuert hat (frau kann Ärztin sein und gleichzeitig toll backen!), und Stefan Scheib für die mir bis dato unbekannte lustige »Gebetszwiebel« und den »schwäbisch-pietistischen Entsagungsdutt«. Ich lasse mich nicht gerne fotografieren, aber wenn die Fotografin Tanja Isecke die Fotos schießt, macht es sogar richtig Spaß – vielen Dank für das neue Umschlagfoto, Tanja! Gewidmet ist dieser Roman meiner Tante Lene, weil ich wegen ihr meine Kindheit mit Pippi Langstrumpf, Michel aus Lönneberga, Kalle Blomquist, dem »Kleinen Wassermann« und, und, und verbringen durfte und deshalb immer in bester Gesellschaft war.

Die Zeitverzögerung hatte einen kuriosen Effekt: Das kommunale Wahlrecht in Baden-Württemberg wurde im März 2023 geändert! Das brachte mich in arge Bedrängnis. Schließlich beruht ein zentraler Gag des Romans darauf, dass Unterstützungsunterschriften für Bewerbungen zu Bürgermeisterwahlen nur in Gemeinden mit mehr als 20.000 Einwohnerinnen und Einwohnern benötigt werden. Durch die Reform spielt die Einwohnerzahl keine Rolle mehr. Ich habe mir erlaubt, das zu ignorieren, und bitte um Nachsicht. Ach ja, wenn Sie das Cover dieses Romans an die Stadt Esslingen erinnert, liegen Sie damit richtig. Schwäbingen ist jedoch eine fiktive Kleinstadt und kein Pseudonym für Esslingen. Das Stadtbild passte nur so gut zum Cover.

Vielleicht noch ein Wort zur Freiwilligen Feuerwehr Schwäbingen. Die kommt in diesem Roman zugegebenermaßen nicht so wahnsinnig gut weg. Deswegen leiste ich bei allen, die sich bei der freiwilligen Feuerwehr bzw. bei der Feuerwehr überhaupt engagieren, auf diesem Weg Abbitte! Dies ist eine frei erfundene Geschichte in einem fiktiven Ort, und im Vordergrund standen die Komik und der Geschlechterkampf, der aus dem Konflikt von (weiblichen) Landfrauen und (männlicher) freiwilliger Feuerwehr entsteht. Die Landfrauen habe ich in den letzten Jahren bei Auftritten mit meinem schwäbischen Kabarett-Programm sehr gut kennengelernt, und die brauchten einfach einen Gegenspieler. Keinesfalls wollte ich damit die Feuerwehr lächerlich machen. Die leistet Großartiges, ohne das ehrenamtliche Engagement unzähliger Feuerwehrleute wäre Brand- und Katastrophenschutz in Deutschland nicht möglich! Dass Menschen nachts aus dem Bett springen, um Menschen und Gebäude zu retten, dass sie regelmäßig üben und sich fit halten, verdient meinen allerhöchsten Respekt.

Nun danke ich zuletzt Ihnen, den Leserinnen und Lesern. Ohne Ihre Lektüre ist ein Roman tot. Sie sind es, die ihn in Ihrer Fantasie zum Leben erwecken. Und dafür hat sich dann alle Zeit und Mühe gelohnt! Ich freue mich, wenn wir uns begegnen – bei einer Lesung oder bei einem Auftritt mit meinem schwäbischen Kabarett. Alle Termine finden Sie unter www.e-kabatek.de.

Herzlich, Ihre
Elisabeth Kabatek